历史与美学的对话
——王充闾散文研究

颜翔林·著

*A Dialogue
between History and
Aesthetics*

中国社会科学出版社

图书在版编目（CIP）数据

历史与美学的对话：王充闾散文研究／颜翔林著 . —北京：
中国社会科学出版社，2017.1

ISBN 978 - 7 - 5161 - 9756 - 1

Ⅰ. ①历…　Ⅱ. ①颜…　Ⅲ. ①散文—文学研究—中国—当代
Ⅳ. ①I207. 67

中国版本图书馆 CIP 数据核字（2017）第 008597 号

出　版　人	赵剑英	
责任编辑	张　林	
特约编辑	郑成花	
责任校对	李　莉	
责任印制	戴　宽	

出　　版	中国社会科学出版社	
社　　址	北京鼓楼西大街甲 158 号	
邮　　编	100720	
网　　址	http://www.csspw.cn	
发 行 部	010 - 84083685	
门 市 部	010 - 84029450	
经　　销	新华书店及其他书店	

印　　刷	北京君升印刷有限公司	
装　　订	廊坊市广阳区广增装订厂	
版　　次	2017 年 1 月第 1 版	
印　　次	2017 年 1 月第 1 次印刷	

开　　本	710×1000　1/16	
印　　张	21.5	
插　　页	2	
字　　数	348 千字	
定　　价	79.00 元	

凡购买中国社会科学出版社图书,如有质量问题请与本社营销中心联系调换
电话:010 - 84083683

目　　录

导　　论

穿越历史的时间栅栏，我们以虔诚的崇拜之心去谒见古贤庄子，是他将自然山水和生命存在实行诗意的关联，赋予了深刻的哲学智慧和审美内涵。他诗意地思、诗意地言说，对历史赋予了神话意义的理解。他消解了过去、现在、将来的时间逻辑的限定，将现在置入了历史和投放到未来。他以诗意的和审美的生命智慧来领悟现实和历史，诞生真正意义上的历史哲学。《庄子》可以说是先秦时代最富有哲学意义的散文，也可谓"文化散文"之先河。

20世纪90年代的"文化散文"，以其诗性思维和辩证逻辑的和谐统一，反思历史存在和关注生命个体，以其哲学、美学、文学、历史、政治、宗教等多方面的内涵呈现了独特的艺术魅力。在地域上，南方以余秋雨的散文为代表，北方以王充闾的散文为代表。如果宏观上考察20世纪90年代的文化散文在美学风格上呈现的差异，笔者认为形成了这样的三足鼎立局面：余秋雨的散文以戏剧化的心灵冲突见长，可谓是"戏剧化散文"；周国平的散文以理性的感悟出众，可称之为"哲学化散文"；而王充闾的散文则属于"美学化散文"，它以空灵飘逸的思理、冷静超脱的情感、精巧潇洒的结构、典雅隽永的叙述，追求美学与历史的对话，承袭中国古代散文的众多优良传统，尤其是领悟到了庄子散文的某些真谛。王充闾的散文空灵飘逸，以诗意思维和审美思维洞鉴历史，诗意地思、诗意地言说，并且能够超越情感之累，以空灵冷静的历史理性领悟历史人物和历史事物，从而获得对历史的新的文化语境的阐释。王充闾的历史文化散文可谓呈现了独特的美学魅力，领一时之艺术风骚。

21世纪以来，王充闾完全退出政务，全部心神倾注于散文创作。这十余年，王充闾的散文写作数量丰硕，一方面在《人民文学》《散文》

《人民日报》《十月》等重要报刊发表单篇作品，另一方面在诸多出版社出版散文集。《龙墩上的悖论》《史是风云人是月》（上下册）《逍遥游：庄子传》《域外集》《张学良人格图谱》等散文集都是彰显美学魅力和思想力度的佳作。21世纪以来，王充闾散文新作的思理与境界更上一层楼，攀登到整个创作生涯的又一个高峰，印证了"庾信文章老更成"的诗论。时至今日，充闾先生还以80高龄勤勉于散文创作，令人敬佩与感怀。他将自我完全融入于文学世界，舍弃了世俗世界的诸多享受与快乐。对这样一位将毕生精力奉献于散文世界的老人，我们不得不致以敬意与赞叹！

王充闾在几十年的写作经历里，笔耕不辍，陆续发表数百篇文学作品，迄今出版了20余部散文集，成为一位专注于散文写作的著名作家。然而，王充闾并不是职业作家身份，他长期从事政务，从事写作的时间有限，在仕宦之余，舍弃一般官员所热衷旁骛的感性享乐，而选择读书思考的生存方式，在历史和文学的空间里漫游，以写作散文作为生命存在的审美享受和至高快乐。在这个意义上，王充闾更应该归属于一位传统意义上的文人。众所周知，古代官员一般都是文化人出身，尤其是自唐以后，绝大多数均由科举选拔而来，他们其中大部分人将政事和文学兼顾于一体，其政绩与文才均达到辉煌的峰巅。遗憾的是，自"五四"之后，这一传统就悲剧化地无以为继了，这种文化的裂变则直接导致了一种文学传统的中断。数千年的文明史，唯有当朝的官员和文学产生了疏离。文学只是单纯作为部分政客的附庸风雅的浮华工具，而它固有的历史使命感和对生命存在的关注、对诗性世界的沉迷和对审美超越的向往则被悬置与遗弃。王充闾像古典的化石重新出现在当今的中国文坛，他竭力在恢复中国文学的一种传统。这就是所谓"官员文学"。然而，王充闾意义上的"官员文学"，并不满足于代表官方的意识形态，也不单纯作为官方意志的传声筒，而是在一定程度上反映民间的心声，发散着生命个体的情怀。当然，王充闾的散文写作，眷注国计民生、政治经济，关切国家民族的历史命运，体现一定程度上的社会责任感和历史使命感。他承袭了《诗经》《楚辞》、李杜诗章的艺术传统，将社会责任和文人情怀交融于山水和历史、审美与现实。

王充闾现象构成当今文坛的一种象征和隐喻：它象征中国"官员文学"的传统在潜层上并没有中断，仕宦阶层并不能绝对和完全地异化传统的文化人格，中国文人仍然固守着自我的精神家园；它隐喻官方和民间存在一条难以逾越的心理鸿沟，体现理性与情感的矛盾二律背反。为官代表着政府，而为文却又反映民众和自我的生存意志和情感世界。但是，王充闾既充当了人格完善、政绩显明、清廉公正的党政官员，又本色地扮演了传统文化人的角色，以真实的声音诉说民间的意见和生命个体的感悟，以自我的散文表达对以往历史和生存现实的诗性思考和审美想象。香港《大公报》曾着文评价王充闾"宦况诗怀一样清"，"散文如清风明月"，属于"学者型官员"，"云水襟怀，书生本色，知识界引为知己"。① 其实，笔者认为，王充闾更属于一位传统意义上的文人，他绝不同于一般的政客或官吏。因为王充闾具有文人学士天性的敏感和悟性，他眷注于超越现实存在的诗意生活，追求天人合一、物我相融的审美境界。文心与诗性、养气与修身、求知与悟觉、登临与畅神、格物与致仁等精神内在活动构成他生命存在的审美主题。所以，王充闾的散文是文人的散文、美学的散文、仁者与智者的散文。他提升了当代散文的艺术神韵和审美品位。

　　王充闾的散文创作踪迹可以追溯到 20 世纪 50 年代，那是一个充满理想和激情的历史时间。新的政治制度和经济方式赋予古老的华夏民族以新的历史命运和情感冲动，理性和非理性的深处均具有一种强烈的乌托邦的精神色彩，多灾多难的中华大地终于迎来了极有可能的物质文化和精神文化的沧桑巨变。王充闾以文艺家的细致的审美感受，体验新的历史语境所产生的时代镜像，并诉诸散文形式。尽管由于历史的限定性，其散文不乏存在审美乌托邦的色彩，但是作者以其真实的感受和传神的写照，表现出平凡的人物和日常的生活所蕴藏的高尚情操和素朴之美，笔法洗练含蓄，视点独特而富于变化，显现了一定的艺术技巧。其 20 世纪 60 年代初期的散文也具有如此的特点。此为王充闾散文的第一个时期。

　　由于"文化大革命"的原因，王充闾的散文足迹被迫中断了十余年。但是，作为深受传统文化熏染的生命个体，作为深受士大夫精神影响的文人，王充闾在十年"文革"中，读书思考成为最大的精神享乐。从传统典籍的经史子集，到西方的哲学、文学、史学等著作，无论晨风夕月，雨叩门扉，只要有一刻清静，均手执一卷，乐此不疲。王充闾获得了生命存

---

① 香港《大公报》1994 年 1 月 24 日。

在的第二次系统的知识积累和心灵体悟，为他以后的散文创作做准备。直至 20 世纪 80 年代，历史再一次为王充闾的散文创作提供了契机。作者重新焕发了文学激情，回归到他日夜萦绕于心灵的文学世界，重温失落多年的散文之梦。这一时期的散文结集为《柳荫絮语》和《人才诗话》。这两部集子，表明王充闾对现实与历史的思考比以往更为辩证和深刻，历史感与现实感更为和谐地交融在一起，尤其对人才问题给予了突出的关注。他从历史对现象分析转向对现实问题的思考，就人才培养、磨练、选拔、深造等方面提出了自己一系列的看法。其实，王充闾的人才观已经超越了一般的人才学范畴，上升为对人的存在意义、生存价值、人格设计、审美情怀、生命智慧等方面的本体论、存在论、价值论视角的认识，也从人才视角表明作者对中华民族的复兴和繁荣的拳拳之心，他渴望诞生无数的中华民族的理想群体和审美个体，出现理性精神和诗性情怀完美统一的崭新人格。可以说，就这一问题的运思，很少有人能达到王充闾这样的关切和深刻的程度。从散文的技巧和美学风格来考察，这一时期的散文，可谓是气象兴起，格调潮涌，初步呈现了匠心与匠气。体物言志，象征比拟，达到景情合一，不露凿痕；叙事记人，经营布局，针线绵密，浑然天成；义理阐发，辞章挥洒，雕琢润饰，不经意间而和谐完型。此时期的散文，初步形成了王充闾特有的艺术风格和审美情趣。整个 20 世纪 80 年代，是为王充闾散文的第二个时期。

王充闾散文的第三个时期，为 20 世纪 90 年代的前期。这一时期的作品以结集的《清风白水》《春宽梦窄》为代表。前者为作家出版社 1991 年出版，后者为春风文艺出版社"布老虎丛书"之一，于 1995 年印行。散文境界的开阔和格调的通达使作者显露出大匠之气，而技法的纯熟和思理的绵密已经接近化境，尤其是语言的潇洒和文风的雅致令读者倾倒迷醉。这两个散文集标志着作者的散文创作登临到一个新的美学境界，同时，也因这两个集子，王充闾由一个影响东北的地域作家进而赢得了全国许多读者的青睐，也获得众多评论家的好评，其中许多知名学者、教授，对王充闾散文予以极高的学术评价。1998 年春天，王充闾因《春宽梦窄》而荣获"鲁迅文学奖"，此一殊荣，无疑是对王充闾散文创作的价值认同和美学评定。

20 世纪 90 年代后期，为王充闾散文的第四时期。主要散文结集为

《沧浪之水》《面对历史的苍茫》《沧桑无语》。这一时期的散文标志着王充闾创作的新的审美追求和艺术转向，在花甲之间，承受大疾的磨砺，侧过死生之门槛，应验了古人"庾信文章老更成"的律论，伴随着生命境界的开阔、行状轨迹的拓展、悟觉的提升、道德人格的自律，王充闾在从政方面有口皆碑，秉承贤儒风范，清廉勤恳；而在翰墨文章方面，则又开创新的境界。此期间散文，首先，尤注重历史和美学的诗性对话，开启诗性于叙述和臧否之中，将史家的眼光和禅家的机理交织于历史风烟的品鉴过程；其次，揽纳天地山水、古今襟怀于手卷之中，以求天人合一、景情相生、诗画交融、悲喜衬映的艺术境界；再次，渴求大家气象，笔势雄浑而冲淡，情绪冷漠而超脱，识见卓异而朴质，可谓"返虚入浑，积健为雄"，"采采流水，蓬蓬远春"，"落花无言，人淡如菊"；最后，章法奇变，自成一格。大美无言，修辞立诚。自《面对历史的苍茫》到《沧桑无语》，王充闾散文进一步定型了独特的美学风格，寻找到艺术表达的自我路径和修辞美学的自我话语。所谓章法奇变，自成一格，是就王充闾散文对艺术形式的技巧把握而言；作者将当代散文的写作推进到一个新的境界，尤其是他时空交错的笔法，有时以时间围绕空间而叙述，有时则以空间拓展时间而抒情，而有时又将时间与空间交错位移，交织以意识流和梦幻线索的写法，如《陈桥崖海须臾事》和《梦雨潇潇沈氏园》，颇有和结构主义理论相通的灵犀。而作者叙事方式也别具一格，采用客观叙事和零度写作，用活了寓褒贬于叙事之中的春秋笔法，而且叙事视角多变，空间时间距离和心理情感距离不断调节，给人以陌生化的审美享受的独特的价值判断。与叙事技法相联系，作者的抒情方式也在寻求变革，他有意识地摈弃了激情宣泄的方式，而代之以平淡无情的象征隐喻的手法，也许受到庄子哲学的"至人无情"的启发，意识到情感在某种意义上是存在之伪、生命之累、认识之遮蔽，文章的字里行间，控制自我情绪的激发，将情感上升到更为纯净澄明的境界。所谓大美无言，修辞立诚，是就王充闾散文对语言修辞的运用而言。

　　王充闾在童蒙初识之无，对汉文字有着本能的亲和力，束冠就学后，勤勉异常，酷爱华夏典籍，熟读历代诗词曲赋。青年之后，读写不辍，又于西方的哲学、历史、美学等著作汲取养分。写作散文，他一向注重语言修辞的审美功能。近期的散文，趋向返朴归真，语言极少雕琢，达到典雅淳厚而空灵飘逸，语言的符号化的审美价值被作家提升到崭新的境地。散文的语言风格的独特，也进一步表明王充闾步入了当代散文大家之列。

世纪之交，出乎人们意料，王充闾又推出了"变法"之作——《何处是归程》。该散文集以与作者以往作品所迥然不同的生活题材、写作方式、艺术风格等方面，显露了王充闾执着不懈的超越自我的美学追求。从总体上欣赏，《何处是归程》无疑属于散文园地的上品之作，其中散落着不少的精品之作。作者于花甲之后的毅然"变法"的结果，使自我的艺术之舟漂泊到又一个充溢生机、风光旖旎的河流。

《何处是归程》无疑是富有审美独创性的散文作品，作者选择了新的题材和新的话语，从而获得了艺术创造的新的灵感和激情，由此诞生了不同以往的审美果实，这属于一种必然的逻辑结果，也是对作家艰辛变法、舍弃成规、刻意进取的合理回报。显然，作家的自我超越性和艺术的独创性，成为《何处是归程》获得成功的心理条件和美学基石。以《何处是归程》为标志，王充闾的散文创作进入了第五个时期。21世纪迄今十余年来，是王充闾散文的成熟期和丰硕期，作家陆续发表了诸多散文，出版了几个散文集，受到不同阅读阶层的欢迎与赞赏，也获得文艺理论界、评论界和学术界诸多学者、评论家的高度认同和热烈赞赏。

21世纪这十多年，王充闾的散文创作走到炉火纯青的艺术境界。从古稀之年直至八十高龄，王充闾始终沉浸于散文的创作，依然保持着传统文人的赤子之心。他博览典籍，集录资料，写作读书札记，不断有高水准的新作问世。除了延续以往的创作风格之外，作家不断变法与精进，表现在近年结集出版的《龙墩上的悖论》《事是风云人是月》（上下册）《逍遥游：庄子传》《张学良人格图谱》《域外集》等著作方面，写作视角不断求新，修辞手法趋于隐蔽，淡然成趣。话语风格鲜明，与以往散文相比，适当增强了流畅的口语和幽默感，进一步浸染了个性色彩。在散文的思维方式上，力求中西互证，古今参照，关切现实，既有作者直接出场的辩证理性批评，也有隐匿自我立场的存而不论的"悬置"判断，以怀疑论的态度对待历史与人物，使文本有重新阐释的空间，将结论留给读者沉思。王充闾21世纪以来的散文创作，无论是思理深度还是人生境界，无论是哲学意蕴还是审美趣味，也无论是写作技巧还是话语修辞等方面均达到其文本的成熟丰厚，其美学价值与艺术魅力均达到当代散文创作的甚高水准。这对于一个已经八十高龄的年迈作家而言，实属难能可贵，可谓：可喜、可贺、可敬。

以上，笔者将王充闾散文定位为美学化的散文，并将其散文创作划分为六个时期。这仅是出于方便叙述的考虑，其实，王充闾的散文创作仍然处在发展变化、不断自我否定和超越的过程，对于文学的痴迷情结定然会伴随作家所有的生命路程，他那份年迈的执着和童心般的纯情，不同于当今某些文士对文学这一"语言魔方"的戏弄和调侃。因为他深深热恋着翰墨，深深热恋着青山魂梦，所以也深深热恋华夏的传统文化和人文精神，深深热恋着清风白水，碧空云霞，濠濮游鱼……依凭着这种"童心"般的热恋，兼之以老年庾信的生命体验和人生，我们有理由相信，王充闾散文必将进入更新更美的境界。

第 一 章

体物言志

第一节　故土情思

　　故土情结也许是人类最深沉的文化情结之一，它成为一种无意识的冲动势能，构成个体存在的情感因素。德国哲学家诺瓦尼斯曾把哲学理解为：怀着乡愁的冲动去寻找精神的家园。个体存在的家园意识在形而上意义上，属于一种真理或信仰，一种终极价值，一种宗教或审美的最高境界，而在形而下意义上，它包含对故乡的眷恋情怀，一种精神的皈依感，一种乡愁的冲动。中国古典诗词的乡愁情怀，自《诗经》《楚辞》时期就有所体现，《诗经·黄鸟》一咏三叹的"言旋言归"，也许最早表现了乡愁意识。《离骚》"陟升皇之赫戏兮，忽临睨夫旧乡。仆夫悲余马怀兮，蜷局顾而不行。"《九歌·哀郢》"鸟飞反故乡兮，狐死必首丘。"则深切地流露了一种故土情思。而唐人崔颢的《黄鹤楼》"日暮乡关何处是"的追问，更是将人类普遍的家园意识抒写得淋漓尽致。参照弗洛伊德的精神分析理论，童年的经验对艺术家一生的创作起着至关重要的影响，而童年的故乡印象往往伴随其终身。

　　从上述意义来看，王充闾散文的故土情结和乡愁意识属于具有普遍意义的文化心理结构的显现。然而，王充闾散文的故土情结和乡愁意识又具有独特性的一面，那就是他以个体的生命体验和超越性的审美感悟，凭借他敏锐的散文家的目光和富有想象力的艺术灵感，运用自我的文学话语将之赋予象征或隐喻的意境，符号化地表现出来，达到形式美感。具体分析王充闾散文的故土情结，大致可以划分为这样几个审美意象。

1. 红粱意象

王充闾自始至终生活在东北的黑土地上，辽西盘山为其故乡。在王充闾的散文世界里，始终保留着东北的地域色彩。他的早期散文，尤其是体物言志的篇目，存在明显的"红粱意象"。众所周知，高粱在历史上为东北地域的广泛种植的农作物，也为东三省民众的主食。吃着高粱长大的王充闾，对它怀着不解的依恋之情。在散文集《柳荫絮语》里，收有写作于20世纪60年代的《红粱赋》一文，体现了作者对高粱的诗意情怀。

北国的秋天是壮美的。垂珠溢彩，硕果满枝的果园，青翠欲滴，生趣盎然的菜畦，都颇堪入画；"天苍苍，野茫茫，风吹草低见牛羊"的牧野风姿，更是千古驰名的胜景。然而，我喜欢的却是富有泥土气息的"万斛珍珠醉欲流"的九月高粱。"高粱高似竹，被野参差绿。粒粒珊瑚珠，节节琅玕玉。"幼时在一篇散文中读到的这首诗，至今还存留着深刻的印象。

高粱，又名蜀黍、芦穄，是人类最早培育的作物之一。早在远古时代，我国黄河流域一带即已盛行栽植。它耐旱耐涝，抗逆性强。据试验，只要吸收将近粒重一半的水分，它就能发芽吐绿。对土质要求亦不甚严格，无论砂壤、黏土、碱地、岗坡、洼甸，都能生长。高粱向来就享有"浑身是宝"的美誉。籽实是北方人民的主要食粮之一，也是酿造业的重要原料。驰名中外的很多名酒，如贵州仁怀的茅台、山西杏花村的汾酒、四川泸州的特曲等，主要都是用高粱酿制的。加工后的副产品，米糠、酒糟、粉渣之类，能饲养生猪。茎秆可作青贮饲料，有的还能熬糖，又是极好的架材和编织材料。根、茎、叶可作烧材。连脱粒后的穗头都有用处。

在植物王国里，高粱算不上美人。但，它留给人的突出印象是纯厚、质朴，具有天然的健康美。那红里透黑、憨态可掬的笑容，坚劲挺拔、健壮丰满的身姿，多予少取、勇于献身的风格，使人联想起勤劳、纯朴的农民。无怪有些诗人、作家常用九月红粱来描绘劳动人民的形象。每当我凝视那红如烈火、灿若丹霞的遍野高粱，心头便充满了对用汗水浇灌禾苗的农民兄弟的敬意。

这篇早期散文，以朴实的笔触描写高粱的物性，进而赋予一种人格化的趣味，使其禀赋地域化的审美色彩。于是，"红粱"浓缩了象征符号的功能，上升为诗性化的艺术对象。王充闾散文中的"红粱"意象，流露着作者对故土的深挚眷恋和难以割舍的情怀。王充闾的散文世界里收藏着对于"红粱"的瞬间而永恒的印象，这种"红粱"，已经演绎为作者的故乡寓言，它只不过是升华了的家园旧梦，成为王充闾的精神化的栖居地之一。

2. 柳荫意象

《柳荫絮语》是王充闾第一个散文集的命名，选择"柳荫"作为象征符号，显然也包含著作者的审美寓意。

作为作者的第一个集子的开篇散文，《柳荫絮语》无疑属于王充闾早期散文的代表作之一。在这篇散文里，作者以充满赞美的笔调抒写对柳的感悟和联想，并将对故土的情爱渗透到对柳的描摹和象征的字里行间。美国现代美学家苏珊·朗格认为："在艺术中，形式之被抽象仅仅是为了显而易见，形式之摆脱其通常的功用也仅仅是为获致新的功用——充当符号，以表达人类的情感。"① 这一看法不乏存在某种合理内核，参照这一观念读解《柳荫絮语》，我们则可以发现，作者选取"柳"作为情感的符号象征，考虑到它的感性形式具有一定的隐喻功能。而在修辞技巧上，作者匠心独运，开头设置一位台湾老人四十年后还乡的引子，牵出他对故乡柳树的情思，并以唐人孙光宪的咏柳佳句"恰似有人长检点，着行排列向春风"，给远别的游子以归乡的慰藉，清新的美感和联想。然后，笔锋一转，纵横挥洒，从植物、物候、地域、风情、民俗、历史、文学等方面，以白描、点彩、泼墨的技法去摹写柳树，寄情寓意，浑然自如。清荫翳日，翠带牵风，借用梁元帝萧绎"杨柳非花树，依楼自觉春"的诗句，写照营口街头的翠柳雨新楼相映的景致。然后，进一步展现体物细腻，腾挪变幻的散文笔法，将盐碱低洼的辽滨之城的柳树，赋予精神化的人格象征。

---

① ［美］苏珊·朗格：《情感与形式》，刘大基等译，中国社会科学出版社1986年版，第62页。

　　　　柳是报春的使者。当寒威退却、冰雪消融的时节，痴情浓重的春风朝朝暮暮奏着催绿的曲子，鼓动得万里郊原生意葱茏。花丛草簇从酣睡中醒来，急忙抽芽吐叶，点染春光，顿时大地现出层层新绿。然而，这一切与高楼栉比、车辆穿梭的城内是不相干的。那么，是谁最先把"春之消息"报告给十丈红尘中奔走道途之人的？正是街头的翠柳。……

　　接着，作者借鉴了意识流的表现手法，将现实与历史、时间与空间、景物与情绪，不断交叉错位，相互掩映，其间恰到好处地揉入典故词章、趣事珍闻，但又紧扣着家乡的柳树进行运笔弄墨，可谓包罗万象而不变其宗。刘勰《文心雕龙·体性》云："夫情发而言形，理发而文见，盖沿隐以至显，因内而符外者也。"《柳荫絮语》以故土情思为审美张力，以乡愁冲动为艺术支点，围绕柳这个具有典型性的审美意象而展开叙事和言情，以符号化的寓言形式，表达了作者对故土的热恋。在以后的散文创作里，"柳"的意象仍然被作者有意或无意地收藏着，并深化了审美意义。

　　3. 雨水意象

　　中国古代文人素有"仁者乐山，智者乐水"的审美传统。山水情怀构成士大夫的生命存在的超越手段和逃避俗世的诗性空间，由此也派生了以山水为主题的多样化的艺术文本。王充闾散文对山水的沉醉尤其明显，从他对几个集子的命名上就可略见一斑。就《柳荫絮语》而言，作者的故土情结主要是借助"雨"和"水"的意象营构得以宣泄。

　　王充闾对于"雨"存在直觉化的审美偏爱，在他的散文里，常常透露出"雨"的意象，而雨的意象又潜在地和对故土的眷恋联结在一起，构成不可斥解的心理共生体。早期代表作《小楼一夜听春雨》，以雨中写梦，梦境听雨的方式，凭借巧妙的时空转换和回忆联想，纠合了往事与现今，虚幻和真实：

　　　　落雨是挑人思绪、引人遐思的时刻。雨能使人从躁动归于沉静，从感情进到理智。面对着垂天雨幕。耳听着潇潇暮雨，人们会萌动着种种饶有兴味的思绪。杜甫在长夜苦湿、风雨凄其中，发出"安得广厦千万间，大庇天下寒士俱欢颜，风雨不动安如山"的浩叹，体恤民艰之情跃然纸上。宋代的诗人曾几，午夜梦回，听得雨声淅沥，认为是最佳音响，从甘霖普降想到稻香千里，大有丰年："一夕骄阳转作霖，梦回凉冷润衣襟。不愁屋漏床床湿，且喜溪流岸岸深。千里稻花应秀色，五更桐叶最佳音。无田似我犹欣舞，何况田间望岁心。"而他的学生，那个誉为"亘古男儿"的陆放翁，则是"忽闻雨掠篷窗过，犹作当时铁马看"。因为听到雨声，他那饱满的爱国激情，竟然冲出白天清醒生活的境界，泛溢到梦境中去："僵卧孤村不自哀，尚思为国戍轮台。夜阑卧听风雨声，铁马冰河入梦来。"

作者又笔锋一转，回忆童年对雨的印象，"不知是什么原因，我对雨向来抱有好感。童年时代，每逢落雨，我都跣着双脚，跑到街头欢耍、嬉戏"，因此牵引出私塾老师罚诵《千家诗》的趣闻，最后又拖带出有关私塾老师的悲剧性故事，将雨的意象叠加了丰富的寓意。散文中的"雨"，既作为表现的主体对象，又承担着叙事线索的功能，它既是符号化的情感象征，又是串联结构的精神轨迹。而文章中的"雨"，无不与故土情怀和对古人的思念相沟通，"体物言志"，相得益彰，造成一种和谐优美的意境。

在王充闾散文中，和"雨"意象密切联系的是"水"意象，它们共同构造了古典情怀的"智者乐水"的审美境界。尤其是在后来的散文集里，作者进一步深化了对水的生命领悟和生存智慧。作者对"水"的偏爱和表现，达到了一定的艺术水准。如发表于 1998 年 1 月 2 日《光明日报》的《请君细问东流水》，以真挚的感情回忆"双台子河"，用散点透视的方式，串起一系列"水"的故事，不仅写法独特，而且透露出人生的几分沧桑和几分柔情。"屈指算来，我离开双台子河边已经整整三十五年了。就是说，这期间，双台子河又经历了两万五千多次潮起潮落，而河上的盈盈素月也已圆过四百二十回了。在我说来，四百二十度月圆月缺也好，两万五千次潮起潮落也好，双台子河无时不萦绕在心中，梦里依稀，涛声依旧。每番归去，我都怀着一种近乡情怯的心态，漫步河干，凝视那悠悠的河水，放眼四望，深情地察看着周遭的千般变化。一切都是那么亲切，那么熟悉，却又平添几分陌生与疏离之感。百年世事留鸿迹，待挽西流问短长。"这一份乡愁的冲动，被收藏在双台子河的悠悠流水之中，孕化为一种诗性的审美情怀，潜藏散文的笔墨里。

第二节　审美判断

王充闾的散文心路行走的是一条美学的轨迹，前期的散文就呈现出作者对天人合一的审美境界的渴求，交融着诗人情怀的审美趣味和发现美之存在的眼光。审美情怀作为一个精神的圆心，始终占据着王充闾散文世界的中心地位，并以此构画出一个精致的艺术之圆。《柳荫絮语》第二辑的一组文章，可以看作是早期的审美化散文的代表。

这一组散文，如果依据传统的单向度的艺术概念，可以界定为"游记"。然而，王充闾散文的"游记"，尤其是后期散文的游记，又并非等同于传统散文意义上的"游记"。尽管作者也记游览胜，但是在审美心理上更偏重于因"花"寻"蜜"或因"蜜"寻"花"，既瞩目风景名胜，山川古迹的奇异韵致，又醉心于对其历史文化的深层原因的探究；既凭借敏锐的视角去体察山水的形式之美，又能用直觉的审美体验和诗性智慧勾画出山水存在的生命灵性，更能依赖冷静的理性分析和价值判断揭示山水之外的哲学意蕴。王充闾散文的"游记"，其美学特征就在于较大程度拓展了创作主体的想象和智慧，将诗性的审美精神更多地融入散文世界。就《柳荫絮语》的这一组"游记"而言，笔者倾向于将之界定为审美化的散文。因为王充闾的后期散文，则可以称之美学化的散文。

这组散文共记9篇。篇目为《溪趣·诗趣·理趣》《因"蜜"寻"花"》《美的探索》《历史的抉择》《淹城纪事》《仙阁遐思》《黄昏》《海上抒怀》《神话与现实》。第二辑的散文视界相对第一辑要开阔，如果说第一辑的散文视界主要限于东北的辽南大地，而第二辑的视界则散射到江南山水。依笔者所见，正是这一组散文，萌发了王充闾的历史文化散文的艺术冲动，为他后来的日渐纯熟、臻于化境的散文创作积累了灵感之水源，收藏了悟性之果实。这种对自然的亲和力、诗性的觉悟、冷静的历史理性、生命的悲剧意识、道禅融通的存在智慧、审美的超越精神等一直贯穿于王充闾后来的散文创作过程。

现在，笔者尝试读解这9篇文本，阐释其审美趣味及其艺术品格。《溪趣·诗趣·理趣》《因"蜜"寻"花"》《美的探索》为"江南漫兴"

系列，可以视为姐妹篇。客观而论，这三篇文章，篇幅短小，尚缺乏王充间后期散文的恢宏气象，格调境界也无法和后期散文相媲美。但是，它们作为作者的早期散文，却存在一定的审美价值。如《溪趣·诗趣·理趣》，首先，扣住一个"趣"做文章，匠心独运，舍弃一般游记散文局限于山光水色的感性描摹的路径，而选择一种审美趣味作为诗眼文心，这样就使散文获得了精神生命，诞生其个体存在的意义。其次，将历史文化融入散文的状景叙事之中，使山水增添书卷气象，有如展读诗文长卷。最后，技法挥洒变幻，结构错落有致，初显一家风度。文章以游览杭州九溪十八涧为文章主体，开篇独辟蹊径，以俞曲园《春在堂随笔》描写九溪十八涧为楔子，并借用他一首形式特异的双声叠韵的五言作先导："重重叠叠山，曲曲环环路。丁丁东东泉，高高下下树。"散文依照空间顺序描写九溪十八涧，但不是全景式的扫描，而是以行走的线索，以近乎传统绘画的白描手法写意式地勾勒九溪十八涧的独特景观。散文的妙处在于，散点透视和多视角叙述的交叉运用，随着山回路转，作者的审美体验也随之腾挪起伏，摹状出景色的内在生命。而同行者小说家、诗人和作者的视点交叉换位，犹如三部摄像机从不同的角度，以不同的方式，不同的体验，不同的风格，拍摄了九溪十八涧的玄幽静谧之美。行文之中，常借用古典诗词、文坛逸趣为线索，串联起故事，作为起承转合的材料，可谓写活了景物。更兼作者不时展开自由联想，以意识的自然流动，领悟自然景观之外的深层意蕴。《因"蜜"寻花》，破题采用曲径通幽的技法，记述在绍兴寻访鲁迅先生笔下的风物人情的一幕。散文格调幽默，文笔洗练，时时穿插对鲁迅小说里的场景、人物的回忆和联想，将艺术与现实不时地交织于自己的散文行卷里，亦幻亦真、亦虚亦实地表现了鲁迅故乡的风土人情和文化氛围。《美的探索》一文，以天下奇观的黄山作为描摹对象。今人写黄山之文，已近乎汗牛充栋，要出新境界、新意趣，绝非易事。王充间的《美的探索》，与其说是"写"黄山，不如说是"画"黄山更合适。因为作者正是采纳诗画相通的艺术理论，借鉴绘画方法来写黄山的奇秀幽美。作者同样借助于小说家、诗人、散文家的三个视点的交错换位，以审美距离的不断调节、变化，绘光写色，摹景状物，并辅佐以审美移情与联想，以细致的笔触，有如工笔画一样，表现黄山之美。如写光明顶云海，玉屏楼日出，犹如淋漓水墨画，神韵跃然纸上。

作为大自然的另一杰作，黄山松更是独具一格，颇富创造性。它打破了一般树木对称与平衡的常规，枝条侧向一方，造成一种特异的魅力。它冠平如掌，枝伸似臂，以低矮坚实的躯干，迎击着雷霆、暴雨的挑战。靠着无坚不摧的钻劲，哪怕生在笋尖、剑芒、莲蕊般的方寸之地，也要觅出一点缝隙，扎根生长。特别是作为黄山标志的高寿千秋的迎客松，站在玉屏楼前，朝朝暮暮，平伸出手臂，彬彬有礼，仪态从容地迎接着往来的行人，给人以一种亲切、凝重的感觉，成为中国人民热情好客的象征。

该文在语言的运用方面，也初步显露了王充闾散文风格的一个侧面，典雅潇洒的语汇，音律和谐的节奏，错落有致的意蕴，自然天成的修辞，被妙手熔铸为一体，虽然有斧凿之工，然而却少留痕迹。

与"江南漫兴"系列略有差异的是，《历史的抉择》和《淹城纪闻》这两篇文章，"游"似乎成为"隐"，而"思"上升为"显"，作者的历史理性意识逐渐地在游记散文中萌发和丰富，有意识地提升散文的哲学意蕴，并将审美判断赋予文化学的意义。

《历史的抉择》，笔者以为可以隶属于"陵墓文化"，它以记叙帝王将相的墓葬为基点，从而表达对历史事件和历史人物的审美判断和价值评价。散文一方面以诗人的视角去观赏禹陵和南宋皇陵，对地表的建筑、碑刻等景观，进行多方位的描述，并且援引诸多名家的看法；另一方面，置身于新的历史文化语境，表述自我对两种互为衬映的历史人物的道德的和美学的评判。散文就同一地域的不同历史年代的人物进行比照，运用了正反对照、互为背景的写法，属于以空间写时间，以地域写人物，以感性见理性。在艺术表现形式上，无疑是一种创新。在具体的写作细节方面，散文也表现出一定的史家的眼光和素养，诸种史料信手拈来，并且援引民间的逸闻传说，而又经过有目的的筛选，论理剖析也显得公允客观。尤其穿插诗词于文中，恰到好处地实现表情写意的功能。《淹城纪闻》，记叙作者探访商代淹国都城遗址，引录了正史、野史、方志等典籍，又辅佐以诗文、传说、民谣，试图从废墟遗迹之中，寻求历史之谜的解答。与《历史的抉择》性质相近，此文亦可称之为历史文化散文。淹城的地表遗迹所存依稀，但作者的记叙仍然笔致清晰。尤为称道的是，作者能够从历史的表象之后，领悟到某种历史的真谛或历史的启教。王充闾早期的文化散文，就注重历史感或历史意识的诠释与传达。《淹城纪事》里，借用《武进县志》收录的明代诗人陈常道的淹城纪游诗"谁叱冯夷去巨兵，凿开湖埠壮南营？山藏孤岛围千嶂，堑挟重汤控一坪。盘谷蛇形森踞虎，昆池叠影浩翻鲸。可怜王气今蒿莽，落日群鸥空自盟"潜隐地表达了自我的感悟。

《仙阁遐思》《黄昏》《海上抒怀》《神话与现实》这四篇散文，均为写景抒怀之作，文笔精致，以审美感悟见长。它们不属于全景式的散文，往往截取现实世界的横断面，就某一审美现象拓展思绪，走笔运思。作者不时地借鉴古典辞赋的技法，而能达到"形在江海之上，心存魏阙之下"，"思理为妙，神与物游"，"流连万象之际，沉吟视听之区"① 的创作境界。

《仙阁遐思》与其说是"写景"，还不如说是"借景"。蓬莱仙境无法以直接的方式表现出来，于是作者一方面"以虚写虚"，借用古人的文墨来描摹非现实的海市奇观。而另一方面，作者"化虚写实"，以三登蓬莱阁、从丹崖山下的海边所捡回的光洁的鹅卵石作为寓意的对象，以具有特殊意味的审美符号，联结了虚幻世界和现实世界，表述了自我对现实存在的一种理想主义的审美期待。《黄昏》一文，笔者以为当属于当今不可多得的美文之一。因为以日出为题材的散文已有名篇佳构，而以黄昏为审美对象的传神笔墨尚不多见。作者以其审美偏爱，选取黄昏为散文题材，可谓"目既往还，心亦吐纳"（《文心雕龙·物色》），尤其注重对黄昏的瞬间印象的摹写，凭借主观的审美体验去传达黄昏所附丽的心理色调。作者对黄昏的摹写，一方面借助于中外名家对黄昏的不同感受，从多重视角表现黄昏的纷呈之美；另一方面，作者对黄昏的印象，并不单纯从知识经验的视角出发，而更多依赖直觉的审美领悟，以自我的感受为轴心，勾画出黄昏的审美魔力。文章中以对儿时的回忆，牵引出对黄昏的感知。此处的黄昏，是和童年的生存状态和心理体验联结在一起的：

---

① 　刘勰：《文心雕龙》。

　　小时候，每年夏天都跟着父亲去牧场割草，那炎炎烈日烤得草原在呼呼地喘气，简直到了燎肌炙肤的程度，但我百去不厌。一是为了到河沟旁掏洞捉蟹；再就是傍晚时分欣赏草原落日的奇景。滚圆的夕阳酷似过年时村头挂着的红灯笼，看去似近实远，似静实动。下面衬托着绿绒毯一样的芊芊茂草，成就一幅天造地设的风景画。晚霞像彩带一样横亘天际，风沉淀下来，草原平息了，荒原寂静无声。牧归的羊群从远方游来，一团团，一片片，简直分辨不清是翠绿的"魔毯"收敛了白云、彩带，还是白云、彩带飘落在草地上。

　　黄昏意象和童年记忆联系在审美镜面上，真实和虚幻之美构成生命存在的永恒意义。作者还分别记叙了海上黄昏和从高空凝视黄昏的不同感受。然后，笔锋挪移，写了不同时代、不同社会境遇、不同心理境遇的人们对黄昏的不同的审美体验。作者以不同的视点变化，从主客观两个方面勾画对黄昏的瞬间的印象，既注意对光与色的主观体验，亦揭示了不同心境之下的个体存在者对黄昏的美感。另外，《黄昏》一文，还体现作者的艺术的言语（parole）和符号（sign）的自由转换和随机灵巧的运用与表现。黄昏这个纯然自在之物在散文中被高度象征化、审美化与心灵化。中国古典诗人谢朓、王维赋予它不同的气象、格调，泰戈尔、高尔基、莫泊桑、凡尔纳、赫尔岑也对黄昏作了不同心理视象、情态色彩的理解与寓意。黄昏被诗化为多彩多姿的人类情感结构，成为复杂的精神要素的象征符号。作者对于黄昏进行审美移情与心理的内模仿，追索它的隐秘的含义和人类赋予它的精神色彩。黄昏已构成了多元、立体、有生命的艺术情境和审美场，它转换为内容丰富的情感符号。《海上抒怀》一文，精粹隽永，意味含蓄。记叙海上之旅，抒写自我对时间流逝的感叹，穿插梦境的描写，使文章富于变化，表达了一定的人生哲理。《神话与现实》，以神话与现实的交错手法，描述了南国珠海的风土人情，奇异景色。作者以景溯史，勾勒出珠海的百年沧桑，纠连了历史与现实。又引录了神话传说：

　　远古时代，南海中飘来一个骑着大海龟的仙女，来到这里是准备把一串金碧辉煌的宝珠献给她心爱的情人。途中被三个恶魔截住，非要掠下宝珠不可。仙女拼命抵抗，终因寡不敌众，被扼杀在魔爪之下。弥留中，她拼力扯断珠串，向大海撒去，于是，海中便出现了现在的一百一十二座岛屿；仙女躺倒的地方化为优美的风景区：玉髻峰、香鼻山、菱角嘴、玉臂岩；骨骼变成许多瑰奇的石块，堆成犀牛望月山。还有一个神话。在亿万年前，有一位仙人骑着神狮云游南海，路经此地遇到一褂妖怪作法，阴霾四布，海涛翻涌，舟楫覆没。仙人施展法术，喝退了妖魔。香洲海湾恢复了海晏波平的景象。为了制止妖怪再来兴风作浪，仙人让坐骑神狮化作一座高山，永保这一方的太平。后来这座山便被人们称为镇海狮山。

神话也是一种世界观和方法论，是人们借以理解世界和认识自我的一种方式。神话世界是既充满情感又包含理智的精神共生体。作者借用神话传说，表述了自我对现实世界隐喻性阐释。这篇散文，把神话与现实和谐地交织在审美情感的内在结构里，以神话象征现实境遇中的生存群体对于美好生活的期待与向往，展示珠海的现代风貌和新的生命活力。

《柳荫絮语》从题材内容来看，有乡情、萍踪、说荟、心迹、材论等，以其浓烈的诗情画意贯注深沉含蓄的哲理，将审美判断和价值判断交融于一体，给欣赏者以丰富的审美意象与理性知解。

任何艺术都包含价值判断与审美判断，都是价值感与审美感的生成与体验。布洛克认为，"凡艺术品都有某种意义，这实际上也是艺术品的一种确定性质。"[1]《柳荫絮语》，无疑显现丰富的价值判断和极富创造精神的东方民族的价值观念，它构成艺术的意义与理性内容。传统文艺的"山水比德"（孔子），"体物言志"（刘勰），通过自然透视社会人生，达到天人合一、物我一体的艺术境界，将价值判断包含于对山川河流、花草鱼虫、柳荫藤萝的描摹歌咏之中。而在这艺术的创造与欣赏过程中，一方面浸透着创造者的审美判断、审美感知，使美的胚芽在感性形式中萌发；另一方面，物化在艺术品中的审美意象又自由显现，达到与欣赏者的视野融合，形成丰富生动的美感，使人赏心悦目，超越时空。

我们鉴赏《柳荫絮语》这部散文集，它絮语柳荫、昙花、海棠、花环；描摹古洞、黄昏、红粱、淹城；叙述捕蟹、葬鹰、烧窑、补课；纵论

---

[1]　［美］布洛克：《美学新解》，滕守尧译，辽宁人民出版社1987年版，第311页。

放翁、李煜、卞和、赵普乃至爱因斯坦、法布尔……笔调的细腻真切与情绪的起伏流动，富有抒情音乐的韵致。从艺术心理学来看，作者善于感知物象，体察自然存在和社会历史生活事实，予以综合、选择、提炼、再现与表现，将自我的深层情感附丽于艺术对象，灌注价值感与审美判断于所写事物之中，使诗情与理性水乳交融，传神达意，富有艺术趣味与美感。如《柳荫絮语》一文，由古及今，春夏秋冬，诗词佳句，精雕细刻，白描写意；《捕蟹者说》，神话传说，意趣显露，文坛逸事，溢于笔墨；《古洞泛舟》，纯属写景，但于景中既有自然知识的钩沉，又有社会价值观的体现；《黄昏》以其丰富变幻的想象与联觉，勾勒大自然美妙绝伦的景致，探索古人与今人对黄昏的不同感受与心态，体现出沉深的人生价值取向和伦理道德精神；《花环》与《野酌》描绘异域日本的风光人情、文化习俗，生动表现了两个东方民族的文化与情感的双向交流。众多的篇目，题材多变，手法技巧、美学方法也不拘一格，具有丰富性与独创性。

如果说"美是理念的感性显现"①。那么，散文集《柳荫絮语》达到了理性与感性形式的平衡和谐，价值判断与审美判断的有机统一。它描述自然的美，漫论社会历史的客观进程与人世沧桑，无不贯穿理性精神与历史主义的态度，体现传统而富有新意的价值观念，它将审美判断建筑在价值判断之上，使美感具有丰富的理性内容和社会历史精神、文化隐义，使二者互补、渗透，由诗情至哲理，在二者交融的基础上构成有意味的美感。而就这一点来论，它比当代散文大家杨朔的作品更富有冷静的客观理性精神和强烈的主观感性体验，更符合历史的真实与逻辑的真实，也更富有美学意义与艺术价值，只是前者因客观的社会历史因素更具轰动效应，而这正是艺术价值、艺术影响的不可比拟性、非客观性的体现。

第三节　文化质点

任何艺术都是一种文化的事实或者果实，艺术是人类精神结构有价值的自由象征，是一个民族文化质点的集合体，也体现一个民族的伦理逻辑和道德精神。

---

① ［德］黑格尔：《美学》第 1 卷，朱光潜译，商务印书馆 1979 年版，第 142 页。

王充闾散文集《柳荫絮语》，有别于其他散文的显著特点之一，就在于作者深厚的传统文化素养和继承的积极方面的民族文化心理结构，以及富有东方民族特征的伦理逻辑。而这一切，借众多丰富的文化质点去沉积、储存、附会、阐释，作者以此去发掘、选择、提炼，赋予新的历史内容与艺术内容。《柳荫絮语》以其明丽浪漫、优雅言情、体物状景的散文风格，潜在地熔铸着传统的人文心理，是"集体无意识"（荣格）的沉积和众多民族文化质点的汇集与聚焦，民族伦理的勃发与延续，更具有文化学、历史学、哲学的意味。这是超越当代一般散文家的地方；这也不能不归结为王充闾之于传统文化的酷爱与接受，选择与阐释。他之于历史文化的广博涉猎与定向探研，使《柳荫絮语》闪烁着文化哲学的特殊色调。

作者选择众多的文化质点去达到一种艺术的隐义表达和情感符号的象征，借历史事件与历史人物、自然景观与人文景观去状摹自然，咏怀抒情，象征达意，达到艺术的美与成功的表现（克罗齐）。散文《柳荫絮语》，以柳起兴，从白居易《东涧种柳》言及黄巢起义的戴柳为号；从刘禹锡的咏柳诗联想到陆放翁对柳的赞誉，再写到后人对陶渊明这位"五柳先生"的仰慕，谈说我们民族古代有关与柳相联系的民俗。作者一方面是寻觅历史的文化质点，另一方面又是表现现实的思想感情，而二者又相得益彰，水乳交融。《捕蟹者说》勾连神话与现实，穿插骚人墨客、狂徒雅士于蟹的传闻逸事，明为写蟹，实属从不同的心理角度体现一定的伦理观和道德观。《昙花，昙花》一文，诗意盎然，曲径通幽，似写花道园艺，却借题寓意，化实为虚，突出中华民族以雅致为核心的审美观，推崇这艳而不亵、冶而不妖的昙花，"堪称花中圣品"。此文空灵剔透，诗意朦胧，又将昙花与牡丹相比，写昙花淡泊自甘，多予少取，勘破了名利关头，不愿取悦于人，招蜂惹蝶，与莲花、菊花并称"花国三清"。作者继而引征史实，写出《随园诗话》里一个凄然伤神的故事，由花及人，由事及理，由景及情，使昙花显现了人格精神，从中感悟出中华民族的传统文化心理与精神追求。此中的昙花已经高度心灵化、艺术化，成为生气灌注的活的意象和审美象征品。

按照我们中华民族以雅致为核心的审美观，这艳而不亵、冶而不妖的昙花，堪称花中圣品。无论是"竞夸天下无双艳，独占人间第一香"的牡丹仙子，"开处自堪夸绝世，落时谁不羡倾城"的西府海棠，还是"水中轻盈步微月"的水仙，"烂红如火雪中开"的山茶，都无法比拟。有人嫌它花时太短，惊鸿一瞥，稍纵即逝。其实这是苛刻的挑剔。郭老有这样的诗句："只要花好，何在乎时的长短！"是啊，人生七十古来稀。即使寿登期颐，放在无始无终、万古如斯的时间长河里，也不过是短暂的"一现"。只要能在"一现"之中，像一颗陨星冲入大气层之后能在剧烈的摩擦中发出耀目的光华，自尔神采高骞，同样称得上星云灿烂。

诸如《小楼一夜听春雨》《金牛山上古今情》《溪趣·诗趣·理趣》《仙阁遐思》《神话与现实》《小鸟归来》《散步》《赏花吟》《陆放翁为海棠鸣不平》等篇目，笔墨挥洒自如，视点多向散布。多从古诗、古曲、古人、古事、古风、古物、古地等富有文化意味的方面开拓、联想，选择具有意蕴的文化质点来描述和抒发，予以审美判断和价值判断。通篇以诗情画意来领挈，达到景、情、事、理的和谐统一。如果说杨朔的散文因历史的原因难免有"为文造情"的流弊，而王充闾散文集《柳荫絮语》更注重从心理感受、直觉体验与理性知解出发，为情为理而造文，是对杨朔之类散文创作的艺术实践性补救。

中国古典美学历来注重艺术的表情写意的功能与作用，孔子的"兴观群怨"，荀子的"水玉比德"，刘勰的"为情造文"，陆机的"绮靡伤情"的文艺观，都不同程度、不同角度地标举出艺术的表情特征。西方现代美学家苏珊·朗格认为艺术是人类情感符号的创造。这在一般艺术意义上具有合理内核。

《柳荫絮语》注意表情符号与写意手法的交替与融合，留给欣赏者的审美意象呈多色性。柳荫、河蟹、古洞、花盆、昙花、碧树、小楼、清溪、花蜜、仙阁、淹城、黄昏、花环、高跷、小鸟、春天、微笑、散步、品茗、红粱、海棠、璧玉、骏马、卧龙等，在散文中已由隐喻象征、审美移情，转化为情感符号，成了精神性的象征品，诞生深层次的意蕴与隐义，获得新的生命与灵性，升格为心灵的产品、主体自我的心理延伸。

《昙花，昙花》，绘光写色、传神立照的生花妙笔，一方面描摹了昙花物质性的存在形式，另一方面更多贯注了人文精神，将之意志化和情绪化，作为精神道德的美好象征，转换为一种独特的伦理美的形象，使之建构一种符号的功能，粘带了情感的诸种元素。昙花，浸润著作者的审美意识与个体情绪。"昙花，昙花！为着绽放一朵奇葩，竟然使尽浑身解数，最后力尽而竭！做人果能如此，也就很够标准了"。可谓点睛之笔，透露了作者的情感取向。

《小楼一夜听春雨》，透过层层道道的雨丝，向接受者展现大自然迷幻的美。春雨杏花、春雨甘禾、春雨碧树、春雨青山、春雨草色、春雨霏微，这构成系列的情感符号，潜隐着作者的思绪与心态。凭借对春雨中联想，想到那雨中僵卧的爱国诗人陆游，报国之心，光彩可鉴；回忆儿时背诵《千家诗》咏雨诗的情景，追溯苦痛的往事。淅沥春雨使人感慨、回味、沉思。《红粱赋》师承古典辞赋的写作技法，体物言志，状物表情，由红粱模拟北方质朴、纯厚、坚韧挺拔的农民，象征烽火年代抗击异族侵略者的人民英雄，"那殷红的高粱穗该凝聚着中华儿女几多鲜血"。《柳荫絮语》其他诸篇，也较成功地建构了感性的象征符号，熔铸个人的情思和心理直觉、理性精神，达到艺术美的成功表现。

文学作品均试图达到一种较高的意蕴，歌德、莱辛、黑格尔等美学大家均倾向语言艺术要达到较高的情境或情致，具有一定的美学意蕴。模拟中国古典美学的核心范畴"意境"，似有相通之处。中国诗歌讲究韵外之致，味外之旨，言有尽而意无穷，空灵含蓄，追求一种格调、韵致，使作品具有深意而难以言诠与破译，留给欣赏者以审美再创的余地和二度想象、思维的空间，这与当代西方接受美学理论又是吻合的。《柳荫絮语》，成功地印证了上述美学思想。在写景状物、抒情达意、审美想象、诗性思维等方面均有特色，另一方面，更偏重于意境的形成、情致的构造，追求空灵含蓄的艺术意蕴。将思维、情绪、价值感、伦理精神、人生哲理的感悟，以一种直觉、下意识的方式溶解在艺术对象中。文本中含情脉脉的碧柳，执着殉道的昙花，惝恍迷离的古洞，热烈醉人的高粱，沁人心脾的香茗，历史悠久的石器，无不打上作者情感的印记，但又没有人为的斧凿之迹，犹如浑然天成。

《柳荫絮语》注重历史感和现实感的融和，立足于客观生活，因为现实"既提供诗的机缘，又提供诗的材料。一个特殊的具体的情境通过诗人的处理，就变成带有普遍性和诗意的东西"①。作者正是从日常生活事件中，选取诗的机缘与材料，通过感性生动的形象、富有寓意的艺术境界，表达自己的审美理想与诗性智慧。作者又善于发散思维，将现实感的思维触角向古代历史文化延伸，充分体现了中国传统文化的延续性和深层的强大功能。

《在乎山水之外》是篇游记散文，作者从现实语境出发，发思古之幽情，在文物古迹、历史遗踪中冷静反思，超然省悟："人民群众是最富有感情的，历史是最公正的。"《东风染绿三千顷》一文，描绘了一幅清丽的烟雨栽秧图，真切抒发了对平凡人物的赞美和天人合一的心理感受；但作者又巧移笔锋，拈出一首绘影传神的宋诗《插秧歌》，做出了富有意蕴的今古对比。《金牛山上古今情》写"人事有代谢，往来成古今"。从现实的红果、白棉、黄粱、绿树的辽南大地，联类而及旧石器时代早期文化遗址的金牛山洞穴，从那尘封几十万年的石刀石斧，思考民族的献身精神和伟大志向，寻找人类那超越时空、征服自然的精神张力和深沉激情。继而又激发我们对现实生活的美好追求与理性向往。现实与历史始终是《柳荫絮语》的双重内容与表现形式，互为渗透与补充，构成相映成趣的审美结构。

《茶余漫话》，以茶起兴，小处落笔，开拓深意。表层意义似乎讲述文人雅士与茶的趣事和掌故，然而，却以茶与泉的关联，寓意了人生境界的差别：

> 最早推崇慧泉的是唐朝宰相李德裕。为了用它烹茶，不惜扰民乱政，叫地方官员从水路运送到长安。还有一位叫张伯行的，是清代康熙年间的苏州巡抚。一到任所，便告知所属府县官员禁送礼品。他说："一丝一粒，我之名节；一厘一毫，民之脂膏。宽一分，民受赐不止一分；取一文，我为人不值一文。虽云交际之常，廉耻实伤；倘非不义之财，此物何来？"无锡县令知道他的脾气，没敢馈赠钱财，为了讨好，只是送去一罐惠泉水。张伯行以为这是县令自己汲取的，便收下了，过了几天，听说是派遣民夫取水，征船运送的，遂将原物

---

① 《歌德谈话录》，朱光潜译，人民文学出版社 1980 年版，第 6 页。

退回。在同一泉水面前，两人的节操竟截然相反，一贪一廉，泾渭分明。

作者以讲故事的方式，借用茶与泉，表达自己的看法。就使文章富于曲折变化。而《永存的微笑》，有异曲同工之妙。作者以亲身经历的寻亲误会，既隐喻了人间亲情的永恒力量，又流露出亲情之外的人与人的关爱和同情，同时也记叙了以往的历史沧桑和个人命运的偶然，写出一位老教师的红烛情怀。

第 二 章

生命的意义与价值

第一节 对"海棠"的运思

如果说《柳荫絮语》偏重于感性的知觉与内心的省视，注重于诗性思维与审美意象，那么《人才诗话》则偏重于理性的分析与逻辑的思考，注重抽象思维与价值评判，然而，《人才诗话》不同于一般的理论文章，它是"诗话"的笔法，诗意化的说理文章。

王充间以其敏锐的视角，扣住"人才"这一古老而又年轻的论题，穷追不舍，翻检史料，研读论著，沉思遐想，辨事析理，参照传统的人才观，对人才问题得出自我的见解与分析。作者从历史学、文化学、美学、文学、哲学、心理学等学科来综合考察问题，极富启发性与欣赏性。散文章法活泼，流水行云的笔调、丰富渊博的历史文化学识与意趣盎然的散文风格完美统一，颇具艺术特色与文笔情趣。应该说，该本散文集，是富有特色的关于人才问题的个人结集。其中，不乏有闪光的精品之作。

在艺术上，《人才诗话》承袭了唐代小品文的遗风，汲取古代议事、体物、述论、杂说等散文的精华并发扬创新，自成一格，在述事言理中透露机智与幽默、冷静与热烈、感伤与超越、忧郁与愤恨、同情与赞誉，通篇贯穿强烈的主体情绪和心理感悟，是诗意与哲理的双重交流、痛感与美感的交叉。文章既显现了人才观和价值观，也体现了一定的美感品位。《人才诗话》是诗之话，渗透着诗性思维的人才论和人才观。它不流于抽象议论，纯粹的逻辑思考和概念推导，而是通篇以生动有趣的形象、历史事件与人物、诗词与景致等，来述理言人，知人论世，从多种角度阐述有关人才的观念，表达自己的见解与感受。

《陆放翁为海棠鸣不平》，从海棠起兴，称赞其"秾艳最宜新着雨，娇娆全在欲开时"的"花中神仙"的品位，又引述苏轼的"只恐深夜花睡去，故烧高烛照红妆"诗句予以渲染。然而，作者笔锋一转，进入与人才有关的话题。

当然也有人讥弹它空有姿色而无香气。对于这种过苛刻的吹求，南宋诗人陆放翁十分愤慨，特意写了一首诗，为海棠鸣不平：

蜀地名花擅古今，一枝气可压千林。

讥弹更到无香处，常恨人言太刻深。

按理说，鲜花是应该有香气的。花而不香，指出这点不足之处，未为不可。但是，不应采取讥弹、挑剔的态度。令人奇怪的倒是，花太香了，也要遭到人们的指责。说来近乎荒唐，可是历史上却实有其事。明末很有名气的史学家朱国桢在《涌幢小品》一书中就写过这样的话："我亦有五恨：一恨海豚有毒，二恨建兰难栽，三恨樱桃性热，四恨茉莉香浓，五恨三谢李杜诸公多不能文。"他认为，海豚鱼味虽鲜美而有毒性，建兰花虽有幽香却难以栽培，樱桃好吃而其性偏热，茉莉花香失之过浓，谢灵运、谢惠连、谢朓、李白、杜甫只能写诗而不善于写文章。凡此种种，都引为恨事。责备求全，刻意挑剔，到了这种程度，真有点"岂有此理"了。亏得那位陆老诗翁在四百年前就作了"稽山土"。不然，如果他得见这段"五恨"的奇文，还不气炸了肚皮！

……

人言刻深，求全责备的情况，是很复杂的。多数是思想方法的问题，有时出于不切实际的善良愿望，总想找到那种"面面称心"的完人，实际上是把人才神秘化了。在他们看来，人才不是奔腾在地上的千里马，而是四蹄凌空、腾云驾雾的天马、神骏。也有一些人是基于嫉贤妒能的阴暗心理，他们唯恐才胜于己的人得到合理使用，使自己相形见绌，因而不择手段地贬损他人。貌似严格要求，实际是对人才的排挤与压抑。

……按照求全责备者流的逻辑，人必完人而后用，那么可用之人还能有吗？古往今来，这种"求全之毁"，不知葬送了几多人才，演成了多少埋没英杰的悲剧！对此，陆老诗翁是寄慨遥深的。他何尝只是为海棠鸣不平呢！

文章采取一波三折的技法，以海棠起兴，围绕人才问题展开运思，深入分析，最后，又以涉及海棠作为结尾。以古今参照的方式，探究对待人才的观念。文章笔法错落有致，放眼于古今，观点辩证而公允，不失为一篇论述人才的优秀散文。

作者独创了一种以诗话方式探讨人才问题的散文写法，将对人才的关注诉诸于文学的形式，给当今广大的阅读者提供了思考的参照。比如就人才的成长与磨练方面的话题，作者予以多视角的运思。

《成才——强者之歌》，引用唐代诗人刘禹锡的五言律诗："朔风悲老骥，秋霜动鸷禽。出门有远道，平野多层荫。灭没驰绝塞，振迅拂华林。不因感衰节，安能激壮心。"作者由此阐释："像老骥在凛冽的朔风里奋鬣疾驰，像鸷鸟迎着凌厉的秋霜展翅高飞，身处逆境的雄才志士，由于艰辛困苦的磨砺，更加激发了昂扬的斗志，奋力向前冲去。"又援引刘禹锡的七绝："山明水净夜来霜，数树深红出浅黄。试上高楼清入骨，岂知春色嗾人狂。"作者从解释学视界来读解这首诗："这是一首富于形象化，而且含蕴着深刻哲理的好诗。意思是说：山明水净的夜晚，寒霜降落，几树红叶出现在浅黄色的秋林之间。登上高楼远眺，那满眼清凉萧瑟的秋光使人清爽入骨，精神振奋；但是，你可知道，那千娇百媚、姹紫嫣红的春色却会惹人迷乱发狂呵！诗人把使人清醒的秋光和惹人迷乱的春色相比较，形象地说明了艰难的境遇使人头脑清醒、意志坚强，而舒适的安逸的顺境却容易令人沉醉昏眊，销磨斗志，从而提出了一个逆境和顺境的辩证关系问题。"而《事在人为》一文，以希腊神话中皮格马利翁的故事为线索，借用宋人孔武仲的诗作"推倒西墙半日功，暑天饶作一窗风。人间当有炎凉隔，只在施为向背中。""他从官舍开辟西窗这件小事中看到，凿窗之前，屋里燠热难当；辟了西窗，立刻有凉风飒然而至，从而得出'人间当有炎凉隔，只在施为向背中'的规律性认识。实际上正是这样，你如果希望获得优越的条件，顺利的环境，就应首先立足于不利的条件和艰苦的环境去奋力争取，等是等不来的。"这两文写法别致，但异曲同工，均说明人才的成长往往经历了社会现实的种种磨练。但是，作者看问题，持有辩证的眼光，"正如意大利诗人但丁所说的，白松的种子掉在英国的石头缝里，只会长成很矮的小树，但若是在南方的肥沃的土地里，它就能长成一棵大树。所以，为了促进人才的成长，我们应当不遗余力地为其创造良好的环境和条件。"

《莫倚儿童轻岁月》《惜时》《法布尔的忠告》《"通才"取胜》《两首题画诗的启示》《〈诗经〉中的人才思想》《治学与成才的三种境界》等文章，重点在于阐述人才的成长过程值得注意的环节，凭借散文的细腻挥洒的笔致而娓娓道来，思理敏捷而令人信服，同时又有审美的艺术享受。

《莫倚儿童轻岁月》一文，录辑《乐府诗集》的《长歌行》一诗："青青园中葵，朝露待日晞。阳春布德泽，万物生光辉。常恐秋节至，焜黄华叶衰。百川东到海，何时复西归？少壮不努力，老大徒伤悲。"以下，作者阐释道："葵花上的朝露，太阳一出来就会消失。由于阳春化育，万物生机勃勃，但春日甚短，秋天一到，千花百卉都将焜黄萎落。四时代序，似乎周而复始，其实与百川汇海一般，是一去不复返的。作者通过生动的比喻，劝诫青少年珍惜韶华，以免蹉跎岁月，老大伤悲。这番道理似乎谁都懂得，但实践起来却并不容易。"作者又援引唐代诗人窦巩的《赠王氏小儿》一诗："竹林会里偏怜小，淮水清时最觉贤。莫倚儿童轻岁月，丈人曾共尔同年。"以此说明人才的成长需要主体的不懈努力，尤其要注重年少时期的奋斗。作者以流畅鲜活的散文笔触，将一个平常的道理讲述得饶有趣味。《惜时》独辟蹊径，诙谐地批评了将时间比喻为财富的观念，认为"金钱、财富，可以储藏起来，可以留给子孙或支助他人，丢失了可以找回，花掉了还能重新积聚。而世上绝没有储存时间的库藏"。最后，恰到好处地引用朱熹的诗："少年易老学难成，一寸光阴不可轻。未觉池塘春草梦，阶前梧叶已秋声。"然后加以评点，起到画龙点睛的功效。这两文犹如姐妹篇，的确是在阐述日常一个司空见惯的命题。然而，作者却又是凭借诗歌的张力，以散文的灵活宛转的语言，令人仍然产生阅读的冲动和美感。

而《法布尔的忠告》和《"通才"取胜》两文，前者可谓曲径通幽，以法国昆虫学家法布尔的忠告，巧妙地阐述了"聚焦成才"的道理："在人才学中，'聚焦成才'是一条重要的规律。它的含义是，要在认识自己的最佳才能，选准成才目标的前提下，集中精力去作重点突破。就像通过凸透镜把众多光束集中到一个焦点从而引起燃烧一样，人的智慧和力量也可以在'聚焦效应'作用下形成必要能量。"作者进一步引述庄子的哲学观和知识论："吾生也有涯，而知也无涯。以有涯随无涯，殆已。"庄子阐述的是自己对知识无限性的哲学眷注，生命存在的有限时间，限定了存在个体无法穷尽无限的知识，知识也许并非主体存在最重要的目的和意义。作者在此处，引申为人才成长不可能穷尽所有的知识，而只能在自我的兴趣、才能、目标的前提下，集中有限的时间和精力，使自我发挥成才的潜能。文章穿插明代著名科学家宋应星的《怜愚》诗："一个浑身有几何，学书不就学兵戈。南思北想无安着，明镜催人白发多。"以此说明成才必须选择确定的目标和持久的努力，否则将一事无成。如果说《法布尔的忠告》在写法上采取"隐"，而《"通才"取胜》则选择"显"。而就立意上，前者强调人才应该具备某些方面的专长，因为知识的无限性决定了主体选择的有限性，因此人才要有所为而有所不为；后者则从现代社会的知识密集化、信息爆炸、人才集约化的历史语境出发，主张现代条件下的人才培养最好立足于尽可能的"通才"目标的前提。文章将一对矛盾的论题揭示出来，以一种避免悖论的辩证态度和方法将这一问题做了较为深入的探讨。

《两首题画诗的启示》，照录清代画家戴熙《题画竹》五言绝句："雨后龙孙长，风前凤尾摇。心虚根柢固，指日定干霄。"顺循着诗的意旨，作者引用《百喻经》中的一则幽默故事，论述了成才必须具备两方面的主观条件：一是注重基础训练，意识到成才之路的漫长而艰辛；二是必须虚心若谷，因为"泰山不让土壤故能成其高，海河不择细流故能就其深"。而又引郑板桥《出纸一竿》诗，"画工何事好离奇？一干掀天去不知。若使循循墙下立，拂云擎日待何时？"郑板桥是借题画竹讲述成才之道，作者在精当细致地解析诗歌含义后，自然而然地引申出结论："人才的本质特点在于创造。失去了创新意识、创造精神，就谈不到成才。中国古代有句话：'凡作诗文者，宁可如野马，不可如疲驴。'做人亦须意气风发，思想奔放，当然，这是就精神状态和思维特点而言。思想奔放，并不是胡思乱想，也不是怀疑一切。"曲折迂回的笔法，佐助于幽默风趣的故事，兼之以古典诗歌的意境，作者冷静隽永地阐发了对于人才培养和修炼的义理。

孔子云："《诗》三百，一言以蔽之，曰：'思无邪'。"（《论语·为政》）我国现存最早的第一部诗歌总集——《诗经》，它包含着极其丰富的思想内容，而王充闾的《〈诗经〉中的人才思想》，则从人才学的角度，以诗话的方式探讨了其人才思想。作者认为："《大雅·文王》篇，在歌颂周文王姬昌的政绩中，突出地总结了他重视贤才的成功经验：'世之不显，厥犹翼翼。思皇多士，生此王国。王国克生，维周之桢。济济多士，文王以宁。'大意是说，那世世代代做着诸侯的周朝子孙，虽说不甚尊显，他们却都能辅佐国家政事，十分谨慎小心。更希望那许多人才，生在这个国度里，成为国家的栋梁。正是这贤才济济的局面，使周朝天下得以稳定、安宁。"作者还认为《小雅·鹿鸣》《小雅·伐木》篇是对有德君子注意人才培养、选用贤才倍加赞美。《国风·缁衣》篇，生动描写了郑国统治者遇有贤士来归，为其安排馆舍，供给衣食，并亲自去看望的实况。《小雅·鹤鸣》呼吁最高统治者深入山林、草野访贤选士，劝告他们应该任用在野的贤才。"诗中运用比兴的手法，以鹤鸣于深泽、鱼藏于渊渚，比喻隐居不仕的贤人，用别的山上的石头可以作砺石琢磨玉器来比喻贤才可以辅佐朝政，匡正阙失。""《国风·麟趾》篇以贵族打死麒麟象征统治者对有仁德、才智的人的迫害。……《诗经》还有一些篇章，涉及人才成长的社会环境、人才的修养与治学等问题。"无疑，作者是以"六经注我"的思维方式去解释《诗经》中的人才思想，不乏新意新见，一定程度上具有学术价值。点化王国维《人间词话》的"三境界"说，《治学与成才的三种境界》既引经据典，说明成才的精神境界的递进关系，又依赖形象化的笔墨，阐述三种境界联系起来，组成一个完整的治学与成才的发展过程的看法。散文化理入情，以意境讲述义理，意象和情境融为一体，使说理散文达到诗意化的审美境界。

另外，《楚材晋用》《伯乐与千里马》《唐人笔下的小松》《天才在于勤奋》《辨材须待七年期》诸篇，皆是始终以形象贯注于抽象，以感性事物表达社会理念。见解精湛的有关人才论题的古典诗词点缀其中，饶有趣味地穿插历史传说、名人逸事、详细史实，使文字与写法活泼多变，不至于呆板僵滞，这不失为一种尝试，实属有关人才问题的一部富有艺术价值与审美价值的散文集。

第二节　历史哲学

选择"诗话"这一传统的文体形式来写作有关人才问题的散文，并且赋予现实语境下的人文关怀和诞生其现代性的意义，这无疑属于王充闾先生的匠心独运。作者之于传统文化的酷爱与积累，对于历史表现出激情的沉醉和冷静的直觉，展开诗性的想象和审美的体验，进而上升到历史哲学的思辨高度，寻觅到一个观照万象的精神窗口。人才问题，从而被赋予了历史与现实的双重寓意与价值。作者借助于散文样式，史论的笔法，将逻辑思辨和审美意象、情感与义理、诗歌与历史熔于一炉，使审美价值和认识价值达到统一。作者在《后记》中写道：

> 从两个方面作了些必要的准备：一是翻检《诗经》、《先秦汉魏晋南北朝诗》、《全唐诗》、《宋诗纪事》、五朝诗别裁集等几十部历代诗歌总集和选本，从中选录近三百首论述人才问题的诗歌；二是认真研读了各种人才学论著，收集古今中外关于人才问题的论述、史实、逸闻、佳话，在此基础上，兼顾人才诗的内容和人才现象、人才思想、成才规律、人才制度等各方面的问题，拟定了几十个写作题目，边准备，边构思，边写作。试图以辩证唯物主义和历史唯物主义的观点，对一些古代诗文和历史资料进行综合分析，力求从中引出一些科学的结论。

作为一种"创新和尝试"，笔者认为，《人才诗话》达到了作者的期望。人才问题尽管是古代诗歌的主题之一，然而它毕竟属于潜隐的性质，而王充闾先生能够慧眼独识，细心地网罗搜集，并且能够多视角地领悟，阐发幽微，洞见新意。尤其是上升为一种历史哲学的高度，反思人才的历史境遇，从而激发一种人才的悲剧意识，为我们民族的复兴和历史的演进，提供宝贵的精神文化的参照坐标之一。无疑它被附着了现实性意义，敞开作者对知识分子的拳拳之心，筹划着一种具体化的人文精神。人才问题既是精神文化的永恒主题，也是国家民族振兴的核心课题，对这一问题的漠视则意味着一个民族的真正悲剧和文化的必然衰落，王充闾先生以赤忧之心眷注这一问题，并且以诗话形式来表达，达到内容与形式的较为完善的统一。

任何艺术在某种程度上都是对历史与现实的双重反映与象征，背离历史的艺术大约很难存在。评价艺术的标尺之一，在于判断艺术品是否较完美地将历史感与现实感达到艺术境界的统一。《人才诗话》的历史感始终建基于现实感之上，达到历史与逻辑的辩证统一，体现了一种历史哲学的精神。

我们阅读《人才诗话》，感到充溢着强烈的人文精神，作者以辩证唯物论的历史观与方法论去重新审视、品评历史事件与人物，于人才问题多有新论新见。以实事求是的历史主义态度去判断、推理，持论公允而客观，其中不乏幽默与机锋。对于历史，作者自始至终怀有诗人的激情和想象，直觉与体验，以艺术敏感去观鉴历史、判断历史。同时，作者以一种冷静的理性主义态度，对历史进行反思与批判，尤其是对于历史上轻视人才、压抑人才、浪费人才、错识人才、错用人才、毁灭人才等荒谬的和不合理的现象，进行尖锐的抨击与批判，分析其历史原因与教训，作为现实之鉴。充满诗人激情和历史理性的批判意识，构成了《人才诗话》一个显著的思想锋芒。

也许因为作者长期处于高级官员的社会角色，对于人才的期待之情尤为迫切，而对于人才的关切与重视的意识十分鲜明。《人才诗话》借历史之形骸抒写今人之精神，表达现实语境中的存在个体对于人才问题的殷殷之心。从思想内容上考察，作者对于人才的倚重、辨识、选拔、任用、宽容等方面均有所阐发，形成较为系统的人才意识。从文体修辞上看，作者行文如高山流水，挥洒多变，纵横漫笔，游刃有余，语言典雅流畅，诗意盎然。情绪上既有喜笑的幽默机锋，又有悲叹的冷峻智慧，兼之诗章典故，名物风景，掩映其间，平添艺术趣味。以下，围绕着《人才诗话》互相联系的几个人才意识，展开分析和评点。

首先，作者以诗话形式表达了对人才的倚重意识。重视人才似乎不足以成为一个问题，然而，表面形态上的做作和深层情感上的渴求是两码事。作者以赤忱的文人情怀，呼唤人才和对人才的重视风尚。从深层的历史意识上表达出这样的识见：人才关系到历史进程和民族命运，决定国家兴衰和文化走向，人才是最富有价值的历史存在物。《智囊·门客·山中宰相》，探讨了中外历史上智囊制度，国外大约在四百年前建立了智囊制度，而我国的智囊史则可追溯到春秋战国时期，据《史记·樗里子甘茂列传》记载："樗里子滑稽多智，秦人号曰'智囊'。""诸侯卿相，皆争养士"，一部《战国策》就是专门记载这些有智谋有本事之人的言行的。作者引述史实，以孟尝君为例，以诙谐的笔调陈述了人才的重要性，认为集中养士是古代建立智囊团的主要形式。并录唐人胡曾的《函谷关》一诗："寂寂函关锁未开，田文车马出秦来。朱门不养三千士，谁为鸡鸣得放回？"幽默地说明古代的智囊制度对当今历史的借鉴意义。《用人莫待两鬓丝》，情真辞切，文眼开阔，从不同的历史朝代、不同的历史人物、不同的人才境遇、不同的思维角度，强调人才的重要性和时机性，借用金世宗的话语，阐述了一个普遍性道理："用人之道，当自其壮年心力精强时用之，若拘以资格，则往往至于耄老，此不思之甚也！"并引录清代诗人袁枚题为《商丁孙尊歌为秦将军作》诗："人才那得如金铜，长在泥沙不速朽。愿公爱士爱如尊，毋使埋淹嗟不偶！"作者解析道："立意十分清楚，诗人通过为出土的商代的铜尊作歌，向执掌铨衡的当政者呼吁：爱惜那些怀瑾握瑜的隽秀之士，及早选拔、任用他们吧！不要使他们像古代铜尊那样终古沉埋，不见天日。铜尊埋淹几千年，一朝出土，光洁如新；人才却埋没不得，数十载光阴驶过，他们就会老朽的呀！"作者将情感与文意交织于对古人诗歌的解释之里，使散文富有一定的感染力。

其次，就人才的辨识、品监与选拔提出自我的见解，其中不乏现实意义。《草萤有耀终非火》和《辨材须待七年期》，以联袂文章的方式，思索辨识人才和选拔人才的复杂性和重要性，包含对历史悲剧的深刻反省和经验教训的有益汲取。文章正反转换，曲折变化，思路崎岖，令人警醒。无论从思理上，还是从文采上品鉴，均可称佳作。《草萤有耀终非火》引用白居易著名哲理诗《放言》之一，然后加以阐释：

朝真暮伪何人辨，
古往今来底事无！
但爱藏生能诈圣，
可知宁子解佯愚？
草萤有耀终非火，

> 荷露虽团岂是珠？
> 不取燔柴兼照乘，
> 可怜光彩亦何殊？

　　春秋时的臧武仲，被当时的人目为圣人，实际上却是奸人；宁武子本来是贤才智士，却偏偏佯装愚蠢、驽钝。世人为假象所蒙蔽，不辨真伪，混淆贤愚，只爱臧生那样的"诈圣"，而不愿赏识宁子式的真贤。实在可慨叹！草丛间的流萤，尽管也有光亮，但终究不是大火；荷叶上的露水，虽然也呈球状，可是，它决不是珍珠。对这类鱼目混珠现象应该如何识别呢？诗人认为，对比是辨伪的最有效的方法。有比较才能鉴别。"不怕不识货，就怕货比货。"取来燔柴（借喻大火）和照乘（指明珠）与流萤、露珠一比较，就一切都看得分明了。遗憾的是许多人往往不从本质上看事物、别真伪，惯常被流萤般的闪光和露珠样的晶莹所炫惑，结果得出了完全颠倒了的结论。

　　至于有些人只凭"耳食之言"妄加臆测，根据传闻、舆情擅作结论，以之判定是非、臧否人物，就更容易出纰漏了。

　　作者进一步援引陆游的《咏史》诗："南言莼菜似羊酪，北说荔枝如石榴。自古论人多类此，简编千载判悠悠。"作者认为陆游此诗并非空泛之作，而是就南宋时期的名臣张浚和赵鼎错识秦桧而招致个人和国家的双重悲剧的历史事实有感而发，人才辨识上的错误教训和昂贵代价是发人深省的。《辨材须待七年期》，以白居易《放言》诗的第三首论及人才的辨识问题。

> 赠君一法决狐疑，
> 不用钻龟与祝蓍。
> 试玉要烧三日满，
> 辨材须待七年期。
> 周公恐惧流言日，
> 王莽谦恭未篡时。
> 向使当年身便死，

一生真伪有谁知？

由此，作者认为："选拔和使用人才的前提是识别人才。这是一门大学问。古代把察人、选官的工作称作'铨衡'。本来这是衡量轻重的器具，后来借用来表述考察、评选官吏的工作。由于人才的情况十分复杂，所以古人反复强调要'精察之，审用之'。"透过历史的种种表象，分析复杂的历史人物，作者凭借冷静的哲学思辨，发表对人才辨识与选拔的感悟。作者写作此文，旁征博引，采用不同历史现象、历史人物的"对照"方法，既显示人才现象的复杂性，又呈现思考角度的变化性，从而使文章活脱圆转，思理绵密，具有一定的阅读魅力。《别善恶　辨珉玉》也对重流品、资格的门阀制度，卖官鬻爵的资纳制度，以及世袭制、封荫制进行尖锐的抨击，指出正是因为这些腐朽的封建制度，导致了人才辨识的盲点和误区，不但给人才带来致命的挫折，而且给国家与民族带来极大的损害。《不拘一格选人才》以清代诗人龚自珍的脍炙人口的诗歌"九州生气恃风雷，万马齐喑究可哀。我劝天公重抖擞，不拘一格降人才"为思维焦点，批判了"有司选举，必稽谱牒"的不合理的用人制度，对"上品无寒门，下品无世族。高门华阀，有世及之荣；庶姓寒人，无寸进之路"的黑暗历史进行了深刻的剖析，并以史为鉴，警策现实。文章的格调气势注重义理辩驳，情感浓烈，可见作者对历史和现实上的人才悲剧充满了不平之气，同时，又以理性的态度，提出在现今条件下选拔人才的客观化标准，以免全凭个人的主观好恶来擢拔人才，造成人才的不合理的使用或浪费。

再次，人才的任用问题也为作者所瞩目。《用老与用少》对于不同历史朝代对用人的年龄苛求现象，进行了辛辣的讽刺和批评。作者以几个不同朝代的故事片断，既含风趣又寓悲凉地揭示了历史上埋没人才的悲剧事实。因此，作者认为，任用人才不能为年龄问题所制约。所谓宋初以来重老成，"今代贵人须白发"，不免几分无奈与惆怅。而"寇准年三十余，太宗欲大用，尚难其少，准知之，遂服地黄兼芦菔以反之，未几须发皓白。于是拜相"则颇有点幽默情趣。作者又讲述了汉文帝时的颜驷故事，借用古人的话表述出人才"逢遇"的现象，只不过是体现了无数个人才的偶然性命运，而在普遍的历史意义上，则上演了无数出人才的悲剧。虽然是写作散文，然而，作者的思考触角却延伸向历史现象的深层，试图探求一种哲学化的解答。《爱玛尔的故事》，巧妙剪裁了美国作家霍桑的小说《胎记》里故事，讲述一位追求完美至境的科学家，为了祛除美貌妻子的面庞上的胎记，导致爱妻死亡的情节。由此引发对人才的任用，不必求全责备的感慨。墨子云："甘瓜苦蒂，天下物无全美。"作者又引清人吴世涵《杂诗》"士生三代后，才质多所偏。用之在节取，责备焉能全。汉代杂王霸，高论常舍旃。有才即见录，牧隶皆能贤。宋人拘绳尺，往往多苛论。事功罕所见，豪杰每弃捐。全才固难得，举错有微权。容物道在广，收效途宜宽。责人必贤圣，固哉难与言！"说明对人才的求全责备必然会导致人才的浪费或扼杀，而应不拘一格，大胆地使用人才，甚至使用在某些方面存在缺陷或不足的人才。

《李煜与爱因斯坦》一文，笔锋锐利，文风幽默，对照模拟，技法灵活。认为后主李煜："本来不是君王的材料，却偏偏被拥上'九五之尊'。结果，既应负亡国的罪责，又要以眼泪洗面断送残生，而且祸殃妻孥，实在是一场历史的误会。"难怪宋太祖云："李煜好个翰林学士，可惜无才作人主耳！"作者似乎随意牵扯到爱因斯坦，却是以看似风马牛不相及的事情，达到说明同一问题的目的。爱因斯坦淡漠对待担任以色列总统的邀请，也没有执掌"曼哈顿工程"的牛耳，这说明人才有其短长，人才应该具有自知之明的自我选择权力。同样还说明知人善任、因材器使的重要性。《说长道短》一文，在内容上较为接近前者，但是对历史事件的分析与思考则显然要超越前者：

> 汉高祖刘邦是做得好的。他深知"绛灌无文，隋陆无武"，因而，安排厚文少文但能带兵打仗的周勃、灌婴担当指挥军旅的重任，充分发挥其连兵百万、决胜千里的才能；而对善于谋画、有游说特长的隋何、陆贾，则令其运筹帷幄之中，或出使诸侯各国，同样起到了应有的作用。如果刘邦不掌握部下的所长与所短，稀里糊涂地"乱点鸳鸯谱"，比如说，派遣隋何去指挥作战，而让口吃很重的周勃去游说四方，那岂不大大败事？
>
> 这类教训，历史上是不少的。有时连杰出人物也难以避免。史称马谡"才器过人，好论军计"，说明他颇有参谋、幕佐之才，实际上

他也曾为蜀汉王朝出过一些好主意。但是，诸葛亮却弃其所长，用其所短，偏偏派他带兵镇守街亭，与魏兵对阵。结果，因为马谡缺乏实战经验，错误地扎营山顶，最后导致惨败。这就是《杂兴》一诗中所指出的："舍长以就短，智者难为谋。"

　　《用违所长适足怜》则以寓意诗的画境，幽默诙谐地传达了作者对物不能尽其用，人不能尽其才的社会现实的讽刺与批评。文章将诗与画、叙与议、言景与写意融会一体，对浪费和糟蹋人才的现象表示叹息与哀怜。借用管理科学中的一句名言"垃圾是放错了位置的人才"阐释自己的人才观："反转过来，也可以说，人才如果放错了位置，有时也会成为无用的垃圾。"随后，作者又讲述了明代吕柟所著《泾野子·内篇》中一则《西邻五子》的寓言故事，故事无疑是虚拟性质的，不免有几分荒诞色彩和幽默情趣，然而通过这则故事，隐喻了作者物尽其才，人尽所用，知人善任，因材器使的主张。作者借助于生动形象又风趣幽默的故事，表达自己的人才观念，使散文平添一种阅读趣味。

　　《爱才犹贵无名时》提出"显人才"和"潜人才"的概念，指出："人们的习惯往往是只注重'显人才'，只承认成功，而很少关心与注意到'潜人才'在成功道路上的奋斗与挣扎。……人才从'潜'到'显'需要克服一个'马太效应'。"所谓"马太效应"源于《圣经》的一个典故，1973年，美国社会学家罗伯特·默顿借用这一故事来概括这样一种社会现象："对已有相当声誉的科学家做出的特殊的科学贡献给予的荣誉越来越多，而对那些还未出名的科学家的成绩则不肯承认。"作者由此写道："其实，这种现象古已有之，而且早就反映在诗人的笔下，所谓'纱帽底下好题诗'，'最难名世白衣诗'，说的正是这种情况。清代著名文人、'扬州八怪'之一的郑板桥，刻过一方朱文印章，印文是一句诗：'二十年前旧板桥'。原来，他年轻时虽然在诗、书、画方面已有很深的造诣，但因没有名气和地位，作品无人问津。二十年后，中了进士，声名大振，时人竞相索书，门庭若市。他在感慨之余，刻了这方印章来讥讽世情，针砭时弊。"文章以描述故事的方式，表达了对"潜人才"的关注与重视，呼吁社会舍弃"马太效应"，应该慧眼识珠，重视对"潜人才"的开发使用。《楚材晋用》讲述了《东周列国志》的一则故事，隐喻了引进

人才必须打破地域限制，才能发挥人才作用的观念。髯翁诗云："楚用州
犁本晋良，晋人用楚是贲皇。人才难得须珍重，莫把谋臣借外邦！"一方
面要珍惜域内的人才，另一方面要引进域外人才，这样才能广泛地使用人
才，使事业兴旺发达。

《黄金台上论得失》就《战国策·燕策》里的"重金买马骨"的逸
事，进行不同视角的思考，辩证地评价了燕昭王对待人才的策略。作者引
录了陈子昂的《蓟丘怀古》、李白的《行路难》、沈道非的《都门杂咏》、
秋瑾的《黄金台怀古》等诗作，既有对燕昭王筑高台、置黄金的做法的
肯定，"昭王当日有高台，陛级原因郭隗开。千载黄金留士价，多年骏骨
不重来。"（邱禾实）也有对他以高名和重利收买人才的做法的批评，"燕
昭爱士筑金台，士为黄金逐队来。我对时贤无贬笔，此风本自昔时开。"
（沈道非）"蓟州城筑燕王台，招士以财亦可哀。多少贤才成底事，黄金
便可广招徕？"（秋瑾）文章参差历落，视界变化，正反两面均做活了，
提供给今人以不同的思维启示，如何对待人才和使用人才，这既是一个策
略问题，也是一个根本性的问题。其中的寓意是颇具深刻的现实意义的。

最后，《人才诗话》还提出了对人才应该采取宽容态度的看法。《用
人与容人》一文，采取曲折迂回的写法，使文章耐人寻味。作者以唐代
诗人李颀的《绝缨歌》破题：

> 楚王宴客章华台，
> 章华美人善歌舞。
> 玉颜艳艳空相约，
> 满堂目成不得语。
> 红烛灭，芳酒阑，
> 罗衣半醉春夜寒，
> 绝缨解带一为欢。
> 君王赦过不之罪，
> 暗中珠翠鸣珊珊。
> 宁爱贤，不爱色，
> 青蛾买死谁能识，
> 果却一军全社稷。

围绕着李颀的这首诗，讲述了楚庄王的"绝缨会"的故事，赞扬了楚庄王雍容大度、惜士怜才的人主气象。"古语说'水至清则无鱼，人至察则无徒'，要想得人之心，广纳贤才，必须豁达大度，不计私仇，能够容人之过，谅人之短，扬人之长。"然后，又列举明太祖朱元璋缺乏宽容人才的雅量，为了区区小事而杀戮大臣周衡的事件，两者对照，褒贬分明，增加了散文的情感力度。在此基础上，作者提出对待人才的"江海之量"的要求，认为历史上凡能成就帝王大业者，无不具备宽容人才的江海之量，而在新的历史时期，我们更应该呼唤对待人才的江海之量。作者指出，江海之量，还应该表现在善于对待反对过自己的人和正确对待犯过错误的人，文章分别枚举了三国时陆逊和明末李自成，以事实说明江海之量有益于人才发挥最大的潜能，做出一番意想不到的成就。作者对于人才的殷殷之心，通过一篇篇立意深远的散文得以宣泄和表达，而文章的体例形式、写作技巧也同样提供给阅读者以认识价值和审美享受。

第三节　人才的悲剧意识

阅读王充闾的《人才诗话》，油然地滋生一种人才的悲剧意识。作者以语言符号所建构的散文世界，潜隐着一颗深情地眷注人才的赤子之心。作者是为情而造文，而非为文而造情。所以，文章格调高远，立意深刻，气势博大，境界开阔，思理绵密。值得注意的是，作者以史鉴今，将历史与现实密切参照与联系，尤其展开对人才的悲剧结果的探索，以寻求历史之谜和人才的悲剧原因的理性解答，使文章容纳了思想的厚度和情感的力度。再者，作者对于历史上人才的悲剧现象，既诉诸于情感之观照，又投入理性之反思，使情感有所节制，主要采取冷静的历史批判和辩证分析，意在于获得一种深层次的经验教训，为当下的现实和未来的历史，提供一份有益的精神参照。所以，《人才诗话》不是那种单向度地凭借意气性的偏颇之论取胜，也非依赖感性冲动式的情绪发泄而哗众取宠，又不是四平八稳的僵死逻辑的推演，而是把对于历史的哲学反思和诗性想象密切结合在一起，将情感与理性达到和谐，所以，文章能够做得平淡处见奇崛，淡漠里见真情，成熟的思理伴随着灵活的技巧而相得益彰。

占据《人才诗话》较多篇幅的是作者对于人才的悲剧意识的揭示，诸如《从卞和说到赵普》《名宦无媒自古迟》《卧龙无水动应难》《古来材大难为用》《黄金台上论得失》《三首贾生的诗》《此马非凡马》《骏骨折西风》《快步踏清秋》《厩中皆肉马》《关于〈大风歌〉的争论》《含愤题诗刺帝王》等。以下，笔者结合具体文本，对《人才诗话》所表现的人才的悲剧意识进行阐释。

《从卞和说到赵普》，截取历史上不同的横断面，以不同的人物遭遇展现人才的悲剧结局，作者抒发了对于人才的不幸命运的深切同情。文章以叙述故事的方式开卷，继之以李白和清人陆次云的诗作，后者的《题荆山石壁》为："寄语山灵听啸歌，连城再刖叹如何。人间碧眼应难遇，莫产琼瑶误卞和。"文章写道："这首诗表达了作者对卞和的深切同情，同时借着卞和怀璧不遇的故实，以委婉曲折的方式抒发了他对封建时代贤才无人赏识、终古埋没的强烈不满。只是慑于文字狱的淫威，不敢直抒胸臆，而是转弯抹角地讲：人间大概很难遇到那种辨识真材的'碧眼'了，因此寄语山灵：今后再也不要出产琼瑶美玉了，以免卞和之类的'愚人'跟着遭殃受罪！这首诗感染力很强，妙在借题发挥，意在言外，发人深思。"散文借助于对诗歌的诠解，表达自己对历史现象的看法。既是对人才悲剧的同情，也是对不识人才的荒谬状况的批判，其中诸多分析辩证入微，令人折服。

如果说《从卞和说到赵普》一文是以思理见长的话，那么，《可怜身后识方干》则是以感怀取胜。文章开始似乎不经意地提及《随园诗话》一则逸事，然而这富有戏剧性的情节一出场便紧扣住阅读的欣赏期待，以一个悲剧化的人生故事打动接受者。文章的这种写法，一破题即能引人入胜，颇有点类似古希腊悲剧家索福克勒斯的《俄狄浦斯王》。散文随后征引袁枚《随园诗话》录下的老寒士陈浦的遗作："贫归故里生无计，病卧他乡死亦难。放眼古今多少恨，可怜身后识方干。"由此，作者阐发："袁枚凄然地在《诗话》里写道：'呜呼！余亦识方干于死后，能无有愧其言哉！'这里说的方干，是唐代诗人，很有才识，但生性亢直，不肯夤缘求进，科场生意后，便息影山林，郁郁而终。后来朝廷发现并承认了他的才干，追认他进士及第，但逝者已矣，已经于事无补了。像方干这样死后中进士的事固属少见，但在旧社会，一些高才逸士无人赏识，匿身草泽，'没世而名不称'的现象，却比比皆是。因为封建社会坚持任人唯亲的路线和世族垄断的政策，崇尚门阀，论资排辈，如果无人汲引、保荐，即使是盖世奇才，也只能终古埋没。结果就像唐代大文学家韩愈在《与崔群书》中所指出的：'贤者恒不遇，不贤者比肩青紫；贤者恒无以自荐，不贤者志满意得；贤者虽得卑位，则旋而死，不贤者或至眉寿。'大诗人白居易也曾借吟咏晚桃花来慨叹、揭示这种极不合理的现象：'寒地生材遗较易，贫家养女嫁常迟。'"

《名宦无媒自古迟》，笔致优雅，娓娓传情，表面看是以周文王田猎邂逅姜子牙的故实，讲述的却是人才获得赏识的佳话。但是，作者显然另有寓意。这种写法上"旁逸斜出"的技巧，为文章增添了情趣。唐代诗人胡曾的《渭滨》云："岸草青青渭水流，子牙曾此独垂钓。当时未入非熊兆，几向斜阳叹白头。"作者认为："《渭滨》一诗设的是反语，说是如果当时碰不上'非熊兆'这个机遇，那么，姜子牙就只能渔钓终生，空对着斜阳哀叹了。"从文章的深层含义上看，显然是对历史上人才的普遍性的悲剧结局表示叹息和讥讽。

《人才诗话》一方面从主观境遇上探讨人才悲剧的历史原因，另一方面也从客观的社会背景、政治制度方面寻找造成人才悲剧的因素。而《卧龙无水动应难》一文，则属于后者的性质。《人才诗话》尽管是文学作品，但是它注重思想内涵的赋予，以辩证深刻的认识价值来打动读者。

"四说"李贺的《马诗》，形成系列的文章，篇幅短小，但气势博大，情理兼备，感染力强。作者仔细研读李贺八十三首咏马诗，尤致力于《马诗二十三首》的解读，将诗作与李长吉的人生际遇、历史时代结合起来阐述，观照古代人才的失路之悲，隐喻微讽，昂扬愤激，起到历史之鉴的功能。《此马非凡马》写道："李贺原非咏物诗人，也不是养马专家。他名为咏马，实是写怀，借马为言，以马自况。表达他对于识才、用才的见解。对这一点，后人看得十分清楚。明代评论家曾益说过：'贺诸马诗，大都感慨不遇以自吟也。'清代王琦也说：'马诗二十三首，俱是借题抒意'，'言马也，而意初不在马矣'。他往往通过马的内心活动去表现它际遇和周围环境。长歌当哭，为千古怀才不遇之士洒一掬同情之泪。"《骏骨折西风》引《马诗》第六首："饥卧骨查牙，粗毛刺破花，鬣焦朱色落，发断锯长麻。"与此形成鲜明对照的是，第十四首云："香幞赭罗新，盘龙蹙蹬鳞。回看南陌上，谁道不逢春？"作者有意选取两首具有对照意象的诗歌，以骏马象征人才的被压抑的悲剧命运，而以凡马的春风得意更衬托骏马的不幸结局。以具有讽刺意味的画面对比，为历史与现实上的人才悲剧发出不平之鸣。《厩中皆肉马》以《马诗》第十七首写出另一种不合理的现象："白铁锉青禾，砧间落细莎；世人怜小颈，金埒畏长牙。"文章评点道："这里写了两种马：一种是细颈悦目的小马，王孙公子玩赏于豪华的马厩（金埒）之间，取其观美而已，喂给它的是切成细莎般的青禾，十分精细考究；而牙长齿利的骏骥、良马，却因为怕它踢、啮，都不愿加以畜养，更无人去悉心怜爱它。这是借马比喻朝廷只喜欢重用阿谀取容的小人，而对于那些有作为有见地的良材，则因为担心他们不肯趋附而不予录用。其结果，不问可知，必然是'厩中皆肉马'了。"

　　如果说前面的文章还是对压抑人才或者浪费人才、忽视人才、错待人才等不合理的现象予以批评的话，那么，《关于〈大风歌〉的争论》则是对于有意识地杀戮人才的帝王意志进行尖锐地抨击。文章前部分写刘邦依靠四方猛士与谋臣平定天下，可谓是重视人才。无怪乎唐人胡曾诗云："汉高辛苦事干戈，帝业兴隆俊杰多。犹恨四方无猛士，还乡悲唱《大风歌》。"走笔至此，作者另辟境界，写出刘邦对待人才的另一种面目："作为封建帝王的刘邦还有另外的一面。他在消灭强大的敌手项羽之后，即皇位于汜水之阳，自以为天下既定，四海归一，便显露出封建帝王的本性，多疑善忌，诛戮功臣，把'丹书铁券'上的誓言置诸脑后，剪除了一大批与他共患难同生死，功勋卓著的开国元勋。对此，后代许多诗人都予以揭露。宋人张方平在《歌风台》一诗中是这样说的：'落魄刘郎作帝归，樽前感慨大风诗。淮阴反接英彭族，更欲多求猛士前？'"清代诗人黄任也借着这个题目，向刘邦发出了质问："天子依然归故乡，《大风》歌罢转苍凉。当时何不怜功狗，留取韩彭守四方？"作者评点道："意思是说，与其现在高呼猛士，何不当时爱怜韩信、彭越那一些'功狗'（指为汉家建功立业的人），让他们镇守四方，靖难天下呢？出语冷隽，即刘邦闻之，亦当语塞。讽刺、驳诘的力量是很强的。"文章借古人的诗歌，对刘邦这样杀戮人才的荒谬卑鄙的做法，予以强烈的情感否定和冷静的理性批判。散文显现了强大的伦理力量和情感冲动，给人以一定的心灵的触动和震撼。《"涧底松"和"山上苗"》，以西晋诗人左思《咏史》之二为引，激烈抨击压抑人才、摧残文士的魏晋时期的腐朽的门阀制度，同时作者又引述白居易《涧底松》和清诗人姚莹的一首七言绝句为佐证与照应，显示了论辩与批判色彩。

另外，《人才诗话》里的诸多篇目，还不同程度、不同侧面呈现了一定的认识价值和艺术趣味。《智囊·门客·山中宰相》，征引《战国策》孟尝君的网罗人才为其所用的逸事，写他的归驰齐国、免遭囚禁杀身，"吾之得脱虎口，乃鸡鸣狗盗之力也！"然后作者加以生动的评点，于幽默气氛中得出"选贤养士，发挥各方面人才作用的必要性"这一结论。《两首题画诗的启示》，照录清代画家戴熙《题画竹》与郑板桥《出纸一竿》二诗，借题画竹讲述成才之道。足见作者善于从历史典籍、文艺作品中抽绎出富有现实感的人才思想。再如《三首〈贾生〉诗》《治学与成材的三种境界》《嫩笋·小松·细柳》《用违所长适足怜》《闲话三分》《古代歌谣中的材论》《莫教苍蝇惑曙鸡》《用人与容人》诸篇，也都广罗文史典籍、珍闻逸事，从客观的历史现象出发，以历史与逻辑统一的观点，探索人才成长与使用的特点与规律，得出一些合乎历史发展规律、有现实借鉴意义的人才论。《人才诗话》显著特征之一在于它在逻辑起点上是从历史感演进到现实感，不失为现代人才学一部有参照价值的书籍，同时它的笔法，跌宕奔驰，精巧活脱，才思敏捷，有一般人才学著作难以拟的优点。

任何艺术都是一种文化的事实或者果实，艺术是人类精神结构有价值的自由象征，是一个民族文化质点的集合体，也体现一个民族的伦理逻辑和道德精神。《人才诗话》，有别于其他散文的显著特点之一，就在于作者深厚的传统文化素养和继承积极方面的民族文化心理结构，以及富有东方民族特征的伦理逻辑。而这一切，借众多丰富的文化质点去沉积、储存、附会、阐释，作者以此去发掘、选择、提炼，赋予新的历史内容与艺术内容。无论是《柳荫絮语》的明丽浪漫，优雅言情，体物状景，还是《人才诗话》的朴质率真，灵巧多变，论世评人，都潜在地熔铸着传统的人文心理，是"集体无意识"（荣格）的沉积和众多民族文化质点的汇集与聚焦，是民族伦理精神的勃发与延续，包含着文化学、历史学、哲学人本学的意味，这是超越当代一般散文家的地方。这也不能不归结于王充闾之于传统文化的酷爱与接受，选择与阐释，他之于历史文化的广博涉猎与定向探研，使《人才诗话》闪烁着文化哲学的特殊色调。作者选择众多的文化质点去达到一种艺术的隐义表达和情感符号的象征，借历史事件与历史人物、自然景观与人文景观去状摹自然，咏怀抒情，象征达意，达到艺术的美与成功的表现（克罗齐）。

《人才诗话》是文化散文创作的收获与突破，它全然以人才为内容，以诗话为形式，这本身就是富有艺术眼力的创造，但作者远非停留在表层的形式开拓方面，而是从文化深层、伦理价值观方面探索人才方面的辩证关系。王充闾写活了这种"诗话"式的散文，他不以抽象的逻辑推理取胜，而以形象的直观体验见长，对于古典诗词的广征博引，悉心洞察，对于历史事实、文坛趣事的如数家珍，信手拈来，生动多姿而又无不围绕人才这个主题和切合人才这个艺术氛围，而其中又含蓄地渗入自己的文化感与历史感、辩证理性精神。

《人才诗话》对古今中外各种人才现象予以鉴评、剖析，其中不乏较高认知价值和审美效应。如对李贺《马诗》的四说，《此马非凡马》《骏骨折西风》《快步踏清秋》《厩中皆肉马》，从不同视角理解诗的不同含义，层层开掘，环环相论，以马喻人，以物写事而析理。又如《"血统论"和"人才链"》《官应老病休》《南郭先生与"大锅饭"》《嫩笋·小松·细柳》《"尘扑面"与"碧笼纱"》《清谈误国》《让马儿跑起来》《话说自荐》《一言为宝》《丈夫未可轻少年》《为花欣作落泥红》诸篇，作者录引诗词曲赋，纵论人才，精义妙语，时有显现。散文从历史哲学的高度去考察历史、人才问题，所以不乏新颖、卓灼之见。另一方面，又无一般诗话、说理散文的掉书袋之嫌，因为作者始终把握着形象、感性事物来进行，达到了哲理性与抒情性的结合。

第 三 章

清风白水

第一节　青天一缕霞

司空图云："俯拾即是，不取诸邻，俱道适往，着手成春。如逢花开，如瞻岁新，真予不夺，强得易贫。幽人空山，过水采苹，薄言情晤，悠悠天钧。"① 司空表圣以诗论诗，推崇一种自然天成，不事雕琢，物我一体，景情和谐的艺术境界。德国美学家康德也曾认为："自然只有在貌似艺术时才显得美，艺术也只有使人知其为艺术而又貌似自然时才显得美。"② 康德其实也是以不同的话语表达了和司空表圣相近的意思，旨在强调艺术创作应该以自然天成为美学追求。结集于 20 世纪 90 年代初的王充闾散文集《清风白水》，无疑契合着司空图和康德的艺术美学观。

纵览王充闾散文集《清风白水》，笔者所滋生的最深刻的印象即是，王充闾散文获得了艺术上的自我超越和自我否定，散文的诗化情调更为浓烈，思理醇厚而达观，技巧圆熟而丰富多变，语言也更为澄明纯净，有一种空灵飘逸之气在文章的字里行间充盈弥散。尤其是散文蕴含了超越性的审美意识，融汇了传统的人文关怀和山水情致，注意审美意象的营造和叙事策略的转换，使散文获得独特的美学气象，标志作家的艺术风格的初步完型，从而使自己的文本攫取一份进入美学殿堂的资格证书。《清风白水》使王充闾散文诞生了真正意义上的个人化的艺术话语，寻找美学化

---

① （唐）司空图：《二十四诗品·自然》。

② ［德］康德：《判断力批判》，第 45 节。参见朱光潜《西方美学史》下卷，人民文学出版社 1979 年版，第 385 页。

散文的自我存在，使散文具有一种美学的意味和价值，从而令散文包容了气象万千的审美景观。以下，笔者试图从美学化散文的界定，探索王充闾散文集《清风白水》的艺术蕴含。

无疑，"寻美"与"探美"构成王充闾散文的一个恒定的母题，美成为王充闾散文的一个终极的信仰世界。玛克斯·德索认为："美的总与古典艺术密切联系；所以，美学也是一样，它将美看作是最可理解的概念，或者是唯一的概念。"① 王充闾散文充盈着古典艺术的情怀，美始终占据着核心的位置。然而，它又并非像诸多散文那样，美蜕变为一种外在的装饰或表达意义的一种策略，或者，以一种浮华之美或做作之美，诱惑阅读者的感官享受；再者，使美与现实性的功利目的联系起来，仅仅提供给接受者一种潜层的道德伦理的教益。王充闾散文的审美境界在于，美既作为一种超越现实性的诗意的信仰而存在，它不是现实的单纯目的，也不是艺术的炫耀手段，而是提升为精神存在的无功利性的终极境界，是人之本体论的最后家园。由此，美在王充闾的散文意识里，成为一种宗教般的崇拜，一个神秘的诗意领地，一种虚幻而真实的理想世界的守望，一种最高的价值依凭，一种神圣的道德信念，一种最终的哲学真理和生命存在的至境……正是在这种精神意义上，王充闾散文获得了对美与美学的体悟，进入了一个心性澄明、神思畅达的境界。可谓"神思方运，万涂竞萌，规矩虚位，刻镂无形，登山则情满于山，观海则意溢于海，我才之多少，将与风云而并驱矣"②。美开启了作者的神思和悟性，也滋润了散文的结构和笔墨。

《清风白水》从美学视角考察，笔者以为，比照前两个集子，它的创作主体的想象力更为空灵和谲奇，审美体验更为细腻和活脱，更富有人文的关怀和诗意的情趣，尤其是审美传达的艺术形式和技法更为娴熟与巧妙。笔者以受到众多批评家称道的《青天一缕霞》为例试作阐释：

　　　　从小我就喜欢凝望碧空的云朵，像清代大诗人袁枚说的："爱替

---

① ［德］玛克斯·德索：《美学与艺术理论》，兰金仁译，中国社会科学出版社 1987 年版，第 137 页。

② （六朝）刘勰：《文心雕龙·神思》。

青天管闲事，今朝几朵白云生？"尤其是七、八月间的巧云，如诗如画如梦如幻，对我有极大的吸引力，我能连续几个小时眺望云空而不觉厌倦。虽然眺者自眺，飞者自飞，霄壤悬隔互不搭界，但在久久的深情凝睇中，通过艺术的、精神的感应，往往彼此间能够取得某种默契。我习惯于把望中的流云霞彩同接触到的各种事物作模拟式联想。比如，当我读到萧红的作品，并了解其行藏与身世后，便自然地把这个地上的人与天上的云联系起来。看到片云当空不动，我会想到一个解事颇早的小女孩，没有母爱，没有伙伴，每天孤寂地坐在祖父的后花园里，双手支颐，凝望着云空；而当一抹流云掉头不顾地疾驰着逸向远方，我想这宛如一个青年女子冲出封建家庭樊笼，逃婚出走，开始其痛苦、顽强的奋斗生涯；有时，两片浮游的云彩亲昵地叠合在一起，而后又各不相干地飘走，我会想到两颗叛逆的灵魂的契合——他们在荆天棘地中偶然遇合，结伴跋涉，相濡以沫，后来却分道扬镳，天各一方了；当发现一缕云渐渐地溶化在青空中，悄然泯没与消逝时，我便抑制不住悲怀，深情悼惜这位多思的才女，流离颠沛，忧病相煎，一缕香魂飘散在遥远的浅水湾，这时会立即想起她的挚友聂绀弩的诗句："何人绘得萧红影，望断青天一缕霞！"

……

"白云犹是汉时秋"。同女作家当年描述的没什么两样，天空依旧蓝悠悠的，又高又远，大团大团的白云，像雪山，像羊群，像棉堆，像洒了花的白银子似的。我想，如果赶上傍晚，也一定能看到那变化俄顷，令人目不暇接的"火烧云"。记得沈从文先生说过，云有地方性，各地的云颜色、形状各异，性格、风度不同。在浪迹天涯的十年里，萧红走遍大半个中国，而且曾远涉东瀛。她不会看不到沈先生盛赞不已的青岛上空的彩云，肯定领略过那种云的"青春的嘘息"和轻快感、温柔感、音乐感；她也该注意到关中一带抓一把下来似乎可以团成窝窝头的朵朵黄云；透明、绮丽的南国浮云，素朴、单纯，仿佛用高山雪水洗涤过的热带晴云，樱花雨一般的东京湾上空的绮云，这些恐怕都能引发她的奇思玄想。然而她全没有记在笔下。当豪爽的江湖行、亢奋的浪游热宣告结束，"发着颤响、飘着光带"的胸境和"用钢戟向晴空一挥似的笔触"渐次消磨，而难堪的寂寞、孤

独与失落袭来的时候，她便像《战争与和平》中曾是战斗主力的安
德莱君王，受伤倒在地上，深情地望着高远的苍穹，随着飘飞的白
云，回到梦里家园去寻求慰藉，慢慢地咀嚼着童年的记忆——这人生
的旅途中受用不尽的干粮。尽管童年生涯是极端枯燥、寂寞的，家园
对于她本无温馨可言，但"人情恋故乡"，这位游子的情丝始终牢系
着家乡，像一首诗中所描述的："满纸深情怀仆妇，十年断梦绕呼
兰。"一颗远悬的乡心，痴情缠绻，离开得越远，回忆就越响。于
是，"一篇叙事诗、一幅多彩的风土画，一串凄婉的歌谣"，便在
"永久的憧憬与追求"中孕育了。

　　诗意地审美体验、诗意地直觉想象，诗意地思，诗意地言说……以意
识的流动应和着变幻的云的意象，借助于艺术的幻觉与联想，真可谓字字
含情，句句寓意，景情一体，巧妙穿起天才女作家萧红的生命轨迹，这种
方式写作散文，鲜有前例。无怪乎当代散文家郭风先生感叹道："文章一
开始，既然海阔天空地写云，写'爱替青天管闲事，今朝几朵白云生'
的某种情怀。然后文笔一转，才转而带感慨、带议论地写萧红的身世；写
她的纪念馆，又写呼兰的街道、茶肆，自由自在极了。几乎没有'定
向'，但笔之所至，自成一法；读到底，但见自成文章一局。"① 笔者认
为，这是一个具有象征意味的"变法"，正是以《青天一缕霞》为标志，
王充闾散文走入了一个美学化的境界，获得了一种个人符号化的审美表达
的艺术方式。唐人白居易以为："天地间有粹灵气焉，万类皆得之，而人
居多；就人中，文人得之又居多。盖是气，凝为性，发为志，散为文。粹
胜灵者，其文冲以恬；灵胜粹者，其文宣以秀；粹灵均者，其文蔚温雅
渊，疏朗丽则，检不扼，达不放，古淡而不鄙，新奇而不怪。"② 王充闾
可谓白香山所云"粹"与"灵"均衡和谐的艺术创造的主体。而《青天
一缕霞》更是分明地显现其"文蔚温雅渊，疏朗丽则，检不扼，达不放，
古淡而不鄙，新奇而不怪"的美学特征。

　　《青天一缕霞》是意识流风格的散文，创作主体的思维踪迹体现了自

---

① 《清风白水·序》，作家出版社 1991 年版。

② 《白香山集》，卷五十九《故京兆元少尹文集序》。

由联想的特征。作者慧眼独具，以"云"构成审美意象，并和萧红及其生命历程形成隐喻结构，心理联想的功能使天才女作家"萧红"和"云"这个似乎不相干的存在对象建立了审美化的逻辑对应。自由联想黏合了两个互相隔离的世界，诞生了新质的审美对象。而创作主体对于实存事物——"云"的审美否定，无疑是极其富有想象力的悟性活动，于是，借助于想象力的悟性活动，开启了一个新颖的精神空间和艺术领地。循序着意识流动，作者巧妙地将不同的"云"的意象，模拟为萧红奇幻而凄苦、绚丽而悲凉的丰富人生，随着"云"的意象的变幻流动，也勾画出这位女作家不幸的生命轨迹。"云"，既是艺术文本的机杼，又是散文意境的纹理，更是创作心理的张力。伴随着"云"的意象的变幻和递进，文本的思理和情感的足迹也在向深层行走。作者扣住萧红挚友聂甘弩的诗句："何人绘得萧红影，望断青天一缕霞"，将文章作得空灵飘逸，才情并茂。"她像白云一样飘逝着，她的世界在天之涯、地之角……云，是萧红作品中的风景线，手稿没有，何不去读窗外的云？"如此富有智慧地思，富有诗意地言，着实表明王充闾的散文进入了一个崭新的艺术境界。清代诗论家叶燮在《原诗》中云："诗之至处，妙在含蓄无限，思致微渺，其寄托在可言不可言之间，其指归在可解不可解之会。言在此而意在彼，泯端离而离形象，绝议论而穷思维，引人于冥漠恍惚之境，所以为至也。"① 诗歌的美学要求也许和散文有所不同，这可能因为文体的差异。诗歌意境也许比散文更为含蓄朦胧，意味玄妙，散文的意象隐喻可能要略微显明一点。《青天一缕霞》作为散文文体，却接近于诗歌境界，契合了叶燮所云的美学至境。

　　说《青天一缕霞》是美学化的散文，首先，基于文体修辞的依据。作者的章法结构自然天成，是以心理空间的审美体验牵引出对客观对象的艺术表现的时间叙述，时间顺序依附于心理空间的想象性变幻。所以，整个文本的结构是依据于主体的感觉流程来设计的，或者说，作者不去先行设定结构或有意识地组织章法，而是主观无目的而客观合乎目的地达到散文结构的浑然一体，空灵飘逸，不留凿痕。这种散文文体的结构方法，属于作者的艺术独创。其次，从审美意象的建构上看，作者沉醉于美的境

---

① （清）叶燮：《原诗·内篇》。

界，在一个虚拟的诗化的想象空间生存，而这个虚拟空间，在作者的心灵世界却又是真实可信的，这是一个充满意义、情感、价值、信仰、理性的世界，这是一个充盈着"云"的浩瀚碧霄，游荡着眷念故乡呼兰河的香魂，藏匿着天才女作家对爱情与文学的凄苦的承诺与赤忱的等待的世界……作者是以诗人的想象力去复现这个世界，同时，他竭力地借助语言这个意义工具来描绘这个世界，以情感化的审美符号编织一个虚幻而真实的艺术网络，居于这个世界，无论是创造主体还是欣赏主体，都会被它艺术的魔法或审美的陷阱所征服。最后，就语言表述而言，作者正像散文集命名《清风白水》一样，追求"清风白水"的语言风格，返朴归真，舍弃藻饰，不尚浮华，而注重自然流畅的文辞，虽然也注意文体修辞，音韵节奏，但是更瞩目于素朴无华的文字畅达，使人油然地滋生亲近感。

第二节　美的探索

黑格尔认为："美就是理念的感性的显现。"[①] 他以理性主义的眼光，将美视为精神内核和感性形式的统一，美只不过是抽象理念的感性化果实。这一观点，虽然不乏合理的因素，但是它忽略了美的超越性的诗意存在，遗忘了主体存在的存疑和否定的诗性冲动而获得的对美的存在的领悟，也遮蔽了无意识层面下的本能存在有可能是获得美感的心理因素之一。笔者以为，美在本体论意义上，是精神无限可能性的自我否定活动和自我想象游戏，属于一种最高境界的虚无化存在，它是诗性冲动对理性冲动的超越和否定，它不是知识活动和认识形式，也不是单纯的价值过程和伦理结果。在生存论意义上，美是人类终极的精神家园和永恒的宗教信仰，是精神存在最本己化的生存形式，它凭借智慧领悟寻求不可重复的精神存在，寻觅个人化的存在空间和话语符号，从而获得超越性的非现实境域，由此，美在某种意义上具有幻象化和意象化的形式特征。[②] 以上述观点去读解王充闾散文集《清风白水》，深切地感受到，作者是凭借诗意的

---

① ［德］黑格尔：《美学》第 1 卷，朱光潜译，商务印书馆 1989 年版，第 142 页。

② 有关上述观点，可以参见笔者"怀疑论美学"的系列论文，《美即虚无》《论美非价值》《论美非意义》，它们分别载《美学》1986 年第 2 期、1988 年第 7 期、1999 年第 11 期。

超越情怀，以富有领悟的审美直觉对现实性存在予以否定和间离，以艺术家的超越时间和空间的想象性幻觉和智慧性体验，进入逝去的远古，展开与历史、与山水、与先哲的心灵对话活动，围绕着空间之轴而描摹时间的风云，从而在一个虚拟化的精神领地，获得生命意义的叩问和审美情怀的传达，从而也获得对历史、艺术、美的自我解答。所以，笔者认为《清风白水》是典型的美学化的散文，隐含作者对美的领悟和探索的心路。以下，我们试图结合鉴赏富有代表性的文本《读三峡》，对王充间散文的美的探索特性略作解说。

1. 山水的痴狂

中国文人对山水的痴狂可以追溯到上古时期，孔子的"仁者乐山，智者乐水"的美学观影响了无数骚人墨客，名士风流；而楚骚之祖屈原对于山川草木的痴狂与描摹，更令后代文人雅士、词家画工倾倒和仿效。魏晋六朝更是到了文人普遍化的个性自觉、畅神山水的历史语境。《世说新语》所谓"会心处不必在远，翳然林水，便自有濠濮间想也，觉鸟兽禽鱼，自来亲人"① 正是这一风气的缩影与写照。北宋欧阳修亦云："夫穷天下之物，无不得其欲者，富贵者之乐也。至于荫长松，藉丰草，听山溜之潺湲，饮石泉之滴沥，此山林者之乐也。而山林之士视天下之乐，不一动其心；或有欲于心，顾力不可得而止者，乃能退而获乐于斯。"② 《清风白水》承袭了华夏文化的山水情结，众多篇目写作者痴狂于山水之间，而与自然景观融神会心，从而实现与消逝的历史在诗意的幻觉里照面，与其说作者观赏的是自然山水，还不如说是窥见山水之后的历史与文化、诗情与哲思。所以，作者以一个颇有象征意味的"读"字来统摄文章：

> 三峡，这部上接苍冥、下临江底，近四百里长的硕大无朋的典籍，是异常古老的。早在语言文字出现之前，不，应该说早在"混沌初开，乾坤始奠"之际，它就已经摊开在这里了。它的每一叠岩页，都是历史老人留下的回音壁、记事珠和备忘录。里面镂刻着岁月的履痕，律动着乾坤的吐纳，展现着大自然的启示。里面映照着尧时

① （六朝）刘义庆：《世说新语·言语》。
② （唐）欧阳修：《欧阳文忠公文集》，卷十四，《浮槎山水记》。

日、秦时月、汉时云，浸透了造化的情思与眼泪。我们虽然不能设想在自己有限的一生中读尽它的无限内涵，但总可以观嬗变于烟波浩渺之外，启哲思于残编断简之中。面对现实与有限的存在物，人们徜徉其间，一种对山川形胜的原始恋情与源远流长的历史激动，便不期然而然地被呼唤出来。

……

作者将三峡比喻为蕴藏着历史隐秘的典籍，是一部展开的活生生的书本或画卷，将三峡作为一本书来"阅读"，从而把现实性的山水空间与消逝了的历史时间做了想象性的联结。作者对山水抱有诗人情怀的痴狂，希冀从山水之中寻觅出历史的真实面容，读出历史的沧桑和神秘。客观地讲，这种将山水和历史予以联结的散文方法并非为王充闾的首创，然而，王充闾却是将这种联结赋予了诗意色彩，更多地将想象与体验的心灵功能渗透进散文的字里行间，通过对山水的诗性领悟而达到对山水形式之外的历史隐秘的解读。这种对山水的痴狂情结，继承了道家文化的精髓。因为，在道家看来，山水是充盈着主体生命，与人类的精神存在有着对应性。换句话说，山水是感性化或审美化了的主体存在的方式。庄子所谓"独与天地精神往来而不敖倪于万物"① 的运思，在一定程度上也是讲主体和山水万物的交往及其超越。本着如此的文化承传，作者视山水为有生命灵性的存在，是自我意识的延伸，它既可以观照历史与现实，也可以观照自我与社会。由此，山水被作者赋予了哲学化和美学化的意义，被提升为诗意的对象和艺术表达的本体。《清风白水》的诸多篇目，均具有如此的美学情趣。

2. 历史的迷醉

王充闾散文的创作心路，对山水痴狂的心理情结和对历史迷醉的审美体验密切沟通。山水以感性的审美形式，表征和隐喻着历史；而历史以其丰富复杂的现象和神秘，闪烁于山水的氤氲变幻之中。王充闾散文构思的触角，正是抚摩于山水与历史的交接处，获得艺术和美的灵感。再如《读三峡》：

---

① 《庄子·天下篇》。

纵观一些峭拔的石壁，由于几万年风雨剥蚀，岩石现出许多层次和异常分明的轮廓，或竖向排列，或重叠摆放，或向两侧摊开，不由使人想起"书似青山常乱叠"的诗句。待到船过兵书宝剑峡，这种"书"的观念就更加浓重了。

相传诸葛亮入川时，路过三峡，曾把神人赐给他的兵书藏在峭壁之上。清代诗人张船山煞有介事地咏叹道："天上阴符定不同，山川终古傲英雄。奇书未许人间读，我驾云梯欲仰攻。"又有诗人从另一个角度作出文章："兵法在一心，兵书言总固。弃置大峡中，恐怕后人误。"平日嗜书如命的我，座前、案边、眼中、心上，无往而不是书卷。孤寂时，有书相伴，会觉得"书卷多情似故人"；夜阑人静，手倦抛书，也习惯于"三更有梦书当枕"。此刻，面对峡江胜境，书痴自然要把它捧起来当书读了。

……

在这锦山绣书之间，早在五千年就闪烁着大溪文化的异彩。两千年前，扁舟一叶从那条唤作香溪的小河里，载出一位绝代佳姝。"昭君自有千秋在，胡汉和亲见识高。"不独闾里之荣，也是邦家之光。两汉之交，公孙述枭踞白帝城，跃马称帝。过了三周甲子，这里又成了吴蜀称雄的战场。年轻的陆逊创建了"火烧连营七百里"的赫赫战功；刘先祖永安宫一病不起，将他的嗣子、未竟的事业连同未来的千般险阻一股脑儿地托付给他的军师；诸葛亮神机妙算，在鱼腹浦摆下"八阵图"。"自从归顺了皇叔爷的驾，匹马单刀取过巫峡"。老将黄忠的行迹，至今还留在《定军山》的戏文里。但是，"卧龙跃马终黄土，人事音书漫寂寥"。今日舟行访古，不仅史迹久湮，而江山也不复识矣。

在《清风白水》里，山水始终与历史事件和历史人物连接起来，这与王充闾对历史长期抱有的迷醉情绪密切相关。从创作主体的学识修养来看，作者深受传统文化的熏染，自童蒙时期就接触文史典籍，而在后来的求知生涯里，饱览经史子集，积淀了对历史的浓厚的兴趣与嗜好。正是这种对历史的迷醉的情绪，引导著作者在游历山水空间的同时，近乎无意识地走入历史时间，让艺术情思泛舟到历史长河的涟漪里。而在这种主体情思的势能作用下，自然而然地寻求一种艺术方式将之宣泄和表达。于是，山水—历史—散文，就成为一个合乎艺术逻辑的必然链条，而艺术的美就栖居于由山水和历史相联结的文本之中。

3. 诗歌的冲动

中国的古典文化显明的特征之一是"天人合一"的山水情怀，而这种山水情怀演变为诗歌冲动：文化人喜爱选择以诗歌方式传达自我体验的山水情怀，将对生命存在的瞬间所领悟到的山水之美完型、凝固在艺术文本里，以期美的存在和精神本体的永恒。王充闾散文体现了一种明显的美学追求，这就是作者的"诗歌的冲动"。作者在对山水和历史互动化的艺术描摹过程中，一方面表现出自我的诗性情怀，另一方面是走入古典诗歌的意境，以自我的诗性领悟和古典的诗歌意境相应和，寻求诗歌与历史的对话，或者说借助于诗歌来抒写历史，表述自我对历史的理解和评价。《清风白水》在一定意义上可以说，是作者凭借诗歌冲动对历史的想象与言说。再如《读三峡》：

> 假如三峡中壁立群峰是一排历史的录音机，它一定会录下历代诗人一颗颗敏感心灵的摧肝折骨的呐喊和豪情似火的朗吟。"屈平词赋悬日月"，船过秭归，人们面对万棵丹橘，总要联想起那以物拟人的不朽名篇《橘颂》；而当朝辞白帝，放舟三峡，又必然记诵起李白流传千古的佳什。在这里，杜少陵经历了创作的极盛时期，二年间写诗四百三十七首，占了他全部诗作的三分之一以上。刘禹锡出守夔州，在当地民歌的基础上，首创了文人笔下的充满浓郁生活气息和地方特色的竹枝词。前后相隔二百余年，白氏兄弟与苏家父子的诗章，使三游洞四壁增辉，名闻遐迩。……面对意念中的历代诗屏和眼前的山川形胜，我也情不自禁地写下一首七绝："轻舟如箭下江陵，高峡急江一水争。短梦未成千嶂过，巫山何处听猿声？"

作者将自我的诗性情怀融入古典诗歌的意境，以诗写史，以诗写人，使山水附丽于诗情之中。也正是奠基于主体的诗歌的冲动，作者更进一层地借鉴于绘画技法，以写意的笔法，勾勒出三峡的画境之美：

　　就诗而言，巫峡十二峰可以说是一部不是靠语言文字而是由境界氛围酿成的朦胧诗卷。你瞧，两岸诸峰时隐时现，忽远忽近，完全笼罩在云气氤氲、雨意迷离的万古空蒙之中，透出一种"悠然心会，妙处难与君说"的朦胧意态。"一自高唐赋成后，楚天云雨尽堪疑。""神女生涯"为人们留下了无穷的想象空间，成了所谓"象外之象，景外之景"。也许这样远远望着那万古烟云，谛听着她的模糊的默视，更富迷人的魅力；如果过于刻板、认真，索性攀到峰头去睇视一番神女的芳姿，恐怕那风化的巉岩会令人兴意索然，大失所望的。比之于绘画，巫山十二峰无疑是整个三峡风景线上一条最为雄奇秀美的山水画廊。在这里，钩皴点染、浓淡干湿、阴阳向背、疏密虚实等各种表现手法兼备必具。那群山竞秀，断岸千尺的高峡奇观，宛如刀峰峻劲，层次分明的版画；而云封雾障中的似有若无、令人神凝意远的万叠青峦，则与水墨画同其极致。

　　……

　　王充闾散文的诗歌冲动又融入了绘画的意味，山水与历史并行，诗歌和绘画为伴。作者以散文的文体，展现了绘画般的审美意象，达到了诗画相通的艺术境界。苏轼云："味摩诘之诗，诗中有画；观摩诘之画，画中有诗。"[1] 在这以主体体验为轴心的山水与历史互相依存的关系里，作者依赖于艺术的构成力量，将诗歌与绘画糅合于一体。海德格尔说："艺术的本性是诗。而诗的本性却是真理的建立。"[2] 狭义地看，《读三峡》是借用古典诗歌表现主观情志，而从更广泛的美学意义来看，它的本性也是诗化的。其实，《读三峡》何尝不是一首富有画意的诗呢？或者确切地说，它是诗与画交融、山水与历史相映的散文佳作。

---

① 《东坡题跋》下卷，《书摩诘蓝田烟雨图》。
② ［德］海德格尔：《诗·语言·思》，彭富春译，文化艺术出版社 1991 年版，第 70 页。

第三节　梦雨潇潇

清代诗论家赵翼曾对陆游的"纪梦诗"做过统计:"核计全集共九十九首,人生安得有如许梦,此必有诗无题,遂托之梦于耳。"[1] 陆游诗歌的梦幻美构成其艺术的独特风格。在艺术史上,表现梦幻境界的文本丰富多彩,究其主要原因,也许是因为"梦幻"为个体存在的重要的心理功能,也因为它是潜意识的生命本能的活动形式,具有对现实存在的否定性和超越性,往往潜藏着审美的功能,而有些时候,"梦幻"活动还包含着想象力的开启和灵感的畅达等精神功用。无怪乎精神分析学说的代表人物弗洛伊德认为:"梦是一种完全合理的精神现象,实际上是一种愿望的满足。梦可能是清醒状态的明白易懂的精神活动的延续,也可能由一种高度复杂的智力活动所构成。"[2] 他还认为梦具有象征作用,"我们可以把梦的元素与对梦的解释的固定关系,称之为一种象征的关系,而梦的元素本身就是梦的隐意的象征。"[3] 实际上,弗洛伊德以精神分析理论在梦幻与艺术之间建筑了一座相互沟通的心理桥梁。著名文艺理论家、美学家王向峰著文说:"我们判定充闾的诗文中有一个梦幻情结,是因为他的诗文中,不论是书名、篇名,不论是作诗还是着文,他特别倾心一个'梦'字,并且还有多篇是直接以梦幻为题材的,并有对于梦的近于理论分析的充足认识。"[4] 就《清风白水》而言,作者的确建构了不少的梦幻境界,显现了艺术梦幻美的趣味,这也构成了王充闾散文的一个美学特征。《梦雨潇潇沈氏园》一文,可作为代表之一。

单纯从题材或内容方面看,《梦雨潇潇沈氏园》归属于游记散文,追溯诗人陆游的一段悲剧化的"情史"。倘若从写法上鉴赏,该文却又不限于一般的游记散文,它虽然以"山清水秀之乡,历史文物之邦,名人荟萃之地"为背景,以江南名园为焦点,但是,作者以陆游与唐婉的爱情

---

① (清)赵翼:《瓯北诗话》。

② [奥地利]弗洛伊德:《梦的释义》,张燕云译,辽宁人民出版社1987年版,第114页。

③ [奥地利]弗洛伊德:《精神分析引论》,高觉敷译,商务印书馆1984年版,第112页。

④ 王向峰:《审美情结的创生意义——王充闾诗文创作研究的新视点》,载《辽宁大学学报》2000年第2期。

悲剧为情感线索，以诗人陆游的千古绝唱《钗头凤》为审美焦点，并辅佐以与沈园相关的诗词，拓展了陆游诗词中"梦幻"意境。其实，散文是因诗纪梦，因梦纪诗，围绕着陆游诗词里的梦幻活动，勾勒出陆游不幸的爱情故事，给欣赏者的阅读情绪以审美触动。

　　陆游六十八岁这年深秋，重游沈园，看到当年题词尚在而伊人已杳，林园易主，流风消歇，不禁怅然久之，于是写下一首感怀旧人的七律："枫叶初丹槲叶黄，河阳愁鬓怯新霜。林亭感旧空回首，泉路凭谁说断肠？坏壁醉题尘漠漠，断云幽梦事茫茫。年来妄念消除尽，回向神龛一炷香。""河阳"一词，借潘岳悼亡比喻对唐婉的怀念。最后说，如今人天永隔，无缘重见，只能心香一炷，遥遥默祷了。七年后，又一次去游沈园，怀着更沉痛的感情写下了两首七绝："城上斜阳画角哀，沈园非复旧池台。伤心桥下春波绿，曾是惊鸿照影来。""梦断香消四十年，沈园柳老不飞棉。此身行作稽山土，犹吊遗踪一泫然。"诗人感叹韶光难再，四十载倏忽飞逝，回思既往，益增唏嘘。八十一岁这年，他梦游沈园，醒后又写了两首七绝："路近城南已怕行，沈家园里倍伤情。香穿客袖梅花在，绿蘸寺桥春水生。""城南小陌又逢春，只见梅花不见人。玉骨久成泉下土，墨痕仍锁壁间尘。"如诗如画，亦梦亦真。此时，陆游已届风烛残年，知道自己亦将不久于人世。但老怀难忘，仍然钟情于这位无辜被弃、郁郁早逝的妻子。对于美好的事物，人们总是无限追恋的。当残酷的现实扯碎了希望之网时，痛苦的回忆便成了最好的慰藉。第二年秋天，他又写了一首七绝："城南亭树锁闲房，孤鹤归飞只自伤。尘渍苔侵数行墨，尔来谁为拂颓墙？"直到八十五岁高龄，他在《春游》诗中还写道："沈家园里花如锦，半是当年识放翁。也信美人终作土，不堪幽梦太匆匆。""幽梦匆匆"，追叹他们夫妇美满生活的短暂；"美人作土"是说唐婉已经死去五十余年。次年，诗翁也辞别了人世。

　　散文以诗歌串联起陆游悲剧化的梦幻心灵，并凭借这种精神的梦幻轨迹勾勒出诗人对亡妻唐婉的苦苦思念的心路，诗人在由自我构想的梦境里和故人在沈园里一次次相逢，而这种梦幻的相逢，既给诗人带来情感的慰藉，又给诗人带来更大的失落和痛苦。尽管如此，诗人还是将对沈园的梦幻视为生命的支撑，把自己和唐婉的爱恋看作是人生最美妙的梦幻经历。正是存在于对沈园、对唐婉、对诗歌的梦幻过程中，诗人才诞生了生命存在的意义和审美体验的最高快乐。而《梦雨潇潇沈氏园》正是着眼于"沈园、诗人、爱情、悲剧、诗歌、梦幻"这一系列存在的相互交叉点，将陆游诗歌的梦境，以时间和情感的双重逻辑呈现出来，给接受者以梦幻美的感受。汤显祖以为："世总为情，情生诗歌，而行于神。"① 又提出"因情成梦，因梦成戏"② 的美学主张，将情感·梦幻·艺术视为一体化的精神构成，并在自己的戏剧创作中实践了这一理论。而王充闾散文的众多篇目，有意和无意地表现出梦幻之美，它也佐证了弗洛伊德的这一看法："一篇创造性的作品像一场白日梦一样，是童年时代曾做过的游戏的继续的代替品。"③

《两个爱情神话》记叙了包含梦幻色彩的两个故事：一是有关"牛郎织女"的神话和诗歌，二是以宋玉《高唐赋》为核心的"巫山云雨"的爱情传说。作者记叙这两个空幻的爱情神话，凸显两种"虚与实"的爱情观：一种沉湎于虚幻如梦的"柏拉图的精神恋爱"的空灵过程，另一种则期待"但愿暂成人缱绻，不妨长任月朦胧"的现实满足。其实，作者不过是借助于两个远古的爱情神话，表达自我理解的爱情哲学。散文却记叙了如梦如幻的爱情境界，而这种境界又鲜活地存在于古典与现代的诗歌之中，令人玩赏而沉醉。

第四节　诗与思　山水与哲学

最高的哲学是诗意化的哲学，而最高的诗也应该是哲学化的诗。在常识意义上，诗与哲学，是人类精神不同的存在形式；思辨与想象，属于个体存在者的心灵里的不同的心理功能，或者说是本质不同的心理运动形式。然而，在更深刻的理论意义上，哲学与诗属于本质上同一性的精神形

---

① 《汤显祖集·玉茗堂文之四·耳伯麻姑游诗序》。

② 《汤显祖集·玉茗堂尺牍之四·复甘义麓》。

③ 《弗洛伊德论美文选》，张唤民、陈伟奇译，知识出版社1987年版，第36页。

式，而思辨与想象并非存在一个不可弥合的心理鸿沟，因为，最精深的思辨必然要借助于诗的想象力的否定性和超越性的功能，依赖于想象活动的富有智慧性创造的心灵领悟能力；而最富于想象力的诗歌创造往往具有最深刻的思辨内涵，因为它禀赋着怀疑和否定的智慧冲动，从而获得一般逻辑活动所无法攫取的精神果实。海德格尔认为："艺术的本性是诗。诗的本性却真理的建立。"① "真理，作为所是的澄明和遮蔽，在被创造中产生，如同一诗人创造诗歌。所有艺术作为让所是的真理出现的产生，在本质上是诗意的。艺术的本性，即艺术品和艺术家所依靠的，在真理的自身设入作品。"② 尽管海氏对"真理"的界定和阐释和传统概念存在差异，但是，他以独特的运思，昭示了如此的"真理"：诗与哲学是相通的精神话语，思辨与想象属于本质上同一、形式上略有区别的精神活动。在上述理论意义上，我们解读王充闾散文也许会产生较深的领悟。

《清风白水》美学特征之一，就在于将诗与思交织于艺术文本，王充闾以写诗的方式写作散文，他的众多散文充溢着主体的想象和顿悟，包含着意象和隐喻，而理趣与情思也挥洒于文本之中，使文章散落着丰富的哲学意蕴。如《读三峡》里这一节：

　　著名学者王国维有过"古今成大事业、大学问者必经三种境界"的说法，还有人把绘画分为写实、传神、妙悟三个层次。我以为，读三峡也有三种灵境：始读之，止于心灵对自然美的直接感悟，目注神驰，怦然心动。这种灵境，有如晋人袁山松对三峡的观赏："仰瞩俯映，弥习弥佳，流连信宿，不觉忘返。"再读之，会感到主观的生命情调与客观景物交融互渗，物我溶为一体，亦即辛弃疾词中所说的："我见青山多妩媚，料青山见我应如是。情与貌，略相似。"卒读之，则身入化境，浓酣忘我，"冲然而澹，倏然而远"，进入《易经》上讲的那种"天地氤氲，万物化醇"的灵境，此刻该是"此中有真意，欲辨已忘言"了。

　　读三峡有乘上、下水船两种读法。乘上水船，虽然体味不到

① ［德］海德格尔：《诗·语言·思》，彭富春译，文化艺术出版社 1991 年版，第 70 页。
② 同上书，第 67 页。

"轻舟飞过万重山"的酣畅淋漓的快感，但颇有利于从容玩味，沉思遐想。"读书切忌太慌忙，涵泳工夫意味长"。读三峡，也是如此，不能心浮气躁，囫囵吞枣。下水船疾飞如箭，过眼烟云，留不下深刻印象，其蔽正在于此。但下水船又有其独特的美学效应。本来两岸的青松、丹橘、翠峦、雄堞，彼此相距甚远，但由于船行疾速，拉近了它们的距离，造成眼前多种物象重合叠印的错觉，从而丰富和充实了视觉形象。即使物象渐渐消失，也能留下一重雄奇的意境和奋发的情思。

王充闾是采用读诗的方式去领悟三峡，将之诉诸于自我的想象和情感，从而使山水赋予了历史的和美学的双重含义。尤其是运用想象性的比喻，将三峡和诗文联系起来，发掘出三峡特有的审美魅力，文章富有创意，令人产生陌生化的审美效果。刘勰云："夫心术之动远矣，文情之变深矣，源奥而派生，根盛而颖峻，是以文之英蕤，有秀有隐。"[1]《读三峡》可谓"心术之动远，文情之变深"，达到刘勰之"隐秀"的艺术标准。而作者的诗意地"思"，无疑是构筑"隐秀"的心灵支撑之一。作者拈取一个"读"，即可见"思"的独特："读"，实际上是诗意地"看"，用悟性地"思"去想象三峡，以审美体验和三峡展开对话活动，而历史和文化则隐藏在作者和三峡的心灵对话的过程。而三峡又被作者的"读"包容在以空间为轴心的历史时间的画卷里。古今写三峡散文甚多，而王充闾《读三峡》一文，可归属为哲思的美，是独辟蹊径的"隐秀"之作。

《清风白水》的"思"，往往蕴含了哲学的意趣和美学的情怀，因此，也令自我获得了诗意的内涵。《顿悟》以《乐府古题要解》记叙春秋时期的俞伯牙学琴于成连先生的故事，空灵飘逸的景致，启悟主体心灵领略到艺术的真谛，诞生"鼓琴"的灵感，所谓"天籁"之音全凭悟性的把握。"一切美的艺术都是主体心灵与客观上界遇合的结果。而顿悟与灵感正是这种主客体遇合的最高形态。"《追求》一文，讲述王子猷雪中访戴、到门不入的典故，写道："也许王子猷只是追求一种美的境界：走近，却并不占有，留下一块永恒的绿地，供日后悬想和追思。在他看来，这种美的

---

[1] （六朝）刘勰：《文心雕龙·隐秀》。

境界就在事物的过程本身。所以，'山阴泛访戴之舟，到门不入'。这里也显示了晋人追求心灵超脱的唯美主义品格。"作者又引录了苏轼《宝绘堂记》里"君子可以寓意于物，而不可留意于物"的看法，强调审美心理和功利观念之间的距离，从而言说审美追求的"超越"和"距离"的双重意义。

如果说"山水意识"或"山水情怀"构成了《清风白水》美学化散文的感性殿堂，那么，徜徉于这一殿堂之中的主要角色之一即是作者的哲思。因此，《清风白水》又是山水与哲学的交融，诗歌与美学的应和所产生的艺术果实。

据笔者之见，《清风白水》里的"山水意识"或"山水情怀"，一方面延续了儒家的精神内核，通过观鉴山水，寄寓了积极进取、兼济苍生、修齐治平的道德理念；另一方面，将自我生命的存在形式，与山水景物实行审美想象性的天人合一，在山水中畅神达意，逍遥以游，忘却现世的痛苦与烦恼，超越历史现象的悲剧与喜剧、存在与虚无，获得纯粹的审美形式的体验，宣泄生命存在的感性冲动，达到对个体自由的提升，并升华一种诗性生命的美感，既契合中国道家的山水精神，又接近西方生命哲学的人文情怀，使两种哲学话语在散文所描摹的山水意境中得以对话和交流。

从第一层意义考察，《南疆写意》和《雅隆河，一首雄奇的史诗》，通过对山水的描绘，寄寓了儒家的入世精神和道德哲学。前者写"坦坦荡荡的大戈壁，无丘无壑，无树无草，平展展一直伸向天际。苍茫的大地托着浩渺的天穹，显得格外开阔"。然而，笔锋一转：

> 作为古丝绸之路的中段，此间曾有过一千余年的繁华兴盛的岁月。如果这条古道像人一样存留着记忆，那么，它绝不会忘记：这里，奔驰过出使西域的张骞的车骑和勇探"虎穴"的班超的鞍马，飞扬过和亲乌孙的细君、解忧两公主的车尘，闪现过乘危远迈、策杖孤征、西天取经求法的玄奘的身影，也刻印着谪戍南疆、率领民众修渠引水的林则徐和追奔逐北、平叛杀敌的左宗棠的足迹，迎送着无数中西商旅的满载着财货的驼队、马帮。今天，这一幅雄奇壮观的瀚海行旅图，一阵阵悲凉的军乐、征战的杀声和悠扬的驼铃，还仿佛显现在眼前，回旋在耳际。

　　作者又转而记叙 17 世纪，土尔扈特部落 20 多万人"向着东方，向着东方"，回归中华故土的历史故事，将南疆山水和历史人物的建功立业、心系祖国的道德理念交织起来，寄寓了创作主体的入世精神和儒家价值观。而后者，传神生动地描绘了奇异神秘的西藏风光，写照出雅隆河的静谧、苍凉、浩渺的美。然而，却以雅隆河的风光，衬映文成公主的聪颖秀慧，胆略才识，"为着汉藏友谊、祖国大业，这个年仅十六岁的少女，以其宏伟的抱负、非凡的胆识和卓绝的献身精神，毅然离开温柔富贵之乡，踏上了雪裹冰封、山高峻岭的险程，来到荒凉、落后、风习迥异、言语不通的西藏高原，充当促进汉藏经济、文化交流的伟大使者，致力于吐蕃王国的政治建设、民族发展与社会进步，实在是旷古未有，难能可贵的"。散文中的山水景观，均被作者赋予了道德情感和伦理精神，闪耀儒家的人生哲学的光辉。

　　从另一层意义上品鉴，《清风白水》的山水意识，受到道家哲学的熏染。老子云："道大，天大，地大，人亦大，域中有四大，而人居其一焉。人法地，地法天，天法道，道法自然。"[①] 老子认为，道、天、地、人为宇宙间之"四大"，而这"四大"则构成本体论意义上的世界之基础，而人之存在必然和"天""地"形成和谐的对应关系，因此，人之存在绝非是抽象意义的逻辑存在，而是和自然大化、山水万物密切相依的生命活动。庄子采取"逍遥以游"的方式诗意地说明，"乘天地之正，而御六气之辨，以游无穷者"[②] 为生命存在的最高境界，而"圣人者原天地之美，而达万物之理"[③] 则隐喻着圣人从天地万物的形式或意象中，领悟到世界和人生的普遍道理，从而获得最高的审美快感。《清风白水》里的众多篇目，写山水景观，无意识地渗透了道家的哲学意蕴，它把山水之美和人的生命存在、自由超越、价值意义密切联系在一起，并赋予山水以一种诗意化的想象和体验的精神内容，如写九寨沟的《清风白水》：

---

① 《老子·二十五章》。
② 《庄子·内篇·逍遥游》。
③ 《庄子·外篇·知北游》。

　　我访九寨沟时正当知命之年，已经告别童话与神话的时期了，但置身其间，又仿佛找回了失踪已久的童年，重温和白雪公主、美人鱼为伴的幻想世界，恢复了清风白水般的童真。同这种雾气氤氲缠绕在一起，幻者似真，真者似幻，怕是几个清宵好梦也难以遣散的了。

　　当然，这种感觉的形成，不仅仅是因为这里富有恍兮惚兮的神话传说，而且同九寨沟的自然天籁、荒情野趣有关。那淙淙飞瀑，飒飒松风，关关鸟语，唧唧虫鸣，那水中五光十色、迷离扑朔、绚丽多姿的碧波，山上宛如娇羞不语、情窦初开的少女的笑靥的杜鹃花萼，那隐现在水雾氤氲的瀑面上，酷似七彩神龙夭娇半天的虹彩，那原始森林中绿茵茵、暄蓬蓬，绒毛似地毯般的地衣和悬挂在枝头的一丝丝、一缕缕，随风飘荡，如新娘头上轻柔的婚纱的长松萝，那五角枫、高山栎、黄栌木、青榨槭的如火似霞，燃遍天际的醉叶，那充盈着质朴的美、粗犷的美、宁静的美的梦之谷、画之廊，都在人类感情的琴弦上奏起美妙的和声，不期然地淹入了你的性灵。在这里度过一个假日，真像裸体的婴儿扑入母亲的怀抱，生发出一种重葆童真，宠辱皆忘，挣脱小我牢笼，返回精神家园，与壮美崭新的自然融为一体的感觉。

　　作者笔下的九寨沟那如梦如诗、如烟如画的山水胜境，与自我的生命存在融为一体，上升为天人合一的哲学境界，个体生命的自由和大自然的万物律动组合为和谐的审美乐章，接近到"乘天地之正，而御六气之辨，以游无穷者"的哲学意境。作者勾勒出一个近于神话或童话的虚拟世界，消解掉现实存在的所有限定和拘役，让自我的生命个体回归自然大化的母体，进入纯粹的审美意象之中而忘却一切。

　　章尚正在《中国山水文学研究》中颇具匠心地认为山水诗"表现出全身心沉浸于山光水色中的真诚喜悦，洋溢着热爱人生、热爱大自然的生命精神。这种生命精神主要发源于道家的生命意识，它以自我为中心，以乐生乐静乐无为为表征，以心灵恬然超逸、精神自由奔放为目标，以与大自然冥合为一为理想境界，如李白所言'吾将囊括大块，浩然与溟涬同科'（《日出入行》），表现出道家本于自然又归于自然的旷达与超迈"①。
这一看法，揭橥了山水文学的所具有的道家哲学内涵，所谓"道家的生
命意识"，一个重要的逻辑构成是凭借诗性超越对现实存在的审美否定，
以一种想象力的直觉活动和智慧性的自我领悟，来领取进入生命绝对自
由、虚无化的审美至境的精神入场券。

　　而就《清风白水》而言，王充闾无疑获得了领取这种"入场券"的
资格。他以自我的生命和山水的生命融为一体，以自我的情感融入山水的
意象，赋予山水一种审美的灵性和玄妙的情绪，以一种平等、亲和甚至崇
拜的态度看待自然，揭示山水所存在的哲学玄思。在王充闾的山水散文
里，还体现了一定程度的生命哲学的意识。生命哲学家柏格森认为，自由
是纯粹的自我创造，而王充闾依据诗意的想象，赋予山水以自由的生命形
式，作为审美的人格象征。另一位生命哲学家齐美尔以"生命超出生命"
这样的命题试图说明，"生命根据包括在体验中的形式的原则来创造对
象，它为世界创造了艺术、知识、宗教等对象，而这些对象都有其自身存
在的逻辑一致性和意义，独立于创造它们的生命。生命在这些形式中把自
身表达出来，这些对象则是生命的审美、理智、实践的或宗教的能动性的
产物，它们也是生命的可理解的不要条件。"② 王充闾散文里山水意象，
是作家以自我的生命体验所建构的审美符号，是主体的生命形式和山水的
生命形式所结构的艺术化统一体，它们反映了生命的同一性。也如美学家
苏珊·朗格认为，生命形式具有有机统一性、运动性、节奏性和生长性，
而这些都可以在艺术之中寻找到。③ 王充闾的山水散文，也明显地体现了
生命形式与艺术形式的应和倾向，生命意识在文本里潜在地转换为自然万
物的自由和灵性、玄幽和神秘，弥散着超越功利、欲望、知识等现实性因
素的纯粹的审美存在，它是对遗忘久远的原初的精神家园的回归，流露了
人之自然本质，那就是一种童心或童趣呈现，是人对大地母亲的归属感和
对神圣道德的认同。无疑，这种山水散文所蕴含的审美心性，超越了众多

---

① 章尚正：《中国山水文学研究》，学林出版社1997年版，第15页。
② 刘放桐：《现代西方哲学》（上册），人民出版社1981年版，第202页。
③ ［美］苏珊·朗格：《情感与形式》相关章节，刘大基等译，中国社会科学出版社1986
年版。

的当代散文的艺术眼界。

第五节　清风白水的美文意境

《清风白水》散文集，标志着王充闾散文进入一个新的艺术境界，诞生了"美学化的散文"自我话语，也意味着王充闾本人步入当代有影响的散文家之列。而后来的《面对历史的苍茫》和《沧桑无语》这两个集子，则将王充闾毫无疑问地推到当今散文大家的前列。就《清风白水》而言，王充闾散文的艺术风格基本成形，在当今散文中占据了显著的位置，也为自己的艺术道路拓展了新的空间。笔者以为，《清风白水》犹如其命名一样，的确呈现了"清风白水"的美学特征，是一种自由洒脱、空灵优美、自然天成的艺术之作，不事雕琢，以事说理，客观叙述和凭意象取胜等方面构成其特征。

1. 寓言式散文

王充闾散文受到庄子散文的深刻影响，这种接受性影响，既有形而上的普遍性哲学义理方面，又有形而下的具体化修辞技法方面。前者，已经做了初步的探讨，现在，笔者主要从某些文本环节，揭示王充闾散文对庄子散文在修辞技法方面的继承。

众所周知，庄子散文的修辞技法的重要构成方面是所谓"三言"，《庄子·杂篇·天下篇》云："以谬悠之说，荒唐之言，无端崖之辞，时恣纵而傥，不以觭见之也。以天下为沉浊，不可与庄语。以卮言为曼衍，以重言为真，以寓言为广。独与天地精神往来，而不敖倪于万物。"《庄子·杂篇·寓言篇》云："寓言十九，重言十七，卮言日出，和以天倪。寓言十九，藉外论之。"庄子主要以"寓言"的方法写作，罗根泽认为"寓言"，"纯是虚构的写作方法，同时也就是不循方法的方法。"[①] 罗氏的看法不全然合适，因为庄子的"寓言"既有一定程度的虚构性质，又有某些环节上的现实性因素。其实，略微确切地考察《庄子》文本，不难发现，庄子散文的"寓言"，其实就是以陌生化的"间离效果"的方式讲叙故事，以亦幻亦真的故事隐喻哲学的道理。如果说庄子散文的修辞技

---

① 罗根泽：《中国文学批评史》第 1 卷，上海古籍出版社 1984 年版，第 64 页。

法是以"寓言"为主,而"寓言"又以亦幻亦真的"故事"为特征的话,那么,《清风白水》广泛采用"寓言"的方法,写作了"寓言式散文"。

王充闾的"寓言式散文"倾向,在《人才诗话》里初步显现,至《清风白水》则进一步完型。纵览《清风白水》里诸多篇目,作者均借助于讲叙故事的方法进行写作。而讲故事方式,既有所谓"主观叙事",也有所谓"客观叙事";叙事视角,既有以自我为中心的单角度、单视点的无保留的叙事性质,又有多角度、多视点的有保留的叙事性质;叙事题材,既有古代方面,又有现代方面,还有域外方面;叙事趣味,既有幽默,又有悲凉,既有奇崛,又有委婉;叙事内容,既包含历史人文,也包含国计民生。总之,王充闾散文的"叙事",构成其美学风格的重要内涵之一。《青天一缕霞》,是想象式的梦幻叙事,以象征的手法,以"云"为意象,展开主体的意识流动,讲述了天才女作家萧红的奇异悲凉的艺术人生;《读三峡》,以散点透视写景,以空间为经、时间为纬,以时空交叉的方式叙事,而高度凝练的"尧时日、秦时月、汉时云"的概括,有如诗歌传达的微妙;《清风白水》,以纯粹的个体的审美体验为焦点,叙述游历九寨沟的过程,属于主观印象和直觉的叙事;《南疆写意》,以单线索、多元素的叙事,讲述不同的历史故事,表示了同一的情感,对华夏的山水、历史、人文的深挚之爱;《雅隆河,一首雄奇的史诗》,以多线索、单元素的叙事,讲述了文成公主赴藏的史实与传说,将历史、神话、现实、山水、风情等交融于一体;《心中的倩影》,采用"故事套故事",巧妙地讲述了两个现实和虚拟的故事,隐喻一个相同的精神主题:爱的永恒和超越;《梦雨潇潇沈氏园》,以诗词为载体叙事,运用空间写时间,讲述了一个如梦如幻的爱情悲剧;《美的探索》与《溪韵》,多视点叙事,从三个不同视角,呈现黄山和西湖"九溪十八涧"的变幻之美;《永存的微笑》以"误会"的笔法,讲述了自己亲身经历的故事,在不经意之间刻画了一位令人可敬的"红烛"形象……《清风白水》散文集,主要的叙事方法,是从古代典籍里信手拈来史实、掌故、诗词、曲赋、戏文、神话、传说等元素,讲述包含自我寓意的故事,作者的讲故事,既有故不点破,也有边讲边议,直接抒怀。

2. 有我和无我之境

王静安云:"有有我之境,有无我之境。'泪眼问花花不语,乱红飞过秋千去。''可堪孤馆闭春寒，杜鹃声里斜阳暮。'有我之境也。'采菊东篱下，悠然见南山。''寒波澹澹起，白鸟悠悠下。'无我之境也。有我之境，以我观物，故物皆着我之色彩。无我之境，以物观物，故不知何者为我，何者为物？故人为词，写有我之境为多，然未始不能写无我之境，此在豪杰之士能自树立耳。"① 以静安先生的"有我之境"和"无我之境"的美学观为理论参照，也可以把《清风白水》集子里的散文划分为"有我"和"无我"两种境界。然而，实际上要达到这种逻辑划分是困难的。就《清风白水》而言，"有我"与"无我"的两种境界交织在每一文本之中，无法进行简单的逻辑切割。《清风白水》的精妙之处就在于，作者写"有我之境，以我观物，故物皆着我之色彩"。然而，主观的色彩又并不浓烈，不使人产生刻意涂抹的感受。散文采用了"隐含的作者"的方式进行写作，令主观情感有所隐蔽。而所谓"无我之境，以物观物，故不知何者为我，何者为物"，由于诗歌文体和散文文体存在艺术表现的形式差异，诗歌上的"无我"之境很难在散文中得到体现。然而，王充闾散文的独特之处是，创作主体往往和表现对象保持一定的审美距离，在情感上以一种冷静超脱的方式对待。或者更确切地说，作者有意识地将主观情感遮蔽在客观的叙事之中，采用"寓褒贬于叙事之中"的春秋笔法。所以，无论是文本表层上的"有我"还是"无我"，实际都是文本深层里的"有我"。但是，隐藏了主体情志，依然发挥潜在的积极作用，给读者以留有回味的审美打动。

　　因此，初读《清风白水》，感觉似乎情感不够浓烈和充盈，缺乏激情冲动，然而，这正是作者的独到之处。因为，作者摈弃"辞人赋颂，为文而造情"② 的弊端，即使是"为情而造文"，也"为情者要约而写真"，所以，王充闾散文不造情，不矫情，也不刻意地制造激情冲动的意境。而是将"有我"和"无我"的两种境界，和谐地调和起来。究其原因，这既是人生悟觉的成熟和智慧的体现，也是艺术修炼和美学境界的提升。比如，《心中的倩影》一文，虽然触及人生的情感和命运，但作者保持一个适度的叙事距离，对情感的表现有所节制，但仍然显现了独特的审美魅

---

① 王国维：《人间词话》。
② （六朝）刘勰：《文心雕龙·情采篇》。

力。作者转述了两个故事：

一九二八年，十八岁的肖乾在汕头角石中学任教时，结识一位名叫肖曙雯的女学生。二人灵犀相印，诚挚地爱恋着。不料校长从中插足。声言如曙雯拒婚，就要对肖乾下毒手。姑娘断然回绝了这个恶棍，同时劝说肖乾赶紧离开。本来，她是准备同肖乾一道乘船逃离的了；可是当发现码头上有恶徒持枪环伺，她只好改变主意，悄悄地溜回。她知道，若是肖乾只身逃，他们会高兴地放他走开；如果二人同行，肖乾就会死在恶徒手中。尘海翻腾日月长，一别音容两茫茫。这对情人无缘重见，各自在布满荆棘的坎坷路上建立了家庭。八年后，作家肖乾以此为蓝本写了一部长篇小说《梦之谷》。他是很想再见一面当年的恋人——书中的主人公盈姑娘的。可是，六十年后，当他重访旧地，来到汕头的“梦之谷”，并且得知肖曙雯仍健在时，却放弃了这个终生难再的机缘。他不愿让记忆中的清亮如水的双眸、堆云耸黛的青丝和轻盈如燕的、玉立亭亭的少女丰姿，在一瞬间被了无神采的干枯老眼、霜雪般的鬓发和伛偻着的龙钟身影抹掉，他要把那已经活在心目中六十年的美好形象永远保存下来。肖乾说：“这不光是考虑自己，也是为了让曙雯记忆中的我永远是个天真活泼的小伙子，所以还是不见为好。”

……

记得台湾作家林清玄在一篇文章中讲过这样一个故事：一对热恋中的情人同登喜马拉雅山，不幸遇上了雪崩，男青年被雪堆埋不知下落，女的却活着逃出来。她无限怀念着情人，年年此日都要去喜马拉雅山寻找他的踪迹，终于在第二十个年头，在雪堆的一角找到了情人的尸体，仍是当年那样年轻、俊俏，朱颜秀发；而自己却早已失去了往日的风韵，垂垂老矣。

……

作者讲述两个故事，融合了“有我”和“无我”的两种境界，主体情感和客观对象保持适度的距离，但是，其中的意味却是存在的，而能给读者以丰富的回味。创作主体对情感之表现，采取了含蓄不露、冷静节制的方法，尤其是有关历史文化方面的散文，更多显露了深沉的理性和通达的智慧，融情感于叙事、写景的意象之中，显示了独到的艺术趣味。

3. 清风白水的文学话语

《清风白水》，从话语上看，有如其命名一样，显露了不事雕琢、自然天成的大家风韵。这个集子，也标志着王充闾散文的"清风白水"的语言风格的初步形成。以后的散文集，尤其是《面对历史的苍茫》和《沧桑无语》，话语的运用逐渐娴熟而臻于化境，完型了自我的独特风格。

王充闾自幼受到国学的启蒙，熟读丰富的古代典籍。其文风无意识地受到古典语言的影响，所以，典雅通畅、意蕴隽永、含蓄绵密构成王充闾散文的语言的普遍特性。然而，在现代文艺理论意义上，文学创作更是一种个人化的"话语"（discourse）活动。"如果说'语言'（language）通常指人类的普遍性的交际工具，而'话语'则是具体运用形态。'语言系统'（langue）和'言语'（parole）分别指社会普遍性语法系统和个人的实际语言行动，而'话语'则比两者的'总和'还更丰富和复杂。"① 从文学言语学这个意义上考察《清风白水》的"话语"特色，笔者以为，王充闾散文在某种程度上是对古典语言的深情皈依，古典文学的"语言系统"（langue）对于他的散文的话语运用，存在富有诱惑力的、难以割舍的影响，对于古典文学和古典语言的直觉亲和力，使作者无意识地运用在当今已经沉寂了的符号系统，复活被遗忘久远的古典语言的生命激情，借助于古典语言的思维方式去思考和表述。而这构成王充闾散文"话语"有别其他散文作家的"话语"的差异之一。值得注意的是，在王充闾第四个时期的散文作品里，除了继续守望着对古典语言的痴情不改，作者还使自我的话语糅入了一种哲理和思辨的成分，闪烁着对东西方哲学表述的"言语"的心仪，而这两"话语"又能和谐交织于文本之中。这一点，笔者将在以后的章节里讨论。在此，我们鉴赏《清风白水》里的"话语"对古典语言的依恋而派生出的富有美感的符号意象：

　　故人有诗云："船窗低亚小栏干，竟日青山画里看。"这种景况而今才领略到，我满怀四十余年的渴慕，放舟江上，畅游三峡，饱览

① 童庆炳主编：《文学理论教程》，高等教育出版社1998年版，第85—86页。

那山川胜景。

伴着船行激起的沙沙渐渐的水声，迎来即送走那峥嵘、岩峣、嶙峋的山影。江轮在危岩绝壁间宛转穿行，眼看就要撞在迎面横过来的陡壁上，却灵巧地一闪，辟出一片生面别开的天地。真是"山塞疑无路，湾回别有天"，此刻，不能不由衷地佩服古诗用字的贴切。老杜笔力的雄健更令我心折：那群山万壑像无数匹高高低低的骏马，脱缰解辔，挤挤撞撞，奔赴荆门。谪仙作诗，惯用夸张手法，但他刻画三峡之险峻："上有六龙回日之高际，下有冲波逆折之回川。黄鹤之飞尚不得过，猿猱欲度愁攀援"，则全是写实。峡中景色变化无常，适才还是"高江急峡雷霆斗"，令人目骇神摇，霎时烟云浮荡，一变而为惝恍迷离，幻成一幅绝妙的米家山水。游人也随之从现时的有限形象转入绵邈无际的心灵境域，与其玲珑相见，灵犀互通，开掘出溶心理境界、生活体验、艺术创造的第二自然于一体的多维向度。（《读三峡》）

望着窗外渐渐消溶的冰雪，脑际不期然地浮现出秦观的"梅英疏淡，冰斯溶泄，东风暗换年华"的名句。不过，此刻萦绕念中的却不是洛下的金谷名园、铜驼巷陌，而是松花江畔的北国冰城。……

我们登上了由坚冰堡垒砌的岳阳楼，眼前虽然没有见到"衔远山，吞长江，浩浩汤汤，横无际涯"的洞庭胜状，但"登斯楼也"，确也感到"心旷神怡，宠辱偕忘"，逸兴遄飞，"其喜洋洋者矣"。元代一位诗人登岳阳楼时题诗："乾坤好句唐工部，廊庙雄文宋范公。秋晚登临正奇绝，只疑身在水晶宫。"可谓先得我心。范公雄文是读得烂熟的，可是这座江南名楼却缘悭一面。不料半生夙愿于此得偿，尽管属于模拟性质，也算是"慰情聊胜无"了。那冰雕"玉砌"，雉堞参差，雄浑壮丽的山海关，更是美奂美仑，惟妙惟肖，再现了那座始于建于六百一十年前的"两京锁钥无双地，万里长城第一关"的雄姿。（《冰城忆》）

同那些跨越时代的文坛巨匠相比，萧红算不上长河巨泊，不过是清流一束。她失去的很多，而所得有限；她的生命短暂，而且遭逢不偶。她像冷月、闲花一样悄然陨落，却长期活在人们心里；她似乎一无所有，却又赢得了许多许多，她以自己的传世之作在中国文学发展史上留下一串坚定而清晰的脚印。她是不幸的，但也可以说是很幸运的。（《青天一缕霞》）

在这一片光雾迷离之中，只容意念回旋，不宜有过多的人物点缀。那种"歌鼓喧阗，笙簧齐奏"的聒噪，"轰饮酒垆，鹝弁云从"烦冗，与夫"千门如昼，嬉笑冶游"的粗俗，对于昙花来说，都是不适宜的。史载，南宋画家、词人张镃当牡丹开放时，招邀友好举行赏花盛会。宾客齐集后，吩咐开帘通气，立刻满座皆香，然后歌姬舞女，檀板清樽，喧腾彻夜。这种"厚爱"施之于昙花，大概是受不了的。据说，昙花原属热带植物，为了避开日间的燥热，便躲在深夜开花。它并不计较条件的优劣、土壤的肥瘠，淡泊自甘，多予少取；勘破了名利关头，不愿取悦于人，招蜂引蝶。它同"出污泥而不染"的莲花，笑傲秋霜、幽香独抱的菊花，实可并列为"花国三清"。（《昙花，昙花》）

唐代散文大家韩愈的诗，奇崛险怪，"以文为诗"，曾被宋人沈括讥为"押韵之文"。其实，韩诗中并不乏清新平易、流丽天然之作，有些诗境界独辟，色彩瑰异，清艳绝尘，表现了韩诗鲜明的艺术特色。像《题合江亭寄刺史邹君》一诗中的"瞰临眇空阔，绿净不可唾"，"穷秋感平分，新月怜半破"，不仅把凉秋九月，新月半规，清潭远涨，绿波凝净的景色写得清丽动人，而且刻画出一重自觉形成的审美心态，看了令人拍案叫绝。（《绿净不可唾》）

《清风白水》的话语，无疑是深受古典文学的语言系统所影响，那就是诗化的语言和审美化的语言，而这一语言系统转换为王充闾散文的个人话语，一方面是由于作者多年的文化积淀和心理皈依，另一方面则是他有意识审美选择和艺术偏爱。他不像当今的某些作家，视语言为一种游戏活动，将汉语言传统的语法规则和审美习惯有意识地斥拒，追求一种故作姿态的话语权力。王充闾散文的话语表现，潜心复活古典语言的内在生命和绵延的激情，那就是古典文本之中所遮蔽的诗性精神。伽达默尔曾把语言比喻为"储存传统的水库"，这意味着汉语言也是储存诗性传统的水库。古典文本借助于语言所储存的诗性精神，在王充间散文的话语表述里得以复活和重现。正像一位学者所言说的那样，汉语言具有"诗性资质"①，是一种高度意象化和富有美感的语言。文化哲学家卡西尔说："在人类文化的早期，语言这种诗意的或隐喻的特征似乎比逻辑的或推理的特征更占优势。德国思想家赫尔德的老师乔治·哈曼（Georg Hamann）有言，诗是人类的母语。"② 而王充间对这一语言的潜心探索和运用，其中重要的特点即在于，他发掘传统语言的诗性精神和审美特性，并结合现代文化的语境的语言表现形式，以自我的审美体验，以一种典雅绵密、空灵挥洒、从容自如、不事雕琢的话语方式呈现出来，从而获得自我的话语权力和话语风格，所以，诗意地思，诗意地言，内化为王充间散文的合乎逻辑的审美结果。"语言破碎处，万物不复在"，海德格尔认为，语言是存在的家园，是人存在的领域，艺术、语言和诗意是基本统一的存在。③ 王充间散文在无意识地验证了这一理论，它将诗意、语言、审美和谐地统一散文之中，以自我的散文"话语"表现了诗意的审美情怀。

---

① 鲁枢元：《超越语言》，中国社会科学出版社 1990 年版，第 228 页。

② ［德］卡西尔：《语言与神话》，于晓等译，生活·读书·新知三联书店 1988 年版，第 164 页。

③ ［德］海德格尔：《诗·语言·思》，彭富春译，文化艺术出版社 1990 年版，"前言"第 4 页，"导言"第 4 页。

第 四 章

春宽梦窄

第一节 梦幻与散文

《春宽梦窄》标志着王充闾的艺术踪迹抵达新的美学境界，这一方面是指作者的艺术眼界比之以前更为宏阔澄明，散文呈现出思理绵密而悟觉空灵的诗性智慧，能够将不同的意识形态、审美趣味、价值判断糅合于文本之中，达到一种庄严而通达的气象。另一方面，第一，作者的美学观念获得了自我否定而达到质的飞跃，以往散文所蕴含的道德判断和理性概念的色彩被有意识地减弱，文本往往留有一定的提供给读者领悟的再创空间，更眷注提出问题而放弃进行回答问题。所以，散文所隐含的精神主题更为丰富和复杂。第二，文本也由主观的单视角叙事转向客观的多视角叙事，叙事的全知全能性逐渐被有保留的隐蔽叙事所取代。第三，作者也有意识放弃了直接抒情的方法，而代之以有保留的抒情，可能向庄子所言的"无情"的美学境界靠拢。实际上，作者是"庾信文章老更成，凌云健笔意纵横"，摈弃了矫情后的"无情"，散文意蕴更为冷静豁达而幽默率真，实际上达到了更深层的"有情"。这种艺术的辩证法在王充闾散文创作上得到了充分体现。第四，从艺术修辞上看，《春宽梦窄》接近所谓"无法方为至法"的境界，其大散文的气象已见端倪，不见刻意雕琢和墨守章法，而是"别裁伪体亲风雅，转益多师是吾师"，组合各家技法之长而能自成一体，尤其是其意识流的空灵自由的"梦幻式"写作，成为王充闾散文的一个独特的美学标识。而以空间为轴心，以空间变换展现时间流动的写法，更为王充闾散文的艺术特色。其时空的自由挥洒的切换，达到当今散文的上乘水准。第五，题材更为丰富，尤其是文化哲学、民俗学、神话学、历史学、美学等学科的观念融和方面更为显著，使文本的思想内涵更为精深渊博。第六，语言已经形成自我的风格，典雅空灵而率真多变，古朴醇厚而优美深沉。由此，笔者将王充闾散文界定为"美学化散文"。总之，《春宽梦窄》无愧于当代散文的最高奖项——"鲁迅文学奖"。这一评定，也客观说明了王充闾散文应有的价值位置。

从美学视角考察，《春宽梦窄》一个鲜明的艺术特征是"梦幻式散文"。所谓"梦幻式散文"，并非从表层意义上表明作者擅长于纪梦，而是对作者散文创作的美学特征之一的比喻性界说。因此，"梦幻式散文"是对王充闾散文的一个理论揭示。旨在说明，王充闾散文充分地运用了自由联想、意识流动、梦幻体验等心理功能和审美手段，最大限度地展现存在个体对现实世界、历史现象、人生境遇、生命隐秘的感知、理解、领悟、想象和认识，它以空灵飘逸的艺术精神，拓展了当今散文的表现领域和丰富了修辞技巧。

1. 自由联想

自由联想（free association）原是心理学的概念，它是指在精神分析活动过程中，让精神病患者的潜意识感觉不断地进入思想，通过非逻辑的不受任何制约的心理联想，诉说许多不同寻常的话语，而这些话语能够带给精神分析家有意义的线索。所以，它被认为"在日常生活中并没有构成什么目的"，但却是"挖掘潜意识心理的一种有用的工具"。[①] 然而，从文艺视角来考察，这一看法并非完全合理。因为自由联想在日常生活中往往也构成一定的目的，尤其在艺术创作过程中，自由联想作为一种极其重要的心理功能被艺术家所使用。就王充闾散文而言，作者善于运用自由联想的方式去结构散文，以审美幻觉的自由流动将历史与现实、时间与空间、逻辑和直觉、自然与心性水乳交融地组合于文本之中，使散文达到一种起承转合的潇洒自如，思理跳跃的灵巧活脱，格调情趣的绚烂多姿。就《春宽梦窄》散文集而言，如《春宽梦窄》《西双版纳》《祁连雪》《三道茶》《情满菊花岛》《大禹陵和宋六陵》《梦雨潇潇沈氏园》《黄陵柏》《两个爱情神话》等。诸多篇目即是依凭着作者的自由联想的活动，表现

---

① ［美］J. 洛斯奈：《精神分析入门》，郑泰安译，社会科学文献出版社 1987 年版，第 38页。

了深刻丰富的精神主题和雅致超越的审美趣味。例如，《春宽梦窄》即是典型的自由联想的文本：

> 翻过天山脊背一望，迎接我们的是浑然一色的茫茫戈壁滩。四野苍黄，天高地迥，空中没有一丝云气氤氲、雨意迷离的情调，气候干燥得很。与北麓天低云暗的冰雪世界可谓悬同霄壤。这使人联想到美国加利福尼亚海岸山脉东西两侧截然不同的景象：一边是湿润肥沃的绿洲，另一面是干旱贫瘠的荒漠。显然都是由于高山阻隔了云雨所致。
>
> ……
>
> 人们一向赞叹《西游记》作者艺术想象力的丰富。其实，只要沿着古丝路走上一遭，就会发现书中许多神话故事都可以在这里寻觅到它的本原。……我认为，吴承恩即使没有实地考察过唐僧取经路，也肯定认真研究过玄奘的《大唐西域记》和中国的古代神话，把它们作为玄思的渊薮和灵感的触媒，为建构一个完整的神话世界，悟入深邃的背景、现实的土壤的神秘的机锋，找出联结历史与现实、幻想与存在的一条彩路。
>
> ……
>
> 饮马河流经市区，相传东汉班超曾饮马于此。当地人民把它看成是生命之泉，对它怀有特殊的感情。由于河水清澈明丽，在阳光照射下，绿漪层层，浪花朵朵，犹如孔雀开屏，因此人们又亲昵地称为孔雀河。一位诗人赞美它冲出巉岩峭壁的束缚，挣脱灼热、饥渴的沙魔的折磨，矢志东流，之死靡它。即使最终不免被瀚海吞噬，幻化其踪影，失去其存在，化作"悲壮的灵魂"，但经过雾化、蒸发，也还要实现其生命的循环和灵魂的晶化，蒸腾氤氲，回到人间。默诵着诗人的赞歌，眼望着滔滔东去的清流，我倒是别有会心，耳畔仿佛响起二百余年前英雄人民的悲壮吼声："让我们奋勇前进，向着东方！向着东方！"我记起了久为当地人民传诵的蒙古族土尔扈特部长征万里东归祖国的历史佳话。……
>
> 出市区十五里，我们寻访了古丝路上的铁门关。这是从焉耆盆地通向塔里木盆地的天然关口，从晋代设关开始，便成为历代兵家的必争之地。现在，这里修起一座水电站。登上高高的拦河坝，只见人工

湖碧波潋滟，浪花轻轻地吻着崖岸。开阔处，屋舍错落，恬静地袅起缕缕炊烟。云鳞在碧空中织成斑驳的图案。绿杨耸天，像一排排甲兵，在护卫着村落，阻战着风魔。这时我忽然记起南宋词人姜夔咏叹合肥的名句："绿杨巷陌，秋风起，边城一片离索。""更衰草寒烟淡薄。似当时，将军部曲，迤逦度沙漠。"面对着枯索、惨淡的秋容，词人想到金兵压境，疆土日蹙，就连江淮沿岸的合肥也都作了边城，简直像大漠一样荒寂。凄苦之情跃然纸上。而今的铁门关，这地处大漠深处的货真价实的天涯边防，却成了各兄弟民族的友谊关，流辉放热的电光城！在电站的留言簿上，我即兴题了两句唐诗："天涯静处无征战，兵气销为日月光。"

我总觉得南疆是一片神秘的土地。这里地处西陲，群山环阻，沙碛障路，"热海亘铁门，火山赫金方，百草磨天涯，湖沙莽茫茫"，可是，两千年来却成为中亚与华夏的陆上交通纽带，有过"驿骑如星流"，"使者相望于道"的商旅繁兴的岁月；这里酷旱高温，终年少雨，可是，却以盛产香梨、甜瓜、棉花名满天下；这里并不具备文化发达的土壤，可它却是中西优秀文化交流交汇，充满着疑真疑幻的神话传说的地方；这里给人的印象是荒凉、单调、枯索，可是，却富有诱惑力，显现浓郁的民族风情和边疆特色。

……

笔者引录了《春宽梦窄》的部分段落，试图表明王充闾散文创作的自由联想的特征。传统散文理念的"形散神不散"，所谓"形散"，大约就是指创作主体的自由联想的功能所展开的跳跃性的思维，"精骛八极，心游万仞"，"收百世之缺文，采千载之遗韵，谢朝华于已披，启夕秀于未振，观古今于须臾，抚四海于一瞬"。[①] 所谓"神不散"，大约则指自由联想遵循着思理的逻辑、文章的内在结构，使散文线索始终围绕着中心话语。结合《春宽梦窄》来看，作者写意南疆，以泼墨皴染的技法，写出茫茫戈壁的地域景观，由此联想到环境类似的美国加州西部的干旱贫瘠的荒漠。然后笔锋一转，切入历史的想象性画面，勾画了一幅幅瀚海行旅

---

① （晋）陆机：《文赋》。

图。继而，由历史走入神话的氛围，联想到吴承恩《西游记》对唐僧取经经历西域的神话描写。又触及种种的民间传说，并结合比照了现实存在的巨大变化。作者进一步以饱蘸情感的浓墨，联想起南宋词人姜夔的咏叹合肥的名句，回首了民族的悲剧化历史，而以今日的"天涯静处无征战，兵气销为日月光"边陲铁门关显现了历史与现实的沧桑变迁。最后，作者以简洁而富有矛盾的笔法，以充满辩证法的文理，给读者留下了丰富的联想空间，这就是充满着神秘氛围，存在丰富的历史文化与神话传说的谜一般的西域，它是一个依然需要我们去探索和联想，去建设和珍惜的地域。

如果说《春宽梦窄》展现了荒漠瀚海的意象，其描写眷注点与面相结合的技法；那么，《祁连雪》则勾勒出苍凉皎洁的白雪意象，以流动的线条摹写了"千山空皓雪"景象。作者以相似于当今阐释学的理念，试图达到一种新的文化语境下的"视野融合"和"效果历史"的解说，凭借新历史主义的意识，获得对以往历史的新的视界的想象和理解。

祁连山古称天山，西汉时匈奴人呼"天"为"祁连"，故又名祁连山。一过乌鞘岭，那静绝人世、夐列天南的一脉层峦连嶂，就投影在我们游骋的深眸里。映着淡青色的天光，雪岭素洁的脊线蜿蜒起伏，一直延伸到天际，一块块咬缺了完整的晴空。面对着这雪擎穹宇、云幻古今的高山丽景，领略着空际琼瑶的素影清氛，顿觉情愫高洁，凉生襟袂。它使人的内心境界趋向于宁静、明朗、净化。

……

在那看云做梦的少年时代，一部《穆天子传》曾使我如醉如痴，晓夜神驰于荒山瀚海，景慕周天子驾八骏马巡行西北三万五千里，也想着要去西王母那里做客。当时把这一切都当作了信史；真正知道它"恍惚无征，夸言寡实"，是后来的事，但祁连山、大西北的吸引力并未因之稍减，反而益发强化了。四十余年的渴慕，今朝终于得偿，其欢忭之情是难以形容的。

旅途中我喜欢把记忆中的有关故实与眼前的自然景观加以复合、联想。车过山丹河（即古弱水）时，我想到了周穆王曾渡弱水会西王母于酒泉南山,《淮南子》里也有后羿过弱水向西王母"请不死之药"的记载。在张掖市西面的镇夷峡,当地群众还给我们讲了大禹治水的故事:传说禹王凿开镇夷峡,导弱水入流沙河,玉帝进行了干预,命寒龙镇守祁连山,把河水全部冻结成冰雪,河西走廊从此变成了戈壁荒滩。……

　　……

　　观山如读史。驰车河西走廊,眺望那笼罩南山的一派空濛,仿佛能谛听到自然、社会、历史的无声的倾诉。一种源远流长的历史的激动和沉甸甸的时间感被呼唤出来,觉得有许多世事已经倏然远逝,又有无涯过客正向我们匆匆走来。这时,祁连山上的一团云雾渐渐逸去,露出一个深陷的豁口,我猜想它就是历史上著名的大斗拔谷。两千一百年前,骠骑将军霍去病从这里穿越祁连山进入河西走廊,以迅雷不及掩耳之势攻占了匈奴的单于城,在焉支山前开展了一场震天撼地的大拼杀,终于赶走了匈奴,巩固了西汉在河西的统治。霍去病死后,汉武帝为了纪念他的赫赫战功,特意在自己的陵墓旁为他堆起了一座象形祁连山的坟墓。时光流逝了七百三十年,隋炀帝率兵西征,再次穿过大斗拔谷。不过,他没有碰上霍去病那样的好运气,"山路隘险,鱼贯而入,风雪晦冥,文武饥馁沾湿,夜久不逮前营,士卒冻死者大半。"(《资治通鉴》)但是,由于他在张掖会见了西域二十七国君主,实际是举行了一次中原王朝与西域诸国的和平友好会议,也是一次首创的国际经贸洽谈、物资交流会,使此行毫无逊色地与骠骑将军的武功一同载入史册。

　　……

　　正是这些风尘涢洞、异彩纷呈的历史人文之美,伴随着甘霖玉乳般的高山雪水所带来的丰饶、富庶,使千里祁连从蒙昧原始的往昔跨进了繁昌文明的今天。我们这些河西走廊的过客,与祁连山雪岭朝夕相对,自然就把它当作了热门话题。有人形容它像一位仪表堂堂、银发飘萧的将军,俯视着苍茫的大地,守护着千里沃野;有人说祁连雪岭像一尊圣洁的神祇,壁立千寻,高悬天半,与羁旅劳人总是保持着一种难以逾越的距离,给人一种可望而不可即的隔膜感。可是在我的心目中,它却是恋人、挚友般的亲切。千里长行,依依相伴,神之所游，意之所注，无往而不是灵山圣雪，目力虽穷而情脉不断。一种相通相化、相亲相契的温情，使造化与心源合一，客观的自然景物与主观的生命情调交融互渗，一切形象都化作了象征世界。

所谓"文化大散文"的气势和格调，在《祁连雪》里依稀可辨。创作主体的自由联想，开拓了散文更为广阔的抒写空间，也将过去、现在、将来的时间分割有机地联结于文本之中。作者从祁连雪的视觉意象联想到古代的祁连景象，进而切入神话故事和民间传说，展现祁连山的神奇雄浑，瑰奇空濛。神话与传说作为文本的联想线索，在空间上的不断流动，由此构成了叙事上的时间转移，从而展现了丰富的历史内涵。并由此进入对历史的追溯与联想。从历史苍茫多姿的画卷里走出，继而又联想到祁连山在现实境域的发展变化，作者以诗意地思和诗意地联想，以时间与空间的想象性的意识跳跃，淋漓尽致地表现了祁连山的历史与现实的审美联系，同时，也使散文植入思想的厚重和飘逸艺术的灵性。正是这种自由洒脱的修辞技法，构成了王充间散文创作的艺术特色之一，使文化散文的写作提升到一个新的境界。由以往"文化散文"拘泥于叙事和议论而陶醉于理性的沉重和逻辑的切割，因此而降低审美功能的局限（如余秋雨的部分散文即存在如此的弊端），转向到眷注空灵飘逸的自由联想、智慧活脱的景情转换，使散文走向一种新的精神敞开和澄明。

2. 情绪意识流

"意识流"一词从心理学转借而来，美国心理学家威廉·詹姆士（1842—1916）最早提出这一概念。"形容意识的最自然的比喻是'河'或是'流'。此后，我们说到意识的时候，让我们把它叫做思想流或者意识流，或者主观生活之流。"① 作为一种文学思潮和文学派别，意识流文学还受到精神分析理论、生命哲学等思想的影响，它基本特征在于，瞩目描摹潜意识的本能，注重揭示心理活动的动态隐秘，眷注写出人物的内心独白和表现手法的时序倒置，等等。笔者将王充间散文和意识流文学进行逻辑联系，并将之界定为"情绪意识流"。其理论和实践的依据在于，意识流文学其理论依据一般归属于非理性哲学，文本往往存在一定的非理性

---

① 石昭贤等编：《欧美现代派文学三十讲》，贵州人民出版社 1982 年版，第 107 页。

的色彩，其叙事与抒情往往不遵循逻辑形式。而王充闾散文所存在的意识流因素，包含内在的必然联系和体现一定的理性精神，它以主观情绪为支撑基点，体现出哲理的、伦理的、道德的、情感的逻辑力量。所以，笔者姑且称之为"情绪意识流"。

《春宽梦窄》的思理如行云流水，柔婉曲折；文笔似老僧坐禅，吐纳万象。其动静相济，飘逸自然。文本以主体的情绪流动为表现线索，以作者的思理走向为机理结构，接近妙造自然的化境。其中不乏诸多精品佳构。《西双版纳访书》，尺牍篇幅，却以作者"访书"的经历为经纬，洋洋洒洒，涉及北京的琉璃厂，上海的四马路中段，苏州的玄妙观、护龙街，杭州的留下，南京的状元境，而以对西双版纳的"贝叶经"寻觅为终结。"访书"只不过成为一种情绪流动的机缘，作者写童蒙时读《聊斋志异·林四娘》，那里有"日诵菩提千百句，闲看贝叶两三篇"诗句，始知"贝叶经"。又借访书经历，写及了骆宾王、柳宗元、皮日休等人吟咏贝叶经的逸事。进而又追溯贝叶与佛教的历史渊源，梳理诗与佛的心性联系，读解了李商隐的七律《题僧壁》："结未两句还是有些味道的：'若信贝多真实语，三生同听一楼钟。'大意是：如果笃信贝叶经上的经语，那么就可以勘破世情、彻悟三生了。这里用了三个典故：据《酉阳杂俎》记载：'贝多出摩伽陀国，长六七丈，经冬不凋。此树有三种……西域经书用此三种皮叶。'……'真实语'《金刚般若经》中'如来是真语者、实语者'的节缩。佛家把过去、未来和当今称为'三生'，语出《魏书·释老志》。"继而调转笔锋，写了自己去西双版纳寻访贝叶经的经历，将贝叶制作的工艺过程收罗笔下。而其中，又插入了有关贝叶的"绿叶信"传说，将贝叶与一段动人的爱情故事联结起来，并借一位贝叶文化研究者的口述，回顾了贝叶和历史文化的渊源关系。文章以作者目睹贝叶树的奇美壮丽的感受为终止，将贝叶树作为知识与智慧的象征，留有回味的余地。散文以情绪的意识流动为主导，自由挥洒，但是存在内在的情感逻辑，可谓是"形散而神不散"，和非理性化的意识流文学存在一定的区别。

和《西双版纳访书》有异曲同工之妙，《三道茶》也是信马由缰之作。作者任凭情绪的自由流动，随意著笔，即兴点染。起首云："写罢'茶'字，忽然想到鲁迅先生的一句话：'有好茶喝，会喝好茶，一种清福。'"破题起兴，凭之灵感。随之，写及除了《红楼梦》里警幻仙子的产于放春山遣香洞、煎以仙花灵叶上的宿露的"千红一窟"不知为何物事以外，其他什么龙井、毛尖、大红袍、铁观音、庐山云雾、金奖惠明、顾渚紫笋、莫干黄芽，等等，都曾领略过。作者饶有兴致地论及"茶经"，以唐人钱起的七言"竹下忘言对紫茶，全胜羽客醉流霞。尘心洗尽兴难尽，一树蝉声片影斜"衬映文人饮茶的超然境界。接着，作者以主观想象"白族三道茶晚会"的"茶道"，存有几分期待，几分悬念，几分疑虑。而临莅"三道茶"的现场时，面对献茶此景，油然地联想到苏东坡的一桩轶事："一个冬夜，他梦见一位韶秀的女郎，一边唱歌一边把用雪水烹的小团茶献给他喝；醒后还觉音容宛在，齿颊留芳，于是写就了两首《回文诗》，专述此事。"三道茶饮罢，作者也即兴吟了首七绝："未经世路千重境，且饮人生三道茶。消受个中禅意味，蹉跌险阻漫诧讶。"以下，作者依凭自我的主体领悟，阐发"白族三道茶"的精神内蕴：

　　三道茶会，对于初出茅庐、乍涉世事的青少年颇有教益。三杯釅茶入口，苦苦甜甜，回味无限。即使是粗心率意的钝根庸质，也总能从中得到启迪，有所感悟，减除几分稚气，增加些许成熟，不致把原本复杂曲折的社会生活简单地看作笔直、坦平的"涅瓦大街人行道"。

　　它也宜于老年。沧海惯经，风霜历尽，百般磨折过去，世事从头数来；绚烂归于冲淡，浮躁化为澄静。丰实的阅历，多彩的生涯，翻过筋斗、勘透机锋的智慧与超拔，使他们如窖藏数十载的陈酿，醇醇然，味浓而香冽。经过几番回味，其间固然不无颓唐、退馁者流，所谓"五欲已消诸念息，世间无境可勾牵"（白居易诗）；但更多的还是"老骥伏枥，志在千里；烈士暮年，壮心不已"。有人说，幸福感是经历磨折之后一种高扬的澄静。果如是，则这些老人的心境笃定是甘甜的。

　　身处逆境者有必要啜饮三道茶。那种苦甜交汇、忧乐相乘的意蕴，有助于他们顿悟"艰难困苦，玉汝于成"，"殷忧启圣，多难兴邦"的妙谛，相信"天将降大任于是人也，必先苦其心志，劳其筋骨，饿其体肤，空乏其身，行拂乱其所为，所以动心忍性，曾益其所不能"的人生哲理，领略"谁谓荼苦，其甘如荠"的辩证思维，从而磨砺意志，振奋精神，立志作烈火中的纯钢，冻雪中的红梅，暴风雨中的雄鹰。

对于那些万事亨通，一无窒碍，志得意满的幸运儿，三道茶也会有所裨益。他们在横绝四海、睥睨万方的奋进中，喝上一杯苦茶，当可澄心静虑，少一些浮躁，多几分清醒，懂得危机感、忧患意识之可贵，增强经受挫折、战胜困境的应变能力。

……

王充闾散文的情绪意识流就体现在这种对事物万象的自由领悟、勘透机锋的阐释之中，或者说作者的情绪意识流均指向一个意义的生成和深化的逻辑终点，可谓如康德所言，艺术和美是"对象的合目的性的形式"[①]。也就是说，是主观无目的而客观合目的性的形式。作者的情绪意识流，主观上并没有刻意表现理性目的，任凭意识流动，自由联想，然而形诸文本之后，却契合了阅读者的某种审美目的，达到意义的诞生和情感的慰藉。这就是艺术的无目的的合目的性。

3. 梦幻笔法

明代戏剧大师汤显祖的美学思想是"世总为情，情生诗歌，而行于神"[②]。他又认为自我的艺术创作是"因情成梦，因梦成戏"[③]。王向峰先生认为，王充闾诗文中存在"梦幻情结"[④]。笔者赞同王先生的精湛之论，王充闾散文中的确存在不少写梦或言梦的佳作。笔者进一步提出，王充闾的某些散文创作，又不能仅仅界定在写梦、言梦的范围内，而应该看到其"梦幻"策略，已经上升为作者的一种艺术技巧、美学化的修辞手段，甚至构成自我一种独特的艺术的话语和风格。所谓"梦幻笔法"或"梦幻情结"，一方面如同王向峰先生所论，是王充闾"特别倾心一个'梦'字，并且还有多篇是直接以梦幻为题材的，并有对于梦的近乎理论分析的

---

① ［德］康德：《判断力批判》上卷，宗白华译，商务印书馆 1964 年版，第 74 页。

② 《玉茗堂文之四·耳伯麻姑游诗序》。

③ 《玉茗堂尺牍之四·复甘义麓》。

④ 王向峰：《审美情结的创生意义》，载《辽宁大学学报》2000 年第 3 期。

充分认识"；另一方面，王充闾散文其中不少篇幅虽然没有直接关涉到"梦幻"因素，然而却以亦幻亦真、幻觉流动的技法，虚实相济，传神写照，曲尽其妙地表达了主体的复杂情绪和深邃思理。《春宽梦窄》里就有较多的这样篇目。

南宋词人刘过曾作《沁园春》一词，岳珂戏言云："词句固佳，然恨无刀圭药疗君白日见鬼症耳。"① 刘过此词，也许是古典文学中"幻想的白日梦"的杰作。笔者所界定的王充闾散文的"梦幻笔法"，类似于西方新马克思主义的重要人物之一布洛赫的艺术为幻想的白日梦的美学观念。《春宽梦窄》的"梦幻笔法"，重要构成因素之一，即是"幻想的白日梦"。布洛赫指出："艺术从白日梦出发获得了这样一种进行幻想的本质，这不是一种漫不经心地闪烁光彩的幻想，而是一种具有同样不足的幻想。如果这种幻想没有被艺术所抛弃，那么，艺术就不会忘却它，而是作为未来形态充满热情地去拥抱它，白日梦……体现了整个超验活动的形态。"② 笔者不苟同布氏将白日梦完全归属于超验活动的形态的思想，白日梦尽管具有心理虚拟的性质，在许多的精神境遇呈现为无意识的非理性的本能冲动。然而，作为艺术领域的"白日梦"，却绝对不能归结为非理性的本能冲动或纯粹的超验形态。因为，艺术文本里所包含的"幻想的白日梦"，往往属于艺术家有意识虚拟的精神果实，它蕴含了一定的情感内涵和思想意义，属于有意味的审美符号和感性意象，体现了形式化的美感。就《春宽梦窄》而论，其中的"梦幻笔法"或"幻想的白日梦"，均呈现上述的特征。如《祁连雪》《春宽梦窄》《涅瓦大街》《我漫步在纽约街头》《追求》《两个爱情神话》《逝者如斯》等篇，以看似无目的的梦幻流动，却隐藏着思理文心的节律。如《涅瓦大街》：

　　……

　　正是这种浓重的艺术氛围，使我漫步在涅瓦大街时忽然产生一种幻觉：仿佛十九世纪上半叶活跃在这里的俄国作家群，今天又陆续复现在大街上。看，那位体态发胖、步履蹒跚的老人，不正是大作家克

---

① （宋）岳珂：《桯史》。

② 胡经之主编：《西方文艺理论名著教程》下卷，北京大学出版社 1989 年版，第 424 页。

雷洛夫吗？他是从华西里岛上走过来的，他喜欢花岗岩铺就的涅瓦河岸，喜欢笔直的涅瓦大街和开阔的皇宫广场。在他后面，著名的浪漫主义茹柯夫斯基不紧不慢地踱着方步，仿佛正在吟咏着他那把感情和心绪加以人格化的诗章："这里，有着忧郁的回忆；／这里，向尘埃低垂着沉思的头颅。／回忆带着永不改变的幻想，／谈论着业已不复存在的往事。"

那个匆匆走过来的穿着军装的青年，该是优秀的年轻诗人莱蒙托夫吧？是的，正是。他出身贵族，担任军职，自幼受过良好的教育，经常出入于上流社会的沙龙和舞场，但他同沙皇、贵族却始终格格不入。1840 年新年这一天，他出席彼得堡的一个有沙皇的女儿、爵爷的贵妇和公主参加的假面舞会。在那红红绿绿的人群的包围、追逐下，诗人感到十分疲惫，极度厌恶。他找个借口离开舞厅，急速地穿过涅瓦大街逃回家去，悲愤中写下了那首题为《常常，我被包围在红红绿绿的人群中》的著名诗篇，以犀利的笔触尖刻地嘲笑了那班昏庸的权贵……

别林斯基也是涅瓦大街上常客。他个头不高，背显微驼，略带羞涩的面孔上闪着一双浅蓝色的美丽的眼睛，瞳孔深处迸发出金色的光芒。他是君主、教会、农奴制的无情的袭击者，他激情澎湃地为反对社会不平等而奋争。在给友人的一封信中，他写道：当在涅瓦大街上，看到"玩趾骨游戏的赤脚孩子、衣衫褴褛的乞丐、醉酒的马车夫……悲哀，沉痛的悲哀就占有了我"。当然，最了解"彼得堡角落"里下层民众疾苦的，能够用"阁楼和地下室居住者"的眼睛、用饥饿者的眼睛来观察涅瓦大街的，还要首推革命民主主义诗人涅克拉索夫。他亲身经历过城市贫民的悲惨生活，在寒风凛冽的涅瓦大街上，他穿不上大衣，只在上衣外面围了一条旧围巾；为了不致饿死，他在街头干过各种小工、杂活。1847 年，他写了一首描写城市生活的著名诗篇——《夜里，我奔驰在黑暗的大街上》……

……

在这些年龄各异、时代不同的作家群中，偶尔也插进一些穿着学生服装和华贵制服的青年人，目的只是为了找个机会向某一位心爱的诗人鞠上一躬，或者掏出记事本来，请作家们签名留念。

在涅瓦大街旁，矗立着一列庞大的建筑，背后却是一个个拥挤不堪的小院落、小客栈。清晨，小公务员、小手艺人、小商贩们鱼贯而出，向涅瓦大街走来。就中有一个二十岁开外的青年，脸刮得净光，头发剪得很齐，穿着一件短短的燕尾服，看去颇像一只翘着尾巴的小公鸡。这就是果戈理……他浏览着涅瓦大街的繁华市面，仔细观察过往的行人，情绪在不断地变化着，时而兴奋，时而消沉，时而忧伤，而最令他欢愉的莫过于在涅瓦大街上邂逅普希金了。他们谈得十分投机，有时竟忘了饥肠辘辘。他比普希金整整小了十岁，自 1831 年相识之后，二人便成了莫逆之交。他常说，"我的一切优良的东西都应该归功于普希金。是他帮助我驱散了晦暗，迎来了光明。"

……

我多次漫步在涅瓦大街的人行道上。我为这里留下过优秀作家群的珍贵足迹，为俄罗斯伟大的建筑艺术的弘扬感到骄傲；然而心情却是抑郁的。早在 1840 年，别林斯基曾预言："我们羡慕我们的孙子和曾孙们，他们在 1940 年一定会看见俄罗斯站在文明世界的先端，接受全体文明人类的顶礼、崇敬。"……先哲的预言，有的已付诸实现，有的难免要打折扣。这也没有什么，因为"历史的道路并不是涅瓦大街的人行道"，它总是在曲折中前进的。

《涅瓦大街》无疑隐含着灵感和迷狂的心理体验，这就是作者的"幻想的白日梦"所产生的意识流动和情感漫游，而且毫无做作和矫情的因素，一切显得既合理又自然，使读者明白地知道这是"虚拟的想象"和"幻觉的假设"，然而又不得不沉醉在由作家所虚构的情境中，《涅瓦大街》一文将幻想与理性、直觉与逻辑、梦境与现实、虚拟与历史有机和谐地统一于艺术文本之中。这种散文笔法，无疑代表了当今散文创作的新的走向。依布洛赫之见，"白日梦有四个特征：其一，对体验能力的'拓宽'；其二，'自我'在根本上对白日梦的参与；其三，企图'改善世界'；其四，创造同一性之完满的终极状态。因此出发，布洛赫就把白日梦或梦幻视为艺术想象的'材料'。"① 布氏将白日梦或梦幻视为艺术想象

---

① 胡经之主编：《西方文艺理论名著教程》，北京大学出版社 1989 年版，第 425 页。

的材料只是揭示了问题的一个侧面，其实，白日梦或梦幻又不仅仅作为艺术想象的材料，它本身还充当了艺术构思的策略和技法，具有审美修辞的功能和超越现实的因素。王充闾的《涅瓦大街》即是明显的例证。

第二节　东方与西方

王充闾深受传统文化的熏染，儒家的修心明道、经世致用的人生态度，墨家的非攻尚用、节俭忍让的侠风义骨，道家的天人合一、超然物累的审美情怀，释家的慈悲心性、禅意机锋的哲学智慧，等等，无不在其人生行状和散文创作中留下鲜明的轨迹。笔者以为，在当今散文大家中，王充闾无疑是禀赋深厚的传统人文精神的一位。然而，令我们惊异的是，王充闾对西方文化也抱有浓重的兴趣和一定的造诣。他泛览自古希腊以降的文史哲经典文献，熟读马克思主义的辩证唯物主义和历史唯物主义的著述以及新马克思主义的书籍，因为地域和历史的原因，尤其挚爱俄罗斯的古典文学和艺术，对俄罗斯的作家和作品有近乎沉醉的情结。正是基于这样的缘由，又由于作者得以经常去国外访问和文化交流的机会。所以，王充闾散文创作涉及了许多域外的内容，在题材方面显现别具一格的构成。以下，笔者尝试探讨王充闾散文中的域外题材的文本。

1. 文化批判

王充闾域外题材的散文，并不是单纯地流连异国风光和习俗人情，沉醉于文化猎奇和景物探险。更不是刘姥姥初进大观园所产生的"物质眩晕"的主观记录，渲染西方世界的技术先进和自我比照下的悲剧化的精神萎缩。作为禀赋着辩证思维的现代文化的存在个体，王充闾一方面以传神的笔触，描摹了西方现代化的文明进程，展现了异域的文化现象和独特景观，带给读者迥然不同的审美享受；另一方面，又始终信奉着类似法兰克福学派的新马克思主义的文化批判精神，对工业文明和后工业文明、后现代历史背景下的西方世界和域外社会，进行新历史主义的反思和批判。从思理上考察，王充闾散文就赢得了胜人一筹的美学品位。

法兰克福学派的代表人物之一的弗洛姆认为："理智化、定量化、抽象化、官僚化、物化——正是当代工业社会的特点，当这些特点被运用于人而不是物的时候，这些就成了机械的原则，而不是生活的原则。"① 他对工业社会的异化状态进行了批判与否定。《春宽梦窄》里域外散文，弥散着法兰克福学派的思想气息，同时融入了儒家和道家的精神，对现代社会的异化现象进行了分析批判。《潘多拉的匣子》《从好莱坞到迪斯尼》《曼哈顿的"西洋景"》《我漫步在纽约街头》《旧金山掠影》诸篇，为作者访问美国的随笔游记，文本超越了一般的意识形态的差异，辩证而客观对现代科技文化、政治经济独领风骚的美国，进行了辩证而幽默的文化批判，此种批判并非回归到以往的意识形态的论争境域，更不是单纯的阶级意识或政治观念所导致的狭隘眼光，而是出于一种最普遍的带有辩证理性的人本主义的理念或人文关怀的精神。

《潘多拉的匣子》，生动传神地描写了赌城拉斯维加斯的自然风光和赌场景观的反差对比，运用电影的特写镜头展现赌场的情景：

> 有机会到赌场转转，观察一番各色人等全神贯注地与"命运"拼搏的情景，也是很有趣的。无分男女老少、种族肤色、文化教养、地位身份，一个个赌徒都是那么肌肉绷紧，神情专注，以致我站在旁边很久，他们也熟视无睹，使人想起狄更斯笔下的吐伦特老头——一个可怜的没有思想的呆头呆脑的人物，平素无精打采，可是进了赌场后，整个样子完全变了：面孔急得发红，眼睛睁得很大，牙齿咬得很紧，呼吸又短又粗，手颤抖得很厉害。暂时的小胜使得他欢欣若狂，一失败便又垂头丧气。他坐在那里像个疯子，一刻也安定不下去，激动、紧张、贪婪地渴望得到那一笔生命一样贵重的赌注。当然，这只是一种类型，是那类初涉赌场、财力微薄的赌客。而那些沧海惯经、老于此道的赌徒，则呈现另一副神态：一个个显得成竹在胸，即使在专心于赌局的时候，也还是又冷静又稳定。他们坐在那里，除了手中的赌具，对于其他任何事物都很淡漠。在外表上一副超然状态，既不表示热情，又不表示兴奋，好像他们都是石头做的。……
>
> ……
>
> 西方有一种观点，认为如同酒瘾是由酒精所致、烟瘾是由尼古丁

---

① ［美］艾·弗洛姆：《人心》，孙月才、张燕译，商务印书馆 1989 年版，第 47 页。

所致一样，赌瘾也是一种化学物质在起作用。据英国的格里菲斯博士的最新研究显示，人在赌博时体内分泌一种叫内啡呔的化学物质，它可以使人获得一种超乎寻常的快感。正是这种快感迫使赌徒一次又一次地拿起赌具而不想离开。因此，一些科学家设想找到一种可以抑制内啡呔分泌的阻滞剂，以帮助赌徒消除赌瘾，跳出迷津。……走笔至此，我想起古代"贪泉"的故事。广州石门有水名贪泉，相传饮了此水，即使是廉士也要变成贪官。晋代吴隐之居官清廉，任广州刺史，路经石门泉所，酌而饮之。赋诗一首："古人云此水，一歃杯千金。试使夷齐饮，终当不易心。"这位吴老先生并不相信传闻。他说，关键在人，不在泉水。他到了广州以后，清操愈励，并没变心，实践证明，他的话是很有道理的。

……

访美期间，听到一位社会学家说，过去人们认为，长辈留给新一代的最有价值的礼物，是使他们懂得："生活中的希望在于自己的艰辛努力。"而随着赌风盛行，青少年普遍信仰：运气与机会比个人的努力更为重要。……

……

在归来的路上，看着滚滚的车流，我想，赌城拉斯维加斯，这个现实中的"潘多拉的匣子"，放出了无穷的祸患，也带来了畸形的繁荣、恶性的发展。如果这种"繁荣"与"发展"有什么启示的话，那就是，它使我们从一个侧面看到了资本主义的本质特征。

王充闾的散文超越了狭隘的意识形态，从文化批判的视角对当代社会的"赌城"现象进行的分析与否定，对美国文化的多元性和开放性并没有予以单纯的逻辑肯定，而是指出其负面的因素和消极的后果。作者似乎受到法兰克福另一位思想家阿多诺的影响，接受了"否定的辩证法"的观念：消解对永恒不变的社会秩序和文化习俗的信念，放弃对现代体制下的所有存在的合理性的承诺，以不间断的连续否定的方式，解构性抗拒试图赋予世界以同一性，从而使社会模式、经济结构、政治制度、文化价值限定在一个原则上的企图。作者对美国文化的负面存在的批判和否定，实际上既是对资本主义文化的当代性、唯一性的否定，也是对当今以美国文化为价值准则的思想潮流的理性抗拒，因此，这种抗拒又绝不是出于狭隘的民粹主义或民族主义的情绪宣泄。而是一种理性化的辩证思维的逻辑否定，更大程度上出于普遍的人本主义的文化意识。

《曼哈顿的"西洋景"》则从另一个侧面表现了美国文化的"兼容性"、"先锋性"和"反叛色彩"。作者既描摹了曼哈顿的繁荣景象，也触及了"同性恋"百万人大游行的壮观场景，并对"同性恋"现象进行了深度的文化思考。作者还写了曼哈顿的另一奇观，即满街的"涂鸦"："它根植于一些美国青年对社会与未来失去信心但又找不到出路，以致空虚无聊、愤世嫉俗的反叛情绪。这些人往往在夜深人静时，手持装有涂料的喷涂器一类东西，见到墙壁就涂抹一气。"此外，作者还涉及曼哈顿这个当今最现代化的大都会的色情行业。纵览这些曼哈顿的"西洋景"，作者感叹道："这是个既令人向往又让人害怕，既充满希望又到处令人失望的城市。这里是物质丰富，科技高度发达，而精神空虚，生活质量低下的世界，美丑并存，薰莸同在。"作者对美国文化的光怪陆离并没有产生精神眩晕，既不认同也不挑剔，而始终以冷静的理性态度和辩证否定的观点去对待和反思。这在当今世界普遍存在的"美国情结"的历史语境里，也属于可贵的文化品格。

作者的文化批判还指向一种历史的关切，《旧金山掠影》就是一个显著的文本。

文章开首，作者借用冰心《寄小读者》的话，写不同远游者的相同感受。继而，记叙了旧金山的风光和历史，文笔色彩斑斓，思理灵巧活泼，时有精妙入微的感悟和发现，尤其对旧金山大桥和唐人街的刻画，颇有匠心和寓意。而临近结尾处，却掉转笔锋，触及华工和旧金山的历史联系：

> 旧金山湾里有一座天使岛，亦称埃伦岛，望去宛如翡翠盘中一颗闪闪发亮的明珠。可是，这里却凝结了华工几十年的血泪。从1910年到1940年的三十年间，岛上的移民拘留所曾监禁中国移民十七万多人。监禁时间，少则几个月，多则三四年。每日每人八分钱伙食费，睡三层木架床，几十人挤在一个屋里，没有行动自由，只能在床上辗转反侧。审讯非常苛刻，竟至蛮不讲理。有的人不堪折磨虐待，

愤而自杀；许多人题诗泄愤，后来有人专门编成一本《埃伦诗集》，其中有这样两首："闷处埃伦寻梦乡，前途渺渺总神伤。眼看故国危变乱，一叶飘零倍感长。""伤我华侨留木屋，实因种界厄瀛台。摧残尚说持人道，应悔当初冒险来。"至今，一些老华人提起这座集中营来还悲愤填膺，他们甚至很怕向天使岛撩上一眼。当我们提出要到岛上看看，他们连忙摆手，说："算了，算了!"

算了，我的文章也就此打住。

一个"算了"包含了无尽的语言意义，它将华工的沧桑和人权的悲剧刻录在旧金山发黄的史册上，它将文化批判深契在"美国"这尊民主象征的偶像上。这是对历史的悲剧性关切，对华人不平等的待遇的回首和前瞻，也是对现实的预见性警惕和未来世界的永恒冷静。旧金山的阴影并没有完全从世界上消失，在人道主义和人权话语似乎属于西方世界的专利和产品的虚假意识流行的时候，作者文本呈现出的旧金山的"阴影"，又赋予了新的历史文化语境下的新的意义。它给予我们新的历史价值和意识形态的考问契机。一个丧失历史感存在个体，必然属于幼稚的轻信儿童，就像我们许多青年曾无理性地轻信美国的民主和人权一样。即使在面临专制和集权统治的同时，也应该警惕"洋鬼子"和"假洋鬼子"的人权和民主的虚假意识。我们依然是处在一个历史的生存夹缝中的民族，因此，必须保持对西方世界的本能警惕。这是笔者读完该文的感悟之一。

2. 文化对话

王充闾的域外散文既充溢着文化批判的精神，同时，又包含着一定的文化对话的意识。批判和对话，成为域外散文的两个紧密联结的思维杠杆。《我漫步在纽约街头》，显然是一篇文化探源之作，同时它隐喻着作者的深刻的文化对话的意识。对于美国文学的素养和兴趣，使作者漫步纽约街头，产生了审美幻觉："我漫步在纽约街头，充塞于头脑之中的，不是那些触目皆是的'石屎森林'，也不是那种光怪陆离的都市景象，而是那灿若群星的纽约作家群及其所创造的林林总总的文学形象。"作者首先想到了欧文，这位出生在纽约的堪称美国文学之父的小说家和散文家……继而，联想到惠特曼和他的《草叶集》，"在恢宏、绮丽的诗章里，诗人创造了'人'的光辉形象，一种惠特曼式的新型的人，他们身体健壮，心胸开阔，有崇高理想，永远乐观，从事劳动创造，鲜红的血沸腾着，好像那消耗不尽的力量的火焰。"接着，联想到与惠特曼同年出生在纽约的作家赫尔曼·麦尔维尔和他的杰作《白鲸》……"漫步此间一些公寓和住宅的门旁，你不时会发现一个个铜牌，从中得知埃德加·爱伦·坡、托马斯·沃尔夫、亨利·詹姆斯、尤金·奥尼尔或者女诗人米莱曾经在这里居住过。"……"由于国情的差异、民族的隔阂、语言的障碍，我们这些他乡游子踏上这片神奇的土地之后，不仅'举目有山河之异'，而且社会人情各个方面都感生疏、隔膜，交往的圈子很窄，没有机会同平民百姓接触，时间又过于短暂，手扶一斑，难窥全豹。唯一的沟通渠道，是借助于一些文艺作品，包括一些小说、电影、诗歌、戏剧与音乐、绘画。比如，一些作家描写过的百老汇街、时代广场、中央公园、五大道，约翰·斯隆所画的纽约拥挤不堪的贫民区街景，等等，这次身临其境，都使我有一种似曾相识的感觉；从而对生于斯、长于斯、歌哭于斯，将社会真实描述给我们的作家、艺术家产生由衷的敬畏。……前面出现了一座歌剧院，正好赶上散场，人们闹闹嚷嚷，匆匆离去，我却久久伫立，深情地注目。心想，这也许就是美国女作家埃迪丝·沃顿《天真时代》中描写过的剧院哩，观众里有没有那位伯爵夫人奥伦斯卡呢？……"作者以意识流的写法，勾勒了美国文学和纽约都市的微妙联系。如此的散文构思，不落窠臼而有崭新创意。在思想上，又体现了文化对话和文学沟通的主体意识。

和上面散文有所差异的是，《从好莱坞到迪斯尼》则是从现实视界，对美国文化进行审视的散文。它同样包含了一种对话和理解的文化意识，作者以清新优美的文笔，记叙了以下的观感：

旧时中国戏院常挂一副对联："谁为袖手旁观客，我亦逢场作戏人。"说的是座上客与剧中人原为一体，意义十分深刻。可是，实际上难以落到实处，毕竟唱的归唱，听的归听。这次，在洛杉矶参观迪斯尼乐园和好莱坞影城，我倒觉得，那里的许多节目都体现了观众实际参与，与表演者融为一体的要求，可说是：全无袖手旁观客，都是逢场作戏人。

……

好莱坞影城和迪斯尼乐园的设计者独具匠心，充分发挥其丰富的想象力，在地面、地下、空中的永久性的游乐场地，运用光学、声学和生物学知识，通过各种电子仪表和计算机控制着众多的活动模型。人们在这些科学世界和神秘迷宫，可以看到远古时代的洪荒未辟的景象和现代以至未来世界中的最先进的科学技术，从而增加了天文、地理、历史、生物、航天、航海等多方面的知识。迪斯尼乐园的"遨游太空"，在这方面颇具代表性，最充分体现了现代高科技的水平。

……

特别是"卡通世界"中的米老鼠、唐老鸭、大笨狗、白雪公主、小飞侠彼得·潘等"人物"，和"幻想乐园"中的灰姑娘城、睡美人古堡以及圣经故事、童话王国中的仙女翩翩起舞、飞鸟欢乐歌唱、奇花烂漫、雅乐悠扬的仙乡秘府，更是令人赏心悦目，乐而忘返。这些景观，不仅为孩子们带来了欢乐与向往，也使我们这些中老年人仿佛寻回了早已失去的童真，回到了快活的童年，人们在参与中自觉不自觉地接受了一些科技知识，受到那种勇于探险精神的陶冶，这也就是"寓教于乐"吧？

……

王充闾散文总是寻求着独特的思维切入点，作者从中国旧戏院的对联破题，从而引出文章的行走脉络，又和美国的好莱坞和迪斯尼联系起来，看似没有必然关系，然而又恰恰存在逻辑关联。作者以隐喻的方式表达了东西方文化之间的潜在对话活动，而作为一个具有深厚东方文化传统的中国当代作家，王充闾显然承载了文化对话活动的一个角色。他从现实的文化语境出发，以自我的体验和感悟去理解当今的美国文化，以一种豁达辩证的眼光看待陌生的事物，而放弃一种文化偏执主义和文化保守主义的偏见意识。作者的"否定的辩证法"之运用是令人称道和令人信服的，在否定前提下的有所肯定，使思维的逻辑行程蕴含了辩证的合理性。在整个世界以西方文化尤其是美国文化占主导地位的历史语境下，能持有如此的文化心态，实属难能可贵。

3. 文化反思

"诗"与"思"的交织，构成了王充闾散文的美学风格。而王充闾散文的文化反思，则又升华了这种"思"的境界。诚然，在王充闾的域外散文里，闪耀着文化反思的理性色调。然而，这种文化反思，一般放弃了抽象思辨的方式，而是选择景情交融、意象隐喻的路径，作者以亲身经历的事实与形象来表达情绪，有时，作者直接地表达自我的看法，凭借情感的张力和理性的逻辑，发人深省地提出问题和回答问题。议论的独到和深刻，也是王充闾散文的文化反思的特点之一。如"泰游漫笔"三篇《芭堤雅哀歌》《鳄鱼的悲喜剧》《湄南河上》，可略窥一斑。

芭堤雅之夜是迷人的。

街灯像珠宝璎络，把整个城市点缀得堂皇富丽，异彩纷呈。时装店，酒吧间，首饰行，水果摊，各式各样的店铺，都是明光耀眼，映照着泰国人做生意惯有的笑脸，连玻璃罩和壁龛内摆着的佛陀像，也嘻开笑口，似乎在帮助店主招徕顾客，兜揽生意。

……

突然，剧场的灯全部熄灭，台上台下鸦雀无声。俄顷，伴随着一阵激越的、热烈的乐声急雨般地响起，白色大幕徐徐拉开，舞台正中，两道追光的聚合处，一个云鬓高挽、长裙曳地的女郎向观众致意，接着演出便开始了。人妖个个风姿绰约，个头高耸，体态婀娜，容颜秀丽。一般都是头顶尖塔式的金色花盔，上穿紧身罩夹，臂套璎络、玉镯，下系前后双披罗裙，脚穿彩色舞鞋，显得端庄秀丽，风情万种，远胜过身材短粗、面色较黑的泰姝。

……

艺术贵天然，感情贵真实。即使面貌并不韶美，只要清水芙蓉，不事雕饰，亦多有可取。而人妖表演缺乏真情实感，没有真人物、真性灵、真情感，"假作真时真亦假"，矫情拟态，游戏人生，莫此为甚。……这是畸形社会的一种畸形产物。人妖与娼妓、太监现象同为畸形社会的牺牲品。

……

芭堤雅之夜是迷人的。碧蓝澄净的夜空里，繁星眨着清亮如水的眼睛，在注视着这个灯红酒绿、畸形繁荣的闹市。你失去了往昔的纯洁，芭堤雅！我愿在急管繁弦、笙歌彻夜的喧嚣中，为你奏上一曲凄婉的哀歌。（《芭堤雅哀歌》）

　　显然，文章借助于场景的描写切换，对芭堤雅的"人妖"及其"艺术表演"持有情感的否定，但这种情绪化的否定冲动，又进一步体现在作者对"人妖"文化的理性思考之中。尽管对"人妖"文化的反思难免保留着道德判断的思想痕迹，但毕竟从更深刻的文化层面和美学视角对其进行了反思和否定。而《鳄鱼的悲喜剧》，其文化反思，则表现出更为深刻幽默的文学与哲学相渗透的趣味：

　　　　尽管身上穿着名牌的带有"鳄鱼"商标的夹克，腰间扎着以鳄鱼皮制作的皮带，也感到美观、舒适、实用，但对于鳄鱼却没有好的印象。一是觉得它森然可怖：爬行动物，长喙长尾，四肢短小，全身覆黑褐色硬皮，性凶恶，噬人畜；二是认为它可憎，这主要是那个西方古代传说起了作用：鳄鱼吞食人畜，一边吃，一边掉着哀怜的眼泪，人们常用它比喻恶人的假慈悲。

　　作者首先表达了对鳄鱼的感觉，然后，以幽默的笔触叙述了英国作家詹姆士·马修·巴里的儿童剧《彼得·潘》有关鳄鱼的故事：

　　　　后来看了英国作家詹姆士·马修·巴里的儿童剧《彼得·潘》，又觉得它也很有趣。彼得·潘是个永远不肯长大的男孩，他能够像精灵一样在天空飞翔。他把海盗大将杰斯·福克的一只手臂剁下来喂了鳄鱼。杰斯·福克怀恨在心，寻隙报复。彼得·潘巧妙地利用了鳄鱼贪得无厌的本性：它尝到福克手臂的滋味后，就永远忘记不了，于是始终尾随在福克后边，伺机把他吃掉。但是，福克更巧妙，他让鳄鱼吞食了一座闹钟，闹钟在鳄鱼腹中总是滴滴答答地走动，福克就根据闹钟的音响，随时察知鳄鱼的所在，从而有效地避开了危险。

　　在此铺垫之后，作者才具体描述在泰国鳄鱼湖观看的经历，但是，作者又掉转笔触写道：

面对这个祖籍潮州的养鳄大王所创下的辉煌业绩，我不禁想起一千一百多年前发生在潮州的有关鳄鱼的一桩遗闻。韩愈因谏迎佛骨，触怒了唐宪宗，"一朝封奏九重天，夕贬潮阳路八千"。云横秦岭，雪拥蓝关，由刑部侍郎被贬为潮州刺史。任职时间不长，但为民众做了大量好事，其中流传最广的善政是驱鳄之举。当时，"鳄鱼睅然不安溪潭，据处食民畜熊豕鹿獐，以肥其身，以种其子孙"，民深以为苦。韩愈察知后，写了一篇《祭鳄鱼文》，命令它们南徙于海。据说，当天晚上，"暴风雷电起溪中，数日，水尽涸"，鳄鱼远徙，自是潮州再无此患。本来，溪水干涸，鳄鱼迁徙，乃自然现象，与祭文无关。但此种附会，却反映当地人民对韩愈驱鳄的赞同与推崇。有趣的是，当年韩愈为了群众的利益，驱除鳄鱼唯恐不速，唯恐不远；而今天，却由潮州人的后代耆英，在海外成功地大量繁殖、养殖鳄鱼，化害为利，变弃物为宝藏，获取了巨额经济效益。从驱鳄到养鳄，千年旧曲翻新调，真是此一时也，彼一时也。

　　……

鳄鱼在其自身价值没有被人发现、得到社会承认的时候，遭人厌弃，受到驱逐；为了延续生命，不得不终朝每日搏击风浪，冒险犯难去寻觅食物，但遨游江海，自由自在，可以在风涛险阻中终其天年；而今，安然酣卧在养殖园中，绝无风波、冻馁之虞。但这种宁静舒适的境遇的取得，却是以失去自由、摧戕个性，最后统遭宰杀为其代价的。鳄鱼的这种悲喜剧，同中国古代思想家庄子所说的"山木自寇，膏火自煎。桂可食，故伐之；漆可用，故割之"和"不材之木无所可用，故能若是之寿"，出于同一机杼。

作者由域外观赏鳄鱼，引出若干虚拟与真实的有趣故事。文笔可谓曲折灵巧，善于变化。一出鳄鱼的悲喜剧，隐喻着文学与哲学的思想内涵。作者寻觅出社会表层现象之后的文化隐义，从常见的事物中生发出不寻常的意义和哲理。于幽默的氛围里潜藏着某种人生的理趣，给人回味的余地。这已经超越了普通游记散文的界限，而获得一种深刻的哲学意蕴和轻松的美学意趣。王充闾的散文，总是潜藏着文化哲学的视角，而思理的空灵变化，笔法的腾挪转移，联想的丰富多彩，叙事的曲折幽默，也令文本增添了无穷的艺术魅力。

"泰游漫笔"之三的《湄南河上》，以流动的画卷勾勒出湄南河两岸的奇异风光，但作者仍然潜藏着一种社会学的视界：

> 泰国人贫富悬殊，只要看一看河畔的住房就可一目了然。有些木板楼雕梁画栋，气派豪华，与陆地上的洋楼相差无几；而一些低矮破旧的竹寮，则"悬鹑百结"，摇摇欲坠，无异于上古人的巢居。但无分贫富，各家都有等次不一的木船，都有停靠的码头，讲究一点的人家，码头上盖有木厦，以遮风避雨。一路上，常常看到有小船到各家停泊，这是僧侣在驾着小船逐户化缘。
>
> ……

王充闾的文化散文始终贯穿着一种人文关切和批判精神，他既以诗意和审美的眼睛看大千世界，但同样也以同情的和慈悲的眼睛看人生万象。因为儒家和佛家的现世关怀和人道意识深深主宰了作家的内心，他更多寄寓了对贫困者的同情和对弱者的悲怜，而这又不仅仅指向人类甚至是所有的生命存在。在许多作品里，他呼吁对环境的保护和对生命的关切。因此说，王充闾散文，充盈着道家的生命伦理学的精神。

王充闾散文的文化反思特点，在几篇俄罗斯游记里也得到了一定程度的显现。由于历史和地域的原因，作者对俄罗斯的文化艺术存在一定的亲和力，他访俄期间所写作的《泪泉》《涅瓦大街》《樱桃园和黎明鸟》《湖问》一束散文，将文化反思开拓了一个新的境界。

《泪泉》扣住一个特定的苏联解体的"国破山河在"的历史时间，文章以诗人普希金的生平逸事为轴心，记叙作者观赏俄罗斯芭蕾舞剧——《泪泉》的感受，作者以简练的笔触描述了爱情与死亡的悲剧剧情，尾声：可汗呆立在喷泉边，眼前幻象环生，郡主与王后相继出现，他在昏睡中晕厥过去。由此，又联想到普希金的《巴赫奇萨拉伊的喷泉》南方从长诗，继而写及在莫斯科曾参观著名画家切尔涅佐夫作于 1837 年的油画《普希金在"泪泉"边》。这一系列的场景和叙事的转换，形成一个逻辑有序的机体，其中渗入了作者的怀旧和联想的情思。而正是在这种看似漫不经心的叙述里，一种深刻的文化思考意识融入其间。作者悬搁了批判和议论，采取了怀疑论或现象学的存而不论、悬置判断的方法。然而，却生动而深刻地展现了俄罗斯文化的感人魅力和斯拉夫民族的艺术精神以及普希金的人格力量。如前所论，《涅瓦大街》运用意识流和自由联想的艺术技巧，以"幻想的白日梦"和人像展览的方式，展现19世纪上半叶俄罗斯文学的作家群。该文的文化反思特征在于，揭示了俄罗斯文学的繁荣的社会历史原因和作家个人的文化心理结构的因素，将俄罗斯的民族性和文化魅力的潜在因素有所呈现。

如果说《涅瓦大街》以记叙作家群像为主，而《樱桃园与黎明鸟》则专门以契诃夫为主体对象。作者以感怀的情调、以写意式的白描技法，写了契诃夫的生平和逸事，笔法详略得当，节奏舒缓自如。有些地方，则施以浓重笔墨：

> 有人说，创作是羞怯的，这在契诃夫表现得尤为明显。他是从不在别人的目光下从事写作的。而他从早到晚都在不停地写，这就造成即使和他最亲近的人也都有一种疏离感。加上他那特有的持重、安详与平静和发表意见时的严肃态度，使他的言谈往往具有很重的分量和判断的性质，这都仿佛为他套上一层难于穿透的甲胄。他是孤独的，没有更多的欢乐。尽管他也不懈地追求家庭的温馨和爱情的幸福，但是，没有充分地享受过。
>
> ……
>
> 樱桃园伐木的斧声伴随着"新生活万岁"的欢呼声，表现了作家毅然同过去告别和向往幸福未来的乐观情绪。尽管由于他的思想立场从未超过民主主义的范畴，他笔下的新人渴望的"新生活"不过是一种朦胧的憧憬，并不明确创建新生活的必由之路，但是，我们仍然可以说，樱桃园是二十世纪俄国革命前夜的一曲新生活的赞歌，而契诃夫则是一只歌喉婉转、呼唤天明的黎明鸟。

在结尾，作者显示了思想主旨，使文本的内在结构完成了最后的环节，王充闾散文的结构衔接之自然与活脱亦略见一斑。作者舍弃单纯的议论和评价，而以适度距离的情感叙述，更为传神和个性化地勾画了契诃夫独特的人文心理结构，呈现了俄罗斯文学在特定的历史文化语境中的无与伦比的精神张力和审美魅力。作者的文化反思，既不仅仅凭借理性逻辑来传达，也不单纯依赖直接的情感的言说与宣泄，而是以间离化的叙事和陌生化的描述，穿插以简短而精辟的感悟和联想，揭示了契诃夫的内在隐秘和艺术天性。倘若渴望洞见契诃夫这位伟大的文学心灵，读这样的散文，甚至于胜过读几篇研究契诃夫的学术论文。

《湖问》为作者游历贝加尔湖而作，显示其散文创作擅长描摹景致和追溯历史、从而展开丰富联想的艺术特点：

> ……
>
> 望着浩瀚无涯的碧水柔波和疑幻疑真的神秘远景，仿佛置身于荒蛮的太初，又像进入潇洒出尘的清凉世界，产生一种与大自然交融互渗、浑然一体的感觉。我贪婪地饱吸着湖畔清新的空气，真像徐志摩六十年前在这里所感受的，"那真是一种快乐，不仅你的鼻孔，就是你面上与颈根上露在外面的毛孔，都受着最甜美的洗礼"。
>
> ……
>
> 记得苏联著名作家瓦·拉斯普京在一篇散文中曾谈到，贝加尔湖的黄金季节在八月。那时湖水变暖，礁石在水下闪闪发光，鱼儿大大方方地游集岸边，鸥鸟啾鸣，上下翻飞；岸边山花烂漫，各种浆果俯拾皆是，不时飘送过来一阵阵略带苦味的草香。这真是一席野趣横生、天造地设的奢宴。难怪契诃夫要说它是"瑞士、顿河和芬兰的神妙结合"了。
>
> ……
>
> 目注着这些寒庐荒舍，一时神驰往古，情思跃动：这里会不会居留着汉朝苏武、李陵的后裔？那些流放此间的俄国十二月党人，难道没有留下任何遗迹？
>
> 贝加尔湖古称北海，曾是中国古代北方民族主要活动地区。1941年贝加尔湖畔出土过汉瓦，上有"天子千秋万岁常乐未央"字样，还发掘出典型的汉代中国建筑基址。……公元前100年，苏武出使匈奴，被扣留后，流放到北海牧羊，十九载艰苦备尝，始终缅怀故国，不改其志。李陵以故交之谊曾几次劝降，均被他严词拒绝。据《汉书》本传记载：苏武在北海，口粮供不上，就挖野菜、逮野鼠充饥。

一切困难全不在话下，唯一萦结心头的是没有完成使者的使命。于是，终日拿着柄长八尺、上束三重牦牛尾毛的汉节牧羊，晚上抱着汉节睡觉，日久天长，节旄已全部脱落。……于右任《贝加尔湖边怀古》诗云："曾经北海费沉思，此地匈奴据几时？啮雪吞毡苏武泪，行人往路李陵诗。牛羊被野谁来牧，碑碣连岗我去迟。胤子两家存与否？风波失所古今悲。"这里说的"李陵诗"，是指苏武归汉时，李陵题赠的三首送别诗，其中有"仰视浮云驰，奄忽互相逾。风波一失所，各在天一隅"的句子，被清代诗人沈德潜推为"五言诗之祖"。

……

最后，作者突发奇想，就贝加尔湖许多难以解释的自然之谜而提出一连串的问题，"如果屈原还在，他也许继《天问》之后，再写出一篇《湖问》的"。从自然到历史，再从历史回归到自然，作者的文化反思经历了轮回的思维圆圈，又回到起点。而文章的作法也获得了前后照应、相映成趣的艺术效果。

《湖问》一文，由于历史的原因，使域外蕴含了域内的文化因素，作者写景叙事与议论抒情，无不打上两种文化的印记。对于贝加尔湖的现实描写，闪烁着俄罗斯文化的魂影，而对于"苏武牧羊"于北海的追忆，则将汉家气象、民族气节淋漓尽致地渲染于外。一方令人魂牵梦绕的湖水，那是历史的眼泪和文化的清流所聚汇而成，那里闪耀着诗歌和悲剧的灵魂与跳跃着哲思和伦理的追问踪迹。文本言外有意，"此中有真意，欲辨已忘言"。它留有丰富的解释空间，提供给读者去领悟。在接受理论看来，"意义不是从本文（text，或译'文本'）中挖掘出来或用本文的暗示拼凑而成，而是在读者与本文的相互作用的过程中获得的。"① 该文就留给接受者以较大的填充空间和期待视野，让读者进行思考与提问。所以，王充闾散文的文化反思更瞩目于如何提出问题而较少关注如何回答问题。就"域外散文"这一论题而言，作者尚有多篇写及东瀛日本、朝鲜、马来西亚、新加坡等国，除了气韵生动、传神写照地展示了异域景色、文化

---

① ［德］H. R. 姚斯、R. C. 霍拉勃：《接受美学与接受理论》，周宁等译，辽宁人民出版社1987年版，第446页。

传统、风土人情等方面内容，还融入了作者诸多颇见心得的审美感悟。

第三节　哲学与美学

交融着哲学和美学的思与悟，闪烁着理性的张力和诗意的澄明。王充闾的散文，守护着儒、道、释的传统血脉，流动着伦理的心性和张扬着价值的力量，它承传哲学的智慧和美学的超拔，想象性地思和诗意地言，以自我的独白和寻求对话的姿态表达一个意义的世界。所以说，王充闾的散文世界，包容了哲学与美学的双重意蕴。王充闾对大自然持有本能的迷恋，擅长以诗人的直觉去感悟现实世界美的事物。他以存在个体的独特的审美领悟表达对自然和生命的体验，并凭借散文文本传递自我对万象造化的审美印象和理性化的沉思。所以，王充闾散文是哲学和美学的诗性合璧。在《春宽梦窄》里，无论是"域外散文"还是"域内散文"，无论是"游历散文"还是"诗话散文"，均充溢着文化哲学、历史哲学、审美哲学的意味。

1. 审美距离

康德在《判断力批判》中提出"崇高"的概念，认为适度的空间距离和心理距离是形成崇高感或美感的必要条件。英国心理学家布洛（Bullough）也提出"心理距离"（Psychical Distance）的理论。美学硕儒朱光潜先生以浅显易懂的语言阐释了这一概念："'距离'含有消极和积极的两方面。就消极的方面说，它抛开实际的目的和需要；就积极的方面说，它着重形相的观赏。它把物和我的关系由实用的变为欣赏的。就我说，距离是'超脱'；就物说，距离是'孤立'。从前人称赞诗人往往说他'潇洒出尘'，说他'超然物表'，说他'脱尽人间烟火气'，这都是说他能把事物摆在某种'距离'以外去看。反过来说，'形为物役'，'凝滞于物''名缰利锁'，都是说把事物的利害看得太'切身'，不能在我和物中间留出距离来。"[①] 王充闾散文，尤其是《春宽梦窄》这个集子，含蓄委婉地体现了"审美距离"的美学意识。

读解散文名篇《追求》，有助感性的直接了解：

[①] 《朱光潜美学文学论文选集》，湖南人民出版社 1980 年版，第 57 页。

悬念与追求，会产生一种美的境界。有的美学家认为，哲学、艺术的真谛，都在于不断地追求真善美，而不是占有它们。实际上，美是不能被占有的。由此，我联想到《世说新语》中的一则故实：

王羲之的儿子王子猷，任性放达，弃官东归后，在山阴闲居。一天夜里，大雪纷飞，弥天盖地，他一觉醒来，开门叫僮仆赶快备酒。饮酌中，临窗四望，但见处处银装素裹，洁净无尘，于是乘兴吟咏左思的《招隐》诗，蓦然忆起住在剡溪的好友戴安道，便连夜乘船前往寻访。足足走了一宿，方始到达友人的门前，可是却悄然返回了。人们问他，这么远冒雪赶来，为什么不进去与友人见上一面？他的答复是："我本乘兴而来，兴尽而返，何必见戴？"

也许王子猷只是追求一种美的境界：走近，却并不占有，留下一块永恒的绿地，供日后悬想与追思。在他看来，这种美的境界就在事物过程本身，所以，"山阴泛访戴之舟，到门不入"。这里也显示了晋人追求心灵超脱的唯美主义品格。

……

几年前，读过美国作家托马斯·沃尔夫的一篇小说，内容梗概是：靠近小镇有一条铁路，每天下午两点多钟总有一列区间特别快车驶过。二十多年来，每当这列火车开过来，司机总要拉响汽笛，这时就有一个女人站在小屋后面向他挥手。开始时，她身傍依偎着一个小女孩，后来女孩渐渐地长成了大姑娘，司机也繁霜染鬓，一天天步入了老境。他忠于职守，勇敢机智，曾四次在危急中紧急制动，使一些儿童、老人、流浪汉幸免于难。他感到，无论多么艰苦、劳累，只要一看见这座小屋和天天向他挥手的母女俩，就体验到一种从未有过的幸福。他曾在上千种光线、上百种异样天气中见过她们，认为自己完全了解她们，尽管未曾交过一言，但他们之间似乎已经心心相印，融为一体了。他想，将来退休时一定去寻访她们，坐在一起畅快地谈上几天。这一天终于来到了，老司机卸了任。他第一次从这里踏上月台，怀着无限期待、无比幸福的心情，来到了母女俩居住的小镇。他走着走着，逐渐产生一种陌生、困惑、茫然的感情。幸好，他见过上万次的母女俩此刻正站在路边，闪着惴惴不安的眼神上下打量着他。

母亲面容消瘦，神情冷漠，目光里充满着猜疑、惊恐和不信任的情绪。这一切，把他从她们的招手中所感受到的那种亲热劲儿、乡园感，驱逐得无影无踪。他试图解释几句，但看到两个女人呆滞、拘谨的神情，便默然离开了。他后悔此行勘破了那一块充满着希望与追求的美好的角落。这篇哲理性很强的小说，会引发人们作多种联想。我所想到的是，充满希望的追求往往比到达目的地更有吸引力，追求比占有更使人幸福。

……

从心理美学的角度来看，也是如此。宋代著名文学家苏轼在《宝绘堂记》一文中说："君子可以寓意于物，而不可留意于物。寓意于物，虽微物足以为乐，虽尤物不足以为病；留意于物，虽微物足以为病，虽尤物不足以为乐。"……在西方美学中，也很重视对这个问题的研究，他们把这种审美心理与个人功利观念之间的距离，称之为"审美的心理距离"。

……

作者继而又引述了俄国作家柯罗连科的散文诗《灯光》进一步渲染了文本的象征性和寓意性。散文以讲述故事的方式来运转文枢，两个真实与虚拟、不同历史渊源的故事，隐喻了相同的思理和类似的趣味。那就是：美既是心灵的瞬间体验，又是一种神秘的精神感应的过程；它既不注重预先的目的性，也不眷恋功利性的结果。美是空灵而朦胧的永恒不可达到的"灯光"，它给你永远的悬念和追求。美是心灵和现实世界不能消弭的"距离"。

笔者情不自禁地引录这篇短文的很多篇幅，作者以尺牍之文，援引"故事"来隐喻自我的美学见解。散文里，中国与西方，逼真与虚构，超脱与失落，旷达与执着的丰富的审美符号和情感因素，掩映成趣，相得益彰，寄寓了作者含而不露、引而不发的审美观念。只是在精妙处，作者偶尔直接出场，提出自我的看法。以"讲故事"方式来隐喻哲理，在先秦诸子那里，属于一种写作潮流或普遍现象，这是神话思维或形象思维的产物。庄子散文也可以说是这一写作方式的滥觞之一，"以谬悠之说，荒唐之言，无端崖之辞，时恣纵而傥，不以觭见之也。以天下为沉浊，不可与庄语。以卮言为曼衍，以重言为真，以寓言为广。"① 承传华夏的文化传统，王充闾对庄子甚为沉醉，多年读《庄》，深契其精髓，仿效其文理，因此，散文创作自然而然地喜好"讲故事"，以隐喻和象征等方法来传达主体的意义和情绪，既达到思理含蓄而留有余地的艺术目的，又收到言不尽意而回味无穷的审美效果。使散文走向"美学化"和"诗意化"的艺术境界。

《五岳还留一岳思》采取古人习用的"书简"写法，以亲切平和的独白、对话和交谈的心境，态度谦恳，情感真挚，娓娓启思，渐入佳境。同样也是借用了古今中外的"故事"，表达了自我对"审美距离"的又一种诠释和领悟。

清初"四明四子"之一的郑南谿，写过一部《纪游集》，为自己起了个"五岳游人"的雅号，实际上，他只游了泰、华、恒、嵩四岳，有意识地留下南岳衡山未去。"我不尽游者"，他说，"留此一岳付余生梦想耳"。我们那次同游黄山，似乎受了这位郑老先生的点化，在海拔均达一千八百米以上的三大主峰中，只登了天都峰、光明顶，留下莲花峰作为"余生梦想"。这样，至今我对黄山还抱有一种若明若暗的朦胧追求，总想找机会重游一次。你呢？

……

写到这里，我想起了一篇古代的著名短文。晋代"竹林七贤"之一的向秀，深情地怀念惨遭杀害的亡友嵇康、吕安。一次，路过嵇康旧庐，"于时日薄虞渊，寒冰凄然，邻人有吹笛者，发声寥亮，追思曩昔游宴之好，感音而叹"，于是写成了《思旧赋》，文字非常含蓄、简练，除了小序，正文只有十二句。鲁迅先生在纪念被反动势力杀害的柔石、白莽等五位作家时曾谈到："年轻时读向子期《思旧赋》，很怪他为什么只有寥寥的几行，刚开头却又煞了尾。然而，现在我懂得了。"鲁迅这段文字也写得非常含蓄、简练。它们都令人反复思索，回味无穷。我想，假如当日向子期或鲁迅先生临文嗟悼，哓哓不休，不仅无助于感染力的增强，反而会冲淡那怀人愤世的浓烈的

---

① 《庄子·天下篇》。

感情色彩。

美国大作家马克·吐温就讲过这样的例子。他说："有个礼拜天，我到礼拜堂去，适逢一位传教士在那里用令人哀怜的语言讲述非洲传教士的苦难生活。当他说了五分钟后，我马上决定对这件有意义的事情捐助五十元；当他接着讲了十分钟后，我决定把捐助数目减至二十五元；当他滔滔不绝地讲了半个小时，我又在心里减至五元；最后，当他又讲了一个小时，拿起钵子向听众求助，我已经不想捐助，甚至要从钵子里拿走两块钱。"五分钟的讲述，留给作家大量的想象余地，这里面自然要加上作家平日所听到的关于非洲传教士的凄苦生活的感受，所以，立刻得到了深切的同情；而在超过一两个小时后，作家的想象余地早已排除尽净，剩下的唯有对他们"宣传"、"敛财"的反感。这使我想起了古人的"大成若缺"、"过犹不及"的至理名言。……

……

德国美学家、剧作家莱辛认为，造型艺术家对待人物的表情的描绘要有控制，不宜"选取情节发展中的顶点"，要"避免描绘激情顶点的顷刻"。这自然仅是从审美需要考虑的，但这种"不到顶点"的主张也揭示了艺术的普遍规律。正如莱辛所言："到了顶点就到了止境，眼睛就不能朝更远的地方看，想象就被捆住了翅膀。"

……

据说，解放前抚顺高尔山的一座凉亭上有这样一副楹联："到此已穷千里目，何须更上一层楼。"这正是到了止境，眼睛再不能看得更远的写照。而清代的鄂容安的对联则是："到此已穷千里目，谁知才上一层楼。"换了三个字，境界全新。

作者所讲述的"故实"，既有亲身经历，亦有典籍记载和小说素材，虚实皆备，且涉及中外古今，有的包含悲剧气氛，有的不乏幽默色彩。"作者浮想联翩，放言纵笔，从旅游说到文艺鉴赏、认识客观事物，一发而不可收。"故事所包容的思想内蕴无疑是丰富多彩的，但焦点是关于审美活动的主体心理的适度距离的问题，以及审美体验过程中的视界超越的看法。审美距离，其实既是人生的一种境界体现，又是一种生命存在的意义和价值实现的方式。它和诗意地栖居、超越功利地看与思、舍弃欲望地言与行等有着内在的联系。审美距离,既是一种空间距离、时间距离,更是一种心理距离、情感距离,后者显得比前者更为重要和关键。尤其是适度的情感距离,对人生领悟和艺术领悟极其重要。由此笔者联想到庄子哲学中有一对命题,即是"有情与无情"。庄子与惠子争论,人的存在本质究竟应该归属于"有情"还是"无情"?"惠子谓庄子曰:'人故无情乎?'庄子曰:'然。'惠子曰:'人而无情,何以谓之人?'庄子曰:'道与人貌,天与之形,恶得不谓之人?'惠子曰:'既谓之人,恶得无情?'庄子曰:'是非吾所谓情也。吾所谓无情者,言人之不以好恶内伤其身,常因自然而不益生也'。"① 庄子对于情感的运思超越了一般的日常意义和感觉经验,也否定了现实性的逻辑规定和普遍公理。然而,庄子就情感的哲思却具有非同寻常的意义。它看出了情感对精神界的遮蔽,构成心灵的最大痛苦,阻滞了生命的自由和想象力的释放,破坏了精神主体的自然无为的本真状态,也有损于心灵界的诗性生存和审美生活,构成了对美之存在的压抑性势能。② 王充闾这篇散文,也涉及对艺术情感的沉思。它也潜在地受到了庄子的"情感论"的影响,表现情感有所节制,而不是完全宣泄或一览无余。所谓情感的"不到顶点",也为艺术之美的因素之一。所以说,王充闾的散文,既是美学的,也是哲学的,它将哲学的运思赋予了美学的内容,将审美的感悟融入了哲学的沉思。

2. 生命体验

王充闾的散文,不时地呈现了生命哲学的意蕴。这种生命哲学,主要来源于中国传统文化的儒道释的思想体系。也存在部分西方现代哲学思潮的因素。就《春宽梦窄》而言,不少篇目体现了作者丰富的生命体验和人生感悟,就生命意义和存在价值等形而上的问题展开运思,对诸如生存的幸福和快乐、道德伦理的实现、自我本质的确证、审美情怀和艺术超越等问题,予以哲学与美学的双重思考,然而,作者的这种思考,却是以体验为主,思辨为辅。在此基础上,再以感性意象形诸笔墨,呈现于文本的,更多属于一种自由自觉的生命体验。西方生命哲学家齐美尔认为:

---

① 《庄子·内篇·德充符》。

② 颜翔林:《论美非情感》,载《美学》1999年第1期。

"没有无内容的生命过程和生命形式。我们在自身的生活中'体验'到生命的内容，这种'体验'（Erleben）实际上是心灵把握生命的活动。每一当下直接的体验把这一内容与别的内容联系起来，把个人的整个生活历程连接起来。每一个生命形式都是独一无二的，因此这种体验只能是直觉的，不可能从别的形式中推论出来。"①《春宽梦窄》作为创造主体的生命体验，一方面如同齐美尔所言，依赖个人的直觉活动，是以心灵的领悟去把握生命形式和生命存在，感知生命的意义和价值；另一方面，作者又并非完全如齐氏所言，在生命体验过程中纯粹依赖非理性的心灵直觉。而是在一定程度上凭借理性思维和逻辑思辨，以深入的分析和严谨的推论来认识客观万象和心灵世界。

结合文本来看，作者的生命体验主要指向自然之美、历史沧桑、价值观念、人文情怀等方面。

受中国传统人文精神的影响，作者对自然之美有着本能和直觉的迷醉，因此对自然之美的生命体验尤其敏锐丰富、空灵超脱，时时有美感的精妙发现。如《靓女新妆出镜心》写道："夕阳淡淡地照着海上的澄波，沙滩上游人渐渐散去，把日间的万种繁华与绮丽，留给一片片彤云和一行行椰林。坐在软绵绵的尚有余温的沙滩上，与海波相知相悦，相对无言，伴着一阵阵的涛声起伏——那振古如孳的永恒的鼾息，可以尽兴地去追怀与玩味，想得很远很远，大有一种'云物不殊乡国异'，'独立苍茫自咏诗'的意境。"作者将自我的生命融化到自然的生命之中，从大自然的形式之美，体悟到时间的永恒绵延和超越国度的一种人类共同的审美冲动。这似乎不是一位现代散文家在异域他乡逗留，而颇像是一位唐宋时期的古典诗人沉浸在遥远的山水梦境里。一种古典化的生命感觉，由对自然的审美观照中滋生而来。或者更确切地说，作者从自我的生命体验中回归古典的梦境，寻觅到那遥远的精神家园。尽管这个意象化的"精神家园"借助于域外的自然形式获得超越性的审美符号，然而，这里的形式和符号已经不再具有确定性的意义，而超越形式与符号之外的人类的审美体验却是相通的。作者继续写道："自然界有其自身合法的权利和独立的价值。我们每个生活在地球母亲怀抱中的现代人，都应该对生态环境有一种深沉的

---

① 刘放桐主编：《现代西方哲学》上册，人民出版社1990年版，第202页。

眷恋感和自觉的责任感。遗憾的是，在这方面，人们常常忘本。人是自然的产儿，但在成为文明人之后，便一天天地远离自然掉头不顾了。……在这轻尘十丈的喧嚣世界里，人们对于自然环境，应该去掉那种极为近视、极为功利的价值取向和审美情趣，多为人类、多为子孙着想，重视保护生态环境这地球上一切生命的根基，珍惜这啾啾的鸟鸣、唧唧的虫吟，新鲜的空气、洁净的水源，明媚的阳光和翠绿的丛林。"对于生命的推崇和关注是王充闾的一以贯之的意识形态，对于自然的生命形式的体悟使作者珍惜生态环境更有一种哲学和美学的底蕴。作者的生命意识是旷达和深远的，在淡淡的忧郁情绪里，固守着理性的冷静和审美的超拔。

　　再如《黄陵柏》里，作者写道："几千年风刀霜剑没有能摧折这些黄陵柏，它们年复一年，长得益发苍劲挺拔，表现了极强的生命力。它们象征着中华民族坚韧的生命力，也显示出炎黄子孙无比的凝聚力、向心力。"近代台湾著名诗人丘逢甲的诗，最能表达这种爱国怀乡、敬宗法祖的情怀："天下万山祖，其名曰昆仑。昆仑有南支，万里趋越门。人生亦有祖，谁非炎黄孙？归鸟思故林，落叶恋本根。"我在拜谒黄帝陵后，也即兴口占一绝："尊祖法宗结深情，不剪枝柯万柏青。华夏重光千载业，开来继往拜黄陵。"作者在对自然对象的体验里，感悟到一种文化的底蕴和民族的精神，美被附庸了人文品格和历史势能，自然之生命融入了主体之情志，从而获得一种超越自然生命形式的道德升华，使自我的生命体验赋入一种信仰的执着和情感的皈依。"黄陵柏"被隐喻为生命存在的一个审美化的精神家园。《月明人在天涯》有着异曲同工之寓意："夏日黄昏，过得迟缓；可是又变幻得十分敏捷，一个不留神，夕阳的猩唇就吻了海。湛蓝的天空与茫茫的波浪分别从头顶和脚下同时向天际驰去，渐渐地汇合在一起，任凭你怎样睁大眼睛，也难以分清它们的界限。我想象着，那迢遥的翠微淡成袅袅的烟霭所在，便是可爱的海棠叶形的祖国大陆。"作者对异域景色的审美体验，融入了自我的生命自由和精神旷达的情绪，然而这种情绪被本能地导向一种对故土的思念，一种几乎无意识的生命冲动滋生在作者的心理空间。这就是"乡愁的冲动"，也就是最原始和最理性的个体生命所守望的"家园意识"。在散文中，作者将对自然的生命体验和自我的生命意识联结成诗意的共同体。王充闾对自然之美的生命体验可谓气韵生动，意象纷呈，诸如《北陆之旅》《野酌》《湖问》《春宽梦窄》《绿净不可唾》《金刚山诗话》《长岛诗踪》《大禹陵与宋六陵》等篇目，均不同侧面、不同程度和不同视界地表现了对自然之美的体验。

对于历史，王充闾有着本能的敏感和直觉的迷恋，他的精神空间一直为历史保留着尊贵的一席。"历史"在他的散文舞台上一直扮演着主角，成为文本的一个审美图腾。这内在地构成了他的"历史意识"——一方面，生命存在无时无刻不能超越历史和违背历史，人无法脱离历史的魔圈；历史既是常常被遗忘了虚幻镜像，又是不断被唤醒了狰狞猛兽，它在提醒陶醉于世俗享受的人们，警惕随时可能出现的悲剧阴影。另一方面，历史是人类的诗意和幻想的审美果实，我们在不断地创造历史，也在不断地用记忆和想象试图复现历史和解释历史，历史提供着我们走向未来的经验和激情、理性和梦想。王充闾对历史的生命体验是深刻而丰富的，在事实和逻辑的基础上，他更喜爱凭借诗人的想象和灵感去阐释历史、感悟历史，这无意地契合了伽达默尔的哲学解释学的理论。正是这种解释学意识表现于散文之中，构成了王充闾不同于其他散文作家的特点之一。王充闾的这种历史意识，在后来的散文集《面对历史的苍茫》和《沧桑无语》，体现得更为精湛和深邃。

就《春宽梦窄》这个集子中某些篇目而言，《大禹陵与宋六陵》以历史对比的方式，揭示时间老人的公正与无情："但是，时间仅仅过去六百年，巍巍六陵于今已荡然无存。而四千年前的禹陵、禹穴，却安然无恙，永远矗立在后代人民的心中。"《祁连雪》写道："观山如读史。驰车河西走廊，眺望那笼罩南山的一派空濛，仿佛能谛听到自然、社会、历史的无声的倾诉。一种源远流长的历史的激动和沉甸甸的时间感被呼唤出来，觉得有许多世事已经倏然远逝，又有无涯过客正向我们匆匆走来。"这就是生命体验过程中的诗意的历史感，一种对历史的想象和眷恋。《日近长安远》写道："天已向晚，我独自站在古城门前，远眺着马六甲海峡。尽管因为离得比较远，看不清过往的船只，但我深知，其间凝聚着历史的烟云与时代的风雷，在两洋要冲的滚滚的波涛中是隐伏着许多危机的。半个世纪前著名作家郁达夫在游览了圣保罗山古城门的圣约翰故垒后，曾独立在残堞缺处，远望马来半岛南部最高的一支远山，感喟无限地想到萨都剌的那一首'六代豪华，春去也，更无消息'的金陵怀古之词。而我此刻却记起了苏东坡《前赤壁赋》中讲到的：曹氏父子'固一世之雄也，而今安在哉！'"历史有时可能和玩弄于它的人们开个虚无的不可捉摸的玩笑，悲剧与喜剧过后，一切均是循环和空寂，野心和欲望被历史的尘埃所掩埋，唯有夕阳无语，山色空濛，注视大千世界，它也许象征着永恒的历史正义和道德良心，隐喻着绝对真理的诗意生成。它——就是民众的评断。

与历史沧桑感相接近，王充闾散文的生命体验还体现了一种价值观念，这恐怕与作者所持有的儒家和道家的思想意识不无关系。如《三道茶》一文，从白族的常见的礼俗习惯"三道茶"，体悟出丰富的人生寓意和生命内涵，而这些并非预先存在的观念却由作者的想象性阐释而得以澄明。"三道茶"，既是生命存在的三种不同境界的隐喻，又是自我的价值实现的三种不同视界的启悟，作者又以一首颇有禅意的七绝，深化了这种积极进取的价值观念。而《祁连雪》则是通过"雪"的生命体验，展现了"寒云古雪"的审美意象，讴歌了为大西北这块神秘的地域建立了功绩的历史人物，也写出了"客观的自然景物与主观的生命情调交融互渗"的意境。《西藏书简》以对雪域高原的亲身游历和对历史的想象性回首，以奇异的神话背景勾画了文成公主的传奇故事，注入了作者对这位大唐的奇特女性的景仰和敬慕之情。《安步当车》一文，则从细小的生活琐事引发出对历史和现实同样具有意义的价值评判。"乘车"，在中国的古今，均体现了丰富的社会意识形态，它黏附着等级制度、礼仪风俗、生活习惯、道德修炼等内容。这种既为"小"又为"大"的象征形式，也是对个体存在者的价值观念的写照。作者甚至以调侃的氛围和幽默的笔调，对圣贤孔子和诗圣杜甫的据于礼节的"乘车观念"提出稍稍的针砭。尤其是对今人的"乘车意识"展开了深入批评。

王充闾散文的生命体验还包含着丰富的人文情怀。那就是于世俗生活中发现诗意的存在，从现实存在中寻找到和功利概念存在适度距离的文人的情趣。这类文章也为数不少，可称上有"意趣"的小品文。如《买豆腐》：

　　豆腐，早已活在古代文人的笔下。古语称豆腐为"黎祁"，陆游就有"洗釜煮黎祁"的诗句。古籍《坚瓠集》载：豆腐有"十德"，如无处无之，为"广德"；一钱可买，为"俭德"；食乳有补，为

"厚德";水土不服,食之而愈,为"和德"……近代小说家兼戏剧家徐卓呆,曾为一好友题写纪念册,其词云:"为人之道,须如豆腐,方正洁白,可荤可素。"还有一位贫士拟过这样一副对联:"大烹豆腐茄瓜菜,高会山妻儿女孙",以其表现其清苦生活和天伦乐趣。特别是那首流传很广的《咏豆腐》七律:"传得淮南术最佳,皮肤褪尽见精华。一轮磨上流琼液,百沸汤中滚雪花。瓦缶浸来蟾有影,金刀剖处玉无瑕。个中滋味谁知得,多在僧家与道家。"描写拟态,惟妙惟肖,简直是道地的灯谜。

旁征博引,意趣横生,借用他人的言说来传达自我的情境,这也为王充闾散文的特点之一。作者将现实生活中最平常最广泛的"豆腐",表达一种超越表面经验的生命体验。世界中的任何现象,也许均包含着某种深刻的"意义",而这种"意义",依存于主体精神的阐释和生命个体的体验。而存在者的生命体验,均可能就现象性存在而揭示出一种人文情怀。具有发现性的眼光,才是真正的生命境界。作为一位散文家和诗人,王充闾无疑禀赋了这样的眼光,而他是艺术文本,也渗透了这样的生命境界。

3. 张扬个体

关切个体存在的意义与价值,这或许是王充闾承传了道家的思想意识在散文创作中的流露。他早期的散文集《人才诗话》,对人才的殷殷之情,切切之思,就体现了一种对个体生命的意义呈现与价值实现的哲学命题的眷注。而《春宽梦窄》延续并深化了这一精神主题。

王充闾散文对个体的张扬,过滤掉了非理性的因素,一般舍弃对个人的欲望和本能的逻辑肯定,而更多从道德伦理精神、审美超越情怀、社会历史责任等方面确立个人存在的意义与价值。但是,对个人存在的某些合理的愿望和欲求,也予以了宽容和理解。《春宽梦窄》张扬个体的意识,主要呈现在自我实现、自我超越、自我否定、自我认识等方面。

存在主义心理学的代表人物马斯洛认为,存在个体往往有五个层次的需要:生理需要,安全需要,归属和爱的需要,尊重需要,自我实现的需要。而自我实现的需要,是个体存在中最高层次的需要。马斯洛说:"'自我实现'(Self actualization)这个术语是一个好得多的术语,结果我就使用了它。这个术语强调'完美人性',强调发展人的生物学上的基础本性。"① 在此，借用马斯洛的"自我实现"的概念，来解释《春宽梦窄》的张扬个体的内涵。王充闾散文从哲学和美学上，肯定了自我实现的合理性和合法性。不仅在其异域散文里，诸如《马背上的水手》《泪泉》《涅瓦大街》《樱桃园与黎明鸟》等，肯定了自我实现对整个人类的文化艺术的重要意义。而且在关于传统历史文化内容的散文里，也褒扬了自我实现对社会历史的积极贡献。同时，揭示了自我实现也有益于审美感受和艺术创造的客观事实。尤其关于人才问题的考虑，既融入了古典的精神，又渗入了现代的观念，热切地思考分析培养人才、发现人才、辨识人才、善用人才、宽容人才、爱护人才、激励人才等具体问题，积极推崇人才的自我实现的价值观，其思贤若渴、宽阔温厚的情感，无疑又体现了儒家的道德精神。

如果说自我实现较多关涉于整体社会价值，而自我超越则更多关涉个人的审美趣味，更少功利性的成分。王充闾散文张扬个体的另一个方面即是心仪一种自我超越的精神。《节假光阴书卷里》，既讲古人，也谈今人和自己，但是均触及了自我超越的话题。作者认为，现世存在诸多的诱惑和压抑，生命必须克服许多本能的诱惑和压抑，才能达到审美的或道德的超越境界。因此，存在者需要不断地自我超越，才能不断生成生命的意义，从而接近真理的彼岸和精神信仰的满足，并由此获得幸福感。《两个爱情神话》，则从两则神话传说切入，引导出这样的思绪：爱情属于不断的自我超越的精神过程。她既需要超越自我的欲望，又需要超越客观的时空，她获得的是瞬间而永恒的心灵感应和精神共鸣。

自我否定比自我超越更具有逻辑张力，因为它更深刻地触及自我的弱点和错误，《镜子何罪之有》，包含了老子的"知人者智，自知者明"的思想。也从一个侧面探讨了自我否定的问题。个体存在者，只有不断认识到自我的不足和缺憾，才能不断否定，实现自我价值。《刻意求新》以几则古代的故事，讲述了艺术和科学的独创性就在于不断地自我否定，而判别人才的标准之一，就在于看其是否具有刻意创新的能力。而回忆作者青年时的生活经历的《记事珠》则采取冷静而幽默的理性精神，对以往违背自然规律、盲目理想主义所造成的"密植""深翻""大上""大办"

---

① ［美］马斯洛：《存在心理探索》，李文湉译，云南人民出版社 1987 年版，第 9 页。

等的历史笑话，重新审视和检讨，文章穿插以"薏苡粒"（药玉米）的种植趣闻，深化了题意。最后，作者写道："望着那光润的薏苡粒，我忽然觉得它很像珍珠。古代传说中有一种记事珠，'或有阙忘之事，以手持弄此珠，便觉心神开悟，焕然明晓'。我想，若是把这些薏苡粒串缀起来悬置座前，不也同样是一种'记事珠'吗！""焕然明晓"就是一种自我否定之后的心灵开悟状态，意识到自我以往的不足或缺憾，存在者的心性智慧才能有所进步和发展，才可能进一步寻找到自我的价值坐标和发现自我存在的真正意义。王充闾散文的自我否定意识是极其可贵的人文品格，从而也避免滑入一般文人常见的自我依恋和自我张扬的思维泥潭。

《春宽梦窄》作为新时期的"文化散文"，它在"清风白水"、"梦雨潇潇"和"因花寻蜜"、"细语黄昏"的意境里，向读者呈现了一幅幅思理深邃、色彩斑斓的艺术画卷，给人以丰富而别致的美感和空灵而超脱的意蕴。它凭借一种诗意的历史观和豁达的人生智慧，借助于极富表现力的语言而表达了超越语言的深刻寓意。笔者将王充闾的散文界定为"清风白水的美学散文"，即从思与诗的和谐、景与情的渗透、意与言的交融、历史与美学的对话、时间与空间的转换等密切联系的逻辑层面来考虑的。在此基础上，主要从美学视角，阐释了《春宽梦窄》，提供一份自我理解的答卷。笔者所要补充的是，像王充闾的其他散文一样，《春宽梦窄》诸多篇目的"立意"常有自我创新，以类似康德所推崇的"无目的的合目的性"的方式去"立意"，达到出其不意的艺术效果，呈现了独特的审美风格。李腾芳云："天下之事散在经子史中不可徒使，必得一物以摄之，然后为己用，所谓一物者意是也。"① 章学诚说得更形象："文辞，犹金石也；志识，犹炉锤也。神奇可以臭腐，臭腐可以神奇。知此义者，可以不执一成之说矣。"② 王充闾散文的"文辞"与"志识"可谓相得益彰，因此，往往能使平淡的事物化为艺术的审美意象和开启思想的感性契机，给读者以顿悟式的精神提升。

---

① （明）李腾芳：《山居杂著》。
② （清）章学诚：《文史通义·说林》。

第 五 章

面对历史的苍茫

第一节　存在与虚无

历史是人类精神行走的曲折之河，是任何存在者无法超脱的魔圈。历史包含了无限的激情与幻想、理性与意志、阴谋与心智、悲剧与喜剧……我们无法走出历史的限定，历史潜在地成为我们文化价值的标准与导向，成为我们观照现实存在的参照。文化哲学家卡西尔曾说，历史与诗歌乃是我们人类认识自我的方式，是建筑我们人类世界不可缺少的工具。人类是历史之母的产儿，他总是生存在一定的历史文化语境之中，他只有在不间断地回首历史的过程中，才能领悟自我存在的意义与价值，发现新的精神存在和寻找到永恒的心灵家园。哲学家与史学家是以逻辑与思辨的方式阐释历史，而文学家更应以诗性的领悟与审美的直觉去理解历史，以一种艺术的眼光去进入历史的迷宫，用想象力与诗性智慧去发现历史的隐秘与本质。

王充闾的散文集《面对历史的苍茫》①，选择以美学的视界与历史展开超越时空的对话方式，凭借诗意地运思和直觉领悟的方式试图重新走入历史的山林，展开和古贤与圣哲的心灵交流，倾听历史之河所充满忧伤与喜悦的精神独白，作者以诗性智慧和充满艺术灵性的想象力将"历史的苍茫"富有创造性地重新阐释。这本新近结集的散文，是王充闾继《柳荫絮语》《人才诗话》《清风白水》《鸿爪春泥》《沧浪之水》《春宽梦窄》诗文集后又一力作，也是作者在 1998 年春季荣获"鲁迅文学奖"的

---

① "书趣文丛"丛书之一，辽宁教育出版社 1998 年版。

散文奖之后的新作，它标志着王充闾散文创作的新成就和达到一个新的美学境界。

《面对历史的苍茫》属于美学化的以历史为题材散文，融入了作者独特的审美领悟和艺术灵性，在新时期的散文创作上均呈现一种不可替代的艺术气象与风韵。作者对历史的落叶与烟云，既赋予逻辑、思辨、理性的分析，又进行诗性的想象与直觉，更以艺术化的笔法呈现了历史富于人文情怀的魅力和非理性的荒谬与虚无，既书写了历史的不可抗拒的必然性客观规律，又隐约透露了历史的难以预料的偶然性的特征。作者追寻青山魂梦，以幻觉流动的方法巧妙勾勒诗仙的人生轨迹，写他旷古才情与疏于政事的矛盾，以纠史家之偏；漫步陈桥涯海，看古今云同，采用近乎影视时空切换的技法，将几代王朝的更替浓缩于云卷云舒之中；对土囊低吟，白杨悲风，发麦秀黍离，铜驼荆棘的叹息，以戏剧"三一律"的手法，在有限的空间展现十三代王朝的兴衰史；回首狮山之影，战地孑遗，以古人的一副楹联，匠心独运地以时间连带出空间，写出南北王朝、叔侄两代的传奇性故事，以散点叙事的方法讲述了一个值得反思的历史逸事；仁足梦雨潇潇的沈园，以一首千古绝唱的词，构成叙事的焦点与中心，牵引出一曲绵绵愁绪的爱的悲歌；面对濠濮游鱼、染霜枫林，作者诗意地栖居，以中国古代戏曲的"虚拟"手法，写出人鱼对话、天人合一的审美境界；徜徉于涅瓦大街与纽约闹市，借鉴戏剧人像展览和电视实录的方法，以惟妙惟肖的联想极为传神地描摹了历史与现实的风俗与文化……综观王充闾《面对历史的苍茫》，其中多为精品之作，笔者深感其艺术上达到崭新的境界，达到历史与美学的富有想象力与创造性的诗性对话。

王充闾认为："散文应体现一种深度追求，以对社会人生与宇宙万物的深度关怀和深切体验，抒发内心的真实情感，表露充满个性色彩的人格风范。我也试图在状写波诡云谲的历史烟云时，以一种清新雅致的美学追求和冷隽深邃的历史眼光，渗透对生活的独特理解。在美的观照与史的穿透中，寻求一种指向重大命题的意蕴深度，实现对审美世界的建构，对意味世界的探究。"（《面对历史的苍茫·代序》）作者在这个散文集中达到上述的艺术品位，使散文创作进入新的审美境界，在当今的散文园地占有不可替代的位置。尤其是在对历史的理性观照与诗意阐释方面，达到一个新的突破与创见，是一种具有艺术魅力的美学与历史的对话。

黑格尔的哲学功绩之一是将人类的历史描述为一个规律的辩证发展过程，但他的侧重点是放置在绝对精神和抽象理念的发展方面。马克思主义的历史观吸取了黑格尔历史观的合理内核，将唯物主义引入历史科学，把历史看作是自然历史过程，强调了经济基础、物质资料的生产方式对历史的主要的和终极的作用，同时不排斥人类以往的历史文化之于现实世界的间接作用。毋庸讳言，上述的历史观均有其合理性的一面，他们都强调了"历史理性"的规定性，突出历史的客观必然性和规律性，眷注历史的逻辑力量和客观性势能，信奉历史的永恒正义与真理存在，但忽略了历史的主观性因素和偶然性力量，遗忘了非理性因素对历史的潜在影响，也对文化传统对历史的巨大作用估计不足。王充闾的散文集《面对历史的苍茫》，一方面吸取了上述历史观的合理内核；另一方面，具体结合中国历史文化语境的特殊规定性，如漫长的皇权政治、宗法社会、人治制度、儒道释文化混合，等等，对中国历史做出了超越"历史理性"规定性之外的诗性领悟，颇有独到的体验与阐释，这是近年来历史散文创作的甚有意义的突破。

历史是人类精神蓦然回首的自我镜像，寄托了对未来时间的理想期待，聚合了人类的理性与感性的势能，交织主体心理的记忆、意志、联想、想象、情感、分析、直觉等所有的功能。王充闾的《面对历史的苍茫》，调动了所有的心理功能和诗性情怀，展开了与历史的审美对话。如姐妹篇《战地孑遗》与《太原城引出的话题》，巧妙运用以空间写时间，以地域写文化，以诗心写历史的艺术方法。前篇以崔曙的"三晋云山皆北向"引出思绪，"上片"瞩目写自然景观，以白描之方法点出"表里山河，称为完固"的三晋大地，太行吕梁，逶迤千里，黄河蜿蜒，中部盆地"似一线串珠"，笔锋一转，触及山西的古战场，写殷周以降至秦汉、隋唐五代、两宋直至现代抗战为止的战争烽烟，作者以洗练笔墨，凭借有限空间勾勒出期间两千三百余年的战事，以意识流的翩翩思绪和客观叙事的态度评点战事与凭吊古战场，其中恰到好处地征引唐人李华的《吊古战场文》。"浩浩平平沙无垠，复不见人。河水萦带，群山纠纷。黯兮惨悴，风悲日曛。""亭长告余曰：此古战场也，常覆三军。""下片"瞩目写人文景观，以工笔重彩的笔法，写国宝之最南禅寺。

国宝之最是南禅寺。寺院坐北朝南，有山门、龙王殿、菩萨殿和大雄宝殿等建筑。其中大雄宝殿比其他配殿高出一头，显得特别闳阔魁伟，建筑风格疏朗、大方、质朴、苍古。殿堂内无柱，亦无天花板和梁架，制作简练，宽敞明亮。大殿底层台基宽大，下部结构敦实稳固，中间略有收束，上层放开，轮廓十分美观。那么沉重的殿顶压下来，由于出檐很深，四角挑起，给人一种轻盈昂奋的感觉。内行人一看就知是唐代的杰作。据寺中碑石记载，始建时用的是郭家寨、李家庄的香火钱，其时约在唐代前期，尔后，逐渐扩大了规模。大雄宝殿重修于唐德宗建中三年（公元七八二年），就是说，存世已经一千二百一十五年了。这是我国现存最古老的木构建筑，号称神州一绝。

千年古刹的风雨剥蚀，"会昌灭法"，"文革"破旧，然南禅寺却因地偏寺微，气候干燥而安度沧桑巨变，作者援引该寺住持的"不材之木无所可用，故能长寿"的笑谈，以喻庄子《南华》的机理。继写佛光寺的劫难，悬空寺的瑰奇："要论建构奇巧，别出匠心，还有恒山脚下半崖峭壁间的悬空寺。始建于北魏，后经唐、宋、明、清历代重修。整个建筑利用力学原理，在陡壁上凿洞插梁为基，巧借岩石暗托，楼阁间有栈道相连。上戴危岩，下临深谷，楼阁悬空，望之如峭壁浮雕。登游时，攀悬梯，穿石窟，钻天窗，走屋脊，步回廊，跨飞栈，时出时入，忽上忽下，宛如置身神话世界。难怪走遍天涯、眼界宽广的徐霞客要赞许它为'天下巨观'。"继而，作者又描写了云冈石窟的冠绝，将两千年战地子遗浓缩于瑰巧卓绝的艺术创造作品上，让读者既反思了战争又品味了艺术的内蕴。

前篇重在写"面"，后篇重在写"点"，以晋祠为叙述焦点，以古戏文为故事线索，讲述了周成王与幼弟姬虞为戏至李后主至徽、钦二帝"北狩"为止的史事，曲折蜿蜒的历史之河被集中于太原这个空间而被一览无余。作者借用几个古典戏曲串联故事，其间又插入正史野稗、诗词歌赋，"汾河决入大夏门，府治移着唐明村。只从巨屏失光彩，河洛几度风尘昏"。作者以元好问的怀古诗对荒谬无理的历史进行了批判与嘲讽，同时表达了一种历史因果循环与宿命意味的感叹，并植入一种对历史的幽默与通达，呈现了特有的思理与智慧。

晋祠始建于公元五世纪北魏之前，原名唐叔虞祠。史载，周成王与其幼弟姬虞为戏，把一片桐叶剪成玉圭形状，赐给姬虞，说要封他为诸侯。身旁的史官立即请成王择吉立之，成王说那是开玩笑。史官正言相告："天子无戏言。"成王无奈，只好封叔虞于唐。这就是历史上著名的"桐叶封弟"的故事。叔虞死后，其子燮父以都城紧靠晋水，因改国号为晋，是为晋国之始。为了纪念唐叔虞，后人建起了晋祠。唐朝李渊父子起兵太原；拥有天下后，素有"太原公子"令誉的李世民亲祭晋祠，树碑制文，亲书之于石。晋祠古树名木很多，价值最大的是两株周柏，相传树龄已达二千七百多年。九百五十年前，北宋文学家欧阳修就咏赞它们："地灵草木得余润，郁郁古柏含苍烟。"现在，仍然是那么苍劲挺拔，桑皮黛干，苍苍覆于空际，与朱栏碧甍，杰阁层楼，鱼沼飞梁，相映生辉。古柏，同涓涓涌流的难老泉、精美绝伦的宋塑侍女像，被誉为"晋祠三绝"。

......

公元前四〇三年，韩、赵、魏三家分晋，晋阳一度作为赵国都城。后来，东魏的高欢，隋唐的李渊，五代时期后唐的李存勖、后晋的石敬瑭、北汉的刘知远，都是依靠着雄踞晋阳而坐上了龙椅。宋太宗赵光义登上皇位两年后，调兵遣将围攻北汉的都城太原，经过两个多月的喋血鏖战，终于夺下了这座易守难攻的古城。有人说这里有"龙脉"，北面的系舟山是龙角，西面的龙山、天龙山是龙身、龙尾，太原城正当这条蟠龙的腹心。宋太宗考虑到，隋唐以来这里出过多少个开国皇帝，确有"龙城"之兆。为了铲除这个地区孳生新的割据势力的温床，便下令彻底摧毁城池，撤销藩镇建制，改为平晋县，并纵火焚烧了城中的宫殿建筑及居民庐室，老幼未及逃出者，多被烈火烧死。还引水灌城，削平城西系舟山，名为"拔龙角"，使千年故都化为一片废墟。

......

太宗毁城 200 余年之后，太原的前代乡贤、著名诗人元好问过晋阳故城时，念及这座"天下名藩巨镇，无有出其右者"的北方屏障的惨遭毁坏，就曾伤情地悲吟："鬼役天财千万古，争教一炬成焦土！至今父老哭向天，死恨河南往来苦。""汾河决入大夏门，府治移着唐明村。只从巨屏失光彩，河洛几度风尘昏。"诗人临风吊古，痛斥宋太宗焚毁晋阳城给国计民生带来了无穷灾难，深致慨于后晋与宋王朝的失策——由于石敬瑭割让了燕云十六州，赵光义又摧毁了这一北方的名藩巨镇，黄河以北成为敞开了大门的庭院，终于导致金人侵入，汴京失陷，北宋覆亡。

如果说前两篇文章侧重写"事"，《青山魂梦》与《爱的悲歌》则醉心写"人"。前篇写诗仙李白，在写法上颇具创意，以"青山"为圆心，以诗人生命的漫游为轨迹，画出了一个既充盈浪漫情趣又包含悲剧意象的"艺术人生"之圆，用幻觉联想将诗仙融入青山碧水，谈说他戏剧化的浪漫人生。尤为称道的是，此文思理独树，文章一反传统定论，对李白的人文精神提出具有学术意义的新见，认为诗人"尤患不知己"，诗人文才超世，然"拙于政事"，他集"儒、侠、仙、禅"风骨于一身，而渴望从政，演绎"修齐治平"的神话，结果构成了自我的悲剧。"他的悲剧，既是历史悲剧，也是性格悲剧。"由此，作者对李白期盼政治的一面予以否定，而对其诗性人生的一面予以极高的评价。最后，文章仍落墨于"青山"，秋日夕阳，以无比虔诚，肃立诗仙墓前，"风摇柳线，宿草颤头，仿佛亲承謦欬，进行一场叩问诗仙的跨越千古的武士对话。'莫向斜阳嗟往事，人生不朽是文章。'"（许梦熊《过南陵太白酒坊》）

那些天，我一直沉酣在幻觉里：山程水驿，雨夜霜晨，每时每刻，都仿佛感到诗人李白伴随于前后左右，而且不时地发出动人的歌吟。当我站在宣城陵阳山谢公楼的遗址上，面对着晚秋的江城画色，"两水夹明镜，双桥落彩虹"的谪仙名句，油然浮荡在耳际。而当驻足采石矶头，沉浸在横江雪浪的壮观里，"惊波一起三山动"，"涛似连山喷雪来"的隽永，又使我同诗人一样跃动着猛撞心扉的惊喜，获得一种甘美无比的艺术享受。

……

一方面是现实存在的李白，一方面是诗意存在的李白，两者构成了一个整体的"不朽的存在"。它们之间的巨大反差，形成了强烈的内在冲突，表现为试图超越却又无法超越，顽强地选择命运却又终归为命运所选择的无奈，展示着深刻的悲剧精神和人的自身的有限性。

……

他是地地道道的诗人气质，情绪冲动，耽于幻想，天真幼稚，放纵不羁，习惯于按照理想化的方案来建构现实，凭借直觉的观察去把握客观世界，因而在分析形势、知人论世、运筹决策方面，常常流于一相情愿，脱离实际。……他只是一个诗人，当然是一个伟大的诗人。虽然他常常以政治家高自期许，但他并不具备政治家应有的才能、经验与素质，不善于审时度势，疏于政治斗争的策略与艺术。其后果如何，不问可知。

……

那天，我沫着淡淡的秋阳，专程来到青山，满怀凭吊真正艺术生命的无比的虔诚，久久地在李白墓前肃立。风摇柳线，宿草颠头，仿佛亲承馨欬，进行一场叩问诗仙的跨越千古的无声对话。……一千二百多年过去了，三尺孤坟里面，就这样埋下了一具凄怆愤懑，郁结难平，永恒飞扬、躁动的不灭的诗魂！

《青山魂》可谓以诗意的笔法写出了诗意的灵魂，以想象之舟的自由流动感悟一个诗人心灵的奇异世界，当然这种诗意的领悟是建立在对研究对象的深入探索之上而非脱离客观的任意阐释。

后篇写词人放翁，通篇围绕着千古绝唱的《钗头凤》来运思，其背景又只限于"梦雨潇潇沈氏园"，但能串起词人爱恨情愁的悲剧一生，写法上与前篇有异曲同工之妙。文章的启承转合，自由潇洒，以意识流的联想、独白来结构，平添一种奇崛之美，又广征博引，插叙自如，最后还留有未解之谜的悬念，给读者提供审美再创的余地。

王充闾的散文充盈着对历史的富有激情与沉思的想象、批判，贯穿着对文化的反思与价值重估。《存在与虚无》以散点透视的方式，吟唱一曲名士之悲歌，发出对历史公正性和合理性的怀疑，呈现出对历史理性与必然性的有保留的否定。文章紧绕着洛阳这一"十三朝故都"来伸展经纬，泼洒颜色，纵横比照，文气跌荡。"欲知古今兴废事，请君先看洛阳城。"

作者援引司马光的诗句纵说洛阳，写它麦秀黍离，铜驼荆棘的命运沧桑，又着重以魏晋时期为中心，展示一幅色彩斑斓、令人遐思不已的画卷。它写了"异姓禅代"与"八王之乱"，对以宫廷政变为核心的帝王权力之争，借用前人"二十四史"是"相斫书"的议论，给予否定。然后笔锋一转，写皇城东西两侧的墓区，收视北邙山的绵延罗布的陵寝墓冢，引入唐人王建的诗句："北邙山头少闲土，尽是洛阳人旧墓。"由此引申出"生存还是毁灭"（to be or not to be）的生命哲学，作者静照历史，将生死主题提升到哲学与美学的高度，借莎翁《哈姆雷特》主人公之口隐喻对魏晋历史的生死现象的评价。又插入《癸辛杂识》的韵语，马东篱的套曲《秋思》，感叹历史的荒谬与虚无，生命的无奈与死亡的公正。"马东篱在套曲《秋思》中沉痛地点染了一幅名缰利锁下拼死挣扎的浮世绘：'蛩吟罢一觉才宁贴，鸡鸣时万事无休歇。争名利何年是彻？看密匝匝蚁排兵，乱纷纷蜂酿蜜，闹嚷嚷蝇争血。''投至狐踪与兔穴，多少豪杰！鼎足虽坚半腰里折，魏耶？晋耶？'他分明在说，历史，存在伴随着虚无；人生，充满着不确定性。列国纷争，群雄逐鹿，最后胜利者究竟是谁呢？魏耶？晋耶？谁也不是，而是历史本身。宇宙千般，人间万事，最后都在黄昏历乱、斜阳系缆中，收进历史老仙翁的歪葫芦里。"至此，文章似乎也做完，但作者"曲径通幽"，另辟文园，以重笔写魏晋名士，写名士们给魏晋时代乃至后世所带来的思想文化的财富与人格精神，写阮籍与嵇康的"越名教而任自然"的旷达风致，呈现魏晋时代的思想文化的怀疑与否定的人文精神和相对主义哲学的某些合理性。但作者仍写出了文化人的知识悲剧与命运悲剧，为魏晋名士洒一把同情之泪。文章收尾，独具匠心地写了东市，魏晋时为行刑场所，作者联想起嵇康引颈就刑，弹奏一曲《广陵散》，手挥五弦，目送归鸿的诗性人生，绘就一幅富于审美意蕴的死亡图画，给人以绵绵的美学与艺术的情思。

古城东市是魏晋时期行刑的场所。这次我特意到旧址去转一转。当年嵇康在这里弹奏过一曲《广陵散》后，就引颈就刑，琴声久久地久久地回荡着。当然，现在是什么也听不到了。有人考证，这个《广陵散》，即咏怀战国时刺客聂政刺杀韩相侠累兼中韩王的古曲。临死时还要奏这种曲子，说明嵇氏胸中愤懑不平之气何等强烈！当时与后世怀念嵇康的诗文很多，但真正撼人心弦的当推向子期的《思旧赋》。在那闪烁其词、欲说还休的寥寥数语中，人们感受到一种欲哭无泪、深沉得近乎心死的悲哀。其中有这样的话："叹《黍离》之悯周兮，悲《麦秀》于殷墟。惟追昔以怀今兮，心徘徊以踌躇。"竟将区区山阳故居的荒凉，与周室、殷墟之破败相提并论，显现出向秀虽然身仕晋朝却心怀深沉的故国之思。

《细语邯郸》一文，可谓大处着眼，小处落墨，由邯郸古城的话史，揭橥了中国古代文化的二重性特征。作者仍然以地叙史，但眷目于古迹高台，写了"台史"，从赵武灵王的"丛台"，魏襄王的"中天台"，到楚国的"三休台"，又点出历代文人雅士的登台赋诗，由此引申出"士慕原陵犹侠气，人来燕赵易悲歌"的文思。

两千年后的今天，登上丛台极目远眺，但见巍巍太行西走蜿蜒，雄浑的赵王城残垣在西南部隐约可见，西北便是古赵国的铸箭炉、插箭岭遗址。俯视丛台四周，绿杨深处，车辆梭穿，楼群棋布，街上人流熙来攘往，一派祥和景象。当年的戈戟交辉，云旗委蛇之势，已付与苍茫的历史。高台上下显得寂寥空旷，只剩下青苍的雉堞、淡绿的苔痕，一任徐缓的清风和悠悠的淡日煦拂着。但历史恰是怪异得很，愈是清虚淡远，往往愈是扣人心弦，令人翛然神往。

……

燕赵古称多感慨悲歌之士。但到了唐代，韩愈认为，"风俗与化移易"，现时情形将有异于古昔，因而表示了怀疑态度。清代著名诗人吴梅村更是慨乎言之，有诗云："多见摄衣称上客，几人刎颈送王孙？"这里引用了《史记·魏公子列传》的典故：信陵公子到夷门迎请侯嬴，侯嬴着敝衣冠，径直坐上车中的尊位，毫不谦让，公子执辔愈恭。至家，公子引侯嬴坐上座，并向宾客一一作了介绍，客人都很惊异。侯嬴后来向魏公子献了"窃符救赵"之计，自己因年迈不能陪信陵君赴敌，于送行时刎颈自杀。吴梅村引经据典，吊古伤今，慨叹世道浇漓，人心不古，得宠者多而报效者少，像侯嬴那样以死报信陵君的义举再也不易见到了。

而文章之"下阕"，却谈及"邯郸梦"的故实，从唐人沉既济的小说《枕中记》到李公佐的《南柯太守传》，从明代汤显祖的戏曲《邯郸记》与《南柯记》到蒲留仙的《续黄粱》，参差历落，富于情调，隐喻着热心进取与消极避世的儒道相左的两种人生哲学：

> 我想，在慷慨悲歌的燕赵大地上，出现一个邯郸道、黄粱梦的传说，这可能是偶然的。但这两种似乎截然不同的价值取向和思想倾向，竟能在千余年的历史长河里和谐地融汇到一起，却颇为耐人寻味。因为鲁迅先生说过，孔子之徒为儒，墨子之徒为侠。作为墨派的孑遗，游侠家为道义可以赴汤蹈火，死不还踵，他们和儒家同是主张进取的，着眼于调节人与人的关系，这同以老庄思想为代表的，主张清静无为，崇尚自然，着眼于调节人与自然关系的道家，各有旨归，各异其趣。但是，有趣的是，他们并不是互不相容的，彻底决裂的，不仅经常出现相反相成的互补现象，而且会在不同阶段奇妙地统一在一个人身上，所谓"达则兼善天下，穷则独善其身"。避世与用世的对立统一，正是中国文人的典型心理结构。

最后插入鲁迅《过客》的老翁与少女的关于"坟场"与"鲜花"的对话，极具象征意味地点出题旨，得出对生命存在的不同理解与领悟。"鲁迅先生在《过客》中有一段非常警辟的描述：当过客问到'前面是怎么一个所在'时，老翁的答复是'坟场'；而女孩却说是鲜花，'那里有许多许多野百合，野蔷薇'。应该说，他们讲得都对，却都只是一部分。之所以各执一词，是因为女孩正值生命的春天，内心一片光明，充满蓬蓬勃勃的生机，因而注意的是鲜花簇簇；而老翁已入暮年，一切人生的追求都被沉重的生活负担和波惊浪诡的蹭蹬世路所消磨，正所谓'五欲已消诸念息，世间无物可拘牵'，所以注目的只不过是坟场一片。这是从不同的主观条件对相同的外界环境作出的截然对立的反映。"作者挖掘出了题外之意和呈现出味外之旨，使文章的义理更为深邃和富有韵致。因为它在个体的生命体验的状态下，勾画出生命意义和历史存在之间的微妙联系。

第二节　禅境·历史·文境

王充闾的散文闪烁着史家的眼光，但这种史家的眼光既有理性的逻辑与思辨，更有诗家的奇思妙悟与审美智慧，穿透着富有神韵的直觉与想象，蕴含了对历史的当今文化语境的诠释。当代散文诸家，也有不少写历史文化的佳作，但往往太多的理性的重荷，显明的理念色彩和悲剧化情调往往消解了美学情致与艺术氛围，是理性压倒了诗性。而王充闾的《面对历史的苍茫》，更多洋溢着诗性精神和美学神韵，将诗性浸融入历史之中，而文章呈现的历史充盈了思的空灵和审美的意境，极具艺术再创的魅力。更可贵的是，王充闾散文闪现着一定程度的佛心与禅意，借用了某些宗教的义理去阐释历史现象和人物心态，"中国自六朝以来，艺术的理想境界却是'澄怀观道'，在拈花微笑里领悟色相中微妙至深的禅境"。[①] 王充闾散文也一定程度契入了禅境或禅意，使文本具有了别具一格的趣味。

《土囊吟》与《文明的征服》，可谓连理篇，空间上均落墨于北国冰寒之地，时间上都讲述的是宋金遗事。前者以"五国城"为叙事基点，讲述徽钦二帝"北狩"逸闻，用写意的技法，简练勾画了二帝由龙庭端坐、锦衣玉食到被虏苦寒之地，饱受凌辱，凄苦而终的故事，同时连带写出两宋乃至金元的历史。文章以二帝逸事为主线，时间上纵跨三朝，空间上南北交错，其间多辅以联想与想象，以诗家的领悟去结构文章。如文中征引佛经故事，"徽宗皇帝驾游金山寺，见长江舟船如织，因问住持黄柏大师，江上有多少船，大师答说，只有两只，一是寻名的，一是逐利的，人无他物，名利两只船"。此中禅喻看来徽宗当时未曾了悟，否则就不会有后来"五国城"的劫难了。作者以这则故事暗藏机锋，又使文章平添审美之趣味。故事之尾，又来一空间循环，回归二帝投降的青城，"一百零七年之后，金人降元，元军亦于青城下寨，并把金宫室后妃皇族五百多人劫掳至此，后全部杀死。""兴亡谁识天公意，留着青城阅古今。"作者表达一种诗意的历史观：历史潜隐着循环与因果的种子，潜隐着神秘难测的悲剧魔影，历史的公正标尺被埋藏在人类良知的大地里。作者赋诗道：

---

① 宗白华：《艺境》，北京大学出版社 1987 年版，第 155 页。

"造化无情却有心，一囊吞尽宋王孙。荒边万里孤城月，曾照繁华汴水春。"可谓点睛之笔。

在中国的封建王朝历史上，不包括白旗高举、肉袒出降的帝王在内，单是类似赵佶父子这样沦为俘虏的，也指不胜屈。不过，像前秦苻坚、南燕末主慕容超、大夏王朝的废主赫连昌、后主赫连定等，被俘后很快就都死在胜利者的刀剑之下，所谓"一死无大难矣"；真正长期地惨遭活罪，"终朝以眼泪洗面"者，只有李后主和赵家父子了。历史确有惊人的相似之处。像宋太祖本来没有理由却要制造理由灭掉南唐一样，金太宗也是硬找借口攻占汴京，灭了北宋。而且，南唐后主李煜和北宋徽宗赵佶一样，都是"好一个翰林学士"，却没有做皇帝的才能，不免令人哀叹："南朝天子都无福，不作词臣作帝王"；"做个词人真绝代，可怜薄命作君王"。巧还巧在，他们败降之后又分别遇到了宋太宗和金太宗两个同样狠毒的对手。当宋太宗用牵机药毒死李后主时，他绝不会想到，一百五十七年后，他的五世嫡孙赵佶竟瘐毙在金太宗设置的穷边绝塞的囚笼之中。

历史的因果循环体现了佛家的因果报应的理论，生命存在的所谓的"苦、集、灭、道""四圣谛"均被集聚在宋太宗和金太宗的王朝历史里。后者以"金源故都"上京会宁府为故事焦点，讲述的是金代的兴衰史，文章寻求历史之谜的答案，命题为《文明的征服》，渗透的是对文明与文化的深度思考。作者穿透历史的刀光剑影、烟云烽燧的表象，以诗人之心总揽人事与物理，得出自我的感悟："人类创造的文化，无一不包含着自我相关的价值、功能上的悖谬，并且随着时间的推移，不断地作反向的运动与转化。"由此点出金朝兴衰的隐秘，用原始生命的武力与强悍征服了柔美精致的汉家文明，反过来又被更高的文明形式所征服，历史以公正的巨笔画了个诗意的圆，这是象征着宿命意味的循环怪圈，这也是富有禅意的精神怪圈，在这个怪圈里，演绎了多少令史学家与文学家感伤与怀旧的故事，隐喻了多少艺术与审美的意义。

北方少数民族没有太多的文化积淀，自然也不存在着浓重的旧习的因袭和历史的负累。除了野蛮、落后的一面，在文化心理、社群关系上，倒有某些健康成分的底蕴。苦寒的气候，辽阔的原野，艰难的生计，给予女真族以豪勇的性格，强壮的筋骨，质朴的民风，和冲决一切的蛮劲，蓬勃旺盛的生命活力。他们刻苦耐劳，勇于进取，擅长骑射，能征惯战。因而在完颜阿骨打这个女真族的矫健的雄鹰的统驭下，铁骑所至，望风披靡，奇迹般地战胜了军事力量超过自己几倍甚至几十倍的强大对手。十一年间，消灭了立国二百零九年的辽朝，而并吞已有一百六十七年历史的北宋只用了两个年头。但是，与此同时，也同前朝的契丹、身后的蒙元一样，当他们从漠北的草原跨上奔腾的骏马驰骋中原大地的时候，都在农耕文化与游猎文化的撞击与融合的浪潮中，自觉不自觉地经受新的文明的洗礼。

　　……

　　金人侵宋是野蛮的，非正义的，它给中原大地带来了一场灾难。而中原文化与北方文化的融合又主要是在战争过程中实现的，战争的胜利者在征服敌国的过程中接受了新的异质的文明。从这一点来说，却又是文明的征服。诚如马克思所说，野蛮的征服者总是被那些他们所征服的民族的较高文明所征服，这是一条永恒的历史规律。文明征服的结果，是加速了女真封建化的进程，直接推进了金源文明的发展。

　　……

　　呜呼，遐方禹域，依旧是天闲云淡，铁马金戈，都付与荒烟蔓草。谁是最后的征服者？不是拿破仑，不是亚历山大，也不是完颜三兄弟，而是文明。

《忻州说艳》，格调独具，用戏曲笔法和"小说家言"谈忻州历史上著名美人的遗事，有几分黑色幽默的味道。文章广征博引，有古今戏曲、小说、传奇、正史、野稗、方志、传说、诗词乃至当今影视，均紧绕貂蝉这个忻州之艳泼洒彩墨，将历史与"美人"的纠葛提升为艺术化审美意象，篇末联想到古代另一名艳——西施，将之与貂蝉作了比较，展示了历史魔法给予两位名姬的不同命运结局。

　　说到貂蝉的结局，我联想到了西施。论其行止，二人有相似之处，其事可嘉，其情可悯，当然，实质上都是作了统治阶级政治斗争的工具；最后的归宿并不美满，原亦意料中事。貂蝉如上所述，那么，西施又怎么样呢？比较流行的说法，是越王勾践灭吴之后，西施跟随范蠡泛舟五湖，隐居起来。这倒有些风流潇洒，很合乎一般士人的心理要求。范蠡是很有远见的，他早就发现勾践这个人，"可与共患难，不可与共安乐"，自己"大名之下，难以久居"，因此破吴之后，便急流勇退，改变姓名隐遁下去。对于西施偕范蠡归五湖的做法，清代大诗人吴伟业极为欣赏，有诗云："霸越亡吴计已行，论功何物赏倾城？西施亦有弓藏惧，不独鸱夷变姓名。"这应该算是最理想的收场。可是，后来核诸史籍，作一番认真考察，才发觉这种结果并不存在。一是，上述情况《史记》中没有记载，只讲吴亡后范蠡变姓名，"浮海出齐"，并无西施随行之说。二是，《吴越春秋·逸篇》载："吴王败，越浮西施于江。"《墨子·亲士》中也有类似记载："西施之沉"，以"其美也"。细想一下，这是符合越王勾践阴险狠毒、刻忌寡恩的本性的。虽然同是悲剧角色，相形之下，倒觉得貂蝉的悲惨程度要差一些。

　　王充间散文创作一向眷注视点的选择，《面对历史的苍茫》保留了以往散文的特色，作者醉心叙事艺术的形式，在散文的形式美方面倾注功力，显现了艺术情致的醇厚与成熟，标志其步入一个美学的新境界。《陈桥涯海须臾事》可谓是篇现代意识流结构的散文，作者"跟着感觉走"，以不同时空交错的方式，泼墨挥洒，将整个宋王朝的沧海桑田聚会于短短几千文中。

　　《狮山史影》堪为一篇绝佳妙文，文章以空间写时间，南北交错；又以空间写行藏，祖孙相继。用尺牍之文写出明朝几代皇权更替的刀光剑影，以燕王与惠帝的叔侄相煎为主体，连带写涉了整个明史，理性中隐含诗意激情，运思中潜隐禅意与佛理，对历史与人事照之以空幻，观之以虚无，然而又不乏逻辑公理，道德良知，以一种极具想象力的阐释学视界去重估历史的价值与意义。文章破题，写武定狮子山，清流啸壑，古树栖云，林间草地，山花野卉，继而引出故事主角"正续寺"，录下阁外廊柱的一副楹联"僧为帝，帝亦为僧，数十载衣钵相传，正觉依然皇觉旧；叔负侄，侄不负叔，八千里芒鞋徒步，狮山更比燕山高"。文章以上述楹联为叙事线索和叙事人，用时空交错的手法讲述了朱元璋、朱棣、朱允炆祖孙叔侄三代君王的行藏、史迹与传说，艺术上达到很高的品位。而在文思上，超越一般历史唯物主义的粗浅认识，以诗性思维的方式，表达了禅宗佛道相融的历史意识。"杖锡来游岁月深，山云水月傍闲吟。尘心消尽无些子，不受人间物色侵。"作者品评那位"白首老衲"的诗是："勘透机锋之后的一种智慧与超拔，是经过大起大落的一种高扬的澄静。"

第三节　游鱼之乐的追问

王充闾的散文在美学与历史的对话的过程，还始终充溢着主体精神和大自然浑然一体，物我两忘的诗意情怀。自然在他的笔墨流淌里闪烁着历史的七色彩虹，人事的烟云；山水泉石，古迹废墟，跳跃着历史的精灵与诗文的心迹，濠濮霜林，江湖涯海，古刹村落，异国闹市，无不浸润历史与美学的并行履痕，回响着自然与诗性的独白与对话……王充闾的散文"把山水捧起来读"，寻求"诗意地栖居"于大自然，作者认为，山水与人文同在，历史依山水而眠，以一种审美之维的艺术情怀将此统摄于语言之中，是自我的一向追求。在《走向大自然》一文中，写道：

> 在中国，从庄子、屈原到李白、杜甫、王维、苏轼，从诗经、乐府到唐诗、宋词，诗人们一直行进在寻求存在的诗化和诗的存在化的漫漫长路上。这些诗哲留给我们的绝不仅仅是一幅幅风景画，它是人与自然和谐的情绪，即海德格尔所说的，它是"诗意的居住"的情怀，是对自然的审美观照。世界上没有哪个民族能与中华民族对于自然美的虔诚与敏锐的审美感受力相比。
>
> 当我面对自然山水时，前人对于自然的盛赞之情便从心中涌出。这些美的诗文往往成为我精神上的导游，引我走向那些人与自然的互相交流、互相融合构成的审美境地，从古老的文明中寻求必然，探索内在超越之路。
>
> 曾经游黄山，逛西湖，看绍兴禹陵，蹑长岛诗踪……在那些留着

千百年来许许多多诗心墨痕的所在，我往往是"因'蜜'寻'花'"，或如庄子所言，乘美以游心。并不想按照景点导游图的指点，挤在熙熙攘攘的人群中，为"到此一游"而排队拍照，而宁愿在景深人静处长久伫立，脚踏在实实在在的自在的敞开的大地上，一任尘封在记忆中的此一景的诗文涌动起来，与那些曾经在这里驻足的诗人对话。心中流淌着时间的溪流，在冥蒙无际的空间的一个点上，感受着一束束性灵之光。"仁者乐山，智者乐水"，在山水间，大自然与那一个个易感的心灵，共同构成了洞穿历史长河的审美生命、艺术生命，"天地精神"与现实人生结合，超越"此在"沟通。大自然，成为人们的生命之根、力量之泉、艺术之源。

……

当我仰望星空，俯瞰大地，许多人生感慨也会从心底涌荡出来。正如清人方熏所说："云霞荡胸襟，花竹怡性情"。面对自然，"目既往还，心亦吐纳"（刘勰），宣泄心灵深处的欢乐与悲哀，沉重与轻松，物我双会，见物见心，还一个真实的完整的生命，这实在是一个召唤，一个诱惑。正是从这里出发，我读懂了许多作家，也读进了自己。青天云霞，让我看尽了女作家萧红的风景线，也隐约展现了自己内心的风景。绍兴沈园，梦雨潇潇，写下了陆游一生"爱别离"、"求不得"之苦痛，半个多世纪的爱之梦和沈园那雅淡、萧疏的韵致一起走到我心灵的深处，触发着我的情思。七夕牛女鹊桥会凄绝千古的动人传说和"巫山云雨"恍兮惚兮的爱情神话，同样是在自然中倾注心声，也使我"思与境偕"（司空图），一展寓意之灵。

我也曾经来到许多前人未曾涉足的山水之中。在那些未经开发的、原始粗犷的自然景观中，蕴藏着一种野性的力量，一种蓬蓬勃勃的生机，并且总是在熏染着、启迪着、暗示着人们，给人以旺盛的、健朗的生命活力，给人以生生不息的奋斗精神，给人以冬春相继的乐观信念。千里瀚海、万顷荒原、巍巍高山、莽莽苍穹，这样一些在时间上悠远，在空间上浩瀚的景物，往往成为可以与之直接对话的生命之灵。

王充闾的散文是将历史与山水用美学的丝线串联起来，沉醉那天人合一，景情合一的艺术境界。诚如宗白华所言："以心灵映射万象，代山川而立言，他所表现的是主观的生命情调与客观的自然景象交融互渗，成就一个鸢飞鱼跃，活泼玲珑，渊然而深的灵境；这灵境就是构成艺术之所以为艺术的'意境'。……艺术意境的创构，是使客观景物作我主观情思的象征。我人心中情思起伏，波澜变化，仪态万千，不是一个固定的物象轮廓能够表现如量表出，只有大自然的全幅生动的山川草木，云烟明晦，才足以表象我们胸襟里蓬勃无尽的灵感气韵。"① 王充闾散文正是以如此的美学眼界，使自我心灵和大自然建立一种超越语言的对话关系，实际上，这也是一种以自我体验为圆心的审美想象或审美幻觉，由此勾画出一个生命交融、空灵朦胧、气象万千的真实与虚拟共生的艺术世界，作者以诗意栖居于这一世界，达到心灵的超越和圆满。桑塔耶纳把大自然看作人的"第二情人"，"艺术如此完全地产生于人的心灵，所以它使每一件事物用人自己的语言同人谈话，然而，由于艺术如此确实地涉及自然的实质，因此艺术与自然相协调，成为大自然创造性的物质活力的一部分，并由大自然的本能的手所创造……从本能中产生的艺术，是大自然的成就的象征和准确的尺度，也是人的愉快的象征和准确的尺度"②。尽管桑氏强调本能的因素在艺术创作中的占有地位，然而这种本能是被升华和抽象了的本能，形成一种客观的快感。而更重要的是，桑氏强调了大自然对艺术的产生具有决定性的重要地位，强调了主体生命与自然生命的交融相渗所诞生的艺术创造的灵感具有决定性的美学意义。由此说明，大自然对艺术的构成性力量是无法忽略的客观事实。这一见解，和中国传统美学不谋而合。

　　王充闾的散文集《面对历史的苍茫》，以独特的意象，直觉的形式表达历史、自然、诗意三位一体的圆融和谐，构成自己独到的美学风韵。《采石江边》以线性结构写"王浚楼船"，"金陵王气"，"青山明月夜，千古一诗人"，又以联想写"草生涧边，莺鸣深树，晚雨潇潇，春潮急涨，一舟浮荡，野渡无人的荒疏、幽静的景致"，既赞誉唐人韦应物的诗文留芳的造化，又为同代的滁州刺史李幼卿凿石引泉，耽于民生，因不存

① 宗白华：《艺境》，北京大学出版社 1987 年版，第 151—153 页。
② ［美］桑塔耶纳：《艺术中理性》，第一章，参见笔者论文《审美哲学的表现主义和自然主义》，载《美学》1996 年第 4 期。

诗文而默默无闻，付之以不平之鸣。文章使山水与历史、景观与人文相得益彰。

　　士有遇有不遇之别，山川也不例外。滁州的琅琊山，有很高的知名度，一篇《醉翁亭记》使它名满天下，万世生辉。但是，假如欧阳修当年不到滁州，或者虽到滁州却无醉翁、丰乐二亭之记，那么，这座普普通通的琅琊山，就会像它的万千同辈一样，永远不为外人所知。琅琊山下有个西涧，欧阳修曾说："西涧无水。"可见宋代就已干涸。但因入了唐代诗人韦应物的诗篇，便与三光、五岳同其不朽。而且营造了一种意境，人们只要想起那草生涧边，莺鸣深树，晚雨潇潇，春潮急涨，一舟浮荡，野渡无人的荒疏、幽静的景致，眼前便会展现一种令人悠然神往的艺术境界。此之谓文章的伟力。实际上，琅琊名胜的开发始于唐代大历年间，早于欧阳修二百多年，比韦应物题诗也要提前近二十载。唐滁州刺史李幼卿凿石引泉，鸠工建寺，尔后经过数十任州守踵事增华，才有后来的隆盛。但是，因为他们没有像欧阳修那样，"醉能同其乐，醒能述以文"，有没有留下《滁州西涧》之类脍炙人口的诗章，结果，只能让欧、韦二公后来居上，占尽了风流。

　　《濠濮间想》，写寻游庄子与惠子的秋水游鱼之乐的故地，以电影"蒙太奇"的手法，辅佐以回忆联想的技巧，以现代人审美情怀去与先哲展开超越时空的心灵沟通，聆听古人的精神的心语与内韵。文章借鉴古代散文的"断处皆续"的技法，以一波三折的方式，巧妙地写出了对庄惠所代表的古典的诗性境界和审美情怀的迷恋和向往，并以对比笔法对朱元璋的"皇帝工程"予以讽喻和调侃，收尾处笔锋一转，又对现代人所造成的环境污染进行批判与否定，从而沟通了历史与现实的联系。刘熙载云："庄子文法断续之妙，如《逍遥游》忽说鹏，忽说蜩与鷽鸠、斥鷃，是为断。下乃接之曰：'此大小之辨也'，则上文之断处皆续也。而下文宋荣子、许由、接舆、惠子诸断处，亦无不续矣。"[1] 王充间散文显然受

---

① （清）刘熙载：《艺概·文概》。

到庄子散文的影响，其写作技巧也有相通之处。

《庄子·秋水》记载：一天，庄周和他的朋友惠施同游濠梁之上，看到儵鱼出游，庄周说："鱼这样从容悠闲，它们很快乐呀！"惠施反驳说："你不是鱼，怎么知道鱼很快乐？"庄周回问道："你不是我，你怎么知道我不知鱼的快乐？"《秋水》篇还记述了庄子钓于濮水，楚王聘他为相，遭他谢绝的事。后以"濠濮间想"形容逍遥闲适、淡泊无求的思绪。语出《世说新语》：晋简文帝入华林园，顾谓左右曰："会心处不必在远，翳然林水，便自有濠濮间想。"康熙皇帝先后在北京的北海和承德避暑山庄建了"濠濮间"和"濠濮间想"的同名景亭，可见他对庄子的清高与玄想是很欣赏的。当然，也和他久居宸闱，向往林泉有直接关系。《庄子》旧注，濠梁在安徽凤阳钟离郡。秋初，因事道经其地，我想到濠梁遗址看看，通过体味庄、惠观鱼的论辩的逸趣，实地感受一番别有会心的"濠濮间想"。

可是，实际碰到的却是另一种风景。原来，凤阳是朱元璋的家乡，又是他的龙兴故地。所以，在这里随处可见这位"濠州真人"的龙爪留痕。街头充斥着"大明"、"洪武"之类的广告；甚至菜馆里的酿豆腐都表明曾是朱皇帝的御膳。还有凤阳花鼓，更是关系至大。朱元璋虽然平素并不喜欢娱乐，却于花鼓戏情有独钟，从小就喜欢哼哼几句。位登九五之后，家乡的花鼓队曾专程前去祝贺。皇上看了，乐不可支，特意颁下旨令："一年三百六十天，你们就这么唱着过吧！"这些人得了圣旨，自是兴高采烈，一年到头唱个没完，谁还肯去出力种地！特别是由于连年劳役，土地荒芜，民不聊生，结果花鼓戏最后唱到了皇帝老倌头上："说凤阳，道凤阳，凤阳本是好地方。自从出了朱皇帝，十年倒有九年荒。"

……

见我执意要去濠梁，主人便请来一位文史工作者为向导，车出凤阳城，直奔临淮关，来到了钟离故地。我们谈到，二百多年前著名诗人黄仲则曾经到过此地，这从他的以《濠梁》为题的七律中可以看出："谁道《南华》是僻书？眼前遗蹢唤停车。传闻庄惠临流处，寂寞濠梁过雨余。梦久已忘身是蝶，水清安识我非鱼。平生学道无坚意，此景依然一起予。"经过一番寻寻觅觅，我们终于来到了两千多年前的"庄惠临流处"。但是，不看还好，一看果真是十分失望。濠水滔滔依旧，只是太污浊了。当年如果竟是这样暗流翻滚，恐怕庄老先生就无法看到"鯈鱼出游从容"，也就作不了那篇水清鱼乐的传世之文了。

结局以失望的情绪写了"庄惠临流处"的濠水依旧，然浊流翻滚的现代污染，为当今存在者对自然美与诗性精神的双重失落而发出天人相分、景情相异的叹息！

王充闾散文的"断续写法"得庄子散文的真谛，看似逍遥纵横、无所依凭，然而却有着内在的思理和逻辑，因为作者总是使大自然与历史文化建立一种审美联系，渴慕从现实存在中寻觅到那遗失久远的人文精神，复活那已为尘埃的古典音韵。对于历史，既有蓦然回首的感慨，又有不忍追忆的悲悼，也有冷静幽默的调侃，超脱直观的沉迷；对于古人，既有理性的分析、价值的认同，又有感性的体验，道德的否定，也有幻觉的交流、情感的共鸣。面对历史的苍茫，作者既有对话，又有独白，既有沉思，又有顿悟。他在寻求美学与历史的对话，历史与美学的交流，在这种双向互动的对话与交流的过程中，走出一条独具心性与悟觉的审美之路和艺术之路。

和前面几个散文集相比，《面对历史的苍茫》呈现出一定程度的新的美学追求。

其一，散文境界的拓展提升。《面对历史的苍茫》勃发出所谓"文化大散文"的艺术气度。从表层上看，文章的篇幅和结构更显出博大和庄严的气象，对于复杂题材的驾驭也显得游刃有余，所谓上下几千里，往来数百年，尽系缆于笔墨之中。从深层上看，主要是作者的艺术境界更为开阔通达，眼力更为敏锐超脱，笔力更为浑厚醇美。如一篇《土囊吟》，写出北宋江山的风云变迁和金朝兴亡的故迹，寓因果报应的佛理于几代帝王的行藏之中，从而隐喻了历史的公正法则和客观规律。《文明的征服》纵横潇洒，将"征服"赋予不同的历史含义，一为武力之征服，二为文明之征服，历史就是"征服"与"被征服"的因果循环，然而最终的结果，是文明的征服，它成为历史的无可更改的法则。《陈桥崖海须臾事》，以

"陈桥崖海"象征整个宋朝的历史，寄寓着对封建帝王的批判和否定，以"开首"与"结尾"的似乎包含宿命意味的两个地点，勾画出悲剧化的历史圆圈，让兴亡之道伴随着"汴水秋声"留给读者绵绵不尽的遐思。《存在与虚无》，以古都洛阳为画布，勾勒出十三朝故都的历史烽烟。刀光剑影，残阳暮云，照射着铜驼荆棘的苍凉，伴随着《麦秀》《黍离》的哀歌，烘托出任诞不羁，蔑视礼法，超然遗世的魏晋风度，更以一曲千古绝唱的《广陵散》，渲染出"目送归鸿，手抚五弦"的慷慨赴死的诗人嵇康。诸多篇目，均体现出作者的艺术境界达到当今散文的一流水准，显露了大家气象。

其二，淋漓酣畅的写意技法。到了《面对历史的苍茫》，王充闾散文在原有的基础上，艺术风格有所发展变化。如果说以往的散文在体物言志，象征寓意方面达到较高的艺术旨趣，而《面对历史的苍茫》追求一种近似中国传统绘画的泼墨写意的美学境界。作者讲究墨色淋漓，传神写意。石涛云："山川万物之具体，有反有正，有偏有侧，有聚有散，有近有远，有内有外，有虚有实，有断有连，有层次，有剥落，有丰致，有飘缈，此生活之大端也。故山川万物之荐灵于人，因人操此蒙养生活之权。苟非其然，焉能使笔墨之下，有胎有骨，有开有合，有体有用，有形有势，有拱有立，有蹲跳，有潜伏，有冲霄，有剶为，有磅礴，有嵯峨，有嶙峋，有奇峭，有险峻，——尽其灵而足其神？"① 《面对历史的苍茫》犹如苦瓜和尚所言之画境，以泼墨的大写意，呈现大自然与历史文化的神韵丰致，将其多姿多色的风貌挥洒于画布之上。《狮山史影》以一副对联抒写出明朝皇帝祖孙三代君王的行藏、史迹与传说，犹如确立画面的基本格局；以南北空间的交错变化，勾勒出王朝的变迁和个人命运的沉浮，好似经营出图画的主体形象。而对与皇觉寺景物的描写渲染，则又像随类敷彩，绘光写色，点染画意。其笔法腾挪自如，任意挥毫，吐纳出大匠之气。《爱的悲歌》，以虚幻而真实的梦境串联起放翁缘定终生的爱情悲剧，犹如水墨丹青，氤氲飘逸，朦胧幽邃，可望而不可即。《战地孑遗》则像一幅浩然长卷，笔力透纸，浓缩了几千年的古战场的烽烟和剑影，将历史的苍凉和悲壮尽收揽于尺幅之中。

---

① （清）石涛：《苦瓜和尚画语录·笔墨章第五》。

　　其三，哲学美学的思理交融。比起以往的作品，《面对历史的苍茫》显然在思理上更富有哲学的内蕴，作者除了从马克思主义哲学汲取一定的营养外，更多从中国古典的儒家哲学、道家哲学、佛教哲学乃至西方的现代哲学，诸如生命哲学、文化哲学、阐释学、现象学、精神分析哲学、存在主义哲学等方面吸收合理内核，完善精神世界的充实知识学养。应该说，王充闾极具领悟力的哲学心性在一定程度上使自我的散文创作禀赋了当今一般散文作家往往所缺憾的思维张力。而在哲学思辨和心性领悟的前提下，王充闾还沉醉于美学的探究，由于潜藏着诗人的天性，涌动着审美的幻觉，使这种美学的探究比常人增添了若许灵性和慧根，体现在他的散文创作里，常常以讲故事的方式，在若隐若现的空灵境界里，蕴含了审美的趣味或美学的真谛。《青山魂梦》《爱的悲歌》《走向大自然》《忻州说艳》《濠濮间想》《两个爱情神话》《沧浪之水清兮》《三江恋》诸篇目，它们将历史人物、神话故事、民间传说、自然万象，纳入哲学与美学融为一体的艺境，以敏感的诗心收藏着赏心悦目的审美符号，并进一步赋予了它们在新的历史文化语境下的意义，其中，又渗透了自我的审美体验和独特运思，使陈旧的故事元素融入了鲜活的人文内容。读王充闾散文，无疑既是思辨之提升，又为审美之净化，你既可以为其浓浓的古典情怀所熏染，仿佛沐浴在朦胧如雾的唐宋梦境里的月色中，又似乎重回边塞故都，再演历史的旧事，再品味生命之酒茶的淡香与苦涩。它更像一个双面的镜子，一面映射着过去，幽婉地诉说着历史；另一面闪现着现实，冷静地告诫着未来。我们如何寻觅生命存在的意义与价值，如何诗意地栖居于大自然，如何超越功利与欲望的遮蔽，走向心性的澄明和神思的畅达，获得精神的自由和美，获得心灵的知音和对话的可能，使瞬间的生命存在得以延伸到遥远的未来世界，达到审美的恒久。纵览王充闾的《面对历史的苍茫》，感到其散文创作步入新的审美境界，堪为当今散文园地一株奇葩，相信定会为更多的欣赏者所喜爱。

第 六 章

沧桑无语

第一节　乘物以游心

　　侧过大疬之门的文学心灵更能体验到时间所蕴藏的诗意与美感，生命境界伴随着不断攀登的艺术足迹，王充闾在用自我的散文写作诠释生命存在的意义，散文构成了其人生存在的主流话语。

　　继《面对历史的苍茫》获得众多读者和文论家的青睐与好评如潮之后，作者并没有自我陶醉，而是潜心著述，依然沉迷在自我的散文世界里，徜徉于大自然和历史文化相交汇的云蒸霞蔚之中，又结集 20 余万字的《沧桑无语》，1999 年 7 月在上海东方出版中心印行。该书作为此出版社的"文化大散文系列"之一，在全国范围内隆重推出，随后产生了极大的反响。诸多评论家、学者、教授以及普通读者，纷纷撰文，予以很高的赞誉和学术评价。该书多次印刷，在南京、上海等地荣登畅销书的排行榜，在当今文学式微的文化语境，《沧桑无语》有幸赢得广大读者的阅读兴趣，尤为难能可贵。这也许是对作者多年辛勤笔耕的一种富于审美意味的宽慰和回应。

　　《沧桑无语》依然体现了王充闾散文创作的一贯的美学追求，但是，作者的美学追求进一步被完善与提升，具体文本也相应达到一个新的艺术境界。作者的散文创作的美学观念也更为明确：

　　　　我在散文创作中，追求诗、史、思的交融互汇。我以为，散文本身应该体现一种诗性。传统的中国知识分子常常向往一种诗意人生境界，对他们来说，日常生活具有一种诗性象征，是人的精神自由舒卷、翕张之地。对此，我有同感。同时，我写散文总是习惯于对当代生活和现实精神予以哲学的概括和历史的观照。我不满足于对现实生活的直接描摹、客观叙述，而是设法通过主题的延展，超越题材自身的时空意义，显现深沉的艺术思辨力量和历史的延续性、变革性，揭橥大时代的本质精神，开拓读者的审美视野。

历史与文学是人类的记忆，又是现实人生具有超越意义的幻想的起点。只有在那里，人类才有了漫长的存活经历，逝去的事件才能在回忆中获得一种当时并不具备的意义，成为当代人心路历程起锚的港湾。文学也是历史，是一个民族的精神追寻史。对于历史的反思，永远是走向未来的人们的自觉追求。文学创作的实践表明，实现文学与史学在现实床笫上的拥抱，不仅是必要的，而且也是可能的，它们完全可以在人生内外两界的萍踪浪迹中和谐地结合在一起。

……

数千年来，我国无数文人、骚客，凭着他们对山水自然的特殊的感受力，丰富的审美情怀和高超的艺术手法，写下了汗牛充栋的诗文，为祖国的山川胜迹塑造出画一般精美、梦一样空灵的形象。一篇在手，可以心游象外，悠然神往，把心理境界、生活情趣和艺术创造的第二自然作为三个同心圆联叠在一起，不啻身临其境，同样能够极四时之娱，揽八方之胜。我把这种"面壁求索"作为徜徉山水、寄兴林泉之前的必要准备。在此基础上，再去实地考察，亲临感受，只要伫立片刻，就会觉得诗情、美蕴、哲思浑然聚在一起，犹如春风扑面，纷至沓来，启动着内心的激情、联想，逼着你把它写出来，有时竟达到欲罢不能的程度。

……

历史不能以"循环"二字来概括，但它确实常有惊人的相似之处，确是有规律可循的。历史规律是史学家对于历史发展道路以及导致某些现象与过程多次出现的内在因素、外部联系的描述与归纳。人类不能忘记自己的过去，过去是人们借以判断未来的立足点和依据。重视历史，也就是重视人类自己，珍惜人类以往的奋斗成果。我们应该用现实的观点看待历史，用历史的观点看待现实。离开了中国的历史，就无法理解中国的现在，也不能真正地了解中国人。①

正是在上述的艺术理念的导向下，王充闾的散文创作行走一条历史与美学对话的诗意道路。作者以"文化大散文"的恢弘气势，空灵俊逸的敏捷文心，洞见历史的兴亡之道的普照慧目，体察树碧云闲、鸥影水色的众相悟觉，掉阖纵横、气韵生动的潇洒笔力，典雅蕴藉、含蓄幽默的个性话语，使诗意、审美、历史、思辨、想象、激情等精神因素熔铸于自我的散文天地里，绽开奇异优美的艺术花冠。与作者以往的散文相同的是，《沧桑无语》仍旧眷注对中国传统的历史文化的反思；而略显差异的是，此时的王充闾散文创作，登临到了一个别有洞天的境界：蓝田日暖，良玉生烟，如将白云，清风与归，行神如空，行气如虹，杳霭流玉，悠悠花香，萧萧落叶，漏雨苍苔，情性所至，妙不自寻②……作者"乘物而游心"，"因蜜而寻花"，以独到的生命体验和艺术体验为当今的散文花圃增添了一道令人赏心悦目的风景。

《桐江波上一丝风》显露了恢宏的气度和深邃的思理，娴熟地运用空间写时间和时空交错的手法，截取富春江"夹岸高山，皆生寒树；负势竞上，互相轩邈，争高直指，千百成峰"的奇丽景致，然后从地域切入历史与文化，将著名隐士严子陵作为焦点人物，由此牵引出历史上诸多隐士，以戏剧主角为中心和群像展览相辅助的方式，深入探索了中国历史上的隐逸现象，揭示了隐逸文化的独特魅力和深刻内蕴。对于隐士和隐逸文化的专门探讨文章似乎也不多，但大多乏善可陈，而该文的独到之处在于，注重对于隐逸现象的社会历史原因的整体探索，尤其是对于隐士的人格分析和深层心理的细致探询，在同类散文中可谓出类拔萃。作者借鉴了传统戏曲和绘画的技巧，写了性格与环境的冲突，悬念与突转的精巧处理，泼墨写意和白描勾勒的交替使用，光线色调和山水景物的相映烘托，等等。散文犹如古典戏曲一样扣人心弦，又像水墨长卷一般引人注目。尤其对于隐士心灵隐秘的剖析，令人击节称道：

---

① 《沧桑无语》"附录：一个散文作家的历史情怀"，上海东方出版中心 1999 年版，第290—296 页。

② （唐）司空图：《二十四诗品》。

　　古代士人的隐心，分自觉与被动两种。有些人是在受到现实政治斗争的剧烈打击或深痛刺激之后，仕途阻塞，折向了山林。开始还做不到心如止水，经过一番痛苦的巅折，"磨损胸中万古刀"，逐步收心敛性，战胜自我，实现对传统的人格范式的超越。

　　也有一些人以追求人格的独立与心灵的自由为旨归，奉行"不为国者所羁"、不"危身弃生以殉物"的价值观，成为传统的官本位文化的反叛者；自觉地向老庄和释家寻绎解脱之道，以取代那些孔门圣教，在阐发"自然无为"的道家哲理中体悟到人生的真谛，领略着超俗的乐趣，并获致精神的慰藉。甚而如同禅门衲子一般，卸掉人生的责任感，进入政治冷漠、存在冷漠的境界，不仅对社会政治不动心、不介入，而且对身外的一切都不闻不问，使冷漠成为一种性格存在状态。

　　隐心，就要使灵魂有个安顿的处所，进而使心理能量得到转移。隐逸之士往往通过亲近大自然，获得一种与天地自然同在的精神超脱，与宇宙万物融为一体的陶醉感和脱掉人生责任的安宁感、轻松感。他们往往把山川景物作为遗落世事、忘怀人伦的契机，或者向田夫野老觅求人情温暖，向浩浩江河叩问人生至理，在文学艺术中颐养情志，在著述生涯中寄托理想，用来化解现实生活中的苦恼和功利考虑，使隐居中的寂寞、困顿和酸辛，从这些无利害冲突、超是非得失的审美愉悦中，得到心理上的慰藉和生命价值的补偿。

　　隐心，还须战胜富贵的诱惑，陶渊明就有过"贫富常交战"的切身感受。父祖辈望子成龙的期祈目光；妻儿、戚友们殷殷劝进的无止无休的聒噪；朝廷、郡县的使者之车的不时光顾；同学少年的飞黄腾达、志得意满，都必然带来强烈的诱惑与浮躁。隐逸之士只有坚守其特殊的价值取向和人格追求，仰仗着这种精神支柱的支撑，才能从身心两方面来战胜强烈的诱惑。

作者对于隐逸者精神分析是精深的，确有独到之见。接着，散文就严子陵隐逸的心理动机进行深入的探究。文章巧妙地以几个问答的方式，呈现几种不同的假定和答案，但又留有余地，引导读者去进一步猜想和寻思。到此，文章笔锋一转，探讨中国历史上隐逸文化的形成原因，并参验一些著名的隐士生平，如巢父、许由、伯夷、叔齐、庄子、阮籍、嵇康、陶弘景、八大山人、王夫之等人，对隐士的生存方式、生存理念和生命追求做出自我的解答。然后，散文又回归到严子陵这条主线上，结合历史上对严子陵隐逸的不同评价，推测其归隐的心理缘由，使文理丝丝入扣、层层渐进、风光无限。

这篇文章，境界开阔，视野独特，又能使桐江的奇异景致和隐逸文化密切地交融在一起，情景交汇，文采斐然，显露出一种天然本色。刘勰所云："师心独见，锋颖精密。"① 甚契该文。唐顺之所言："秦汉以前，儒家有儒家本色，至如老、庄家有老、庄家本色，纵横家有纵横家本色，名家、墨家、阴阳家皆有本色，虽其为术也驳，而莫不皆有一段千古不可磨灭之见。"② 也可看作是对《桐江波上一丝风》的合适评价。该文既有传统散文的体物言志、隐喻寄兴、澄怀畅神的美学特征，又融入现代散文的意识流动、时空交错、纵横论辩的艺术概念，使散文的哲理性和逻辑性更为鲜明，然而又不减损其诗性的光泽。作者吟咏的两首绝句也使文章添色。"忍把浮名换钓丝，逃名翻被世人知。云台麟阁今何在？渔隐无为却有祠！""江风谡谡钓丝扬，淡泊无心事帝王。多少去来名利客，筋枯血尽慕严光。"

《春梦留痕》，以楹联与诗词巧妙地串联起文章，使文中见诗，诗扣文意，凭借这些楹联与诗词所勾画的心灵踪迹，再以富有想象力的散文笔触重现一代文豪的风采，令当今读者似乎追寻到苏轼流放海南儋州的往昔画卷。诸如："图成石壁奇观，戴雨笠，披烟蓑，在当年缓步田间，只行吾素；塑出庐山真面，偕佳儿，对良友，至今日端拱座上，弥系人思。""烟景迷离，无搅梦钟声，尽许先生美睡；风流跌荡，有恋头笠影，且招多士酣游。""北宋负孤忠，春梦一场，忘却翰林真富贵；南荒留雅化，清风百世，辟开瘴海大文章。""公来三载居儋，辟开海外文明，从此秋鸿留有爪；我拜千年遗像，仿佛翰林富贵，何曾春梦了无痕？"作者运用了"小说笔法"，以同一人物的矛盾对照和不同人物的风范类比，虚实相

---

① （六朝）刘勰：《文心雕龙·论说》。
② （明）唐顺之：《答茅鹿门知县二》。

间，腾挪转移，写活了前后产生巨大情感反差的苏轼，还原了一个流放荒
蛮之地"完全与黎民百姓融为一体，换黎装，说黎语，甘愿'化为黎母
民'，既不居高临下，也不做生活的旁观者，而是像他自己所说的：'我
本儋耳民，流落西蜀间'，索性以本地群众一员的身份出现"的诗人。作
者以"春梦留痕"的笔法，虚实相生的散文技法，凭借自我的诗性领悟
复现了一个早已消逝但又鲜活存在的文化巨匠，揭示他由"临民""恩
赐"的心态转变为与民一体的心灵轨迹，使原本悲剧性的情致转换为一
种超脱宁静的审美意境，写出了一个诗人的诗意化的人生。诗人流放儋州
的生活，既是戏剧性的，又是诗意盎然的，以悲剧开场，却以喜剧化的方
式结尾。王充闾散文写活了为一般读者所陌生的苏轼，因为具有极富想象
力的诗人情怀，以诗意体悟呈现了一个充满激情和智慧的生命空间，在这
个空间，栖居着一个永恒的诗人。

　　在中和镇，坡翁结交了许多黎族朋友，切实做到了他诗中所表述
的："华夷两樽合，醉笑一杯同"，入乡随俗，完全与诸黎百姓打成
一片。他常常戴上一顶黎家的藤织裹头白帽，穿上佩戴花幔衣饰的民
族服装，带上那条海南种的大狗"乌嘴"，打着赤脚，信步闲游；或
者头戴椰子冠，手拄桄榔杖，脚蹬木屐，口嚼槟榔，背上一壶自酿的
天门冬酒，一副地地道道的黎家老人的形象。

　　走在路上，他不时地同一些文朋诗友打招呼；或者径入田间、野
甸，和锄地的农夫、拦羊的牧竖嬉笑倾谈。找一棵枝分叶布的大树，
就着浓荫席地而坐，天南海北地唠起来没完。他平素好开玩笑，有时
难免语重伤人，在朝时，家人、师友经常提醒他出言谨慎，多加检
点。现在，和这些乡间的读书人、庄稼汉在一起，尽可自由谈吐，不
再设防，完全以本色示人。

　　有时谈着谈着，不觉日已西沉，朋友们知道他回去也没有备饭，
便拉他到家里去共进晚餐，自然又要喝上几杯老酒，结果弄得醉意朦
胧，连自家的桄榔庵也找不到了。正像他在诗中所写的：

半醒半醉问诸黎，
竹刺藤梢步步迷。

但寻牛矢觅归路，
家在牛栏西复西。

他常常踏遍田塍野径，寻访黎族友人，若是一时没有找到，就拄着拐杖，疾步趋行，闹得鸡飞狗跳，活像着疯中魔一般。这也有诗可证：

野径行行遇小童，
黎音笑语说坡翁。
东行策杖寻黎老，
打狗惊鸡似病风。

《春梦留痕》描摹了一代文豪苏轼流放昌化军（海南儋州）后的精神境界极为有趣的前后反差，以富有想象力的笔法，绘出了返朴归真、落地生根的文士形象。同时，它一方面揭示了苏轼对黎家文化从有意接近到无意识地亲融的过程，华夏文化的多民族融合也许正是由若干历史的偶然之手所操纵，而苏轼被流放天涯海角的儋州，无疑是政治的偶然变故促成了这种文化融合的契机。从另一个方面看，由于苏轼这样的文化精英的融入，客观上促进了本土文化的丰富发展。这种以个体生命的悲剧化存在为代价，而导致地域文化的进步的戏剧性现象，既是传统文化的不幸和有幸，也是个人命运的不幸和有幸。然而，无论是"幸"与"不幸"，都被历史的时间所征服，都被漫漫岁月所消解，只有"春梦留痕"，虚幻而真实的梦境而永久地留存在后人的记忆和想象中，提供给读者以无尽的遐思和美感。

和《桐江波上一丝风》《春梦留痕》一样，《沧桑无语》中诸多篇目以"乘物游心"的方式，将景与情、境与意、诗与思、史与人和谐统一于散文之中。作者注重对历史文化予以哲学、美学、心理学、宗教等方面的反思，以一种文化批判的意识对待文明的进步和逆转，以一种通达超脱的诗人眼光判断人物和指点江山，其中不乏幽默与智慧的审美趣味。尤其是气势磅礴的大散文气象，淋漓尽致地渲染了气氛，烘托了背景，凸显了人物，延展了思理。散文庄严圆融，空灵朦胧，思接千载，妙趣叠进，犹如刘勰所云："万涂竞萌，规矩虚位，刻镂无形，登山则情满于山，观海则意溢于海。"① 就创作者自身而言,《沧桑无语》是对以往作品的一次艺术超越,表明创作主体攀登到一个新的美学山峦;而对当今的整体散文状况而论,尤其是在"文化散文"的田园,它无疑是新近诞生的一株风姿绰约、枝叶茂盛的碧树,也为式微的文学丛林注入一丝希望的清风明月。

第二节 历史循环和意义考问

克罗齐这位最激进的"历史主义的斗士",曾认为:"在人类的历史王国之上和之外,再没有任何其他的存在领域,也没有任何哲学思想的题材。"② 卡西尔认为:"历史学不可能描述过去的全部事实。它所研究的仅仅是那些'值得纪念的'的事实、'值得'回忆的事实。"③ 卡氏还以赞赏的口吻说道:"在历史哲学的近代奠基者之中,赫尔德最清晰地洞察到了历史过程的这一面。他的著作不只是对过去的回忆,而是使过去复活起来。"④《沧桑无语》也许无意识地验证了上述对于历史的看法,首先,它回眸历史的所有动机,都在于追求人类存在的全部价值和意义,试图获得一种哲学和美学的双重诠释与说明,特别是之于历史的文化隐秘的探索,蕴含着一种深刻的期待视野和融合意识,那就是以一种可以理性和情感都可以接受的方式,沟通历史、现实和未来的三重世界,从而为筹建一种合理化的或理想的精神文化的发展模式开辟道路。其次,作者的散文世界里的"历史",不仅仅是对历史事实的僵死描述,也不是沉湎于寻求历史之谜的解答快乐,从而获得一种理性思维的虚假承诺后的虚荣满足,而是力图判明一种价值世界的不同差异,为历史进一步寻求"公正性"和"审美性"的合法的尺度和诗性的自由,更重要的意义在于:作者探究历史的"意义"何在?"意义"的明证性何在? 其模糊性又何在? 历史的这种明证性和模糊性相互交织,使散文历史意义的蕴含可能大于历史著作本身历史意义的蕴含。这构成了《沧桑无语》的"历史"的魅力。最后,作

① (六朝)刘勰:《文心雕龙·神思》。

② [德]卡西尔:《人论》,甘阳译,上海译文出版社 1985 年版,第 226 页。

③ 同上书,第 248 页。

④ 同上书,第 225 页。

者显然放弃了以回忆的和逻辑的方式去复现历史，而是选择在着重历史材料的基础上，以想象和体验的方式去诠释历史和构造历史，以诗意和审美的态度，去追溯历史、热恋历史、走入历史、走出历史，在苍茫的历史原野上漫步，看天淡云闲，鸥翔鸿归，听五弦清音，松谷风鸣，渴慕复活历史的风姿神色，残荷雨声，乃至堂庙烟火，宫闱秋叶，绳床土灶，秦砖汉瓦，清风明月，红袖佳丽，诗境词界……作者将历史以不是重复循环的"循环"呈现在当今读者的面前，它体现了文化的缓慢递进的意味和螺旋上升的法则。历史难免相似的"循环"，而其文化负载则是递进的；历史难逃重复的"窠臼，而其意义变化却是增殖的"。散文最终告诫我们：在无数的历史山峰之上，始终站立着正义的幽灵和飘荡着审美的云彩。

《沧桑无语》作为历史文化散文，诚如作者所言："不满足于只是对历史场景的再现，而应是作家对史学视野的重新厘定，对历史的创造性思考与沟通，从而为不断发展变化着的现实生活提供一种丰富的精神滋养和科学的价值参照。历史文化散文要能反映出作家深沉的历史感，进而引发读者的诸多联想，使其思维的张力延伸到文本之外。从事历史文化散文的创作，形象地说，是一只脚站在往事如烟的历史埃尘上，另一只脚又牢牢地立足于现在。作家立足于现在而与历史交谈，是一种真正的历史对话，但他的宗旨决不是简单地再现过去，而是从对过去的追忆、阐释中揭示它对现在的影响和历史的内在意义。"① 正是基于这种历史和美学的视野上，创作出的艺术文本，才具备了历史与美学的超越时空的诗性对话的可能性。

《叩问沧桑》，笔墨跳跃伴随着意识律动，时间流逝隐喻着历史变迁，作者将地域与历史交织在散文的文本之中，以联想与对比的艺术笔法，将古罗马与洛阳城进行了相似和差异的双重对比，借用北宋大政治家、著名史学家司马光的"若问古今兴废事，请君只看洛阳城"的诗句，作为"旧时月色"的隐喻和文笔的线索。

从地理位置、地形条件上看，洛阳四周凭险可守，有"居中御

---

① 《一位散文作家的历史情怀》，载《沧桑无语·附录》，上海东方出版中心1999年版，第293—294页。

外"之便，自古战乱连绵，为兵家必争之地；而罗马的地理形势与此不同，又兼罗马古建筑大都在高丘之上，不像洛阳那样"背邙面洛"，地势平坦，一旦熏天烈炬，四野灰飞，掠地浊流，千村泥塞，许许多多的文物都毁于兵燹、水火。

当然，这并不影响人们到这里来临风怀古，叩问沧桑。历史的生命力总是潜在或暗伏的。作为一种废墟文化，只要它有足够的历史积淀，无论其遗迹留存多少，同样可以显现其独特的迷人魅力，唤起人们深沉的兴废之感。吸引人们循着荒台野径、败瓦颓垣去凭吊昔日的辉煌。废墟是岁月的年轮留下的轨迹，是历史的读本，是成功后的泯灭，是掩埋着千般悲剧、百代沧桑的文化积存。由于古代中国的史籍提供了足够的甚至是过量的信息，即使面对残墟野旷的"旧时月色"，熟悉古代文化传统的作家、诗人，也能以一缕心丝穿透千百年的时光，使已逝的风烟在眼前重现旧日的华彩。

作者以简练的线条勾勒出与洛阳地域有关的历史沧桑，以《麦秀》《黍离》的古诗和"铜驼荆棘"的预言，寄托着抚今追昔、凭吊兴亡的情感。

现在，我正站在汉魏故城遗址之上。城址在今洛阳市东北十五公里处，北依邙山，南临洛河，东至寺里碑，西抵白马寺，地势高亢平旷，规模宏阔壮观。东汉、曹魏、西晋、北魏四朝先后以此为皇城，长达三百三十年之久。

……

今日登高俯瞰，但见残垣逶迤，旧迹密布，除南面已被洛河冲毁外，其余三面轮廓均依稀可辨。残垣共有十四处缺口，标示着当时"楼皆两重，朱阙双立"的城门所在。城址四周矗立着一排排直干耸天的白杨林，里面围起来一方广袤的田野，翻腾着滚滚滔滔的麦浪。"白杨多悲风"，更加重了废墟的苍凉意蕴，使游人看了频兴世事沧桑之感。

……

站在北邙山上，纵目四望，但见上下左右，陵冢累累，星罗棋布，怪不得有人说"邙山无卧牛之地"。唐代诗人王建有诗云："北邙山头少闲土，尽是洛阳人旧墓。旧墓人家归葬多，堆着黄金无买处。"原来，这里眼界开阔，地望极佳，身后有奔腾不息的黄河滋润，迎面有恢宏壮观的帝京映照，地势高爽，土层深厚。俗谚云："生在苏杭，死葬北邙。"因此，自东周起，中经东汉、曹魏、西晋、北魏，直至五代，历代帝王陵墓比邻而依。就连"乐不思蜀"的刘禅，被称为"全无心肝"的陈叔宝，"终朝以眼泪洗面"的李煜，这三个沦为亡国贱俘的后主，也都混到这里来凑热闹。其他名人，如伊尹、吕不韦、贾谊、班超……简直数不胜数，都把此间作为夜台长眠之地。踏着黄沙蔓草，置身于累累荒丘之间，确实有一种阴气森森、与鬼为邻的感觉。

据郭缘生《述征记》载，司马昭、司马炎的陵墓在乾脯山之西南；而司马懿、司马师和白痴皇帝司马衷则分别葬于邙山之东北和南面。乾脯山在北邙山的东侧。这天，我专程转到了这一带，意在寻觅西晋初年这五个帝王的陵寝，最后竟一无所获。原来，足智多谋的司马懿担心墓葬会被人盗掘，临终前嘱咐子孙，不起坟堆，不植树木，不立墓碑。这比曹操死后遍设七十二疑冢还要来得神秘，真是至死不脱奸雄本色。

这种形制影响了整个西晋王朝，所以，司马懿父子三人，连同四代帝王，以及统统死于非命的"八王"的陵寝所在，直到今天还是一个疑团。为了一顶皇冠，生前决眦裂目，拼死相争，直杀得风云惨淡，草木腥膻，死后却连个黄土堆也没有挣到自己名下，说来也是够可怜的了。当然，那些臭皮囊早已与草木同腐，有一些人甚至"骨朽人间骂未销"，被牢牢钉在了历史的耻辱柱上，知不知其埋骨地，似乎也没有了太大的差别。

正是由于这里的"地脉"佳美，那些帝王公侯及其娇妻美妾都齐刷刷、密麻麻地挤了进来，结果就出现了一个特别有趣的现象：无论生前是胜利者、失败者，得意的、失意的，杀人的抑或被杀的，知心人还是死对头，为寿为夭，是爱是仇，最后统统地都在这里碰了头。像元人散曲中讲的，"列国周秦齐汉楚，赢，都变作了土；输，都变作了土"。纵有千年铁门槛，终归一个土馒头。

在无尽感慨中，我口占了四首七绝：

圮尽楼台落尽花，
谁知曾此擅繁华？
临流欲问当年事，
古涧无言带浅沙。

残墟信步久嗟讶，
帝业何殊镜里花！
叩问沧桑天不语，
斜阳几树噪昏鸦。

茫茫终古几赢家？
万冢星罗野径斜。
血影啼痕留笑柄，
邙山高处读《南华》。

民意分明未少差，
"八王"堪鄙冷唇牙。
一时快欲千秋骂，
徒供诗人说梦华！

《沧桑无语》所潜藏的历史意识，既有历史唯物主义的影子，又有佛家与道家的思维逻辑，它在一定程度上暗示了历史存在一种逻辑因果和循环规则。历史，在其纷繁丰富的游戏活动的表象之后，也像游戏活动一样，存在约定俗成的客观规则。游戏的内容可以改变，然而其规则是恒定的。因此，这就在客观形态上构成了一个时间意义上的不断循环。生存与毁灭、成功与失败、聪明与愚拙，一切之一切，都将归结为存在与虚无，退隐为北邙山的土馒头。最后，所有的人物，都将被历史理性的天平来称一称，都会被道德良知的尺子来量一量。民意与民心，终会被历史老人邀请来作为价值判断和情感倾向的明目慧眼。作者的"四望"之目，其实也就是历史之笔，它依凭着想象与联想去重新缀合历史和评价人物，寻求对历史的潜在意义的追询。

与对"八王"等人物的否定性评价相对应，作者又掉转笔墨，以溢光流彩的情感线索，抒写对于魏晋文化的感慨：

> 时代的飙风吹乱了亘古的一池死水。政治上的不幸转化为文学的大幸、美学的大幸，成就了一大批自由的生命，成就了诗性人生。他们以独特的方式迸射出生命的光辉，为中华民族留下了值得叹息也值得骄傲的文学时代、美学时代、生命自由的时代，留下了文化的浓墨重彩。清代大诗人赵翼在《题元遗山集》中有"国家不幸诗家幸，赋到沧桑句便工"之句，深刻揭示了这种道理。当然，这也正是时代塑造伟大作家、伟大诗人所要付出的惨重代价。
>
> 魏晋文化跨越两汉，直逼老庄，同时，又使生命本体在审美过程中行动起来，自觉地把对于自由的追寻当作心灵的最高定位，以一种特定的方式实现了生命的飞扬。当我们穿透历史的帷幕，直接与魏晋时代那些自由的灵魂对话时，更感到审美人生的建立，自由心灵的驰骋，是一个多么难以企及的诱惑啊！
>
> ……
>
> 就在那些王公贵胄、豪强恶棍骸骨成尘的同时，竟有为数可观的诗文杰作流传广远，辉耀千古。这种存在与虚无的尖锐对比，反映了一种时代的规律。

《叩问沧桑》起于故城遗址，也终于故城遗址。文章最后，以极富想象力的笔触，渲染了嵇康临刑的悲剧气氛，《广陵散》古曲的慷慨悲幽，《思旧赋》文心的欲哭无泪，它们将历史与艺术、悲剧与美学、存在与虚无提升到一个超越无限的生命境界和哲学境界。

王充闾的这篇散文，无论从哲学的意蕴、历史的眼界、美学的体悟、文学的技巧等方面来说，均达到甚高的水准。空间交织着时间，历史穿透着哲学，地域呈现着文化，人物展现着风神，遗址飘荡着魂影，景物寄寓着情绪……作者复活了历史与人物，复活了无生命的遗址，复活了无语沉默的夕阳与秋月，也复活了历史表象之后的意义与价值、正义与良知、诗性与美感。无论是品藻人物，指点江山，勾画景致，叙述事件，寻因问果，结构脉络，均优雅从容，游刃有余，显出大手笔的气势与风范。从主体情绪上考察，既有思考之冷峻，又不乏含蓄的幽默；既呈现同情的悲悼，又付予针砭的痛斥；既有倾慕的赞赏，也有淡漠的态度。作者进入一个历史文化的化境，这本身就是一种美学的修炼和艺术的守望。这种文章，只属于人生境界已臻善境的心灵才可能做出，因为，它将美学与哲学及其自我的人生体验融入历史的母体之中，从而诞生了新的艺术胎儿。

《沧桑无语》首先寄寓一种超越具体时间之限的历史意识，那就是从公众的角度考察历史人物的"正义"性，超越个人的主观情感去确立一种相对客观的伦理原则。其次，不囿于对某个历史人物的偏见或偏爱，从制度上思考皇权的交接给社会带来的负面影响。《狮山史影》即是如此的典型之作。

林纾认为柳宗元的《小石潭记》"穷形尽相，物无遁情，体物直到精微地步矣。……文有诗境，是柳州本色"①。《狮山史影》的开首，亦以"文有诗境"的笔致，描摹了狮子山的景色，为接通其与历史人物的瓜葛作出感性的铺垫，也为文章增色添彩，显示其"美文"特征：

> 狮子山在武定县城西南四公里，号称"西南第一山"，素有"雄奇古秀"之誉。在一百六十六平方公里的风景名胜区内，有四分之三面积覆覆着郁郁葱葱的长林古木，中间盘踞着一个硕大无朋的雄狮般的山峦，更显得气象非凡。循着石级登上耸入云天的凭虚阁，但见翠海接天，不知何处是岸，一片白墙赭瓦的庞大建筑群掩映其间。穿行在林海里，两侧有寒流啸壑，溪水潺潺，古树栖云，浓荫盖地。纵使外面溽暑炎蒸，燎肌炙肤，此地依然清爽异常，确是理想的避暑胜地。林间草地上，山花野卉，姹紫嫣红开遍，引逗得蜂舞蝶喧，把一个寂静的山陬装点得霞拥锦簇，生意盎然。

文章从景致写起，将历史事件置放于一个特定的空间展开，易于激发读者遐思。作者颇有匠心地引述出一副长联，概括了朱元璋、朱棣、朱允

---

① （清）林纾：《韩柳文研究法》。

炆祖叔孙三代君王的行藏、史迹与传说。并以此楹联为时间线索，勾勒出明朝初期的皇权演变，将血雨腥风、刀光剑影的宫庭变故显现在今人的视野里：

明末著名史学家谈迁在《国榷》中记载，燕兵攻破南京金川门后，建文帝束手无策，想蹈火而亡。这时翰林院编修程济从奉先殿后取出一个铁条箍紧的匣子，说："太祖生前嘱咐：太孙日后临大难时，可打开此匣，以找出解救办法。"建文帝忙叫人打开，只见匣子里装的全是和尚的用品，有剃度的工具，还有两副袈裟、两副度牒。建文帝悲叹道：这是运数已尽啊！于是，抓紧剃去头发，穿上僧服，乘夜逃出聚宝门。整个亡命过程中，建文帝始终都是以僧人身份出现的。联语中说的"帝亦为僧"，本此。

乃祖僧为帝，阿孙帝作僧。这倒不是朱家与佛门有特殊的凤缘，更非一场简单的历史性游戏，其间存在着制度方面的深层的种因。那位以撰写大观楼一百八十字长联闻名于世的清代诗人孙髯翁，在《登狮子山吊建文帝》一诗中，有"滁阳一旅兴王易，建业千官继统难"之句，说的是朱元璋创业有方而交班无术，凭吊兴亡，寄慨遥深。清代大诗人、史学家赵翼则从更深层次上进行剖析，在《金川门》一诗中有句云："乃留弱干制强枝，召乱本由洪武起"，"岂知蚍蜉即起萧墙，臂小何能使巨指"。明确地指出，肇祸的根源乃在朱元璋身上，正是分封诸王制度造成了干弱枝强、指大于臂，最后，祸起萧墙，无法收拾。

联语中"正觉依然皇觉旧"，分别讲了孙儿与祖父出家的场所。建文帝避难滇中，在正觉寺为僧，"正觉"是对正续寺的隐括。联语作者拉出它与明太祖早年出家的皇觉寺相提并论，一个庙貌"依然"，一个已经"破旧"，看来不是闲笔，里面似乎隐寓着褒贬的意味，反映出一定的倾向性。

作者借助于一副楹联，以空间的南北交错，既写燕王，又写建文；辅以时间的顺序穿插，既写"靖难"，又写"出家"。以时间围绕空间，以人物连带事件，以情感纠葛皇权，将朱氏王朝祖叔孙三代皇权演变的历史戏剧生动传神地展现出来。此篇散文将矛盾冲突、情节跌宕、人物结局，活灵活现而又扑朔迷离地烘托渲染，颇有小说家和戏剧家的表达策略和艺术意味。因此，在写法上，《狮山史影》具有一定的艺术独创性。尤其是叙事技法上，时间与空间的自由巧妙的切换，人物与事件的交叉变化，主观叙事和隐蔽叙事的交替运用，令读者不禁拍案叫绝。

更令人称道的是，作者凭借对历史人物和历史事变的客观剖析，超越情绪化的偏见，寻求一种历史"正义"坚定理念和伦理信仰，从而获得对历史的公正性和合法性的意识：

> 由于这副对联是悬置于正续禅寺的，因此，它对于是非、高下的判定，必然考虑道佛禅的"红尘觉悟"。佛家认为，功名富贵不过是因缘和合的一种偶遇，用终极关怀的眼光看，并不具备真正价值和实际意义。建文帝王冠落地，遁入空门，由大起大落而大彻大悟，在佛家看来，当然要比不择手段地追逐权位的永乐帝高超百倍。
>
> 如果不从庄、禅的角度，而是就史论史，专从事件本身来考究，联语中的结论也可以说是"言之成理，持之有故"的。据明史记载，朱允炆继位之后颇有一番作为，深得人心。他"天资仁厚"，"亲贤好学"，对祖父的诛戮功臣、雄猜忌刻，一直持有异议，亲政之后便有意识地调整那种君主集权政治，注重发挥臣下作用，提高文臣地位；同时诏行宽刑薄赋，举遗贤，兴教化，重农桑，赈饥民。这一系列的兴革措置，为长期生活在高压、紧张的政治环境里的官民，提供了一种宽松、温煦的气氛，一时道化融洽，万民称治。不期这位颇得人心的青年皇帝，只维持了四年统治，就横遭惨败，饮恨终生，这自然引起了当时和后世许多人的同情与怀念。

王充闾遵循这样的原则，"评议历史人物的功过是非，既不应该感情用事，也不能囿于封建伦理"。他以冷静客观的逻辑推导和辩证通达的全面思考，求证历史的因果渊源、判断人物的功过是非。即使对永乐帝，在指责其执政期间滥杀无辜的同时，也肯定其历史上的某些贡献。对于建文帝，作者持一定基本肯定的态度，这不仅是历史上普遍的人心向背的缘故，更重要的是，因为和其祖父朱元璋、其叔朱棣相比，他具有宽容仁慈的儒家风范，有开明君主的征兆，只可惜时运不济，历史没有提供给他更多施展德政和才能的机会。归根结底，这归咎于明代之初分封诸王的制度，这一制度的初衷是出于巩固皇权的考虑，试图保护朱家王朝的万世一系，然而，机关算尽，反倒是误了卿卿性命。历史的发展轨迹并没有遵循朱元璋的主观意志，正是对于皇权的篡夺，导致无理性的疯狂杀戮，使纲常毁弃，人伦不古，"造成了后来许多臣子只知明哲保身，顺时听命，持禄固宠，再也无心顾念社稷了"。而这深层的精神创伤，埋下了明朝灭亡的一个重要原因。文章最后，采用追忆的手法，借用一句格言结尾："历史，就是耐心等待被虐待者获救的福音。"

《狮山史影》无论就其思想意蕴还是艺术技巧而言，均体现历史文化散文的极高水准。它的历史意识既有历史唯物主义的因素，也汲取了佛禅的认识方法和思维机锋，同时借鉴了儒家和道家的伦理原则与审美精神，它将人物置放在历史的活动背景里去品评，超越个人好恶偏见辩证地论其功过是非。文章将亲情与权力的冲突、人伦与利害的选择、仁慈与野心的对峙、欲望与道德的矛盾，淋漓尽致地收拢于笔端，向读者展示了深刻的精神危机和政治弊端，使人们以史为鉴，从历史的烽烟里品味到值得玩味的东西。在艺术表现方面，文章注重矛盾冲突的揭示与处理，将戏剧的悬念和突转运用自如，并辅佐以心理的描写刻画，借鉴了小说的技法。情节跌宕起伏、扑朔迷离，留给读者以猜测和寻思的余地，令人回味不已。再者，散文以空间写时间，南北递进，时空交错的写法，犹如电影的"蒙太奇"，也令人平添一番阅读兴趣。兼之开首对狮子山景色的诗意描摹，还有散落于文章中的诗词楹联，构成了戏剧、小说、诗歌、电影、散文、论文于一炉的文学精品。这不能不归结为王充闾先生一个独特的审美创造。

综观《沧桑无语》诸篇，无不体现出一种诗意和审美的历史意识，隐喻着对历史意义和人物价值的考问，体现着对历史之谜的探索和文化变迁的运思。尤其是对于地域与历史演变之潜在关系的探究，令人深思和产生兴趣。

第三节 生命体验

王充闾散文存在一个明显的美学特征，那就是创作主体常常依凭着自我的生命体验去感受历史文化和历史人物，所以，散文中融合了道家的诗性精神和现代生命哲学的某些内涵。生命哲学家齐美尔认为："没有无内容的生命过程和生命形式。我们在自身的生活中'体验'到生命的内容，这种'体验'（Erleben）实际上是心灵把握生命的活动。每一当下直接的体验把这一内容与别的内容联系起来，把个人的整个生活历程联结起来。……生命根据包括在体验中的形式的原则来创造对象，它为世界创造了艺术、知识、宗教等对象，而这些对象都有其自身的逻辑一致性和意义，独立于创造它们的生命。生命在这些形式中把自身表达出来，这些对象则是生命的审美、理智、实践或宗教的能动性的产物，它们也是生命的可理解性的必要条件。"[1] 柏格森认为，哲学要认识真正的时间，必须从生命开始。整个宇宙自然或精神存在的创造都是由于生命冲动所造成的，生命构成了现象界存在的理由和本质。苏珊·朗格则将艺术形式与生命形式做了逻辑类比，认为两者存在必然联系和逻辑的一致性，它们存在某种审美相似点。在《艺术问题》和《情感与形式》两部美学著作里，她论证了生命与艺术相联系的命题。

就王充闾的散文创作而言，作者寻求历史与美学的心灵对话，在以文学作为这种对话的桥梁和以语言作为对话的工具的过程中，他更多以自我的生命体验展开对历史事件、文化境域、哲学思潮、宗教意识、审美现象、艺术精神等方面的直觉沉思。王充闾以自我数十年深厚的人文学养，以诗人的审美敏感和史学家的精湛眼光，以他童年时代居于东北黑土地的辽阔原野和茂密森林所积累的对大自然的丰富体察和本能亲和，以及一颗返朴归真的童心童趣，更凭借"庾信文章老更成，凌云健笔意纵横"的花甲之后的生命智慧，走向杜甫所云的境界："不薄今人爱古人，清词丽句必为邻。窃攀屈宋宜方驾，恐与齐梁作后尘。"[2]

---

① 刘放桐：《现代西方哲学》上册，人民出版社1990年版，第202页。

② （唐）杜甫：《戏为六绝句·之五》。

在《沧桑无语》这本集子里，总共 15 篇散文，却累计 20 余万字，单篇文章的文字容量比以往的散文增加了若许，作者驾驭大散文的能力达到诸多"写家"所难以接近的地步，尤其是时空交错、意识流动、隐喻象征、情景交融、联想对比等散文技巧的运用，更接近炉火纯青的境界。作者对于生命的关切和历史的沉思犹如互相依辅的经纬一样，交织成一张诗意的和审美的散文之网。而栖居于这一网上的，是作者生命流动和美学精神。《青山魂》实际上是以自我的精神去约会千古一诗人李白的精神，以自我的生命体验去读解那位浪漫天才的生命丛林和情感轨迹。王充闾是以自己的幻想与幻觉试图复活一个真实而虚幻的李白，展现一个"众鸟高飞尽，孤云独去闲。相看两不厌，只有敬亭山"的诗歌意境里的孤独而惆怅的心灵，他把李白的醉饮看作是："来解决悠悠无尽的时空与短暂人生、局促的活动天地之间的巨大矛盾。在他看来，醉饮就是重视生命本身，摆脱外在对于生命的羁绊，就是拥抱生命，热爱生命，充分地享受生命，是生命个体意识的彻底解放与真正觉醒。"《寂寞濠梁》与其说是作者以生命体验和历史对话，还不如说是以生命体验和美学与艺术对话。王充闾在潜意识深处是一个道家的心仪者和赞赏者，他对庄子怀有哲学、美学、艺术、人生的多重敬慕和景仰。这篇散文，可谓是王充闾以自我的生命激情和生命智慧去聆听庄周这位古贤的幽默故事。文章起于故事，娓娓道来，无不关切着生命，关切着自然，它醉心秋水中的游鱼，梦中的蝴蝶，超然的凤凰，作者可能试图以此来化解现实存在中的生命危机。现代社会里的生命个体，往往使身体和心灵均隔膜于自然，人的生命机体的敏感性降低了，生命的本能冲动和诗性激情被种种现实性的功利原则所制约，而以功利态度和掠夺的手段对待自然资源，使环境问题十分突出。庄惠临流，濠梁间观游鱼之乐，成为生命解放、审美自由、诗意诞生的一个古典神话。文章以对现代文明的负面因素的批判作结，留下一连串值得深思的问题。

舍勒从哲学人类学的视野认为："人的精神为历史发展提供了一个无限开放的可能性。由于精神的变化性，使历史的发展没有预定的目标和先在的计划；由于精神的多样性，决定了历史发展的多元化；由于精神的开放性，导致了历史发展呈现出无限丰富、多样而又复杂的发展样式。精神引导历史由低向高发展，但这种发展又是通过随机和偶然实现的。"① 所以，历史发展的结构本质是精神的结构。王充闾的历史文化散文，若隐若现地闪烁如此的历史观念。他没有仅仅将历史看作一个自然过程，而是在尊重历史的客观规律的基础上，注目于历史的偶然性，眷注到生命冲动和精神的无限可能性提供历史和文化的内在动力，更瞩目于主体性的意志与情感、理性与欲望对于历史的潜在影响。所以，《沧桑无语》在人类学、文化哲学、美学、历史学的观念综合基础上，展开对历史的叩问与对话。作者以自我的生命意识和生命感悟去领略历史烽烟之后的精神隐秘和心理动机。

《无字碑》开卷似乎无意间触及"寻根"热浪，作者到了素有"王氏家族的圣地"的太原，并由此追溯了古城的历史渊源。然后，以此为契机，着墨于宋太宗与古城的关系。作者别有用意地讲述了小时候看过的一出《贺后骂殿》的京戏，从此引发出和宋太宗相关的历史事件。继而，作者参证了《宋史》《续资治通鉴长编》《续湘山野录》《涑水纪闻》等典籍的记载，推测了宋太祖之死和宋太宗即位的"千古之谜"。作者由戏曲至历史、由传说到考证、从客观叙述转向理性分析，评判了宋太祖赵光义一生的功过是非。

这篇散文有两点令人印象特别深刻：一是对于生命存在的关切。对宋太宗为了皇位而陷入杀戮生命的黑色怪圈而悲哀与痛愤，为遭不幸的芸芸众生而寄予同情与惋惜，体现了庄子哲学尊重生命、尊重个体存在和自由的意识。二是对修史的原则和态度进行了深刻的反思。赞扬了先秦以降的史官的秉笔直书的传统风范，而对有宋以下的"为尊者讳"的修史策略予以指责。由此牵涉到了遵守实事求是的历史原则和如何对待官修史书的问题，作者也做出相应的思考。

　　《贺后骂殿》这出戏，正是针对赵光义这样一些龌龊的行径来编排的。作为一种舆情的真实而曲折的反映，它像《击鼓骂曹》、《审潘洪》、《斩黄袍》等剧目一样，在很大程度上代表了广大下层民众的心声和愿望。后来读了史书，才知道它与史实出入甚大。赵光义即

① 刘放桐：《现代西方哲学》下册，人民出版社 1990 年版，第 699 页。

位于公元 976 年，而贺后早在公元 958 年就已下世。人已云亡，何来骂殿？赵德昭也并非死于赵光义窃位当时，而是在三年之后。尽管其事属于子虚乌有，但是，由于那激越慷慨、低回悲壮的唱词已经深深地印在脑底，再加上赵光义篡位后确实又"多行不义"，所以，即使知道戏文失真，感情上也还是过不来，所谓"宁肯信其有，不愿信其无"也。

……

有宋一代，对于太宗蓄意传子，不惜骨肉相残的卑鄙行径，一直是啧有烦言；而对太祖一支的惨遭杀戮深表同情。只是慑于太宗的威势，不敢公开、正面地议论，于是，便通过笔记、杂说等传闻形式寄感抒怀。这一思想倾向，到了南宋初年渐趋激化。当时，许多人士把北宋灭亡，太宗子孙被掳劫殆尽，归因于赵光义虐待太祖子孙而招致的报应。南宋之后问世的《古事比》和《七修类稿》等记载，统兵灭掉北宋、大肆屠戮太祖子孙的金朝大将斡离不，相貌酷似宋太祖，人们认为，这是冥冥中的因果报应。上述诸说均属迷信，荒诞不经，没有什么价值可言，但是，显然都反映了当时的舆情。

……

宋太宗一生凶残猜忌，恶行甚夥。他当然不会料到，一个半世纪之后，他的嫡亲子孙徽宗赵佶、钦宗赵桓落到了金太宗的手里，他们所遭受的屈辱与苦难，比后主李煜不知要惨重多少倍。

文章谴责宋太宗滥杀无辜的行径，对民间流传的因果报应说给予了理智的辨析，作者在情感上认同了这不乏迷信色彩却包含历史公正性的说法。因为，生命存在是所有现象界最高和最根本的对象，一个为了个人利益和私欲任意剥夺他人生命的灵魂，肯定是人世间最卑鄙龌龊的灵魂。而作为帝王的赵光义，作者也尽管肯定了他在执政期间尚有一些文治武功，如基本沿袭了太祖时期的政治策略，结束了五代十国的分裂局面，基本上实现了国家的统一，组织编纂三大类书《太平御览》《太平广记》《文苑英华》，但是对他人格的虚伪、暴虐、卑劣、荒淫的丑陋方面还是不留情面地进行了揭露。在此基础上，也表达了宋代修史者的不满：

　　闲览宋代史籍，发现关于宋太宗一朝的记载，有两个显著的反差：一是官修史书许多方面或者失载，或者语焉不详，而所谓野史或民间传闻所记的却异常繁富，这在历朝历代也是比较突出的；二是在一些私家著述或所谓野史、传闻中，披露了宋太宗的许多并不光彩的甚至损名败德的事，有一些涉及到十分敏感的政治问题，可是在正史中不仅全部隐去，而且还反话正说，曲尽美化之能事，这从《宋史·太宗本纪》和北宋末年进士江少虞编纂的《宋朝事实类苑》中，看得最明显。

　　本来，在中国的史官中，存在着对当代史事秉笔直书，毫不隐瞒回护的优良传统，像先秦时代的史官董狐、南史，汉代的司马迁，都是这方面的典范。直到魏晋南北朝时期，还或隐或现地留下一些"直笔"的余脉，比如符坚的寡母曾引将军李威为男宠，这样的家丑竟记载在起居注里，符坚看到后当然要"既惭且怒"了；北魏最高统治者拓跋氏的先世翁媳婚配之类的旧俗，史官撰国史时也曾据实直书。当然，这在封建时代已属凤毛麟角，迨至宋代之后，史官的这种优良传统已经断绝了。

　　《无字碑》批判了以生命为草芥的帝王观念，对于生命的重视，既是承袭了道家哲学的衣钵，也是近世人道主义理念的渗透。历史与生命之间相互交织着偶然性的约定，人无法改变客观的命运，就像人无法改变历史之舟的方向。精神的无限可能性导致了历史现象的无限可能性，本能的欲望可能是历史的催化剂和推动力，赵宋王朝正是验证了这样的道理。同时，历史也不能设定预先的目的，使运行轨道按照主观的理性和非理性的意志与欲望去完成，像太宗希冀将自己篡弑得来的皇位交给自己所出的一脉而代代相传，结果一个半世纪之后，他的嫡亲子孙却落得被金太宗掳掠到塞外苦寒之地，落得屈辱残生的悲剧结局。这好像冥冥之中的历史偶然性和宿命力量在起作用，也是暗藏的那个黑色的正义魔影在施展巫术。其实，有关宋太宗的种种戏曲和传闻，不过是寄寓了民意舆情，反映了一种道德良知对于杀戮生命、毁坏纲常的恶行的情感否定和想象性的讨伐，也隐喻了作者对历史的永恒正义的坚定信仰和执着热情。

　　《沧桑无语》正是作者将自我的生命体验激发的热情与信仰、理性与意志、诗性与灵感，融入已经消逝的历史烟云中，试图借助于残留的废墟遗迹、苍黄的典籍史册、动人的诗词曲赋、荒诞的逸闻传说、虚构的神话故事、还有秦时砖、汉时瓦、魏晋风度、唐宋烟月、更有桐江潋滟、濠梁游鱼、青山夕阳、雪域清流、崖海惊波、狮山石径、凉寨幽谷、火把弦歌……这些充盈着历史情思的感性对象，也是作者品鉴历史的审美意象，王充闾有时是以一颗诗人的慧心来对待这些对象，以自我的想象和直觉去理解这些感性符号，最终以散文这种文学形式表现出自我心灵的体验，诞生为审美化的艺术果实。

《雪域情缘》以诗意的笔触描摹了西藏雪原的神秘美景和独特文明，将传奇的人物和曲折的史事，特殊的风习和虔诚的宗教糅入散文之中，构成了一个奇美精妙的磅礴画卷。作者以自我的生命体验，诗意地思，孤独地想，冷静地考问，旷达地回答，他似乎在和这方神奇的雪域高原进行超越语言的对话，向已经消逝的古人叩问自己的质疑和猜想，向雪谷深涧、澄明湖泊发出自我的内心独白。作者以雅隆河为背景，以松赞干布和文成公主的传奇故事为主线，将历史、传说、神话、宗教、文艺等要素，结构为这篇美伦美奂的佳作。

　　　　此行的目的地，是去访察三十多公里外的黄河上游两个最大的湖泊。扎陵湖和鄂陵湖，古称柏海，当年，松赞干布曾在附近扎营设帐，迎候文成公主的到来。

　　　　此间气候凉爽，地域辽阔，水草丰美，是理想的夏令旅游观光胜地。我们来到的这一天，正值五月下旬，晴空一碧，苍穹若洗，朵朵如絮如棉的白云飘荡在湛蓝的天幕上，映衬着波光潋滟的明湖和连绵起伏的青山，令人心旷神怡。遥想公主当年，在这般诗情画意的环境里，会见心仪已久的年轻英俊的藏王，一定也是神痴心醉、意兴盎然的。

　　　　……

　　　　当然，民间传说也有失真之处，而且存在着把文成公主拥上神坛的倾向，对于松赞干布也有类似的情况。这同素有"小西天"、"小天竺"之称的雪域高原的浓烈的宗教文化氛围有直接关系。在这里，冷峻的自然物都被赋予了跳荡的生命，涂上神秘的色彩，现实的物质世界与超现实的精神世界奇异地结合在一起。再加上，藏民族又是具有高超的形象思维能力和梦幻意识的民族，当他们发现沿袭了千百代的帐篷一变而为宫室房屋，粗重的毡裘为轻美的华服所代替，万古不毛之地长出了上百样的庄稼、蔬菜，一些疫疠、恶疾经过医生的诊治药到病除，一句话，当暂时还比较落后的雪域高原腾起高度发达的大唐文明的浪花的时候，那里的信教群众怎能不把为他们带来奇迹的年轻的赞普和大唐的公主奉为天神呢！

哲人费尔巴哈有一句名言："如果太阳老是呆在天上不动，它就不会在人心中燃起宗教热情的火焰。只有当太阳从人眼中消失，把黑夜的恐惧加到人们的头上，然后又再度在天上出现，人这才向它跪下……"神堂，正是在这种情况下高高筑起的。

自我的生命体验构筑了王充闾散文的独特话语，他喜爱凭借诗人的想象和直觉去追溯历史、复现人物的内心世界。但是，王充闾也依赖自己的丰富的历史学养、哲学思辨去考察史实、分析事物，以客观冷静的逻辑推导去阐发自己的观点和看法。行文流畅而又娓娓道来，全无某些学者那样盛气凌人的说教和强词夺理的迂腐气味，也摒弃了不少散文作家全知全能式的自恋秉性，而以平等和善、轻松自如的姿态、淡泊超然的心境，和读者自由闲适地交谈，他寻求一种宽松与愉快的精神对话氛围。这也正是人至老境才能具备的生命修炼。读王充闾散文，在这个意义上说，也是一种生命境界的提升。

第四节　无法方为至法

从《春宽梦窄》到《面对历史的苍茫》，再到《沧桑无语》，王充闾散文走出一条自我的艺术之路。他既不重复别人，也很少重复自我。他的散文创作，不断超越自我，呈现了当今难能可贵的人文品格。从宏观的美学视野上看，王充闾散文借鉴了传统散文尤其是庄子散文的诸多特性，也汲取了外国文艺作品的某些技巧。但从具体的修辞技术层面考察，王充闾散文创造了属于自己的技巧和方法。艺术理论上的所谓"无法方为至法"，也是适用于王充闾的散文现象的。

王充闾散文的所谓"无法"，依笔者之见，就是不定于某种固定的写作模式，不墨守以往的文章成规，也不遵循一成不变的写作方法。而代之以自由潇洒、不拘一格、随意点彩的散文气象，它灵活地综合了中西散文艺术之长，而独自地领悟出了自我的艺术技巧，使当今的历史文化散文的创作增添了一片令人赏心悦目的景观。

《弦歌中的史记》，气象庄严，结构华美，七个片段汇成一个和谐的交响乐章。文章从《史记·司马相如列传》破题，追溯了夜郎历史，写出为一般人所陌生的司马相如对开通边陲南疆的贡献。继而联系到"凿空"西域、开拓中西交通的"丝绸之路"的先驱者张骞，写了他也曾为开发祖国西南边疆，特别是疏通南方的丝绸之路做过贡献。"踵步司马相如后尘，西汉元鼎六年（公元前111年），伟大的史学家司马迁以汉武帝侍从官身份，奉命出使邛、笮、昆明等地，既建立了事功，又掌握了西南各少数民族的大量资料，为日后撰写《西南夷列传》创造了条件。看来，武将和文人不仅功业迥然不同，而且，'鸿爪留痕'也大相歧异。也许真的应了'千秋定国赖戎衣'这句话，西域沟通之后，同中原地区的经济、文化交流日益频繁，内地的先进生产技术在西域得到广泛推广，丝绸、漆器等大量手工业品源源流入西域；同时，西域的葡萄、苜蓿、胡萝卜以及骆驼、良马等物种也传入内地，尤其是那里的音乐、舞蹈，对汉民族文化的发展产生了积极的影响。相比之下，西南边疆地区的发展及其与内地的联系就差得太远了。由于交通阻塞，那里并未从根本上扭转其封闭状态。结果，在西北丝绸之路上，张骞有碑，班超有城，青史标名，万人仰颂。可是，在西南地区却没有见过'两司马'的任何遗迹。当然，他们'寄身于翰墨，见意于篇籍，不假良史之词，不托飞驰之势，而声名自传于后'（曹丕语），又是张骞、班超所望尘莫及的。这也就是'英雄儿女各千秋'吧？"作者在此表达了一种对历史不太公允的情感不满，又从理性角度展开了自我的沉思。第二片段，作者回归现实，记叙中国作家凉山采风团的活动，以自我的直接体验，写"清风，雅雨，西昌月"的川西南的三大景观，写高山耸峙，河川割裂，峡谷幽深，地形陡峭，并引用民谣生动地描绘了凉山的奇特自然风光。文章灵巧活脱地点缀了神话传说，使凉山融入了审美化和艺术化的趣味：

在大凉山领扎洛这个山清水秀的地方，有一个心灵手巧的彝家姑娘，名叫兹莫领扎。她放牧的牛羊长得又肥又壮，她种的荞麦年年获得丰收，她唱的歌声传遍了天涯海角，她织的羊毛披毡上现出一个逼真的世界：她织上了花，花儿招来蝴蝶；织上了神龙鹰，神龙鹰便驮来了绚丽的春天。

月宫仙女听到这个信息后，便派出七彩云霞去寻访，想要请兹莫领扎来教她织披毡。先是派乌云，找遍大小山沟，没见踪影；又派出黄云、绿云、蓝云，找遍了山林、草坡和村庄，还是没有找到；最后派出眼明心亮的白云，才在领扎洛山的古松下找到了，兹莫领扎姑娘正在织美丽的披毡。于是，她踩着七色云霞搭成的虹桥来到了桂殿仙宫，朝朝暮暮教月宫仙子织披毡、弹月琴……

西昌城南三十公里外有一座螺髻山，海拔四千三百多米，为二百五十万年前第四纪古冰川运动的遗世杰作，保存有完整清晰的大型冰川刻槽，具有极高的科学研究和旅游观赏价值。山上"烟中粪髻，尚觉模糊，雨际青螺，偏多秀媚"。自古即有"十二佛洞、十八顶、二十五坪、三十二天池、一百单八景"，令人悠然神往。红、橙、黑、黄、酱、绿等各色海子点缀山中，传说是仙妃沐浴的地方，日月朗照，宛如熠熠闪光的一颗颗宝石镶嵌在白云深处。山中有许多特异景观，诸如冰化源泉、露零芳草、水磨奇石、烟飞林箐，均为世人所称道。

怪不得明朝进士马忠良在游记中要说："螺髻山开，峨眉山闭。"意思是，如果有朝一日这里开发出来，那时，秀出西南、誉满寰中的峨眉山就将大为逊色，只好悄然关闭了。

散文无论是引征民间传说，还是叙述自然景色，无论是写虚还是纪实，均信步游缰，转承自如。尤其是"点染"笔法，恰到妙处。钟嵘称丘迟诗"点缀映媚，似落花依草"。孙德谦亦云："余读其文，觉文也如此。其《与陈伯之书》，通篇情文并茂，可谓风清骨峻。其间如'暮春三月，江南草长；杂花生树，群莺乱飞'。真有点缀映媚，落花依草之致。……'暮春'四语，借景生情，用眼前的花草作点缀。吾恐钟记室品诗，即从此处悟出其诗境耳。"① 《弦歌中的史记》，既以自然景致点缀文章，也借用民间传说、神话故事来点缀笔墨，由此，令人觉得散文的字里行间充溢着美感和魅力。然而，作者还不满足感性的描述，进一步从社会学、文化人类学、民族学等视角，探讨了彝族的历史和社会文化机制，阐释了凉山奴隶社会的"两千年一贯制"在世界历史上的奇观。"如果说，中华民族就整体来讲，是带着半封建、半殖民地的镣铐，迈着沉重的脚步，叩开二十世纪的大门的；那么，凉山彝家则是背负着奴隶制的枷锁，从长夜漫漫的历史隧道中缓慢地走出来，在整个中华民族中，其步履无疑是更为沉重、更为艰难的。"作者以凝重的笔触和人道主义精神，表达了对彝家悲剧历史的深切同情。

如果说前面的片段着重从一般形态上描述彝家的历史文化，第三片段则从具体层面上状写了彝家的深层心理结构，作者采用转引故事的方式，从一个侧面展现了彝人真诚质朴、热情好客的情怀：

　　著名民族学家林耀华先生四十年间三上凉山，对于彝家的这种盛情待客有更深的体会。

　　他讲，一次到昭觉县的甲甲阿吉家串门，因为这里地处平坝，为了让家中的羊避暑，主人事先把羊寄放到山上的亲戚家里。客人来得仓促，一时捉不到羊，没有肉食款待，主人感到很难堪，便一连杀了四只鸡来下酒，还再三表示过意不去。还有一次在尔吉久布家，见到客人来到，主人当场就花了二百元钱买下一头牛来准备宰杀。林先生等一看这种情势，赶忙登车告别，如同逃跑一般。虽然心知这样做会使主人不悦，但无论如何也不忍心让他无端作如此大的破费。

　　彝家认为，善是立身处世的根本。他们说，步子走得直才能走得快，心肠好才能交朋友。存善心，行善事，既可以造福自己，又可以荫庇子孙。广泛流传在民间的大量故事传说，都宣扬了这类思想。长期的生产力低下，从自然界获取物质生活资料艰难，加上天灾人祸频仍，使他们养成了合群互助、团结齐心、扶弱抑强的风尚。

---

① （清）孙德谦：《六朝丽指》。

　　然后，作者又从现实切换到历史，再以侃侃而谈的讲故事方式，从近代到古代，从悲剧到喜剧，绘声绘色地追溯了彝家的风俗历史和人文精神，展现了朴素民族的苦难史和风俗画，让读者深深喜爱彝家我们这个历史悠久的中华民族大家庭里一员。众多的虚实相伴的历史故事，使散文气韵生动、妙趣横生，悲剧气氛里交织喜剧因素，作者不乏幽默的情趣和文笔，更使阅读成为一件凭借书卷而走入凉山、走入彝家历史和现实的内心愉悦的活动。

　　第四片段，文章以"映衬"之笔回溯现代史上"彝海结盟"的幸事，正是这节历史，成就了红军史诗般的长征和铺垫了中共日后的辉煌。散文起首写景，以奇异的彝海景观映衬历史上的盛事：

　　　　彝海是一个群山环绕中的淡水湖泊，在冕宁城北近五十公里处，坐落在海拔两千二百八十米的羊坪山上。阳光拂照下，清冽澄明、没有污染的湖水，四周倒映着层峦叠翠，现出浓淡不同的青青翠色。站在山顶上俯瞰，宛如一颗镶嵌在山峦中光华闪烁的绿宝石。湖边古木参天，虬根裸露，有的枝干横逸斜出，照映水上，状如蛟龙蟠曲，平添了几分苍茫而荒古的气氛。

　　　　湖的一侧是一片开阔的草地，漫坡布满了野花芳草，暖风晴日下，鸟鸣虫噪，蝶舞蜂喧，为荒古、静谧的湖山胜境平添了几许生意。

　　　　……

　　　　六十三年前，红军长征途中通过彝族聚居区时，刘伯承与果基小叶丹在这里歃血为盟，结为兄弟。

　　周振甫先生说："映衬是指用相对的事物来互相映照和陪衬，或用宾来陪衬主。"① 《弦歌中的史记》即是依凭优美的场景刻画来映衬"彝海结盟"的历史，既展示了凉山景观的朗秀奇绝，同时也丰富了文章的思想内容。

　　至此，文章似乎可以收笔。然而山重水复之境地，作者又辟出柳暗花

---

　　① 周振甫：《文章例话》，中国青年出版社 1983 年版，第 397—398 页。

明的新境界。余下的五、六、七片段可谓是散文的精妙之处。如果说前面的几个片段着眼点是从历史趋向现实，而后面的几个片断则是从现实走入历史。这种时空交叉的写法，有益于营造一种使阅读者的视觉流动和心理流动的审美效果，也达到"文似看山不喜平"的艺术目的，由此使散文创作步入一个寻找到自我方法的天地。

第五片段生动传达了彝家能歌善舞，古风尚存，崇拜黑色和火的风俗，表明它是一个富有激情和生命冲动的民族，揭示了"彝家的史书，记在弦歌之中"的民族文化的特征。散文极其传神地描绘了彝家的歌舞音乐、节庆狂欢、图腾崇拜等文化质点和文化结丛，呈现了他们深层的心理结构和人文传统。作者引录了几首极富典型性的彝家的歌谣词曲，以精巧活脱、气氛浓烈的场面描写，显示了自己善于驾驭宏阔景观的艺术才能。

　　　　有人说，到了凉山，忘了吃，忘了喝，忘不了彝家姑娘的一曲歌。
　　　彝族民歌中数量最大的自然是情歌；其次，酒歌占有相当重要的位置，"人生酒歌"一般以敦勉、教诲为目的；还有一种"塘酒歌"，老人们坐在一起，通过唱歌，谈古论今，施才展智，这种酒歌多为鸿篇巨制，内容淹博，素有"歌母"之称。
　　　据熟谙声乐艺术的朋友讲，彝家唱歌发声的方法很科学，很考究。他们善于使用口腔、喉腔、胸腔和鼻腔巧妙自然地加以配合，因而音距大、吐气长，音量宽阔，即使数十拍的长乐句也能一气哼成。
　　　彝族人民能歌善舞，有着悠久的历史传统。早在西汉时期，司马相如就在《子虚赋》中记载了彝族先民的"颠歌"。唐代樊绰所著的《蛮书》中，也有关于彝族男女吹笙、跳歌的描述。
　　　……
　　　中国作家采风团来到凉山彝寨，热情好客的主人置酒接风。一队靓装丽服、美目流盼的彝族姑娘，手里擎着酒杯，高歌侑酒。我以素无饮酒习惯为辞，姑娘们便齐声唱道：
　　　大表哥，你要喝。
　　　你能喝也得喝，

不能喝也得喝，

谁让你是我的大表哥！

喝呀，喝！我的大表哥！

在这种情殷意切的态势下，别说是浓香四溢的美酒，即使是椒汁胆液，苦药酸汤，也不能不倾杯而尽。

接着作者绘声绘色描述了《喜背新娘》的歌舞节目，将阅读情绪激发到一个高潮。继而，从文化人类学的角度诠释了"背新娘"必须"抹锅灰"习俗的内在蕴含。

锅烟灰抹脸的习俗由来已久。从考古学与人类学的考据资料看，黑色在原始民众的观念中，往往具有某种神秘性的意义。在人的身体上特别是脸面上涂黑，是一种带有神秘色彩的巫术礼仪，有驱邪、祈福、禳吉的意图。

……

依我看来，"尚黑"可能与火的崇拜有关。锅底黑的魔力根源于对火的信仰。因此，凡是有抹黑习俗的地方，同时也都存在对火神崇拜的习俗。自古就有"彝人敬火，汉人敬官"的俗谚。

在老辈彝族群众的心目中，火是圣物，它能够净化一切。年节祭品要一一在火上转三圈，或将一块石头烧过，经淬水冒出蒸汽，再将祭品在上面绕过三圈，就可以除掉一切污浊。他们视火为神物，视锅庄、火塘为神之所在，严禁人畜践踏与跨越。猎人、牧人常用的引火绳，在家里要挂在房屋上方，用后只能用手压灭，而不许用唾沫淹灭。火是中心，哪里有了火，哪里便会围上一圈人，火成了凝聚人们的轴心。

这是一个火的民族，她的历史就是一条火的长河。一年一度的最隆重的节日——火把节，实际上是彝家古老的祭火节。人类最初一代的文明，是被火的光焰照亮的。世界上许多民族都有关于火的崇拜、火的禁忌的习俗。然而，像我国西南藏缅语系的几个少数民族这样，把火的崇拜神圣化，并以节日形式固定下来，同预祝丰收相结合，却是不多见的。

王充闾散文存在一定程度的学术色彩，也有"学者散文"的倾向。由于禀赋着深厚的哲学、史学、美学、文化人类学、心理学等素养，王充闾考察问题的思维方法、切入视角往往是独特的，因此，常常有自我的领悟和发现融入艺术文本之中。然而，和大多数"学者散文"所迥然相异的是，"学者散文"的天空中，往往散落着思想的碎片和飘荡着观念的羽毛，有着难以避免的逻辑切割和理念抽象的弊端，因而艺术的有机整体性往往显得较为欠缺，尤其是常常存在遗忘了直觉与灵感的缺憾，理性有余而诗性匮乏，分析过剩而悟性不足，特别是艺术技巧和修辞手法略显稚拙，所以，更像是论文的感性化，颇有点受黑格尔所云"美是理念的感性显现"的艺术概念影响，采用的是理念加上感性的创作模式。因此，在获得某种概念的逻辑阐释的同时，文本的审美魅力不免打了折扣。王充闾散文则避免了这种概念的遮蔽性，文本的学术色彩始终依附于整体的艺术结构，逻辑分析始终服从于感性的审美形式，也就是说，思辨从属于诗意，抽象受约于意象，审美自始至终都是散文舞台的主要角色，而其他因素只能居于配角位置。兼之作者所具有的对大自然敏锐的感受力，对历史人生所禀赋的直觉的生命体验，以及深沉率真的情绪和圆润通脱的艺术技巧，对汉语言的亲和力和修辞的熟练把握，等等，使散文的学术色彩起到了锦上添花的艺术效果。从而又脱离了"学者散文"的负面的窠臼与程式。

第六片段以亲目所见的直接描写的手法，写了火把节的景况：

> 天色暗了下了，我们在街前广场上，点燃起干蒿扎成的火把，排成长长的队伍，高声吟唱火把节祝歌，走向田野，走向山岗。于是，漫山遍野都唱起来了：

> 朵乐荷，朵乐荷，
> 烧死猪羊牛马瘟，
> 烧死吃庄稼的害虫，
> 烧死那穿不暖的鬼，

烧死那吃不饱的魔，

朵乐荷，朵乐荷！

……

时间已到深夜，登高四望，但见漫山遍野，到处都有金龙飞舞，起伏游动，浩荡奔腾，人们仿佛置身于火的世界。城市里也同时施放礼花，把光明送上天上，让暗淡的长天也大放异彩。古人有诗云：

云披红日恰含山，

列炬参差竞往还。

万朵莲花开海市，

一天星斗下人间。

可说是真实而确切的写照。

山在燃烧，水在燃烧，天空在燃烧。与此相应合，人们的情绪也随之激扬、纵放，沉浸在极度兴奋之中。面对着星河火海，我也不禁手之舞之，足之蹈之，高声朗诵起郭老的《凤凰涅槃》中的诗句：

我们生动，我们自由，

我们雄浑，我们悠久。

一切的一，悠久。

一的一切，悠久。

……

火便是你，

火便是我，

火便是他。

火便是火。

翱翔！翱翔！

欢唱！欢唱！

火把节自始至终体现了反规范、非理性的狂欢精神。这显然带有原始的万民狂欢的基因，但更重要的是反映了现代人的一种精神需求。从更广泛的集体心理来说，人们都愿意借助这个节日，营造一种规模盛大的、自己也参与其中的欢乐氛围，使自己身心放松，进而亢奋起来，一反平日那种循规蹈矩、按部就班的生活秩序，而同时又不被他人认为是出格离谱、荡检逾闲。

文章以叙议糅合的方法，既抒写了自我对火把节场面的感受与体验，也表达出学理层面的思考。作者将激情与冷静的不同心理完好地统一于叙述与议论之中，给读者以丰富的阅读感受。

最后一个片段，作者以设问的方式，展开对彝家文明的进一步思索。"世界上，哪个民族没有诗呢？维柯说过，在所有民族的历史上，诗是最初的或最原始的表态方式。海德格尔也说：'诗是人类历史上最早的语言，因此，诗是人类对宇宙和自身之悟解的最早开端。'但我敢说，要找一个像彝家那样全民族都迷恋诗歌，沉浸在写诗、诵诗、用诗的巨大热忱里，形成一种独特而鲜明的民族特征，走遍天涯也不容易。"作者又追溯历史，从晋代常璩的《华阳国志》所言的彝家"论议好比喻物"，提及广泛流传于大小凉山的著名史诗《勒俄特依》、训世诗《玛木特依》、叙事长诗《阿莫尼惹》、抒情长诗《阿冉妞》，还有云南的《梅葛》《阿诗玛》、贵州的《恩布散额》，构筑了彝族民间文学的宏大殿堂。然后，作者又视野一变，从历史回归现实，写到了凉山的现代化的景象和航天城发射法国宇宙公司制造的"鑫诺"一号通信卫星的实况，将历史与现实、神话与科技的文明链条做了衔接。将彝家置身于传统与当代的历史门槛之上，真诚地祝福这个民族有一个理想而美好的未来。最后，散文援引彝族诗人倮伍拉且的诗句作为收尾：

　　　沉重地滚动
　　　挤压我们身躯
　　　坚硬如铁
　　　粉碎灵魂的硬壳

　　　飘逝的时光
　　　一页页翻开

从以往翻到现在
我们拥有足够的经验
接纳必然的明天

《弦歌中的史记》将抒情、叙事、论说、联想、隐喻、象征等散文技法熔为一炉，糅合了历史、哲学、美学、神话、传说、民俗、文艺等内容，文章采用了不拘一格的综合技法，以一种"无法方为至法"的大家气象展示了独特的审美魅力，显露了作者的历史文化散文创作的新境界。王充闾可谓笔具四面，有如古人所云："文章诗画总属一理，必于一笔之中，各具四面，一句之内必分数层，所谓横看成岭侧看成峰也。"① 刚健处有"雄直之气，汪洋如万顷陂，一泻而下，莫之能御，此所谓阳刚之文"②。柔婉处如清风明月，夕阳无语，意在言外。

纵览《沧桑无语》这个集子，十五篇散文几乎篇篇达到或接近精品的水准，令人目不暇接，读之不忍释卷。青山碧水，天淡云闲，白鸟翔集，游鱼从容，栖居着一个散文家的诗心，弥散着一个返朴归真的花甲儿童的艺术灵感，寄寓着一位饱经沧桑的以生命去体验历史和热爱现实人生的智慧老人的梦幻与期待，留存着一位睿智冷静的学者的思辨和随想的足迹，更像是伫立着一位亲切、平和的讲故事的民间艺人的朦胧身影……

---

① （清）吴见思：《史记论文·封禅书》。

② （清）孟先纯：《评点古文法》，贾生《过秦论》上林云铭评。

第 七 章

追忆的感伤与美丽

第一节　皈依"童心"

艺术的审美特征之一即在于"不可重复性"。就一位作家而言，要达到不重复别人就已经是很困难了，而不重复自我则是难上加难。王充闾散文创作行走一条不断超越自我的心灵道路，作者渴慕在艺术的山林里探求新的飞红落霞，清溪碧树，月色鸟影，松风雪絮……纵览他的几个散文集子，尽管保持着历史与美学对话等基本的艺术风格，但是，每个集子里都有不同的气象与风骨，创新的笔法与境界，变化的题材与思理，求异的语言与修辞，等等。《沧桑无语》可以看作是王充闾的历史文化散文创作的新代表作，在这个集子里，作者确立了自我的一种成熟的美学风格，显现了一定程度的艺术独创性。然而，王充闾新近又结集出版了《何处是归程》，该散文集以与作家以往作品所迥然不同的生活题材、写作方式、艺术风格等方面，显露了王充闾的执着不懈的超越自我的美学追求。从总体上欣赏，《何处是归程》无疑属于散文园地的上品之作。作者于花甲之后毅然"变法"，使自我的艺术之舟漂泊到又一条充溢生机、风光旖旎的河流。

《何处是归程》是富有审美独创性的散文作品，作者选择了新的题材和新的话语，从而获得了艺术创造的新的灵感和激情，由此诞生了不同以往的审美果实，这属于一种必然的逻辑结果，也是对作家艰辛变法、舍弃成规、刻意进取的合理回报。显然，作家的自我超越性和艺术的独创性，成为《何处是归程》获得成功的心理条件和美学基石。

黑格尔在论述艺术的独创性时说："艺术家的独创性不仅见于他服从

风格的规律，而且还要见于他在主体方面得到灵感，因而不只是听命于个人的特殊的作风，而是能掌握一种本身有理性的题材，受艺术家主体性的指导，把这题材表现出来，既符合所选艺术种类的本质和概念，又符合艺术理想的普遍概念。"① 黑格尔这一看法具有一定的合理内核。就王充间的《何处是归程》而言，散文在主体方面得到了灵感，也没有听命于个人以往的特殊的作风，而是掌握了新的题材，表达了艺术理想和普遍概念，从而诞生了与先前作品所不同的审美风格。然而，黑格尔在艺术独创性方面存在保守的观念，他认为："独创性应该特别和偶然幻想的任意性分别开来。"② "艺术的独创性固然要消除一切偶然的个别现象。"③ 其实，从艺术现象考察，偶然幻想的任意性和偶然的个别现象，往往是建构艺术独创性的重要因素之一。王充间的《何处是归程》，在某种意义上，也接纳了幻想的任意性和偶然性，使其艺术文本具有审美的独创性。

创作主体的亲身感受，在一定程度上，有助于揭示艺术创作的深层缘由，作家真诚而感慨地说：

> 我常想，作为一个成熟的作家，形成自己的独特风格，固属难能可贵；但，又不能满足于这个层次上，还应该勇于突破自己的窠臼，跳出固有的藩篱，争取层楼更上，别开生面。有鉴于此，我曾想到，《沧桑无语》面世后，得到了很多的赞誉，有人说它大气淋漓，铺张扬厉，有人肯定作者的史学功底和学养，有人认为它分量重、开拓得深；如果我再在这方面下些工夫，当然也会取得一些新的成果，但总会给人重复自己，原地踏步，"破帽年年拈出"的感觉。
>
> 我有志于开创一个新的生面。想通过这本《何处是归程》，让人看到作者的一副另样的笔墨，亮给读者一个崭新的面孔。当然，这绝非易事，它不仅需要清醒的意识，需要勇气，也需要驾驭多样题材、娴熟多种手段的功力。
>
> 现在，摊在我们面前的这本散文集，就内容看，可说有别于上一

---

① ［德］黑格尔：《美学》第 1 卷，朱光潜译，商务印书馆 1979 年版，第 373 页。

② 同上书，第 374 页。

③ 同上书，第 378 页。

部，或者说有别于过去其他的集子，它偏重于反映童年生活，偏重于揭示作者的内在世界、心灵感受，有一部分专门写了文学艺术方面的闻人。从表现手法看，比较柔细、活泼、从容、闲适一些，议论少了，白描多了。敞开自我，揭橥内心。

如果说，《沧桑无语》反映的纯粹是文人的意绪；那么，这本集子则突出地显现了文人的形象，做到了回归自我，体认"本根"。反映出沧桑阅尽，人过中年的心境。这从淡泊自甘的心境可以看出，从落花情结、苍凉意绪可以看出，从文字的朴素、老到也可以看出。

我过去在一篇散文中说过，事与愿违是常见的，有时要走向草场，结果却蹩进了马厩。原来所设想的许许多多，最后究竟做得如何，恐怕也是很难说的。①

一生受儒家精神的浸染，充闾先生虚谷谦逊，敦诚致敏，他对于自己的散文创作，历来保持清醒而通达的认知，对于《何处是归程》的创作体会，可谓是甘苦自知，公允而求实。

《何处是归程》显露给读者以新面孔，首先关涉到题材方面，作品中回溯童年生活的文章，占据了一定的篇幅。作者的童年生活，处于特殊的历史时间和自然地域，伪满时期的东北盘山，一个土匪肆虐的"化外荒原"；虽然贫困但不乏亲情温暖的家庭，然而，几个亲人的连续疾病与夭折，作者幼小脆弱的存在个体，经历了数次对生命的悲剧性体验；兼之自然环境的奇异迷人，东北黑土地的地域文化与民俗色彩；私塾开蒙的读书经历，古怪博学的乡间鸿儒，还有繁英满树的马樱花、那屋檐下空灵、轻脆的风铃声等一切，都构成了作者童年生活的风景画和民俗画。然而，作者又不仅仅醉心于客观记叙童年的流逝时光，或者满足于还原一个逼真的历史画面。尽管作者在这个集子里显然减少了议论的成分，然而，作为艺术文本，毕竟还是有所寄托和隐喻的。只不过作者更多采用"春秋笔法"，将主观理念蕴藏在艺术意象与情感氛围之中，注重于传递超越语言之外的心灵逸响，将白描与隐喻的技法作为结构散文的重要方式。

---

① 作者致本人的通信，见：王充闾《素心幽寄·致颜翔林》，万卷出版公司2016年版，第63—64页。

《何处是归程》分为 6 个单元，而"童心守候"这个单元，共计 11
篇文章，全为追溯童年与童心之作。精神分析理论家弗洛伊德认为，童年
的创伤性经验对作家的心理结构的形成以及后来的创作实践，有着至关重
要的功能。现代文艺心理学也认为："人生最初的情绪体验有时联带着丰
富的生动的身心官感，鲜活地根植在文艺家的记忆之中。"① "对于一个文
学艺术家来说，丰富的（五彩缤纷的）早期经验具有弥足珍贵的价值。
那些最初的、自发的（然而也是强烈的）情感体验像浇在心田深处的第
一层水泥浆，完整的个性大厦就在这层墙基上逐渐建构起来。"② 王充闾
无疑经历了一个丰富的具有创伤性经验的童年，国家山河的破碎，苦难贫
困的生活境遇，多位亲人的亡故，都给作家的童年的精神田地，撒播了痛
苦的悲剧种子。而和大自然的密切贴近、近乎天人合一的情感沟通，又使
作家的心理经验萌发了敏感而早慧的诗性冲动和审美张力，为将来的艺术
心灵的诞生与强化提供了精神的契机。

"童心守候"这一组散文，可谓是王充闾文学道路上的皈依童心之
作，以往散文里所存在的精湛的历史学养，深邃的哲学思辨，空灵的美学
感悟，丰富的人生知识，娴熟的创作技巧，典雅的语言修辞……一切的一
切，似乎在这组文章里都居于附庸的地位，作者只呈现出一颗澄明而真实
的童心，凭借它抒写自我心灵的体验与随想。童心，它仿佛像茫茫黑夜里
一盏孤寂而闪烁着智慧光亮的灯火，照亮了精神行走的路程。明代思想家
李贽云：

> 夫童心者，真心也。若以童心为不可，是以真心为不可也。夫童
> 心者，绝假纯真，最初一念之本心也。若失却童心，便失却真心；失
> 却真心，便失却真人。人而非真，全不复有初矣。

> 童子者，人之初也；童心者，心之初也。夫心之初曷可失也！然
> 童心胡然而遽失也？盖方其始也，有闻见道理从耳目而入，而以为主
> 于其内而童心失。其长也，有道理从闻见而入，而以为主于其内而童
> 心失。其久也，道理闻见日以益多，则所知所觉日以益广，于是焉又

---

① 钱谷融、鲁枢元主编：《文学心理学教程》，华东师范大学出版社 1987 年版，第 80 页。
② 同上书，第 79 页。

知美名之可好也，而务欲以扬之而童心失；知不美之名之可丑也，而务欲以掩之而童心失。夫道理闻见，皆自多读书识义理而来也。古之圣人，曷常不读书哉！然纵不读书，童心固自在也，然纵多读书，亦以护此童心而使之勿失焉耳，非若学者反以多读书识义理而反障之也。夫学者既以多读书识义理而障其童心矣，圣人又何用多著书立言以障学人为耶？童心既障，于是发而为言语，则言语不由衷；见而为政事，则政事无根柢；著而为文辞，则文辞不能达。非内含以章美也，非笃实生辉光也，欲求一句有德之言，卒不可得。所以者何？以童心既障，而以从外入者闻见道理为之心也。……天下之至文，未有不出于童心焉者也。①

从哲学意义上看，李贞吾以"童心"反叛后天的知识与经验，其合理性和局限性兼而有之，对"闻见道理"进行情绪化的彻底否定，也背离了辩证逻辑的轨道。然而，它对于机械的理性原则的尖锐批判，解构传统的知识教条和"圣人之教"的僵死信念，无疑具有着历史的冲击力和进步性。从美学意义上看，李贽强调存在主体的真切的生命体验，个体情绪的本真感受和传达，反对虚假的思维方式和做作的精神伪装，注重从内心与自然出发，抒写真实的生命体验和精神自我。这无疑切中了文学创作的肯綮，具有极大的启发意义。

王充闾散文创作固然包含了丰富的"闻见道理"，但更多地闪烁着一颗真诚而澄明的"童心"，而《何处是归程》则更加分明而真切地向读者呈现了自我的童心。所以，笔者也将这个集子界定为"皈依童心"的之作。

《童年的风景》以平淡的口语和梦幻般的笔触，依赖着潜意识的流动，回忆了童年的生活：

　　人，不知不觉就来到这个世上了，就长大了，就老了。老了，往往喜欢回忆小时候的事情——在一种温馨、恬静的心境里，向着过往的时空含情睇视。于是，人生的首尾两头便连起来了。

---

① （明）李贽：《焚书》卷三。

我的回忆是在一种苍凉的感觉中展开的。这种感觉，常常同梦境搅和在一起，在夜深人静之时悄然而至——

......

这时，似乎依然身在茅屋里。北风"呜呜"地嘶吼着，寒潮席卷着大地，有一种怒涛奔涌，舟浮海上的感觉。窗外银灰色的空间，飘舞着丝丝片片的雪花，院落里霎时便铺上了一层净洁无瑕的琼英玉屑。寒风吹打着路旁老树的枝条，发出"刷拉、刷拉"的声响。这种感觉十分真切，分明就在眼前，就在耳边，却有些扑朔迷离，让人无从捉摸、玩索。

渐渐地，我明白了，也许这就是童年，或者说，是童年的风景，童年的某种感觉。它像一阵淡淡的轻风，掀开记忆的帘帏，吹起了沉积在岁月烟尘中的重重絮片。

茅屋是我的家，我在这里度过了完整的童年。茅屋，坐落在医巫闾山脚下的一个荒僻的村落里。说是村落，其实也不过是一条街，五六十户人家，像"一"字长蛇那样排列在一起，前面是一带连山般的长满了茂密的丛林的大沙岗子。

......

有一次，我耗费了整个的下午，晚饭都忘记吃了，用秫秸和蒿子秆扎制出一辆小马车，到末了只是觉得车轱辘没有弄好，就把它一脚踏烂了，没有丝毫的顾惜；睡了一个通宵的甜觉，第二天兴趣重新点燃起来，便又重头扎起。有些在成年人看来极端琐屑、枯燥无味的事，却会引发孩子们的无穷兴味。小时候，我曾蹲在院里的大柳树旁边，一连几个钟头，目不转睛地观察着蚂蚁搬家、天牛爬树。好像根本没有想过：这样做的目的是什么？究竟有什么价值？一切都是纯任自然，没有丝毫的功利考虑。

作者由此表达了自己对童年游戏的感慨："在游戏过程中，孩子们可以异想天开地进行种种创造性的甚至破坏性的实验，而不必像成年人那样承担现实活动中由于行为失误所导致的后果，并且可以保留随时随地放弃它的权利，而不必像成年人那样瞻前顾后、疑虑重重，从而创造一个绝无强制行为和矫饰色彩的完全自由、从心所欲的特殊的领域。""人有记忆，但也有善忘的癖性。本来，任何人都是从童年过来的，游戏本是儿童最正当的行为，贪玩、淘气、任性、顽皮，原属儿童的天性，也是然后成材、立业的起脚点。可是，一当走出童话世界，步入了成人行列，许多人便往往把自己当年的情事忘记得一干二净，习惯于以功利的目光衡量一切，而再也不肯容忍那些所谓无益且又无聊的儿时玩艺。"作者对于自然的直觉亲近和对游戏活动生动体认，无疑具有哲学人类学的思想内涵，在当今所谓后现代的历史语境，更包含着深刻独特的人文精神和具有启迪意味的美学情怀。作者以传神的笔触，状写了童年时于春夏秋冬四季里作为自然之子的审美愉悦，写到了跟随"拨浪浪，拨浪浪"的货郎担子跑，但无钱购买喜爱玩具的心境，还以怜悯之心写及了观看耍猴艺人的表演和对被虐待的猴子的同情。

《碗花糕》以素朴的童心和悲剧化情绪，记叙自己家庭的不幸和自我的情感体验，追忆了曾给以自己母爱般呵护的寡嫂。文章以"碗花糕"作为串联情感线索的感性符号，隐含了象征和寓意的功能，起到了结构文章的作用。散文闪耀着儿童真情的意识流淌，技巧和情感组成了天衣无缝的文本整体，达到了"至情"和"至文"的境界。作者文笔简洁朴素，以口语和日常言辞为基调，摒弃了一切预先设置的理性目的和写作规范，全凭童心的任意牵引和情绪的漫游，而挥洒成一篇情理兼备，意象交融，境界全出的散文精品。它深深地打动着每一个阅读者的心灵。

而《西厢里的房客》，则以儿童眼睛观察成人的世界，记叙了一位命运多艰的沉默无语的山东大汉的人生漂泊。还以童心的细微，写到了"房客"的女人——一位智力有缺陷的残疾人的"痛苦中欢乐"："我发现'笑婶'特别喜欢戴花，无论是真花假花，山花野花，见着了就往头上插，十朵二十朵，迭迭层层，满头花枝摇曳，然后就对着镜子前后左右地映照。却不懂得坐下来唠唠家常喀儿，和丈夫说体己话，一天到头傻笑个没完。与此形成鲜明的对比，靳叔叔却总是显得心事重重，纵日里愁肠百结，紧皱着眉头。"作者还以插叙追忆的方法，展示了那个不合理的历史年代的个人悲剧，给人以深沉的情感震撼。

第二节　回头几度风花

怀旧是人类普遍存在的情结之一，在某种意义上，历史也隐喻着这种人类文化心理的怀旧情绪。从每一个生命存在而言，年老之际尤其是怀旧倾向趋于浓烈的时间。老年，也许最渴望向童年和童心的皈依。王充闾先生，以"回头几度风花"的心态写作《何处是归程》这个散文集子，可以读解为是创作心灵向着自然母体、生命母体、文化母体的返朴归真，溯源认本。斯蒂芬·欧文认为，中国文学离不开追忆，贯穿着追忆。如果说，在西方传统里，人们的注意力集中在意义和真实上，那么，在中国传统里，与它们大致相等的，是往事所起的作用和拥有的力量。……追忆是美丽的，也是伤感的。其实伤感和美丽从来就不矛盾。① 正是这种追忆的情感冲动，形成一种心理的内驱力量，潜在地构成了一种审美感悟的机能和艺术创造的势能，促使王充闾去写作《何处是归程》这个集子。

王充闾的《何处是归程》可以看作是以"追忆"为背景底色的散文，而这种"追忆"又是以童心为灵魂、为起点、为基调、为线索、为结构、为圆心。可以说，"追忆"是其艺术的感性外壳，"童心"则为美学的精神内核。

"童心守候"这一片段，绝大部分为呈现本真童心的"追忆"佳作。《吊客》，敞开着童心的感受，写了传统习俗中的"吊客"现象。作为丧葬文化或丧葬礼仪的重要组成部分，"吊客"在不同的地域和民族中是普遍存在的现象，作者最初以童年的眼光追忆了在自己村庄里所亲眼目睹的"吊客"表演，然后，在喜剧化的氛围里寄寓了深刻的文化反思。

> 晚上掌灯之后，要给亡灵"送关门纸"，这也是"哭灵"表演最充分的时刻。伯母三房子、媳和女儿、女婿以及娘家那面来的亲戚，十几个人，按照男左女右的规矩，分跪在灵堂两侧，算是"陪灵"。每当亲戚故旧来到灵前叩拜，他们都要跟着陪哭一场。男客女客，分别由丧家的男人、女人陪哭。走马灯似的人群川流不息，宾主操着同

---

① 王星琦：《追忆的伤感与美丽》，载《扬子晚报》2000 年 7 月 22 日，"读书"副刊。

一种腔调，带着同一样表情，哭诉着同一种内容，例行着同一种公事，大家都在围着这个亡灵忙碌着，应付着，敷衍着，使得本来应该极度哀伤的祭奠，变成了一种形式，一种摆设，一种毫无意义的过场。回回如此，年年照旧。

　　作者生发出这样的议论："旧时代的丧葬、婚嫁习俗，是一个一切都以过去为基准的文化领域。一些生活习俗、礼节仪式的传承，全是靠着模仿长辈的行为实现的。那些终生奔波于生计的劳动者，从来不会、也没有那份精力，去过问这些属于日常经验世界的事情。当被问到'为什么要这样做'时，他们的答复总是'刻板'式的一句话：祖祖辈辈都是这么过来的。"在文章收尾处，作者平静地讲述了一个似乎与此不存在逻辑关联的故事：

　　　　有一件很小的事，给我留下了深刻的印象：一天傍晚，"罗锅王"门前那棵半枯的老榆树起了火，烟雾弥漫，炝得纳凉的人一个劲儿地咳嗽。任谁都唠叨这烟实在炝人，却又谁也不肯换个地方，更不想动手把它浇灭，尽管不远处就有一眼水井。就那么因循将就，得过且过。讲故事的偶尔插上一句："哎呀，这棵树烧完了。"旁边有谁也接上说："烧完了，这棵树。"听不出是惋惜，还是惬意，直到星斗满天，各自散去。

　　文章作到此处，可谓达到童眼慧心的境地，古人所言为文的"同文异取，同取异用"① 之法，王充间已经创造性地取用看是无所寓意的故事"材料"，于漫不经心之中，隐喻深刻的思想意义，也近于画龙点睛之笔，远胜过作者直接露面的抽象论说的效果。这种散文化的文化反思与文化批判，其蕴含是极其深湛的。

　　如果前面的几篇文章是以纪人为主，而《"化外"荒原》则是凭写景见长，醉心讲叙童年时代对大自然的情感体验和亲密交游。

---

　　①　（清）章学诚：《文史通义·说林》。

在我幼年时节，有一道百看不厌的风景线，那就是开开茅屋后门就会扑入眼帘的绵亘西北天际的一脉远山。阴雨天，那一带连山漫漶在迷云淡雾之中，幻化得一点踪影也不见了。晴天雨霁，碧空如洗，那秀美的山峦便又清亮亮地现出了身影，绵绵邈邈，高高低低，轮廓变得异常分明，隐隐地能够看到山巅的望海寺了，看到峰前的那棵大松树了，好像下面还有人影在晃动哩。刹那间，一抹白云从层峦上面飘过，那山峰化作了一个白胡子老爷爷了。

……

或许是因为村子前面有个大沙岗子，沙岗子上又狐狸成群的缘故吧，我们那个村子就叫"后狐狸岗子"。

……

雪天里，大沙岗子最为壮观。绵软的落叶上铺上一层厚厚的积雪，上面矗立着烟褐色的长林乔木，晚归的群鸦驮着点点金色的夕晖，"呱—呱—呱"地噪醒了寒林，迷乱了天空，真是如诗如画的境界。

最有趣的还是那白里透黄、细碎洁净的沙子。这是当地的土特产。用处可多着哩。舀上一撮子放进铁锅里，烧热了可以炒花生、崩爆花，磨得锃亮的锅铲不时地搅拌着，一会儿，香味就出来了，放在嘴里一嚼，不生不糊，酥脆可口——那味道儿，走遍了天涯也忘怀不了。

……

大沙岗子确是一个狐鼠横行、狸兔出没的世界。湿润的沙土地上，叠印着各种野生动物的脚印。人们在林丛里，走着走着，前面忽然闪过一个影子，一只野狐嗖地从茅草中蹿出来了。野狐的毛色是火红的，二尺长的身子拖着个一尺多长的大尾巴，像是外国歌剧院里长裙曳地的女歌星，款款地在人行道上溜过去。

野狐、山狸、黄鼠狼，白天栖伏在大沙岗子的洞穴里，实在闷寂了，偶尔钻出了找个僻静的地方，晒晒太阳、亮亮齿爪、捋捋胡须，夜晚便成群结队、大模大样地流窜到岗子后面的村庄里，去猎食鸡呀、鸭呀，大饱一番口福。它们似乎没有骨头，不管鸡笼、鸭架的缝隙多么狭小，也能够仄着身子钻进去。

除了描摹对大自然的感受之外，散文也讲叙了许多民间的习俗，诸如祭奉狐仙，干旱求雨，画符上梁等幽默有趣的故事，蕴含着社会学和民俗学的文化兴致。文章对于往事和自然的追忆，包含了文化人类学的理念和诗人化的审美精神，尤其对于民间习俗的描述，注入了作者的审美感受。而对当时的农民的生存状态的同情和体察，寄寓着一种人道主义和存在主义的双重思绪。尽管作者的语言表述似乎平淡而口语化，然而，它的语言水面之下所潜沉的思维漩涡也更为深刻和湍急。

土匪现象构成了充满悲剧色彩的中国历史的苦难一页，《"胡三太爷"》却以悲喜糅合的方式，讲述了东北的一个地域的土匪故事。其中讲叙的人物，以喜剧情绪给人以开怀的幽默。作者这种以"讲故事"的方式写作散文，甚受《庄子》的遗风熏染。在当今散文作家中，王充闾散文的这种"讲故事"方法，其实也是借鉴了小说的某些技巧，所谓"小说化散文"的笔墨，值得我们关注。

在"童心守候"这个片段里，"怀旧"与"追忆"构成了两个互相联系的主题，作者以自我的童心复现已经朦胧模糊的自然山水和流逝的事件和故人。作者这种超越时空的"怀旧"与"追忆"，既是体认了一种人类本能的乡愁的冲动和亲情的眷恋，也是感觉着回归精神家园和走入自然母体的审美情结。王充闾的散文世界，贴近了生命存在中最原初的本质和人类文化结构里最隐秘的因子，这就是主体的审美记忆在怀旧与追忆的情感经纬所建造的文本中，作者重建一个童心的世界，这个世界里，既有儒家的伦理道德的亲情纲常，又有道家的审美哲学的生命逍遥；既有存在主义的个体关怀，也有精神分析主义的潜意识本能的有限肯定。更重要的是，作者以一颗老人的童心去感受已经作古的生命形式，以一个澄明的思境和朦胧的诗情，关怀那些属于历史的曾经存在的他人和自我……由此，散文沟通了过去、现在、将来，联结了自我与他人，它使人的生命存在和深挚情感延伸到永恒和无限的时空。"童心守候"片段里有五篇追忆故人的文本，即是如此之作。

《我的第一个老师》，记叙童蒙求学之前的"老师"——"魔怔"叔叔。一位性格怪僻，心地善良，深受儒家哲学影响的民间学人的形象："'魔怔'叔的面相一如他的心境，一副又瘦又黄的脸庞，终日阴沉沉的，很难浮现出一丝笑容，眼睛里时时闪现着迷茫、冷漠的光。年龄刚过四十，头发就已经花白了，腰板却总是挺得直直的。动作中带着一种特有矜持，优雅的懒散和栖皇的凝重，有时，却又显得过度的敏感。几片树叶飘然坠落下了，归雁一声凄厉的长鸣，也会令他惊心触目，四顾怆然。刚说了一句'悲哉，此秋声也'，竟然莫名其妙地流下几滴泪水，呜咽着，再也说不出话来。""魔怔"叔内心孤独而傲慢，对于世俗的功利与虚名视为草芥，淡泊于世，却与一个有待开蒙的玩童成了心犀相通的忘年交，他以明代遗民傅青主的"子弟遇我，亦云奇缘"一段话作为诠释。"魔怔"叔给幼小心灵启教的不仅是对大自然的知识了解、山川物候的经验积累，更重要的是，传递给自己一种超越性的对待生命存在的姿态，一种破解"人情重小而轻大"迷误的精神，一种否定世俗趋向审美和诗化的迷狂，还有对生命、对真理、对自然的同情、信仰与爱……

　　"魔怔"叔便领我到大水塘边，去辨识野鹤与鸬鹚。他指给我看，凡是脖子伸着，飞起来双脚挂在身下的，就是鹤；而鸬鹚起飞后却将双脚伸直到后面。这时，我们已经来到了鸬鹚的捕鱼的现场。只见它们一个个躬身缩颈，在浅水滩上缓慢地踱着步，走起路来一俯一仰地，颇像我这位"魔怔"叔，只是身后没有别着大烟袋。有时，它们却又歪着脑袋凝然不动，像是思考着问题，实际是等候着鱼儿游到脚下，再猛然间一口啄去。这一切意兴盎然的鸟趣生机，都给我带来了无穷的乐趣。

　　小时候我经常跟随"魔怔"叔去闲步。旧历三月一过，向阳坡上就可以看到，各色的野花从杂草丛中悄悄地露出小脑袋。他最喜欢那种个头很小的野生紫罗兰，尖圆的叶片衬着淡战色的花冠，花瓣下面隐现着几条深紫色的纹丝，看去给人一种萧疏、清雅的感觉。

　　长大以后，我之所以能够"多识于虫草鱼木之名"，和童年那段经历有着直接关系，我要特别感谢那位"魔怔"叔的指教，他是我的第一位老师。

　　……

　　记忆中有这样一句话："人之初"镶嵌在大自然里，没有亲近过泥土的孩子，永远不会真正懂得什么是"童年"。忘记了是谁说的，但它体现了真理性的认识。

作者因此表达了自我对当今都市生存的反思，对于普遍存在儿童少年和自然母体的隔离现象表明了忧虑。

如果说"魔怔"叔是作者童年的"第一位老师"的话，那么，真正意义上的老师，则是《青灯有味忆儿时》里所追忆的、有"关东才子"之誉的私塾老师——刘璧亭先生。

私塾设在"魔怔"叔家的东厢房。这天，我们早早就赶到了，"嘎子"哥穿了一条红长衫，我穿的是绿长衫，见面后他就要用墨笔给我画"关老爷"脸谱，理由是画上的关公穿绿袍。拗他不过，只好听他摆布。幸好，"魔怔"叔陪着老先生进屋了。一照面，首先我就吓了一跳：我的妈呀，这个老先生怎么这么黑呀！黑脸庞，黑胡须，黑棉袍，高高的个子，简直就是一座黑塔。

……

先生面相严肃，令人望而生畏，人们就根据说书场上听来的，送给他"刘黑塔"（实际应为"刘黑闼"）的绰号。其实，他为人正直，豪爽，古道热肠，而且饶有风趣。他喜欢通过一些笑话、故事，向学生讲述道理。当我们读到《大学》的"知止而后有定，定而后能静，静后而能安，安而后能虑，虑而后能得"的时候，他给我们讲了一个两位教书先生"找得"的故事——

一位先生把这段书读成"知止而后有定定，而后能静静，而后能安安，而后能虑虑，而后能得"，发觉少了一个"得"字。一天，他去拜访另一位塾师，发现书桌上放着一张纸，上面写个"得"字。忙问"此字何来？"那位塾师说，从《大学》书上剪下来的。原来，他把这段书读成了"知止而后有，定定而后能，静静而后能，安安而后能，虑虑而后能"，末了多了一个"得"字，就把它剪下来，放在桌上。来访的塾师听了十分高兴，说，原来我遍寻不得的那个"得"字跑到了这里。说着，就把字条带走，回去后，贴在《大学》的那段书上。两人各有所获，皆大欢喜。

……

塾斋的窗前有一棵三丈多高的大树，柔软的枝条上缀满了纷披的叶片，平展展地对生着，到了傍晚，每对叶片都封合起来。六月前后，满树绽出粉红色的鲜花，毛茸茸的，像翩飞的蝶阵，飘动的云霞，映红了半边天宇，把清寂的书斋装点得浓郁中不乏雅致。深秋以后，叶片便全部脱落，花蒂处结成了黄褐色的荚角。在我的想象中，那一只只荚角就是接引花仙回归梦境的金船，看着它们临风荡漾，心中总是涌动着几分追念，几分怅惘。"魔怔"叔说，这种树的学名叫"合欢"，由于开的花像马铃上的红缨，所以，人们又称它为马缨花。

马缨花树上没有挂上马铃，塾斋房檐下却摆动着一串风铃。在马缨花的掩映下，微风拂动，风铃便发出叮叮咚咚的清脆的声响，日日夜夜，伴和着琅琅书声，令人悠然意远。栖迟在落花片片、黄叶纷纷之上的春色、秋光，也就在这种叮叮、咚咚的声中，迭相变换，去去来来。

……

我从六岁到十三岁，像顽猿箍锁、野鸟关笼一般，在私塾里整整度过了八个春秋，情状难以一一缕述。但是，经过数十载的岁月冲蚀、风霜染洗，当时的那种凄清与苦闷，于今已在记忆中消溶净尽，沉淀下来的倒是青灯有味、书卷多情了。而两位老师帮我造就的好学不倦与迷恋自然的情结，则久而益坚，弥足珍贵。

"少年弟子江湖老"。半个世纪过去了，无论我走到哪里，那繁英满树的马缨花，那屋檐下空灵、轻脆的风铃声，仿佛时时飘动在眼前，回响在耳边。马缨——风铃，马缨——风铃，永远守候着我的童心。

文章还记述了塾师刘璧亭先生对自己严厉又慈爱的启教，循循善诱的教学方法，以及先生吸食鸦片后的飘逸卓异的书法技艺。也追忆自己被榆树板子击打时的疼痛，描红临帖中的辛苦与畅快，对句作文过程中对文辞与诗中三昧的体悟……以及书房内外的，和"嘎子"哥的顽皮和恶作剧的种种旧事逸趣。由于时间的变迁和空间的位移，使作者的追忆保留着一种若即若离、清晰又朦胧的审美距离，然而，也许正是这种审美距离有助于作者建构了这种空灵真切、清新飘逸的散文意境。文章将传统散文的写景体物，表情言志，记人述事，点染烘托等的技法交融到字里行间，却又章法随意，挥洒自如。既言情而又节制含蓄，一片真诚的童心跃然纸上。苏珊·朗格就认为，艺术应表现情感而不是宣泄情感，而情感之表现必须借助于符号化的象征活动和象征形式，这样才能使文本中的情感具有鲜活的生命。① 王充闾散文的情感表现，也许也应证与暗合这一美学理论。

《母亲的心思》与《"子弟书"下酒》，是追忆双亲的联袂文章。前者回溯了饱受苦难沧桑、人世不幸的慈爱母亲的往事。尽管母亲曾是大家闺秀，但家道衰落后，经历了穷困生涯的折磨，她毫无怨言，相夫教子，安贫乐道。"衰门忍见死丧多"，几个子女的接连亡故，使母亲哭干了泪水。母亲自尊心极强，"任可身子受苦，绝不让脸上受热"的口头禅，极其普通的话语，却凸显了一种对待生命意义的坚韧固守的心性。对于世事人情的赤子之心，也许是母亲馈赠给自己的最珍贵的遗产。"母亲对我进行生命的教育，把志气和品性传给了我，用的不是语言文字而是行为。"后篇追忆了痴迷"子弟书"的父亲，"我的家乡，离满族聚居区北镇（从前叫广宁府）比较近，都在医巫闾山脚下。这一带盛行着吟唱'子弟书'的风习，我父亲就是其中的痴迷者。童年时在家里，我除去听惯了关关鸟语、唧唧虫吟等大自然的天籁，常萦耳际的就是父亲咏唱《黛玉悲秋》《忆真妃》《白帝城》《周西坡》等'子弟书'段的苍凉、激越的悲吟。"散文以"子弟书"作为情感线索和结构策略，传神感人地勾画了父亲在经历人世苍凉之后，思想与性格所逐渐变化的心路。文章借母亲的间接叙述和自己的直接所见，将文章做得灵活别致、凄婉感伤：

> 听母亲讲，父亲年轻时，热心、好胜，爱打"抱不平"、管闲事；看重名誉，讲究"面子"；喜欢追根、辨理，愿意出头露面，勇于为人排难解纷。村中凡有红白喜事，或者邻里失和、分家析产之事，都要请他出面调停，帮助料理。由于能说会道，人们送了个"铁嘴子"的绰号。
>
> 后来，年华老大，几个亲人相继弃世，自己也半生潦倒，一变而为心境苍凉，情怀颓靡，颇有看破红尘之感。他到闾山进香，总愿意

---

① 参见 ［美］苏珊·朗格《情感与形式》《艺术问题》的相关章节。

与那里的和尚、道士倾谈，平素也喜欢看一些佛禅、庄老的书，还研读过《渊海子平》、《柳庄相法》，迷信五行、八卦。由关注外间世务变为注重内省，由热心人事转向寄情书卷，寻求精神上的寄托。但所读的书多是苍凉、失意之作。记得，那时他除了经常吟唱一些悲凉、凄婉的"子弟书"段，还喜欢诵读陆游、赵翼的诗句。

……

从前父亲是滴酒不沾的。中年以后，由于心境不佳，就常常借酒浇愁，但是，酒量很小，喝得不多就脸红、头晕。酒菜简单得很，一小碟黄豆，两块咸茄子，或者半块豆腐，就可以下酒了。往往是一边品着烧酒，一边吟唱着"子弟书"段，"魔怔"叔见了，调侃地说："故人有'汉书下酒'的说法，你这是'子弟书'下酒。"父亲听了，"呵、呵、呵"地笑了起来。

文章以父亲回忆往事而吟唱"子弟书"收尾，恰好与整个散文的脉络相承一气而又留有余味。林纾云："大家之文，于文之去路，不惟能发异光，而且长留余味。"① 王充闾散文的"收笔"往往是令人余味未尽，留有返思的空间。两篇追忆双亲的文章，犹如潺潺溪流，清清深潭，本真自然，朴质无雕。犹如刘勰所云："深文隐蔚，余味曲包。"② 亦同司空表圣所云："情性所至，妙不自寻。遇之自天，冷然希音。"③

《小好》是以自我的"童心"去追忆另一颗"童心"的散文佳作。文章从偶然的、似乎是不经意的回忆破题，却将读者心绪带到一个遥远的年代交融着陌生面孔的意境里。然而，随着故事水流的延伸浸润、人物足迹的清晰坚实，作者呈现了一个童心无忌、少年情愁的澄明天地。真挚善良、聪慧端庄的小好，是塾师刘璧亭先生的小女儿，两颗童心在一起，可谓两小无猜，青梅竹马，然而，由于命相的缘故，"老先生和'魔怔'叔也有心把小好嫁过来的，好上加好，友情加亲情"的这一夙愿未能成为现实。散文以洗练精致的白描技巧，兼之场面景物的烘托，将私塾共读，

① （清）林纾：《春觉斋论文·用收笔》。
② （六朝）刘勰：《文心雕龙·隐秀》。
③ （唐）司空图：《二十四诗品·实境》。

夜晚观戏的快乐童心和少年真纯，淋漓地绘于纸上笔端。最后以一首诗寄托别离多年的情怀："秋水映长天，黄花似昔妍。绿窗人去远，相见待何年？"

第三节　淡泊致远

在某种意义上，"追忆"成为《何处是归程》的这个乐章的基调与主旋律，如果说这里面既有对皈依童心的呼唤，那么，也有对人过中年的舒缓流水的倾听。呼唤与倾听，交织着作者心灵的独白，寄寓着与往事故人对话的渴望。

《何处是归程》里回首往事的第二片段文章，更趋向于中年的心态，那就是生命河流的波浪已经趋于舒缓平静，一种通达睿智而淡泊超然的人生碧树已经冠盖浓荫，现在，作者再"回头几度风花"，显然是蹑人"素处以默，妙机其微。饮之太和，独鹤与飞。犹之惠风，苒苒在衣。阅音修篁，美曰载归"① 的生命与艺术相互掩映的美学境界。显然淡泊致远的人生旨趣构成这个集子的美学风格之一。

《回头几度风花》以一种内心独白的方式，向读者敞开真切的心灵面目。尺幅方寸的空间，却容纳了心灵世界的林泉山色，落花流水。

> 面对着这种残红万点的景色已经不知多少次了。印象最深的，是小时候到姨母家去，时光不比现在晚多少，我却已经换了单衫了，是月白色的土布做的。路过一处桃园时，空中没有一丝风，缤纷的花瓣飘落在布衫上，一片叠着一片，乍一看，像是绣上去的细碎的花朵。妈妈在前面几次三番催我快走。我说，走不得，往外一走，我的绣花衫就又变成白布了。最后，索性站在桃林深处，一动不动，享受着大自然的美的赐予。
>
> ……
>
> 有人说，花朵是沟通大自然与人的心灵的一种不需要翻译的语言。以花为媒，借助花的昭示，人们能够体察到天地造化中的灵性，

---

① （唐）司空图：《二十四诗品·冲淡》。

感知自己灵海的波澜、心旌的摇荡。也许是这样，但我的体会不深。只觉得年华老大之后，面对着残红委地，落英缤纷，总有些"春归如过翼"，"流年暗中偷换"的丝丝怅惘。

同是漫步在"桃花乱落如红雨"的芳林里，一样的飞花片片，此时的心情却与少年时节迥然不同。仿佛行进在春晚的霏霏细雨中，耳畔听得见那似近似远、疑幻疑真的时间的淅沥，像是丝丝缕缕、点点滴滴都飘落在寂寥的心版上，切实地体验到一种流光似水、逝者如斯的感觉。我相信了，细雨真的是一种撩拨思绪的弦索，雨丝织出来的"情绣"常常是对于往昔的追思。何况，而今人过中年，正处于对于"韶华不再"最为敏感的年纪。

……

回忆是中老年人的一种特有的专利。一般来说，它常常是重新感受年轻，追忆逝水年华的一种无可奈何的心灵履约，是对于昔日芳华的斜阳系缆，对于遥远的童心的痴情呼唤，当然，也是对于眼前的衰颓老病所造成的心灵创伤的一种抚慰。

普通的人们毕竟还都天机太浅，既不具备佛家的顿悟，也没有道家坐忘的工夫，总是像《世说新语》中说的"未免有情"，因此，在回首前尘，也就是展现飞逝的生命的过程中，在感受几丝甜美，几许温馨的同时，难免会带上一些淡淡的留连，悠悠的怅惘；而且，由于想象中的完美和过于热切的期待终究代替不了实际上的近乎无情的变迁，所以，回忆常常带有感伤的味道，"于我心有戚戚焉"。

……

不过，事情常常不像想象的那样简单。早在一千一百多年前，玉溪生就在《锦瑟》诗中慨乎言之："此情可待成追忆，只是当时已惘然。"当时就已经惘然，何谈事后追忆！况且，追忆毕竟终究属于想象的领域，它是在时空变换条件下的一种新的综合，新的加工。许多飘逝了的过眼云烟，通过回忆，获得一种新的形态再次亮相的机缘，包括有些当时并不具备，而是由追忆者赋予它的新意蕴，新的感受。

不要说，凡是追忆都或多或少、或隐或显地夹杂着本人对于过往情事的重新诠释。

……

当然，就算是原原本本的摄像或者全息影片又怎么样，年光已经飞鸟般地飘逝了，留下来的只是一个个空巢，挂在那里任由后人去指认，评说。有人说得更为形象：照片这东西不过是生命的碎壳，纷纷的岁月已经过去，瓜子仁一粒粒咽了下去，滋味各人自己知道，留给大家看的惟有那满地狼藉的黑白瓜子壳。

追忆中所寄寓的浓浓的乡愁和淡淡的怅惘，伴随着落英缤纷和潺潺流水，它显现着对生命的独白和对审美的运思，一个永恒的哲学心路呈现在自我的眼前：我从何处来？我是谁？我又向何处去？生命与美的意义何在？存在何为？……追忆也许也是走向未来的情感阶梯，是引导心灵穿过迷惘人生的洞穴之火，它是被审美化了的升华了的记忆，是一种被情感蒸发和灵魂过滤了的往昔流水，一种艺术化了的真实意象……王充闾对于追忆的体味是哲学化和美学化的，也是诗意的和审美的。散文里的"追忆"，有着佛家"拈花微笑"的禅悟，道家"濠梁观鱼"的智慧，存在主义对"存在"的自我追询，生命哲学对"生命"的深切叩问……然而，一切的一切，都奠定在这样精神基石的上，那就是作者所具有的诗人化的超越功利的审美的心性和悟觉。如果说王充闾散文的艺术技巧中存在"讲故事"的小说笔法，那么，该文则可以视为他散文创作中还存在明显的诗化倾向。

《从容品味》随心但又不失机巧地选择从一个餐馆的临街窗口，从容观望过往的行人，进而抒写对人生的回忆和品味的写作策略。散文采用的是古人所云的"避实击虚"① 之法，舍弃写事纪人，而采取超然旁观、浮光掠影的方式，注重抒写瞬间的印象和体验，犹如西方印象主义的绘画理念，强调主体的瞬间直觉和自由联想，由此去阐释世界万象和表现自我心灵。

善于借鉴其他文学形式的具体技巧也构成王充闾散文的一个特征。作为追忆往事的《夜话》，则综合了戏剧化的艺术手法，极为娴熟地使用悬念和巧合、误会与曲折、矛盾与波折、性格与冲突等技巧，作者通过两个人物交替回忆的方式，使追溯的场景集中在固定的时空，从而动情地写出

---

① （清）朱宗洛：《古文一隅》。

了鲜活的人物，也间接地呈现了那个特定年代的良知与道德。文章令人动容地展现了世间友情的宝贵和永恒，赞誉了现实世界中所存在难能可贵的超越功利和欲望、超越今生今世的爱情。

"自我"作为追忆者，又作为被追忆的"主角"，显然，《鹪鹩的苦境》体现了追忆的双重功能。作者以形象化的比喻，写出一个苦涩年代里的苦涩经历，一个苦涩境域里的苦涩心境，但也不乏达观与超越的情怀。正是这种苦涩的人生路程，才走出生命轨迹的闪光和优美。"追忆"又被赋予精神分析的功能，它揭示了一颗文学心灵的激情与理想、压抑与升华。

诗与哲学、美学的高度融合构成了王充闾散文的魅力之一，在"追忆"性质的散文里，《收拾雄心归淡泊》即是这种魅力的体现之一。文章将疏密与疏淡糅合一体，以写虚为主，写实为辅，虚实相映的策略，着重于呈现内在的心理体验。作者从中国文化的传统背景出发，按照习惯说法，将人生的童年、青年、中年、老年四个阶段，类比于大自然的春夏秋冬，继而将对生命四季的感怀投置于春华秋实、青山夕阳的系缆之中……这既是沉静而潇洒、旷达与优游、空灵而淡泊的生命独白与人生乐章，也是"清水出芙蓉，天然去雕饰"的诗歌吟唱。

在人的一生中，老年虽为收敛时期，是生命的黄昏，却也意义充盈，丰富多彩，像一年四季中的冬天一样。冬天是透明的，蓝天澄明高爽，白云浅淡悠闲，"落木千山天远大，澄江一线月分明"。冬天可以使人透视宇宙万般，冬天使人清醒。由于它接受了春的绚烂、夏的蓬勃、秋的成熟，因此，冬天也是充实的。

与此相比，作为命运交响曲的第四乐章，老年包容了生命之旅中的欢欣与烦恼、期待与失望、颂赞与非议、慰藉与苍凉，领悟着哲学意义上的宁静与超然，称得上是人生的冠冕。在七色斑斓的黄昏丽色中，继续演奏着生命真实的凯歌。最后，生命火花闪灭，树高千丈，落叶归根，一切都返回大地母亲的怀抱，消溶于苍茫无尽之中。

在一年四季中，我最喜爱的是明艳的秋天。我爱它的丰盛、充实、成熟、圆满。林园漫步，处处光华耀眼，硕果盈枝，或丹红，或金黄，或绛紫，沐浴着艳美的秋阳，清香四溢，供人们恣意赏玩，尽情撷采。我爱秋天的清凉明澈，深沉淡泊，这远远胜过春天的喧嚣、浮躁，夏日的热烈、张狂。

……每当我面对白云、黄叶、雁阵、澄潭的无边秋色时，都联想到，人过中年也应该像秋天那样，"收拾雄心归淡泊"，"绚烂之极归于平淡"。

……

淡泊，是一种人生哲学，一种生存方式，也是一种审美文化。它的内涵十分丰富，大体上涵盖了平淡、冲淡、素淡和散淡等多方面的意蕴，反映出一个人内在的襟怀与外在的风貌，但集中地表现为一种人生境界，精神涵养。

……

这种宁静与淡泊，会使人们显示智慧的灵光、超拔的感悟，以"过来人"的清醒与冷静，对客观事物作静观默察，持超拔心态。平淡不是消沉，乃是修养已深，思想和见解均已成熟，返于纯粹自然，而无丝毫做作。因为是自然的表现，不能包装，也无法模拟。

……

平淡不是气象萧索，不是淡而无味，苏东坡说："大凡为文，当使气象峥嵘，五色绚烂，渐老渐熟，乃造平淡。"看来，平淡正是臻于成熟的表现。诗文如此，人生何独不然？

……

淡泊萧然的暮年心性是精神层面的。本来，溪水无心流淌着，不涉人情，无关世事，可是，原本积极入世的孔老夫子溪傍闲步，看在眼里，却蓦然兴起岁月迁流、"逝者如斯"的慨叹。秋风潇飒，如波涛夜惊，风雨骤至，草木无情，有时飘零，而"方夜读书"的欧阳子，却为生命无常，人生易老，"渥然丹者为槁木，黟然黑者为星星"，凄然愀然。

侯方域曾云："行文之旨，全在裁制，无论细大，皆可驱遣。当其闲漫纤碎之处，反宜动色而陈，凿凿娓娓，使读者见其关系，寻绎不倦。至大议论人人能解者，不过数语发挥，便须控驭，归于含蓄。若当快意时，听其纵横，必一泻无复余地矣。譬如渴虹饮水，霜隼搏空，瞥然一见，瞬息灭没，神力变态，转更夭矫。"①《收拾雄心归淡泊》切中古人著文的真谛，继承了传统散文的精髓，所谓疏密有致，"辞主乎达，不论其繁与简也"②。作者深契"淡泊"，穷追不舍，阐释其微言大义，精蕴内涵，"渴虹饮水，霜隼搏空"，潇洒通脱而华美俊逸。修辞上多以博喻，以意象作为情感与义理的表述材料和解说工具，尽管文章寄寓了一定的哲学与美学的意蕴，却毫无晦涩枯燥之弊。

《人过中年》主要阐释了儒道两家对生命的关切与忧思。从表层上看，是关切平常的年龄问题，但深层意识里，却是忧思生命存在的意义和追索生命存在的价值何为。文章以自我作为中年之后的人生漫游与创作经历的一个缩影，表明了一种理性超越和积极进取的生命姿态。"无限的期求与有限的生涯，这是摆在人类面前任何人也无法回避的悲剧性命运。中国古代的哲人庄子曾经企望达到一种'大知'境界。但他分明知道，这种'大知'目标的实现，绝非个体生命所能完成，只能寄托在薪尽火传的生命发展的历程之中。他有一句名言：'吾生也有涯，而知也无涯。以有涯随无涯，殆已！'人生是一次单程之旅，对生命的有限性和不可重复性的领悟，原是人生的一大苦楚。它包括佛禅提出的'人生八苦'之中，属于'求不得'的范围。""在与时间老人的博弈中，从来就没有赢家。人们唯一的选择是抓紧当下这一段或长或短的时间。"

《岁心短长》与前者有异曲同工之处，所不同者在于，《岁心短长》情感定位在"老年"这个生命表尺的刻度上，从而生发对"老"的运思：

> 老，在古代哲理诗中也是个热门话题。围绕着如何看待老的问题，仿佛那些异代诗人超越了时空的限制，聚会一堂，各抒己见。"莫道桑榆晚，为霞尚满天。"刘禹锡率先表述了积极、进取的"老境"观。命运多舛的李商隐却怆然叹惋："夕阳无限好，只是近黄昏！"清代的任锦心和龚定庵都是坚定的"刘派"，分别借助霜叶、落花的意象，谈了自己的观点："莫嫌秋老山容淡，山到深秋红更多。""落红不是无情物，化作春泥更护花。"到了近代，朱自清则与

① （清）侯方域：《与任王谷论文书》。
② （明）顾炎武：《日知录·文章繁简》。

玉溪生针锋相对，直接反驳："但得夕阳无限好，何须惆怅近黄昏！"这些诗不仅充满了智慧，而且情趣浓烈，兴味盎然，有一股迷人的美学冲击力。研究起来，不禁陶然心醉，本身就是一种艺术享受。

人过中年，极目悠然。同少年一样，老人也是"不识愁滋味"的。俗谚就有"小小孩、老小孩"的说法，意思是人老了常有孩子气，贪玩也许就是一例。只是暮年晚景，要玩没得工夫。人生就是这样，当你在一方面充分获得的时候，就要准备在其他方面有所放弃。

此文侧重于议论，征引古典诗歌中不同的"老"之见解，仁者见仁，智者见智，相互掩映，使读者对"老"的各种看法可以采取选择性认同。文章做得活泼而有趣味，平易亲切，而无时下散文常见的好为人师、强制说教的迂腐面孔。

《华发回头认本根》以写人记事的开首，连带到自己"东隅已逝，桑榆未晚"的文学创作的路径，深有感慨地谈及："对于散文创作来说，知识的积累如何，材料的丰富与否，也许不是最重要的；作为创作的命脉所系，是看作者有无一颗感受美、发现美的敏感的心灵，有无一种生命力的冲动和活泼清新的感觉，有无一双执着地探究生活底蕴的眼睛。"作者赋诗一首道："岁月迢遥浣旧痕，山蔬野籁寄情温。生涯亦有鸿泥感，华发回头认本根。"

追忆，看似对逝水年华的蓦然回首，却又是连接未来岁月的悠悠白云，潺潺流水。人，无法脱离记忆而存在，因为，生命总是要联结以往的情感纽带，它才能诞生明天的意义；作为"符号的动物"（animal symbolicum），人也必须依赖以往的文化母体而走向未来。而我们选择连接过去与未来的心灵桥梁，就自然而然地选择了"追忆"，追忆既是哲学的思，也是文学的诗；追忆既是对往昔的还原，也是对未来的梦想……

第四节　问世间，情为何物？

在"表情"说已经成为艺术理论的金科玉律的语境下，它隐含着宣泄情绪而不加节制的弊端，似乎情感的浓烈程度和艺术的文本的价值构成了正比例的逻辑关系。苏珊·朗格曾对艺术表情说进行了深入的探讨，认为艺术从其本质意义上来说，绝不局限在表现个人化的情感或情绪的思维天地里，文艺作品也不必要使情感的宣泄一览无余。艺术文本必须凭借符号化的形式来表现情感，她认为："艺术，是人类情感符号形式的创造。"① 中国古代哲学家庄子对情感的思索是独特而深湛的，他甚至表达了一种对情感的否定态度，认为情感是精神的虚假存在、是精神的负累和悟性的阻断，限定了主体的自由本质。因此，他推崇"无情"的生命境界。尽管的庄子的看法似乎偏激，然而他睿智地洞见了情感的负面因素。其实，无论从艺术、审美或生命存在角度来看，情感如果不加节制或宣泄无余往往造成的负面影响。

《何处是归程》对于情感的表现，进一步保留着以往作品中淡泊致远，本真朴实的风格。他不喜欢不加节制地宣泄情绪，而是以审美化与诗意化相交融的方式，含蓄而本色地显露内心，更偏爱以景色与意象、象征与隐喻的技法呈现自我的赤子童心。《问世间，情是何物》一文，即是鲜明典型的代表作之一。

文章以对"情"的追问展开结构与脉络，围绕着"殉情"这个主旨而延伸故事：

> 在很古的时候，一群纳西族的青年男女牧奴在高山牧场里放牧。他们搭起帐篷，吹笛子，弹口弦，相亲相爱，过着自由自在的生活。住在平坝上的牧主不能容忍这种自由的心性和举动，勒令他们迁徙下山。但牧奴们向往的是自由婚恋，为了摆脱拘束，拒不从命。一次又一次地催促，一次又一次地遭到拒绝。牧主们怕他们逃跑远游，就在山下修了几道石门加以拦阻。青年牧奴们推倒石门，逃逸而去。前路被金沙江隔断，洪水滔天，他们便造船、溜索，战胜了重重困难，聚集在新的牧地。
>
> 这时，牧女开美久命金发现情人祖布羽勒排不见了，不知道他已在半路上被父母拦截回去，便请托善飞的黑乌鸦捎带口信到祖布羽勒排家里去问讯，结果遭到其父母的一番咒骂。可怜的开美久命金在绝

---

① ［美］苏珊·朗格：《情感与形式》，刘大基等译，中国社会科学出版社1986年版，第51页。

望中踏上归程，来到什罗山的大桑树下，用一条牛毛编结的绳索结束了年轻的生命，口里还叨念着要去那雪山上的"十二欢乐坡"，会见爱神游主阿祖。七天七夜之后，因为寻找丢失的牦牛来到什罗山的祖布羽勒排发现恋人已经吊死在树下，悲痛欲绝，便将她的尸首从树枝上卸下，投入到熊熊烈火之中，同时自己也葬身火海。生时没有得到幸福结合的自由，死后共同奔向理想的"山国乐园"。他们相信，那里是个风景绝佳，没有尘世污浊的洁净之地，在那里，处处是鲜花，冰雪酿美酒，白鹿当坐骑，没有嫉妒和干扰，情侣自由爱恋，永远年轻。

纳西族中还流传着一个"情死树"的故事。说是在敕是坪坝上，长着一株亭亭如伞盖的硕大无朋的古树，树身伛偻着，枝权像虬龙，笼罩的荫凉有几十平方米。传说，当年开美久命金就是在这棵树上吊死的。从此，远近村寨的青年男女，每当遇到自由选择的婚姻受阻时，就跑到这棵树下来结束生命，每年至少有几十对。有人夜间从附近经过，发现点燃着熊熊篝火，周围几圈人围着它跳阿蒙达舞。远近传闻：这棵树聚结了情死者的精魂。

……

丽江，因此而获得了一个"殉情之都"的艳称。

世世代代，为了实现美丽而神圣的爱情自由，无数恋人到相约到丽江城外的玉龙雪山去赴死，寻找那传说中的"十二欢乐坡"。而《鲁般鲁饶》中的开美久命金则开其先河。

……

听当地的朋友讲，现在这种"情死"的现象很少了，一是包办婚姻不合潮流，为人们所抛弃；二是纵使遇到这种情况，当事者抗争不成，也会一走了之，出现了"跑婚"现象。

往者已矣。古老、神秘的"情死"本身，原是一种爱情遭受摧残后的感情变形，终竟属于过去制度下的一道风景。但它所蕴含的那种渴望爱情自由，誓不与陈规旧制妥协，宁为玉碎不为瓦全的抗争精神，却是具有深刻的认识价值和美学意蕴的。

作者一方面叙述"过去时"的故事，另一方面置身在"现在时"的景观，将流逝的时间和凝固的空间重新组合于艺术境界里，以气韵生动、形象传神的笔致，写当下的玉龙雪山，并生发出内心的感慨："长期以来，玉龙雪山被纳西族人民赋予了许多瑰奇、神秘的色彩。只要你凝眸一望，就会注定终生相许的情怀；只要你面对雪山有过一段深沉的思考，你的心灵就会从此被它牢牢地占据。由于举目可见，你会觉得它就在身旁，离得很近；可是，当你想到罩在它的头上的魔魇的光环，神话的空灵，传说的奇诡，又仿佛面对一个扑朔迷离的梦境，只能在想象中认知，而无确实地把握。你会觉得，对于它的阐述，充其量是在表述环境，烘托氛围，若要潜入它内界探索更深的奥妙，还须解开许许多多的谜团。比如，纳西人为什么会把自己的理想之国建立在这个冰雪世界之中？是一些什么因素使它获得了灵山圣境的光环？一对对相爱的人们，为了爱情宁愿将生命抛向这晶莹的世界，这么巨大的魅力从何而来？面对这座图腾式的庞然大物，这个古老而充满活力的族群，感到的是轻松抑或沉重呢？作为一个民族的象征，一种古老文化的载体，玉龙雪山不仅象征着神圣与豪纵，而且也映衬着悲凉和苦难。这种神圣、豪纵、悲凉、苦难，体现出纳西族的哲学思想、民族心理、生命情调、价值取向以及自然观、情爱观，需要我们进行全方位的探索。"转而，作者又以自我的审美体验，描摹了云杉坪的景色：

> 云杉坪又名锦绣谷，海拔三千二百多米。按照通常想法，在这片人迹罕至的草场面前，总会感到一种轻松与宁静，生发出心旷神怡的快感。可是，我从踏上这块草地伊始，便经历着心灵之海的浪激潮涌，感受着感情的风雨的飒飒、潇潇。我觉得，这里的一花一草一木一石都具有鲜活的生命，都潜伏着一个个情死者的柔弱的凄婉的幽魂。不要说在草坪上狼奔豕突，肆意践踏，哪怕是采撷一株青草、一朵野花，也不忍心，也下不得手。或许是关于云杉坪就是"情死坡"的观念太浓烈了，我以为，在这里一切喋喋浮言都是多余的。它需要用心去感受，去体悟，而不是用嘴巴，用眼睛。

散文将情景与意境，叙述与议论，神话与现实，时间与空间，按照自我的艺术经验重新编排组合，构成了一幅凄婉苍凉而又奇异优美的画卷。

在《何处是归程》里，还散落着为数不多的以文坛名人为对象的"追忆"文章。如写老舍先生的《千秋遗爱》，从回首年青时代执教，讲解老舍先生的一篇文章为引子，以寻觅老舍先生的"自沉"之地为线索，最后注目于纪念馆的两棵柿树，写道："在即将离开小院，我站在两棵柿树中间，请人为我留了影。尔后，还依依不舍地在树下盘桓，一面亲切地手抚着光滑的树干，一面默默地记诵着《诗经·甘棠》的名句：'蔽芾甘棠，勿剪勿伐，召伯所茇。'"文章虽然短小，然而却迂回曲折，感人至深。《营口双璧》，双双对应，相互掩映，生动勾画了两位不同人生境遇、不同性格气质的文艺家："吕、陈二老，一冷对世情，一热衷时务；作为诗人，他们的诗风也有差异。但他们之间的友情甚笃，相知相敬，诗酒唱酬，成为骚坛佳话。公眉老人赠陈怀先生的诗中，有这样一首七绝：'墨迹丹青造诣深，辰州风物说如今。文思不是闲辞赋，忧乐常关天下心。'陈怀先生裁诗奉答：'故人相见未嫌迟，甘苦频看鬓上丝。犹忆辽滨佳句在，清新开府畅吟时。'诗中有人，呼之欲出——他们各自为对方画了一幅惟妙惟肖的像，不愧是一对知心的诗友。"

如果说前两篇所写的是国内或地域意义上的文化名人，而《万花如海一身藏》，则是写国际文化名人。作者开首写一个山村的早晨：

> 山村，醒了。
>
> 我信步徜徉在村路上，无论把目光扫视到哪里，都会有鲜花照眼。许多院落里盛开着大丽花、芍药花、月季花。还有一些花木我不认识，很遗憾，没有办法记下它们的名字。比如，眼前这株几丈高的大树，实在太漂亮了，整个树冠缀满了红艳艳的花朵，像是我们南方的木棉，可是，木棉是先花后叶，花朵洒洒落落，而这棵树却是花团锦簇，宛如火炬、赤霞，真正称得上"枝头春意闹"了。当然，"春意"也并不确切，因为此时这里正是地地道道的冬天。

文章笔锋转折后，才交代这里原来是印度大诗人泰戈尔曾经生活了四十年的名叫"桑地尼克坦"的小山村。于是，作者以清人的"万花如海一身藏"的诗句为"文眼"，叙述了泰戈尔与"桑地尼克坦"的密切联系。美丽神奇的大自然给了诗人以丰富的体验和灵感，赋予了他诗人的激情与智慧，死神使泰戈尔的家庭从 1902 年至 1907 年，相继失去了四个亲人，由于"桑地尼克坦"的善良人们和美丽自然的慰藉，才逐渐使诗人平复了心中的创痛。在这个"万花如海"的小山村，泰戈尔创作了许多不朽的杰作，几个长篇小说，尤其是代表作《戈拉》，堪称印度文学史上的史诗之作。此外，他荣获诺贝尔文学奖的诗集《吉檀迦利》，以及《飞鸟集》《园丁集》《新月集》等作品，都与"桑地尼克坦"结下了不解之缘。文章还写到了泰戈尔对中国文化、中国人民的友好感情，记叙这位文学大师的深沉的情怀。最后，援引诗人的诗句作为结尾，深化了题旨。

作者写泰戈尔"追叙真人真事，每须遥体人情，悬想事势，设身局中，潜心腔内，忖之度之，以揣以摩，庶几入情合理"①。作者以自我的感怀与体验去设想诗人的生平、经历、思想、情感，展现一个超越时空的诗心艺魂。这样的散文，比起一般的介绍性、纪实性的文章显然要巧妙活脱，也比常见的所谓"文化散文"的大而无当的空泛之论，要富有灵气和智慧、美感与滋味。所谓手笔的高妙，正在于此处。这正是王充闾散文的魅力所在。

此外，《何处是归程》里还有一些篇目，如《家山》《锤峰影里的兴亡碎语》《在这桃花盛开的地方》《双城记》《挽住芬菲》《情注河汾》《欲挽西流问短长》《告别》《家住陵西》《一"网"情深》《泛泛水中凫》等，不乏佳作精品，阅后令人不禁击节，笔者就不一一论及了。

《何处是归程》作为以"追忆"为主体的散文，呈现澄明"童心"和返璞归真的美学追求，在艺术上获得了极大的成功，无疑具有一定的审美价值。这部集子在保持王充闾散文原有的艺术品格和审美风格的基础上，而又能够大胆变法，奋发图强，超越自我，尤为可贵。对自我的不断超越，是每一个文艺家的必修功课，然而，能修炼这门功课，除了勇气之外，更需要存储着丰富悟性和激情的心机。而作为老而弥坚的散文作家，王充闾仍然走向无可预测的审美的和诗意的艺术境界。

---

① 钱钟书：《管锥编·杜预传》。

第 八 章

历史与权力

"龙墩"是权力的象征和历史沧桑的隐喻，成为无数学者、作家、习史者感兴趣的意象。人们或追究史料以求复原云波诡谲的王朝更迭，或依傍文物以作天马行空的帝王畅想，或在浩瀚古诗文中感受世事苍茫的玄澹神思。"龙墩"已成为特定的象征符号，它不仅留存于时间隧道中凝封不朽，更在流荡的时间、静变的空间变成人们对历史凭吊与寄托的一道风景。

王充闾的散文集《龙墩上的悖论》，对那些在龙墩宝座上的四百多个封建王朝皇帝们一一检点，作者并未打算为我们一一道来其听之不厌的逸闻轶事，而是以一位仿佛历经两千多年沧桑世事的老者身份，向我们回忆、叙述他深交过的那些帝王朋友。这些龙墩上的故交，有的令他流连神往，有的令他怒其不争，有的令他哀其不幸，有的令他叩问千秋。作者置身审美体验的境域，思考和书写皇帝们的多舛命运。对龙墩之上的相争相杀，在作家默默梳理、冷静反思的过程中，蓦然发现竟有如此之多的悖论，像命数注定的梦魇一样纠缠折磨着那可怜可悲可敬可羡的故人们，这些关涉于道德与功业、事功与人性、欲望与现实、所当为与所能为、应然与实然等悖论，构成二律背反的矛盾冲突和无解的命运漩涡，使得历史长河中的帝王们成为历史的剩余符号、理性沉思的对象和大众休闲时的谈资。

龙墩上的"皇帝"，这些参差多态的特殊个体的命运幻象，让我们看到了这世间难以捉摸、无以把握的人生悖论，他们成为历史的谜团、哲学沉思的对象和文学表现的意象，蕴藏着言之不尽的意义。王充闾说：

我想用一种新的方式解读历史：透过大量的细节，透过无奇不有的色相，透过它的非理性、不确定性因素，复活历史中最耐人寻味的东西，唤醒人类的记忆。发掘那些带有荒谬性、悲剧性、不确定性的异常历史现象；关注个体心灵世界；重视瞬间、感性、边缘及其意义的开掘。既穿行于枝叶扶疏的史实丛林，又能随时随地抽身而出，借助生命体验与人性反思，去沟通幽渺的时空，而不是靠着一环扣着一环的史料联结；通过生命的体悟，去默默地同一个个飞逝的灵魂作跨越时空的对话，进行人的命运的思考，人性与生命价值的考量。由感而悟、由情而理地深入到历史精神的深处，沉到思想的湖底，透视历史更深刻的真实。

这一切，对于我，已经成为一种召唤，一种宿命。①

散文的写作策略和作者的美学观念密不可分。作者的以上表白，这既是其写作《龙墩上的悖论》基本的历史意识与美学意识，也是其具体的写作意图和方法。

第一节　诗性之魅

散文作为中国文学最古老的文体之一，始终与中国诗学之精神协调一致，既注重缘情言志，又注重文体精当，充分体现汉语言的诗性之维和文学的审美意蕴。王充闾的散文写作既继承古典文学的优良传统，又契合于现代美学思潮的文体创造，充溢古典与现代相交融的诗性之美。马大康在《诗性语言研究》中指出："语言构成了文学存在的基地，它包含着文学审美性产生的奥秘。语言又与人、与世界密切相关。从某种意义上说，语言的存在状态即人的存在状态、世界的存在状态，而诗性语言则展示着人、世界最丰富的存在状态。"② 从这个视界上看，王充闾的《龙墩上的悖论》，的确包含了诗性语言的蕴藉。作者在一次学术采访中阐释过他心目中的散文境界："应该具备审美的本质，情感的灌注，智慧的沉潜，意

---

① 王充闾：《龙墩上的悖论》，中信出版社 2007 年版。
② 马大康：《诗性语言研究》，中国社会科学出版社 2005 年版。

蕴的渗透，有识，有情，有文采，有意境，具备诗性的话语方式和深刻的心灵体验、生命体验，体现主体性、内倾性、个性化这些散文文体特征；既是一种精神的创造，又是一种文化的积累。"① 作者于散文创作中留心于文辞章法的修养与内化，以期达到"是诗章，更是哲学，是天人合一的美学境界"②。作者丰厚的人生经历和深厚的国学功底，在规范稔熟的语言修辞之中闪烁着唐宋气象，典雅敦实的风尚之中流露出亦庄亦谐的意趣。散文在现代汉语句法中交融古汉语的表述风格与修辞句式，辅佐以诗词短谚，浑然天成，各显千秋。文白相糅的话语方式不仅是其文章表述的风格，也是王充闾关于传统与现代、历史与当下等文学观念的集中体现。

> 应该说，秦始皇的一生，是飞扬跋扈的一生，自我膨胀的一生；也是奔波、困苦、忧思、烦恼的一生。是充满希望的一生，壮丽、饱满的一生，也是遍布着人生缺憾，步步逼近失望以致绝望的一生。他的"人生角斗场"，犹如一片光怪陆离的海洋，金光四溅，浪花朵朵，到处都是奇观，都是诱惑，却又暗礁密布，怒涛翻滚；看似不断地网取"胜利"，实际上，正在一步步地向着船毁人亡、葬身海底的末路逼近。"活无常"在身后不时地吐着舌头，准备伺机把他领走。③

在首篇《祖龙空作万年图》中，作者以西哲之言引出"欲望"的悖论，开始了对中国封建帝王的命运解说。人的生命有涯而欲求无涯，然而举世却少有自觉抑制欲求而知止足者，其中"千古一帝"的始皇嬴政便是这制造欲望神话的举世无双的典例。他征服四海统一天下，加强集权扩张疆土，巡行访药，营造皇陵，真可谓为达欲求而无所不用其极。作者悉数举列秦始皇荒淫无度的"建国大业"后，锋芒尖锐地对秦始皇进行深刻的反思与批判。文章工整的排比句式、辩证的对比旁征，"人生角斗场"的话语象征，令矛盾困苦的秦始皇形象跃然纸上。王充闾的《龙墩

---

① 林喦、王充闾：《大情怀·大视野·大手笔面对历史的沧桑——与著名散文家王充闾先生的对话》，载《渤海大学学报》2013 年第 6 期。

② 王充闾：《千古兴亡，百年悲笑，一时登临》，辽宁教育出版社 2004 年版。

③ 王充闾：《龙墩上的悖论》，中信出版社 2007 年版。

上的悖论》，现代汉语与古代汉语的娴熟交融的话语修辞，比兴手法和象征隐喻有机渗透，散文还时常恰到好处地引述古人诗词与评议以做佐证，以富己观。散文引经据典呈现秦始皇命运的时间脉络，进行适度想象与联想，进行自我的评述和善意的劝诫，作者入乎其内，出乎其外，既担当历史的叙述者，又仿佛是历史的亲历者。

《龙墩上的悖论》擅长比兴，明喻、暗喻的话语修辞，作者将诗歌巧妙地运用在篇章的组织结构中，令读者兴味无穷。在《汉高祖还乡》一文中，作者以唐代诗人胡曾、清朝袁枚的题诗对高祖还乡进行赞颂，元代散曲作家睢景臣的《哨遍·高祖还乡》开篇引题，引人入胜。随着对两篇诗歌和一篇散曲的文本细读，文章也渐入佳境，深入内里。"［一煞］春采了桑，冬借了俺粟，零支了米麦无重数。换田契强秤了麻三秤，还酒债偷量了豆几斛。有甚糊涂处？明标着册历，现放着文书。［尾］少我的钱，差发内旋拨还；欠我的粟，税粮中私准除。只道刘三，谁肯把你揪捽住？白甚么改了姓、更了名，唤做汉高祖！"① 散曲对汉高祖泼皮无赖的形象刻画得入木三分，正是熟知刘邦的村民们在御驾还乡之时的嬉皮笑骂，读来令人酣畅淋漓。作者对这则散曲的细读也甚是精当，"意在剥下皇帝的伪装，还他流氓无赖的本真面目，以倾泄世人深藏于心底的不满情绪"。作者还将之与滑稽的童话故事"皇帝的新装"做类比，更使得散文对汉高祖还乡的态度与元散曲家的态度相得益彰。随着对"汉高祖还乡"的价值判断与审美解读，作者开始了对"流氓皇帝"一生命运的"回忆"和书写。整个篇章结构层层推进，衔合自然，诗文互用的美学方法甚为精妙。

古往今来的诗词曲赋在作者胸中的丰厚积累，滋养了作者的才情学识，使得作者待诗如待知己，在对历史观瞻之时将其信手拈来，《龙墩上的悖论》足以说明作者的散文创作与诗词曲赋之间的亲密关系。在《血腥家族》中，作者将西晋王朝列国纷争、群雄逐鹿的混乱场景一一诉诸，以表明社会人生的不确定性，故而说明何必因虚设功名而父子兄弟相残，到头来连一尊陵寝都不能留下。"为了一项王冠，为了争权夺利，生前决眦裂目，拼死相争，直杀得风云惨淡，草木腥膻，死后却连一个黄土堆堆

---

① 王充闾：《龙墩上的悖论》，中信出版社 2007 年版。

也没有挣到自己名下，说来也是够可怜的了。隋炀帝死得很惨，可是，也还有一盏孤冢留在扬州，'君王忍把平陈业，只博雷塘数亩田'。"① 《从无字碑说起》一文中，更是以自己曾经"先入为主"的一出京戏《贺后骂殿》的文本细读开始，引入对雄猜阴鸷的宋太宗关于事功与人性背反的历史评说，微妙而深刻。

《龙墩上的悖论》在语言表达和篇章结构中彰显诗性的美学魅力，充分体现历史散文的文学性与审美性。散文不仅表现在书写过程中对诗意的历史与人事的渲染，还表现在对处理这些素材时的形式重视，以及讲究文学意象的营造。我们可以从《汉高祖还乡》中仁爱忠信的项羽、《陈朝的两口井》中吟诗度曲的陈叔宝、《赵匡胤下棋》中重文轻武的赵匡胤、《赵家天子可怜虫》中命不适才的赵佶李煜、《完颜三兄弟》中汉化蛮夷的完颜亶等人物的书写和塑造中，看出作者对于这些历史英才选择与评价的一些重要尺度：是否有仁儒之范？是否热爱并传承中国传统文化？是否有出众的诗学才华？是否一生的命运皆系追求高尚修德而致？如有其一，便是可说、可颂、可铭记于心的魅力人物。作者对秦始皇、汉高祖、成吉思汗、康乾等龙墩宝座上肆意挥洒枭雄之气而造千秋功业的帝王们不吝赞誉，对那些自由逍遥以托付生命，天赋才情以仗剑江湖而被后世之人景仰的艺术赤子们更是推崇有加。因为在作者看来，那些群雄逐鹿，翻手为云，覆手为雨只为"家天下"的帝王们无论功过轻重，最终都会随着朝代的更替而同自己的赫赫战功一起湮没于历史的风尘之中，徒留下青砖瓦砾供后人笑谈，而唯有艺术与文学的璀璨光辉将会在时间的永恒里划破长空。在《血腥家族》中，作者对司马家族的血腥政治痛定思痛，强烈抨击那无谓的功名之争，却在一群隐居荒野、诗酒仙骨的意气书生中体察到了天道自然的意义所在。生命自由和文学觉醒的"竹林七贤"，他们的诗意风骨是在领悟万事万物皆是"不确定"之后的洒脱恣肆，这样的人物与诗文才会流芳百世，尽显高贵人格。因为作家对魏晋名士诗意人生的赞誉和推崇，才会在《赵家天子可怜虫》中对"人不能尽其才，才不能尽其用"的宋徽宗赵佶和南唐后主李煜，以惋惜和愤懑的笔触加以评说和哀悼。这两个在龙墩之上浑浑噩噩的无能之君，是他们辜负了朝代与臣

---

① 王充闾：《龙墩上的悖论》，中信出版社 2007 年版。

民，也是朝代与社稷江山辜负了艺术上才华横溢的两颗赤子之心，因为一身的艺术才华和诗意性情而被毁灭的人生，不可不谓哭煞天地的命运悲剧。在《圣朝设考选奴才》一文中，与两位帝王有相似命运的贤能知识分子们，在"学而优则仕"的道路上渐渐迷失心性，成为专制制度下的精神侏儒，也实在是可悲可叹。让人脱离历史与政治的藩篱成为自由的个体，让心灵逍遥以游，让艺术精神贯穿人格的修养成为自然的追求，这可算是作者心之所向的生命状态及魏晋风度了。

如何将充满人格魅力的历史人物述诸于散文笔端而不同于各路历史学的生硬考据，王充闾的《龙墩上的悖论》选择了"如何来写"的形式手法。作者在一次访谈中说道："历史本身具有诸多特性，这些也是我以历史为题材的客观因素：一是由于历史人物具有一种'原型属性'，本身就蕴含着诸多魅力，作为客体对象，他们具有一般虚构人物所没有的知名度，而且经过时间的反复淘洗、经久检验，头上往往罩着神秘、神奇的光圈。二是从审美的角度看，历史题材具有一种'间离效果'与'陌生化'作用。和现实题材比较起来，历史题材把读者带到一个陌生化的时空当中，这样可以更好地进行审美观照。作家与题材在时间上拉开一定的距离，有利于审美欣赏。"作者自始至终关注的都并非历史本身，而是曾经身处历史之中的一个个艺术化了的个人，是使读者摒弃经验观点而在"陌生化"的艺术效果中重读而形塑的全新人格。英国心理学家爱德华·布洛说："人们生活在'经验'之中，而经验总是把同一面转向我们，即具有最强的实际吸引力的一面。……忽然从寻常未加注意的另一面去看事物，往往能给我们一种启示，而这类启示正是艺术的启示。"① 雅各布森也言："文学研究的主题不是笼统的文学，而是'文学性'，即使一部既定的作品成其为文学的东西。"② "陌生化"正是将事物从"经验"转向艺术，使文学成之为文学的途径和表现。"陌生化"这一论点的提出者什克洛夫斯基指出，艺术的功能是把我们司空见惯的、形成心理定式的日常事物通过艺术的手法加工得我们不再熟悉，即对生活的感受过程、判断方

---

① ［英］爱德华·布洛：《"陌生化"在中西文评中》，载《比较文学研究》1987 年第 2 期。

② 转引自［美］罗里·赖安《当代西方文学理论导引》，四川文艺出版社 1986 年版。

式的习惯性起反作用，使我们对已知的事物方面感到新鲜、陌生，进而对其重新焕发"感知"的兴趣。"艺术存在的目的，在于使人恢复对生活的感受，它的存在，在于使人感知事物，在于使石头显示出石头的质感。艺术的目的，在于让人感知这些事物，而不在于知道这些事物。艺术的技巧使对象变得'陌生'，使形式变得困难，增加知觉的难度和长度，因为知觉过程自身就是审美目的，必须设法延长，艺术是体验对象的艺术技巧的一种方式，对象本身并不重要。"[①] 王充闾的《龙墩上的悖论》，整体呈现的艺术特色便是对历史本身的淡化而着重将原本各色扁平的性格重新塑造，焕发形象各异、栩栩如生的审美风光，达到美学的"陌生化"效果。作者对原本熟知的人物事件进行艺术技巧的处理，令读者在深知文本素材的同时感知零散分布的意外收获。《汉高祖还乡》一文，作者毫不留情地揭露了刘邦在成为汉高祖之前的流氓痞气，以辨道德与功业的悖反，就连他荣登龙墩之后也是秉性不改，惹人讥笑。例如回乡饮酒一段：

> 说到"流氓皇帝"刘邦的痞子个性与无赖习气，在历代帝王中是出了名的，而且，为当时公众所有目共睹。其般般行径，在本朝修撰的史书中记述得颇为详尽，是无须文人笔下渲染的。
>
> ……
>
> 刘邦就是这样，贵为天子、富有四海之后，器度仍然十分狭小，早年的丝恩发怨他都不肯放过，用群众的口语说，叫做"好翻小肠"。汉高祖九年，未央宫建成之日，他大宴群臣，席间，趁着向身为太上皇的父亲敬酒祝寿的机会，问道："当年，你常常骂我为奸诈狡猾的无赖，说我不知道治理家业，不如我二哥勤俭。今天你看到了吧，我置下的产业与二哥相比，到底是谁的多呀？"快意之情，溢于言表。在场的群臣高呼万岁，"大笑为乐"。只是，刘太公可难堪了，弄得面红耳赤，尴尬无言。
>
> 宋代诗人张方平，对此颇不以为然，写诗加以讥讽：
>
> 中酒疏狂不治生，中阳有土不归耕。

---

① ［俄］什克洛夫斯基：《艺术即手法》，转引自［美］L. T. 莱蒙、［美］M. J. 雷斯《俄国形式主义批评论文四篇》，内布拉斯卡大学出版社1965年版。

偶因世乱成功业，更向翁前与仲争！

中阳，是刘邦的故里。诗人指斥刘邦：酗酒疏狂，有地不种，不事生产；只是趁着乱世，浑水摸鱼，才夺得了天下，有什么值得夸耀的？到头来终究是个无赖。①

作者开题便说"流氓皇帝"刘邦是为当时公众所有目共睹，"其般般行径，在本朝修撰的史书中记述得颇为详尽，是无须文人笔下渲染的"。史书详尽到文人无须费力渲染，可见刘邦的无赖习气已是尽人皆知的，作者可以选择一笔带过或者摘录史载一段以供读者参阅，而在接下来的段落里，作者却选择了"在场"的视角，不仅有众人式的评说，还有活灵活现的事件场景，将史书化的刘邦再次回到历史的生活场景之中。"大宴群臣席间"，"趁着"为父亲祝酒的机会质问产业之事；刘三"快意之情，溢于言表"，刘太公却"面红耳赤，尴尬无言"。人物的动作、语言、神情皆若作者身临其境，读者读来自觉有趣，刘邦遗臭万年的"恶习"也变得鲜活可感。作者在这样大胆而适度的合理想象中，为我们重塑了陌生而熟悉的"流氓皇帝"。然而，散文的刻画并没有就此结束，作者以一首宋诗和细读再次加以评说，文体虽不相同、时间虽不交错，"偶因世乱成功业，更向翁前与仲争"与上文作者想象场景显露出的讥讽如出一辙而相互补充，更增添了文本的"文学性"和艺术美感。同样地，在《天骄无奈死神何》中，作者以成吉思汗幼年生存困境点拨成年后对死亡极度排斥、对欲望极度渴求的心态，在记述他幼年时的苦难时，作者是这样进行书写的：

在一个漆黑的夜晚，他趁看守人员喝得烂醉如泥之机，偷偷地跑掉了。重新获得了自由与生命之后，他把一切空闲时间，都用来苦练草原上的武艺。马刀被晨风吹得铮铮作响，闪着锋利而阴冷的毫光；一定要以更加残酷的暴力来反击命运的残酷；要以更加疯狂的复仇来摧残敌人，获得胜利。这种心理反应，一天天地在铁木真身上生根、发芽，在焦急中发酵，在愤怒里成长，最后，演化为汹涌澎湃的征服

---

① 王充闾：《龙墩上的悖论》，中信出版社 2007 年版。

欲望和理由。

　　——人是环境的产物。成吉思汗长期生长在极度艰苦的社会与自然环境之中。在资源匮乏、产品单一的草原上，生齿日繁，需求不断增长，"粥少僧多"，从而构成了尖锐的供求矛盾。生存竞争空前残酷而激烈，唯有强者才能有望存活下去。正是这种极度艰难困苦的条件，促使成吉思汗生发出这样一个愿望："要让所有青草覆盖的地方，成为我的牧马之地。"[①]

　　成吉思汗的骁勇雄鸷是家喻户晓的，对于他的历史评说如今尚在继续。然而，我们从上文一段似小说情节、似散文诗一样的场景描述中仿佛看到了一位坚毅隐忍、睿智勇悍的少年，放置在既定的时间与空间之中，那狭小的天地便可看出他有着卧薪尝胆的使命，忍辱负重的胆识，铮铮铁骨的豪情，也有着似狂魔似鸷怪的仇欲。他英气逼人，也狰狞可怕。"马刀被晨风吹得铮铮作响，闪着锋利而阴冷的毫光；一定要以更加残酷的暴力来反击命运的残酷；要以更加疯狂的复仇来摧残敌人，获得胜利"。"在焦急中发酵，在愤怒里成长"，作者以诗性的意象、丰富的隐喻、斐然的语言将历史上的一代枭雄展现在读者面前，这个看似拥有铜墙铁壁的拓疆巨人，背后是跌宕坎坷、残忍艰绝的成长历程及脆弱不堪、患得患失的生命意识。接下来作者又以理性、客观的态度解读艰难环境下求生存的成吉思汗。"要让所有青草覆盖的地方，成为我的牧马之地"。正是因为穷极困极，才渴望拥有尽可能大的生存保障，这是人类生在大地之上最基本的需求欲望。成吉思汗在人性最底色之中无非是有"牧马之地"，因而也是明亮的人性。然而他选择逐渐将扩大化的欲望填满命运的沟壑，也渐渐熄灭了人性的光辉。成吉思汗对历史的影响是钟磬之声也好，其史学形象是一代天骄也罢，在这里我们看到的既是强盛勇武的历史帝王，又是一个人格矛盾对立、生命意识强烈分明却始终不能躲过死生之天命的普通个体，显然作者更倾向于对后者的渲染与强调。而正是对于其性格、遭际、命运及命运背后的悖论的演算挖掘，使一代天骄成吉思汗的文本意象具有了美学的性质与诗学的魅力。总之，作者在此书中即是以浓郁的"文学

---

①　王充闾：《龙墩上的悖论》，中信出版社 2007 年版。

性"书写历史，他将在历史人物命运中所感受到的情思以强烈的文学意识和文学技巧为读者带来陌生化的体验，从而产生对生命意志与人生意义的别样思索。"因为文学创作说到底，是生命的转换，灵魂的对接，精神的契合。"① 正是这样自觉的文体意识，才决定了作者始终以文学思维反刍历史、道德与哲理。

"在我的理解中，王充闾是一个对历史充满诗性理解冲动的书写者，他自觉不自觉地被历史往事或民族文化诗魂所吸引，或寻访历史，或探求诗人心灵，充满着永远的乐趣。所以，就本源创作意向而言，王充闾的散文可以理解为对那飘逝的文化诗魂的追寻。"② 诚如所论，以诗性语言状写文化意义的历史人物，正是王充闾以"龙墩悖论"这一主题建筑的散文基石。对于作者而言，他不仅稔熟现代汉语的修辞技巧，而且领悟古典诗词曲赋的空灵美感，所以他的散文话语饱含纯真和宁静、质朴和从容、雅正和灵透的风韵。

《龙墩上的悖论》拥有独特的诗性语言，羽化了笔下的历史，让读者领略了散文的本真之美。当然，最终能拨动心弦的还是诗性语言之下的情思，它们是诗性语言与精神境界的两相契合。

第二节　超越主体性

20世纪80年代的中国思想界普遍以"主体性"为理论视野，文学创作也以主体性为先导，这难免会造成以主观判断代替客观存在的局限，以自我言说代替对现象的倾听和思考。在历史题材的创作中，作家往往采用西方传统形而上学的逻各斯中心主义对待传统与历史。直至胡塞尔现象学的"主体间性"理论，打破了思想文化界对"主体性"的偏执与迷信，为人们提供了崭新的认识观念。

"主体间性"是胡塞尔提出的现象学术语，又称之为"交互主体性"，"'纯粹心灵的交互主体性'是'生活世界'中人与人之间理解、互通、

---

① 王充闾：《渴望超越》、《寂寞濠梁》，辽宁教育出版社2004年版。
② 李咏吟：《寻求那飘逝的文化诗魂——王充闾散文的一种解释》，载《当代作家评论》2004年第2期。

交往的前提"。胡塞尔所提出的"主体间性"无疑强调注重多个个体之间开放、自由、平等的认识形态与交际关系。"主体"不再是一个人凌驾于另一个人之上进行言说和制裁的具体单行者，而是在"生活世界"中互相观照、互相制约的双方之一。正如海德格尔所指出的那样："人从来就不是简单地或原初地作为具体主体与世界并列，无论人是单个或群体，都是如此。他原则上不是一种其本质存在于主体—客体关系中的意向地指向客体的（认识论的）主体。相反，人在本质上是首先存在于存在的开放性中，这种开放性是一片旷野，它包括了主体—客体关系能呈现于其中的'中间'地带。"①作为宇宙旷野中生命有限、认识有限的个体，我们很难做到也不必做到以一己之力改变世界与他者，而应该保持一种求知、谦虚的心态，将与他者交往的姿态放低、放宽，以他者之力不断丰富自己，并在不断认识自我的过程中使他者同样感受到升华的光辉，不管是在"生活世界"，在与历史及传统和文化及艺术的关系中，均应如此。

然而，在很长的时间内，学术界不仅以"主体性"的理论形态认识历史，以西方的意识形态和思想潮流判断我们自身民族历史的优劣有无，在"去其糟粕，取其精华"的过程中失去了很多重新审视历史的机会。在学习西方思想和文化的趋势下遗忘了本民族历史、文化记忆和审美信仰，在重建历史的渐变过程中，使历史成为冷漠的记载工具，注重的是史学考究，是数之不尽的数字与符号，是循规蹈矩的编年状事。

历史无疑是客观的，然而在时间与空间的二维流逝中，作为历史的推进者，古人来者均不是干瘪渺茫的点缀符号，历史需要每个在场的观众的铭记和思索，更需要接受主体依史还原的记载方能承继千载。在这种情况下，总是后于历史现场一步的来者们若要原本地恢复一次性的历史真相是绝不可能实现的，他们只能根据历史的线索以及事件的发展逻辑，加以主观的合理想象和感知经验进行对历史进行二度创作，展开与历史的对话，倾听历史的心声，由主体性思维走向主体间性的思维。在这个美学意义上，包括《龙墩上的悖论》在内的王充闾历史文化散文，逐渐从主体性思维走向了主体间性思维，以与历史对话的方式，倾听历史、体验历史和合理地想象历史，展开对历史的追问与存疑。

---

① ［德］海德格尔：《海德格尔选集》，孙周兴译，生活·读书·新知三联书店 1996 年版。

　　海德格尔认为，历史的真实存在意义应该是对"曾在的本真可能性"的重演。以"主体性"的高于历史史实的理论方式对待历史的"重演"是很长一段时间以来人们所遵循的法则。因此，一方面，如何尊重历史、与历史具有"交互性"的交流、合作式的理解，还需要借助于主体间性的共有性、交流性、同时性等品质得以可能。另一方面，对于历史活动和历史事件的想象活动中我们还要尊重历史过程和历史人物，不要因"过度阐释"而破坏了历史的客观与严谨。王充闾的《龙墩上的悖论》采用艺术形式对历史的解读时，除了冷静辩证和理性阐释外，还使用美学思维和艺术想象。正如王充闾所言："历史散文，首先是文学，所以，不能'有史无人'，不能停留在史实的复述上，不能用史料堆积、过程推演来代替人物的个性展示、命运观照，思想、理蕴的深入发掘。"存在在文学中的历史，我们更应该注重历史中的人物，而非历史本身。作者在《龙墩上的悖论》自序中表述道："人，是历史舞台上的主角。研究历史活动，再现历史生活，自然应该着眼于'春灯走马'般穿行其间的历史人物的性格、命运、人生困境、生存焦虑、生命意义的探寻。"因此，对历史人物的探寻，作者始终坚持主体间性的理论立场，他没有以知识分子的优越性去独断历史人物，也没有将历史人物放置在遥不可及的高峰之巅，而是与其融为一体、相濡以沫。"我写古代文士，原是一种呼唤，一种寄托。古代文士那种风范，那种气节，那种追求，现世中再也难以找到了。商业社会里盛行的是消费主义文化，生活领域中呈现的是美的泛化，艺术领域中表现为美的消解，最后导致了审美主体的人的异化，人们看重的是物品的外观，追求的是感官的享受，而缺乏一个精神超越的维度。既然现实中踪迹难寻了，那么，就只好乞灵于优秀的文化传统及其载体。现在缺乏的不是文人，缺乏的是文人应有的气质、志趣、情操、节概。写他们，也是一种精神的靠拢，审美的回归，是一种大欣赏、大欢慰。"现实中人缺少古代文人应有的气质和境界，在悠悠历史长河中遥寄古人方能再次寻觅诗性之魅，在主体间性之中理解古人的心灵和美感，这是王充闾散文的一向宗旨。

　　《龙墩上的悖论》注重对历史中"人"的关注与重读，注重将人从重峦叠嶂的历史山脉中遮蔽着的人的本相得以还原，在去蔽的过程中重新呈现人的精神隐秘。他认为："散文是发现与发掘的艺术，最关紧要的是在叩问沧桑中撷取独到的精神发现。"因此在面对多如牛毛的史料与考论时，作者偏爱立足于独立的生命个体，竭力挖掘隐藏在其背后的独特精神，使历史人物与作者在时间与空间的交合处汇聚沟通，成为惺惺相惜的灵魂之友。作为历史重要的符号，历史的特殊人群——封建帝王们，令作者有更多的感怀。在《龙墩上的悖论》的自序中，作者写道："而封建帝王，作为历史活动中的特殊人群，由于他们至高无上的社会地位，予取予夺的政治威权，特别是血火交迸、激烈争夺的严酷环境——那个'犹如火宅，众苦充满，甚可怖畏'（借用佛经上的话）的龙墩宝座，往往造成灵魂扭曲、性格变态、心理畸形，时刻面临着祸福无常、命途多舛的悲惨结局。这就更会引起人们的加倍关注。"① 帝王们正是那"不易把握的""充满玄机与隐秘的东西"，因此我们足可以在其"命运的思考、生存的焦虑"中感受生命的悲剧意义、人生的悖论、历史的吊诡。王充闾的《龙墩上的悖论》，正是将历史星空的神秘帝王还原为平常的人，将被遮蔽了的血肉之躯重新复活为可触可感的饮食男女。

作者还试图还原历史的真实面目。"一个时期以来，一些小说、电影，特别是热播的电视剧，呈现一种很不正常的倾向：刻意美化封建王朝、封建帝王，把一些残暴、血腥的皇帝，塑造成英明睿智、勤政爱民的君主，着意寻觅一种所谓'人性之美'。有的电视剧主题曲说：'你燃烧自己，温暖大地，让自己成为灰烬'，通过肉麻的吹捧，以博得观众的感动。"② 随意对待历史的主体态度正是王充闾所无法认同的，他力图以主体间性之思予以匡正和超越。在《赵家天子可怜虫》中，作者以急切而悲悯的心情为赵佶、李煜重新规划人生：

> 我想，如果我们顺着这种"如愿以偿"的思路做下去，分配赵佶去当宣和书画院的院长、李煜出任金陵诗词学会会长，或者把权力再扩大一些，让他们分别担任北宋和南唐的文联主席或者文化部长，充分用其所长，那么，就不仅能够确保其个人才智充分发挥，为泱泱

① 王充闾：《龙墩上的悖论》，中信出版社2007年版。

② 林喦、王充闾：《大情怀·大视野·大手笔面对历史的沧桑——与著名散文家王充闾先生的对话》，载《渤海大学学报》2013年第6期。

华夏以致整个人类留下更多的精神财富，而且，可以在更大的时空中扩展他们的积极影响，润育当时，泽流后世。而这两个国家，也会因为少了一个无道昏君，生灵免遭一些涂炭。①

这两个不得不在皇帝龙墩上空负诗书满腹而因帝王之败业受世人诟病的旷世奇才，因为命不适才、生不逢时，才能与角色错位，导致了人生悲剧。

历史是一次性的不可重蹈的，不容假设。但作者在文中深切体会古人之痛，不仅没有对碌碌无为的两位帝王进行简单的裁决、否定与批判，反而以自我的心灵体验对这些早已经淹没于历史风尘中的帝王们寄予同情，将他们孱弱的历史形象恢复真实的血肉之躯。散文在历史的范畴之下重新理解人物，赋予人物以文学性与审美性。"隋炀不幸为天子，安石可怜作相公。若使二人穷到老，一为名士一文雄。"隋炀帝以及唐朝几个精通音乐、戏剧、象棋、马球的皇帝都被作者设想出除帝王之外的出路，呈现作家的独特审美视角。除了这些才不能尽其用的人物，作者还为许多已经定格在历史画布中的帝王人物绘制了立体的人格图谱。

《龙墩上的悖论》作者在散文创作之中，依凭史学家的基本规范和文学家主体间性的灵魂互动，从自我的生命体验出发，与历史进行平等对话，介入历史人物的矛盾与冲突，试图抵达一个个远去的生命，完成精神的契合和灵魂的碰撞。诚如作者所言："其一，应该高扬主体意识，让自我充分渗入对象领域，通过不断地质疑、探寻与追问，阐扬个性化的独立的批判精神；其二，应该洋溢着作家灵魂跃动的真情，闪耀着熠熠文采，力求在情感和理智两方面感染读者、征服读者；其三，应该坚守精神的向度，闪现理性的光辉，在对历史的描述中，进行灵魂烛照、文化反思。"②《龙墩上的悖论》以其诗意与审美的想象力展示历史人物的个性特征，以其感悟的心态寻觅历史人物的心灵隐秘和人格状态，以其理性的视角解读历史人物的精神世界，或描写或叙述，或全知或限知，或自语或互谈。文本之中，艺术、历史与哲学融合为一，交融互渗，令读者在冥思神往之中

---

① 王充闾：《龙墩上的悖论》，中信出版社 2007 年版。
② 王充闾：《文化大散文刍议》《文明的征服》，辽宁教育出版社 2004 年版。

渐入渺远之境。作者将历代帝王归还给了历史，也将帝王还原为普通的人，并将他们复活于文学世界。因此，散文中的历代皇帝不仅仅属于历史的，也是属于文学的。

在《东上朝阳西下月》的开篇，作者将时间与空间交错互证，以自由联想的方式，通过主体间性与历史悄然对话。

> 这天清晨，我正在抚顺市区浑河岸边闲步。河水清且涟漪，照鉴着我的颀长的身影，吹面不寒的清风，温煦而湿润，轻轻地梳理着鬓发，令人感到神凝气爽。净洁的青空，像刚刚擦拭过的，又高又远，不现一丝云迹。
>
> 我忽然发现，初起的朝阳和渐落的晓月，同时出现在左右的天边；而笔直的河流竟像是一条长长的扁担，挑着这一鲜红、一玉白的两个滚圆的球体，悠然向西流去。霎时，我被这奇异的景观惊呆了。
>
> 联想到几天来踏查清太祖努尔哈赤开基创业、战胜攻取的龙兴故地，和寻访监押过清朝末代皇帝、后又成为日本侵略者傀儡的溥仪的抚顺战犯管理所的情景，顿时若有所悟，不禁百感中来，兴怀无限，遂口占七绝五首：
>
> 浑河今古浪翻新，悲笑兴亡照影频。
> 东上朝阳西下月，一般光景有升沉。
> 十三遗甲困龙伸，星火燎原势若神。
> 六合乾坤如电扫，兴勃亡忽果何因？
> 八荒同轨谈何易，寸草为标虑亦深。
> 讨债跟踪还债者，拓疆卖国一家人。
> 兴王祖迹久成尘，谁记当年万苦辛？
> 鼠尾龙头堪浩叹，英雄自古少传人！
> 不甘安分做平民，傀儡登场假当真。
> 日落儿皇春梦醒，十年修得自由身。[1]

"浑河今古浪翻新，悲笑兴亡照影频。东上朝阳西下月，一般光景有

---

[1]　王充闾：《龙墩上的悖论》，中信出版社2007年版。

升沉。"历史如大江逝水匆匆东去，再荣耀光华的场景也不得不随历史的一声令喝归于沉寂。于是尽管车水马龙轮番上阵，最终也只徒留下浑河之浪默默朗照，历史的存在与虚无也循环于这日出月落的时间之维。历史活动与历史人物的功过是非更是无从论起，只留下说不尽的命运礁盘和人性珠砾，供人沉思和追问。

王充闾的《龙墩上的悖论》以主体间性的哲学态度和美学之维，与历史和古人平等对话，倾听历史和回访历史，他以尊重与敬慕的姿态进入历史与人性的根底，超脱现实与学识的束缚而冷静理性地运思历史与帝王的关联，以交互性的视点换位思考处于历史风尘的特殊人物，置身其中，力求不指责和不臆断，不解答和不评判，更多的是"悬置"与"怀疑"的方式，在主体间性的引领下走入历史、回归历史、叩问历史。以审美的策略和中立的姿态求解被遮蔽了的美学意义，和历史保持适度的审美距离，悲悯苍茫历史，悼亡历史灵魂，坚持历史的正义和人文的关怀，正是这种主体间性的文学阐释使《龙墩上的悖论》闪烁着美学的智慧、人性的光彩和艺术的精妙。

第三节　"悖论"中的现代启示

从公元前 221 年秦始皇称帝始到公元 1911 年末代皇帝溥仪下台，中国封建历史将近有 500 个皇帝，王充闾在其中选取了秦始皇、汉高祖刘邦、司马家族、陈朝皇帝陈霸先和陈叔宝、唐高祖李渊和后主李煜、宋太祖赵匡胤和宋徽宗赵佶、金代完颜三兄弟、元太祖成吉思汗、明太祖朱元璋、清太祖努尔哈赤和溥仪等人物，在《龙墩上的悖论》中以 13 个迥异的悖论命题再次对他们的特殊人生进行审美体验与哲学阐释，为我们带来全新的阅读感受。

"'悖论'，是指一种能够导致无解性矛盾的命题，或者命题自身即体现着不可破解的矛盾……悖论，冲突的双方都具有充分的价值和理由，不涉及正误、是非的判断，而是经常体现在矛盾选择之中。"[①] 在书中，作者梳理了多个由皇帝命运而来的历史悖论：欲望与现实的悖反；道德与功

[①]　王充闾：《龙墩上的悖论》，中信出版社 2007 年版。

业的悖反；"家天下"与"内斗"的悖反；"龙头开国"与"鼠尾丧国"的悖反；"机关算尽"与"世事难料"的悖反；"武以取国"与"文以治国"的悖反；事功与人性的悖反；"天下君王"与个人才华的悖反；"土地征服者"与"文明被征服者"的悖反；"高度集权"与宦官当政的悖反；解褐入仕与训心庸奴的悖反等。并且探究许多历史的巧合：秦始皇与成吉思汗同样利欲熏心，欲望驱使死亡；汉高祖刘邦与宋太宗赵光义同样功业赫赫而道德沦丧；南唐后主李煜和宋徽宗赵佶同样才不能尽其用；陈朝两口井与清朝抚顺同样的龙头鼠尾；金朝汉化和清朝圣考同样偏离初衷等。这些隐含在逝去历史中的"不易把握的""没有逻辑的""充满玄机与隐秘的东西"，在经过大量整合与过滤后失去了其立体、多维的本质，而只以直线的、单面的、唯一定性的面目示人，而作为散文作家的王充闾，希望重新回归历史，与历史进行交互性探索，"运用各种文学样式，来表达自己的哲学思想和个人感受"。正如他在《千古兴亡　百年悲笑　一时登临》中所写道的："远者如近，古者如今，活转来的经史诗文给了我们'当下'一个时空的定位，更给我们一个打开的不再遮蔽的视界，在这里，我们与传统相遭遇，又以今天的眼光看待它，于是，历史就不再是沉重的包袱，而为我们思考'当下'、思考自身提供了无限的可能性。此刻，无论是灵心慧眼的冥然会合，还是意象情趣的偶然生发，都借由对历史人事的叙咏，而寻求情志的感格，精神的辉映。这种情志包括了对古人的景仰、评骘、惋惜与悲歌，闪动着先哲的魂魄，贯穿着历史的神经和华夏文明的汩汩血脉。"[1] 状写古人，直指当今，曾经民族兴衰也好、人事规模性变迁后物是人非也罢，时空流转不歇，或许只有人性的悲欢复杂才能够在此过程中淡淡留痕，经过后人不断于新境界中探寻展开，其中蕴含的命运的成功或幻灭，时空的永恒或无限，历史的存在或虚无都将一一为我们带来现实的感慨与当下的内心参照。

白居易在《与元九书》中云："文章合为时而著，歌诗合为事而作。"古人作一事、作一文皆是有原委，要么体现人物际遇，要么寄托家国情怀，要么感怀心中所思，长期以来中国文人继承了这些优良的文学传统。

---

① 王充闾：《千古兴亡　百年悲笑　一时登临》《文明的征服》，辽宁教育出版社2004年版。

而在当今市场经济为主导的商业社会里，人们看重的是"娱乐至上"的感官享受的过程，推崇消费主义的快餐文化，所谓的"审美日常生活化"表现在生活领域中也渐渐被审美泛化所代替，随着审美泛化的变异而来的是艺术的泛化和异化，审美主体的异化。在这样一条伪审美生活的生产线上，又何来"诗意地栖居在大地上"的美学情怀？何来的超越自我、拥抱永恒的精神向度呢？现实中芸芸众生难以共处，作家只好沉浸于文化传统，守望自身的审美境界。"现在缺乏的不是文人，缺乏的是文人应有的气质、志趣、情操、节概。写他们，也是一种精神的靠拢，审美艺术的回归，是一种大欣赏、大欢慰。"[①] 作者清楚地认识到现实中已然很少有"文章合为时而著，歌诗合为事而作"的作家，然而，王充闾坚持着自我的美学原则。"我写历史文化散文，有着鲜明的现实针对性。"[②] 在一次采访中，王充闾说："我发现有的知名作家当了省市区作协头头，由于欠缺领导才能，劳形苦心，最后陷入重重纠葛不能自拔，创作根本无法进行，最后竟至一蹶不振。履新伊始，他们原都是雄心勃勃、踌躇满志的，周围也是一片'先生不出，如苍生何'的过高的期望，实则大谬而不然。看来，搞好角色定位是至关重要的。"现实中显然已经太多"学而优则仕"的故事，一些颇有才气的作家一经写出名气后，被主流社会吸纳，进入官场。政务劳形，身心疲惫的他们又何来精神意趣从事文学创作？这与《赵家天子可怜虫》里的宋徽宗赵佶、南唐后主李煜实在是有太多历史的暗合之处。"'作个才人真绝代，可怜薄命作君王！'宋徽宗和李后主本来不是当皇帝的材料，却偏偏被拥上'九五之尊'，结果，受到无情的命运的作弄，从荣耀的巅峰跌进灾难的谷底，在惨酷无比的炼狱里，饱遭心灵的折磨，深谙人世间的大悲大苦大劫大难，既逃脱不了亡国罪责，又人未尽其才、才未尽其用，留下了千秋愧憾，成为地道的可怜虫。"文中虽无一字提现实之事，只是在规定的时空范畴内就事论事，却关联于现实生活。人的存在，要么从始至终珍惜才华，物尽其用，使自身的价值得到纯粹的认可，为社会贡献自身应有的力量；要么抛弃才华或者干脆徒有一颗励精图治之心，专心为国为家，也可获得一世英名，而皇帝的身份和命运

---

① 王充闾：《龙墩上的悖论》，中信出版社 2007 年版。

② 同上。

是身不由己的，因此造成了历史的悖论。历史的条件与环境纵不相像，相似境遇下的人性永远是古今共通的。"写而优则仕"的结果可能造成"才不能尽其用"的灰色人生，这就是由体制外的自由个体融入体制内的"集体代表"的蜕变和麻木，也就是《圣朝设考选奴才》中所言的"驯心"，心已归顺，自必忘我。

因此作者写道："作为民族的灵魂与神经，道义的承担者，文化的传承者，士，肩负着阐释世界、指导人生、推动社会进步的使命。可是，封建社会却没有先天地为他们提供应有的地位和实际政治权力。若要获取一定的权势来推行自己的主张，就必须解褐入仕，并取得君王的信任和倚重；而这种获得必须以丧失思想独立性、消除心灵自由度为其惨重的代价。也就是说，他们参与社会国家管理的过程，实际上就是驯服于封建统治权力的过程，最后，必然形成普泛的依附性，而完全失去自我，'民族的灵魂与神经'更无从谈起。这是一个'二律背反'式的难于破解的悖论。"封建君主希望收获可以修齐治平的有识之仕，却希望其泯灭批判的精神和灵魂，成为忠贞的附庸"奴"才；知识分子若要得到君主的赏识，必须满腹诗书，既得古代文人之精神，崇尚风度与自由，又不得不投向科考的牢笼，甘愿将学来的宝贵才华尽数还给秉烛苦学之夜。这般残忍的二律背反并没有在封建社会止步，反在现实生活各个层面愈演愈烈，读者也能在一字一行中窥出现实的影子，与文中人物同怜同艾。对于像秦始皇一样的刘邦、司马家族、宋太宗、成吉思汗等皇帝在龙墩之上享受欲望、被欲望折磨的悖论的一生，同样承载着作者的深刻运思。"畏畏缩缩的躯壳，不见一丝生命的活力、灵魂的光彩。那么，苦从何来呢？来自过强、过盛、过高的欲望，既要建不朽功业，又要当今古完人，最后导致了悲剧结局。同样也有现实的针对性。"[①] 如此分析，甚为精当深刻。

黑格尔说："历史的东西虽然存在，却是在过去存在，如果它们和现代生活已经没有什么关联，它们就不是属于我们的，尽管我们对它们很熟悉；我们对于过去事物之所以发生兴趣，并不只是因为它们有一度存在过。历史的事物只有在我们可以把现在看作过去事件的结果，而所表现的人物或事迹在这些过去事件的联锁中形成主要的一环时，只有在这种情况

---

① 王充闾：《用破一生心》《寂寞濠梁》，辽宁教育出版社 2014 年版。

下，历史的事件才是属于我们的。"① 王充闾的《龙墩上的悖论》，于历史银河中攫取的皇帝命运及悖论巧合，正是他自觉地站在社会现实和文化发展潮流之上对古今历史进行参照而得出的历史感悟。它不是两部分历史的衔接，而是两部分历史的融合统一，使成为立体鲜活的文学化的历史。因此，我们在文本中可以嗅到现实的气味。正如他在《完颜三兄弟》的结尾写道："呜呼，遐方禹域，依旧是天淡云闲，铁马金戈，都付与荒烟蔓草。谁是最后的征服者？不是拿破仑，不是沙皇亚历山大，也不是熙宗、海陵、世宗完颜三兄弟，而是文明。"② 他以其主体间性的立场，在散文创作中超越时空的界限，在主体对象化和对象主体化的过程中追求历史与现实的共通境界，追求超越历史维度的共时性审美意义，正是在无目的的历史对话中感受到了合目的性的哲学意味，作家和历史进行了有韵味的交谈。

王充闾的《龙墩上的悖论》，以历史的沉浮观照现实社会，以现实的视点投射于历史。作者以含蓄而自由的历史散文方式，借用传统诗歌的"传神"和"留白"方法，含而不露，典雅端正。"在阐释历史的过程中，作家本人也在被阐释——读者通过作品中的独特感悟来发现和剖析阐释者。"③《龙墩上的悖论》体现了中国传统文化的综合性功能，将儒释道精神和谐地融合于文本之中。散文既拥有儒家的仁爱情怀，闪烁着道家天人合一的生命智慧，又包含佛家的慈悲理念，洋溢着禅定心神和空诸万象的韵致，文本的字里行间，处处流露着对传统文化的回归情结，并在层层掩叠的历史世相之中，探寻中国文明的汩汩血脉和古代文人的拳拳情思。例如立足于传统文化的视野，作者深入地分析项羽的人生悲剧。项羽的悲剧，从一定意义上讲，是道德的悲剧。当时以致后世，之所以对这位失败的英雄追思、赞叹，人格的魅力与道德的张力起了很大作用。而刘邦的胜利，则颇得益于他的政治流氓的欺骗伎俩和善用权术、不守信义的卑劣人格与无赖习气。

---

① ［德］黑格尔：《美学》，朱光潜译，商务印书馆1981年版。

② 王充闾：《龙墩上的悖论》，中信出版社2007年版。

③ 王志清：《灵魂之舞的自由维度——王充闾的历史散文与散文观研究》，载《南方文坛》2008年第5期。

对于魏晋历史与帝王的沉思，无不贯穿着传统文化的价值准则：

> 社会人生，充满了不确定性。列国纷争，群雄逐鹿，最后胜利者究竟是谁呢？魏耶？晋耶？应该说，谁也不是。宇宙千般，人间万象，最后都在黄昏历乱、斜阳系缆中，收进历史老仙翁的歪把葫芦里。

> 魏晋文化，上接两汉，直逼老庄，在相似的精神向度中，隔着岁月的长河遥相顾望，从而接通了中国文化审美精神的血脉。同时，又使生命本体在审美过程中活跃起来，自觉地把追寻心性自由作为精神的最高定位，以一种特定的方式实现生命的飞扬。

激扬的文字总是在创作主体的生命中自然流淌，主体的人生价值观念和生命的情思总会渗透在文本之中。在《龙墩上的悖论》中，儒释道作为中国传统文化的主流，已经深入其中。或是修齐治平、入世有为；或是逍遥以游、出世无为；或是参禅论道。作者慨叹项羽有仁爱之心而不得天下，刘邦纵然得天下也因失仁心而索然无味，公道自在人心。而以儒家思想再看这一段汉高祖开国大业的历史，也无疑充满着悲剧和反讽的意味。作者惋惜晋国百姓水深火热，却也并不以儒家之立场责备司马家族的血腥之政，而是以佛家悲悯之心，同样惋惜这争虚名夺空利的卿卿性命；他熟视这"看密匝匝蚁排兵，乱纷纷蜂酿蜜，闹嚷嚷蝇争血"的龙墩浮世绘，更重视这世路维艰的时代里接通老庄的"魏晋风度"。

我们解读《龙墩上的悖论》，在文本之中发掘仁义道德和自由生命的对碰、历史理性与诗性思维的杂糅、哲学批判与美学归纳的并置、存在意义与虚无宗道的背反的同时，也同样发掘创作主体的多元共生的丰厚文化人格。"当我沿着历史的长河漫溯，极目望去，也常会感到生命之重，前思古人，后望来者，天地悠悠，心潮喷涌。作为地球上的暂住者，我习惯于饱蘸历史的浓墨，在现实风景线的长长的画布上去着意点染与挥洒，使自然景观烙上强烈的社会、人文色彩，尽力反映出历史、时代所固有的纵深感、凝重感、沧桑感。站在大自然的一座座时空立交桥上，任心中波涛滚滚翻腾，那种凿穿了生命隧道的欢愉，那种超拔的渴望，飞腾的觉悟，走向自由、自在的轻松，又使我渐渐地有了对于儒、释、道以不同方式界说的'天人合一'的深悟。"① 我们或许太久置身于单一的意识形态之中认识世界、规定历史，而王充闾的历史文化散文，以其中立公允的尺度为我们提供了重新读解历史和阐释皇帝的另一种可能。

《龙墩上的悖论》这个"帝王史"既有历史的规范与事实，更有与现实的对接；既有历史范畴的学识，更有哲学意义的启发；既有对历史事件的温故知新，更有对历史人物的庄重祭奠；既有今人对古人的清算和叩访，更有逝者对今人的考问和回应。"在这些苍凉浩渺的感性世界深层，总是蕴积着思想家、艺术家的哲学思考，体现着他们对人类、对世界的终极关怀。从这些永恒课题的叩问中，我们总能深切地体验到一种超越性的感悟。"作家年届古稀，仍以夸父逐日的精神经营散文创作，探索新的散文理论。正如他在《何处是归程》中的一首小诗所云："生涯旅寄等飘蓬，浮世嚣烦百感增。为雨为晴浑不觉，小窗心语觅归程。"王充闾将自己毕生的生命体验化作散文的美学意识，以其对历史、现实重叠共生的社会关怀，抒发真实的人生感触，展现了其丰富充盈的人格品质，以深邃立体的历史眼光和雅正别致的美学追求，重构对历史与现实的探究。

---

① 　王充闾：《收拾雄心归淡泊》《淡写流年》，作家出版社 2001 年版。

第九章

人格图谱

　　文学与史学似乎有着与生俱来的天然鸿沟，二者在主观与客观，感性与理性，审美与逻辑，虚幻与真实，判断与命题，具体与抽象，情感与律令等维度形成二律背反。亚里士多德在《诗学》中阐述道："一叙述已发生的事，一描述可能发生的事。"① 二者存在本质性的差异。特别是触及在两者界域夹缝中生存的话题史料，人物品评，名人轶事，往往归属于历史范畴，文学不敢跨越雷池。究其原因，我们忽略了两者既有的同一性关联。研读历史，自觉与不自觉，意识与无意识中期待作家既能够将理性判断融入文本书写，又能够执着于以诗性思维体悟历史中的偶然现象；既能够以主体间性感悟历史，在对历史长河的条分缕析中彰显人文关怀，又能够寻求到一种审美化的思维模式对历史做出适度的阐释，以求与蕴藉历史中的客观规律相契合。王充闾的历史文化散文就是在这样的期待视野中形成，其创作模式拓展了散文的表达界域。王充闾的历史散文运用巧妙的构思，穿越时空，将远逝的硝烟战火重燃再现，置放于现实中的读者面前，栩栩如生，跃然纸上，不得不让人赞赏与惊叹作者非凡的构思能力和娴熟的散文技法。

　　《张学良人格图谱》是王充闾的历史散文佳作之一。21 世纪伊始，充满传奇色彩、影响中华民族历史进程的张学良将军长达一个世纪有余的生命最终离我们远去。大量记述这位世纪老人的著作或者读物相继出版，以人物传记、访问记、回忆录、口述历史居多。其间，材料翔实、立论妥切、视角独特的自然亦不匮乏。那么，王充闾为何还要在 2009 年推出自

---

① ［古希腊］亚里士多德：《诗学》，罗念生译，人民文学出版社 1962 年版，第 28—29 页。

己有关张学良的散文著作？文学创作"作为人的行为，有其赖以发生、推进和完成的那些驱动因素，文学创作正如同绘画创作一样，把作家的个性追求置放在首位"①。此论述有其合理性的内核，每部付梓文本均寄寓了作者的气质，由创作者的个性浇铸而成。王充闾的这部书写张学良的散文集也存在"个性因素"：一、作为文学作品，透过现象、事件致力于剖析人物的心灵世界，拓展精神领域的多种可能性空间，从而挖掘出有关人性、人格、命运抉择、人生价值等深层次的蕴含。二、作为文学作品，除了纪实之外，文学手法的运用、史家眼光的探析，哲学思维的分解亦不可少。三、较之于史学范畴的那些文章，文学作品拥有其独特的主观色彩，这和强调客观叙事的历史传述截然不同。作家在前人的基础上继续寻找新的道路，他不局限在历史资料的范围内，而是发挥自身独特的文学眼光，采用和主人公有关的趣闻逸事，增强了历史散文的灵动气质和阅读美感。一言以蔽之，创作者寄望在文本中进行美学与历史的时空交错的对话，以诗意的想象填补历史的空白点，既不忽视历史学科自身的客观规律，也不以主体性妄自张狂嬗变历史；既不机械地遵循某种历史概念，也不墨守历史唯物主义与辩证唯物主义的教条，而要在合理的自由想象中丰富历史，增加文体的张力。

散文属于自由地表露作家情感，展现主体心灵世界的文学样式，也是主体精神结构的审美表象。以自由表述、形散神聚为特点的散文该如何书写传记类文学，是一种挑战，更是一种冒险。然而，王充闾写作《张学良人格图谱》，"他将散文独特的主观性和情感鲜明性带入了这部人物传记之中"②，将风险规避得近乎完美。"本书的逻辑关系是在作者解读和体悟传主生平思想的脉络上构建起来的，是一种大胆的尝试，冒险的尝试。"除了传记文体必需的纪实之外，作为文学作品，对于主人公深度精神内涵的探析，有关人性、命运的思辨，浓郁的主观情感流露以及文学手法的运用等必不可少，王充闾的《张学良人格图谱》呈现出历史散文的独特审美魅力。

---

① 王一川：《文学理论》，北京大学出版社 2011 年版，第 277 页。
② 贺绍俊：《张学良人格图谱：散文体传记的新尝试》，载《社会科学辑刊》2010 年第 2 期。

第一节 性格勾勒

张学良作为一代豪杰，有关于他的话题永远阐释不尽、历久弥新。张学良的研究成果已经叠床架屋，相当丰厚，若要披荆斩棘有所超越突破，写出新的意蕴应该是十分费力的。然而，王充间成功地做到了。他认为张学良作为一个能够左右中国 20 世纪历史进程的叱咤风云的人物，既存的回忆录、传记、口述历史并未能够完全穷尽他那博大雄浑的精神内蕴，未能够完全陈述出他那风口浪尖抉择时的意味深长，仍然拥有更多更广阔的言说空间。因而，王充间寻找到了一种新的解说方式，放弃采用事无巨细、面面俱到列举老将军事迹的方法，而是以张学良为轴心，铺张开一张巨大的关系网，将传主放置于多种关系的错杂交叉点上，在乱世浮沉，末年回首，儿女情长，别样恩仇，文韬武略，豪情万丈中展现张学良的个性特征、人格风范、精神困惑、心灵隐秘，从性格勾描入手，展现传主的"人格图谱"。

作者并未像传统人物传记那般按照单一的时间维度从出生写到逝去，而是高屋建瓴、高瞻远瞩地以哲学情怀感同身受地直抵被塑者灵魂底部，直穿时空的烟海回到当时的历史语境，触摸与倾听被塑者的心灵独白。审美的主体间距让读者一直与历史往事保持着适度的心理距离，在审美欣赏中感悟文学震撼人心的魅力。

该散文集总共由 15 篇散文合成，末篇与首篇形成呼应，统领整部散文集的脉络，首篇《人生几度秋凉》以蒙太奇剪辑拼接方法将三个海滩上的画面串联起来，凸显主人公内心活动，以此为轴心刻画其人生轨迹来总起全书。尾篇《成功的失败者》则是对这位传奇的将军一生的品评与定位：戎马倥偬的传奇经历，唯恐迟暮的政治生涯，惊天动地的创世伟业，遭际颇丰的多舛命运。在《不能忘记老朋友》中，作者泼墨挥毫间刻意塑造张学良和周恩来之间的深厚友情，以两位伟大的政治家之间的真实情感故事，向我们揭橥了华夏文化的历史传承，礼仪之邦，重情重义。《尴尬四重奏》里写到张学良与郭松龄别具风味的师生情，通过郭军拥良"反奉"，父子误会争吵，少帅讨伐郭军，尴尬局面重生，直至酿成悲剧等片段，印证了敬师重情的张少帅亦是在传统文化熏陶下的孝顺子弟，时间老人的马车辗出了沉痛和悲凉的印痕，却将尊师重道、有情有义的儒将形象刻印在读者心中。《别样恩仇》记录了有关张学良与蒋介石的恩怨往事，改旗易帜，义结金兰，张学良将自己的一腔抱负完全倾注于蒋介石身上。然而，恩怨情仇也正是缘起于这份沉重的信赖与重托。"九一八"事变，将军负荆，无奈下野，两人关系紧张；一心为国，抗日分歧，两人背道而驰；西安事变，华清捉蒋，两人兵戎相见。张学良将军的义愤填膺，满腔热忱，赤子之心作者感同身受。《夕阳山外山》《您和凤至大姐》则将笔触延伸到将军的情感生活，儿女情长。既展现陪伴自己一生、忠贞不渝的赵一荻，又捕捉到心中所属，绵延情长的蒋四小姐，以及善良聪慧、举止得体的原配夫人于凤至，绵绵情思，情深似海。爱情始终都是关系主体间的你情我愿，除了追求者的主动，张学良将军亦有心动。在拥有自己的爱人之外，这位多情的将军亦有红颜知己，他可为她保守秘密，他也因她转变信仰，他更可缘她出生入死，这就是《"良"言"美"语》里聚焦的张学良和宋美龄之间的知己情缘。一个有血有肉、有情有义的张学良多维度地呈现于读者面前，人物性格显得富有张力、张弛有度。作者还谈及主人翁的兴趣爱好，为我们挖掘出一个真性情、真品格的张学良。《将军本色是诗人》《史里觅道》《情注梨园》三篇将写作视野延展至将军一生的三大爱好：诗、史、戏剧。拥有着浪漫主义情怀的张学良，自小秉受儒雅文化、西方风俗的耳濡目染，接受春风沐雨，聆听儒学、道学与佛学的天然感化，诗人情怀，史家眼光，对戏剧人物，悬疑故事耳熟能详，不无对他的行状轨迹、价值取向，特别是人生重大关卡的抉择产生影响，也注定了他传奇、磨难、通脱、无悔的一生。

《张学良人格图谱》将传主作为一个由礼仪文明、浪漫情怀、儿女情长、恩怨情仇、文韬武略等编织而成的网络中心，从而延伸与拓展人物性格的复杂性与多维性，不间断地进行现实与历史的对话。有时需要在时空穿梭中折返于现实语境与历史语境之间，有时需要规避文体风险在历史方法与诗学理论中找寻到游刃有余的最佳表现。诗意的审美间离使得作者成功地将一个生活在战火纷飞、乱世豪情年代的传奇将军，恍然乘着时间飞车来到读者面前，这样拥有生命活力和人格魅力的英雄，感染着读者的心灵。

王充闾曾表述，文学创作不能停留在事实的层面上，它要向心灵深处进逼，要拓展精神世界的多种可能性空间，不仅要有形象，还要写出象外之象、味外之旨、韵外之致。

缘起于心性，发露于表的优秀品质固然可以被视为表象特征，然而，象征符号隐喻着无限宽广的外指意蕴更需要创作者执笔于此，不间断地研思个人精神世界的可能性空间，以哲学之辨与诗性之思不断生成新的话语蕴藉。《庆生辰》和《猛回头》则多次涉及张学良的精神活动。

> 我父亲死的那天是我的生日。我现在的生日是假的，不是我真正的生日。真正生日我不要了，我不能过真生日，一过生日，我就想起父亲。

> 我心中有更痛苦的是：每当危难之时，必须选择最喜爱的优秀分子，来担当这困难的任务，方能胜任。明知他此一去，九死一生。可是，待到功成之日，庸庸碌碌者攀功受赏，佼佼者已经化为白骨，只剩下了孤儿寡妇。在无目的的混乱的内战之中，说不上成功成仁，彼不过是私人感情之上，命令严威之下，走上牺牲之路。中国有多少良好军事人才，就是这样白白地断送。我每一思及，心中悲痛，以己度人，在过去内战上，与我同感者，自然不在少数。吸食鸦片，不只是一时兴奋，借助刺激精力，亦含有借酒消愁之意存焉！

声嘶力竭、歇斯底里的情感宣泄远非文学所需要的审美内容，只有闪烁着创作者的独特智慧且兼有美学范式的重组材料，才能彰显文学的诗性之魅。最能凸显人格魅力与性格张弛，彰显精神困惑与思想重担的是内心独白。历经折戟沉沙，见惯生死诀别，已经被后人融化于神的张学良将军在王充闾笔下再次返归于人。张学良在文本中被消解了神的熠熠光辉，褪掉了沉浮已久的泡沫，将军的痛苦与挣扎，悲怆与雄浑，无奈与坚忍，于思考与回首时蓦然显露，不胜苍凉。

林辰在为鲁迅作考证时提出一个见解，研究一个伟大人物，有些人往往只从他的学问、道德、事业等大处着眼，而轻轻放过了他的较为隐晦、较为细微的许多地方，这显然是不正确的方法。一篇峨冠博带的文章有时会不及几行书信、半页日记的重要；慷慨悲歌，也许反不如灯前絮语，更足以显示一个人的真面目、真精神。王充闾在《张学良人格图谱》的文本建构中，从寻常处着眼，细微处落墨，最终又不失平中见奇、微中见著的意趣。作家于细微处大胆想象，于史料中恪守律令，于玄秘间回归本真，于表象时挖掘意蕴，将身在历时性年代中的英雄人物，返璞归真，重拾人性。在昏灯黄卷旁聆听絮语，在独处落寞时感悟叹息，在君临天下间回首往昔，在安然休闲时品味意趣。《庆生辰》和《猛回头》，记录了耄耋之年贺寿之景，一文则是戒毒之景慎独之录，择取要处，细细赏析。

正午十二时，当张学良夫妇推着乘坐轮椅的张群进入寿庆大厅时，百余名来自台湾、香港、日本和美国的记者蜂拥而上，闪光灯接连不断地闪亮，场面极为壮观。人们看到，寿星老戴着一副茶色眼镜，穿的是一袭黑色西装，系着枣红色领带，精神焕发，神采奕奕；而夫人赵一荻则身着红色套装旗袍，显得雍容华贵，典雅端庄。

……

我现在虽然老了，可是我还没崩溃；耳朵虽然听不大好，但还没至于全聋；虽然是眼力减退了，但是，还没至于瞎……现在，我虽然是年迈了，假如上帝有什么意旨，我为国家为人民还能效力的，我必尽我的力量。我所能做得到的，我还是照着我年轻时一样的情怀去做，只是我已经老了。

戒毒伊始，最为难熬。第一天晚上，少帅在屋内毒瘾发作，咚咚咚地，一个劲儿地用脑袋撞墙，这声音像利剑一般刺痛了守候在门外的人们的心。渐渐的，咚咚声越来越小，频率越来越慢，最后，屋里沉寂下来，一点声音也没有了。少帅后来回忆说："米勒胆子很大。我的部下看到我痛苦的样子，要揍他。他们对米勒说，'你要是把他治死，你的命也没有了，你明白吗？'"

作者写了这两个对比蒙太奇的画面：一个是"老骥"伏枥，烈士暮年，曲终奏雅；一个是撕心裂肺，万箭穿心，脱胎换骨。创作者既不流俗于主流价值，又不语出偏锋。表面上看似属于被塑者隐晦禁忌之处，其实都隐喻着极其具有提纲挈领性的人生感悟和不可或缺的性格棱角。耄耋之年贺寿之日，言语中流露出的壮志与激情，无悔与超脱，虔诚与忠贞。而沾染鸦片时的精神苦闷，戒除毒瘾时的肝肠寸断，病者之苏的洒脱自如，经过作者的挖掘和捕捉，以一叶知秋、见微知著的选材方式，使张学良将军人生历练中的复杂性格达到了生动的彰显与诠释。

评论家有言："这本书的创新集中体现在作者对传记文体的突破上，他将散文的自由表达与传记的真实原则有效地结合为一体，提供了一种散文传记的新的写作突破。他将散文体的主观性和鲜明性的主体意识带到了传记文体中，从而改变了传记叙述的思维方式，本书的逻辑关系则是在自己解读和体悟传主的生平思想脉络上建构起来的，这是一种大胆的突破，冒险的尝试。"[1] 单纯的历史纪实并不能够满足文学作品的需要，这部历史散文集以其自身独特的文学性，自张旗帜，"不以重复为虑"，运用文学的技法，借助于想象、细节、心理等手法进行刻画，对历史人物和历史故事加以探析，穷究溯源，进而达到展示传主人格魅力的效果。

第二节　历史谜题

散文传记需要规避两种类型的风险：一方面，创作者将携有极强主观性的自我意识刻印在以客观叙述"零度写作"为逻辑起点的史料上，需要尊重客观既存的事实真实和细节真实，规避文体风险；另一方面，又要恪守美学意识和诗性思维，力图能够以主观想象游刃有余地诠释历史空白点，注重对历史偶然现象和突变因素等非理性现象的阐释，找寻到一种具有诗意的历史观。特别是对遗留至今扑朔迷离嬗变演绎的历史谜题的试析，期望留给读者更多的想象空间和审美运思。王充闾的《张学良人格图谱》，以历史理性将大量繁复的史料以及众说纷纭的文本进行选择性的消解与融合，对于历史人物不止于简单地复现，而是努力地挖掘人物的多面性和复杂性，对遗留至今的历史谜题，进行合理性的探究和答疑，以文学家独具的审美运思为我们重新释义历史本真性的面目。

张学良传奇一生，留下诸多故事与情致，有抗争不息，鞠躬尽瘁，流

---

[1]　贺绍俊：《〈张学良人格图谱〉散文传记的新尝试》，载《社会科学辑刊》2010 年第 2 期。

放幽禁，怀念故土，思念至亲等。故事与情致总是给人遥远沉重的沧桑感，给人无法企及的神秘感和悲凉感。这些故事在作家的笔下，被讲述得活灵活现。由于和将军的地脉情缘，作家儿时就对少帅的英雄事迹有所耳闻，兴趣早已萌芽。王充闾多年来旁搜远寻，旁征博引，潜心钻研，通过翔实的史料，借助于哲学之辨和诗性之思，我们求解历史之谜和勾画张学良之人格图谱。

张学良将军在长达一个世纪的生命中，众多标志性的事件都与他休戚相关：东北易帜，改弦更张，服从中央统一指挥，全国在形式上实现一统；九一八事变，不战而退，东北沦陷，背负"不抵抗将军"的骂名；西安事变，华清捉蒋，扭转抗日局面之乾坤。扑朔迷离的历史疑点，错综交织的历史吊诡，真假难辨的历史评述，《人生几度秋凉》《别样恩仇》《成功的失败者》等篇目中皆有着翔实可靠的叙述，除了对史料的详尽讲述外，还数次引用张学良"口述历史"的原话，一方面坚守实证主义的哲学原则；另一方面其精神结构的可能性空间，以诗性的历史观揭橥悬而未决的历史谜团。

　　我这个人，这些年寂寞惯了，呆在热闹地方反而不舒服。明朝末年有一个人就住在墓地里，还贴了一副对联："妻何聪明夫何贵，人何寥落鬼何多！"既然人人都要死去，谁也逃不出这一关，住在公墓里又有何妨。而且，墓地里的许多人我都认识，有的还是朋友，以后还会有新的朋友补充进来，我可以经常拜访他们，谈心叙旧。

　　……

　　老先生对我还是不错的了。我不是说过，他死了我写了副对联吗，我这是私人的对联，我吊他的。我说："关怀之殷，情同骨肉；政见之争，宛若仇雠。"老先生对我，那是很关怀的。我有病，差不多够呛了，他们旁人就想，我要死掉了。那他不但特别关切，还派了医生，派了"中央医院"的来看我……蒋先生是原谅我了，不原谅我，他不把我枪毙呀？我到南京是预备被枪毙的，我是应该被处死刑的，我是个军人，我懂得。我也是兵，也带过部下。假设我的部下这样，我就把他枪毙了……说实在的，蒋先生对我，我暗中想，他对我也相当看得起。觉得我有种？这话到不敢说，他不能容忍人家挑战他的权威，我损害了他的尊严……我当时就说，好像灯泡，我暂时把它关一下，我给它擦一擦，让它更亮。实际上我这样做，他不是更亮了？

……

我一生最大的弱点就是轻信。毁也就毁在"轻信"二字上。要是在西安我不轻信蒋介石的诺言，或者多听一句虎城和周先生的话，今日情形又何至于此！再往前说，"九一八事变"我也轻信了老蒋，刀枪入库，不加抵抗，结果成为万人唾骂的"不抵抗将军"。1933年3月，老蒋敌不住国人对他失去国土的追究，诱使我独自承担责任，结果我又轻信了他，下野出国。他算是抓住我这个弱点了，结果一个跟头接着一个跟头。

理性之维赋予人类不间断追问的本能冲动，恪守历史理性，就会使人类对历史之谜寻求合理性的解答。这种"合理性"既囊括了以理性精神客观评价历史的主客双方，评述历史的缘由结果，也包含着对历史偶然现象的观照与书写。需要对历史事件与人物进行张弛有度、收放自如的叙述，既要不拘束于史料文献，也不放纵于过度阐释，既怀有敬畏历史之心，又需要对历史进行合理想象。

作者记述和诠释的人物，无论是早年英姿飒爽的少帅，还是中年风口浪尖的将军，又或者是老年退隐江湖的老人，都始终没有脱离过海内神州，海峡两岸的视线，甚至也成为国际社会的焦点人物。这一切都归于他的命运抉择，精神指向，以及波澜不惊的处世哲学。然而，他不是圣人，也曾犯过糊涂，为此付出过惨痛的代价，令万民垂泪千秋怅惋。他将罪过归于自身轻信的性格缺陷，以幽默诙谐的畅聊，道出了他与蒋介石之间微妙值得咀嚼的关系，绵里藏针。抨击了蒋介石奸诈虚伪、阴险叵测的人性暗箱。然而，张学良备有雄才大略、君子之心，他清楚地了解蒋介石为人，就秉性而言，两人截然各异甚至判若云泥。但是，凭吊蒋介石之时，他仍以感念不杀之恩前来祭拜，吊唁虽属于私人事务，但必被公之于众，且尚处于拘禁之中，先主虽逝，后主仍在，因此以大局为重，夹带些许冠冕堂皇成分也就不足为奇了。王充闾以历史理性的视野环顾历史语境，对悬而未决的历史之谜做出合理性的阐释，解构传统的偏见定论，放弃既有的先验认识，始终以主体间性去揣测被塑者的精神结构，保持适度的审美距离以增加解释的张力。

人们对历史人物、历史故事与历史之谜的认识和阐释，总是带有经验性的主观定论，在无意识中渴望历史的缘由同期待视野如出一辙，也总是在叩问历史之谜时寄望找寻唯一性的答案，将错综复杂的历史之谜解释简化成单一性的人物或者事物，从而忽略了历史本身以及幕后那些偶然性、复杂性的影响因素。如九一八事件，当年张学良雄兵百万驻扎东北，却拱手将"东四省"①送给仅有几万兵力的日本，如果将这一切的历史缘由仅仅归结为蒋介石的"不抵抗"命令，于情于理恐怕难以对历史和国人做出交代。作家接受了历史的挑战，敢于做一次冒险的尝试。文本中的《九一八，九一八》就是直面历史谜团作出的最好回应。文章共分为六个部分，分别介绍历史上两个"九一八"：一个享受着"前无古人，后无来者"的至高荣耀，一个遭际奇耻大辱，落得"不抵抗将军"的千古罪名，创作者倚重翔实的历史素材假设性地还原历史，不夸张，不求全，交代出整件事变造成的影响和效应。作者在历史面前，保持着客观敬畏的心态，不夹杂个人的主观情感，多方搜集信息，广征博采，大胆发问，认真推敲，由此，做出公允的解说："其间的症结所在，是他事变前对于日本帝国主义的本质缺乏清醒的认识"②，"而在战局拉开之后，面对日本军队势如破竹的凌厉攻势，他又从这个极端跳到了另一个极端，由原先的满不在乎，一变而为'悚然惊惧'；接下来，又产生了三个'错误期待'，一个'深层考虑'"③。摘取将军的口述，稍作释析。

我情报不够，我判断错误！我的判断是，日本从来没敢这么扩张，从来没敢搞得这么厉害，那么，现在他仍然也不敢。我也判断，这样干，对你日本也不利啊！你要这样做法，你在世界上怎么交代？那个时候，我们也迷信什么九国公约、国联、门户开放，你这样一来，你在世界上怎么站脚？

---

① 东四省，即东三省和热河省，现热河省已分解到河北、内蒙古、辽宁三省。
② 王充闾：《张学良人格图谱》，东方出版中心2009年版，第186页。
③ 同上书，第187页。

我要郑重地声明，就是关于不抵抗的事情。九一八事变不抵抗，不但书里这样说，现在很多人都在说，说这是中央的命令，来替我洗刷。不是这样的。那个不抵抗的命令是我下的，说不抵抗是中央的命令，不是的，绝对不是的。……

实行不抵抗主义的人们，还有什么理论可以自行辩护呢？失去东北省不抵抗，失去热河不抵抗，将来失去华北恐怕还是不抵抗；不抵抗主义不但断送了数百万平方公里土地、数千万的同胞，并且，贻我中华民族万世之羞！

历史之谜的生成总会附着人的主观意念，排他性的选择和期待视野的主观介入可能使历史失去了本真性的存在。对于"不抵抗"政令究竟何人发起，究竟何时产生，究竟有何意蕴，主体性视野的存在全然湮没了历史真实，以往的定论有待存疑与清理。作者大量引用了当事人的口述，寻求历史的客观解答，同时，恰当的审美间距为读者提供了可行性的想象空间。

张学良传奇性的历史上一直存有两个谜题：一是九一八何以不抵抗？二是晚年何以不返乡？在《鹤有还巢梦》中作者浓墨重彩地尽情渲染，尝尽人世间飘零况味的张学良从出生伊始就在一辆大马车上奔驰，尔后关内关外，南北西东，从北到南，从大陆到台湾，从中国到海外，流离颠沛整整百年。无时无刻不在思念故土，怀念家园的他最终只是拥有满腔"还巢梦"。老将军从1991年公开露面，前往美国探亲，中共中央高度重视，邓颖超以私人名义发送回访大陆的邀请信，大陆积极准备接待等。然而，终究是幻梦一场。作者辩证地为我们分析了他未能成行的内外因：他想全身而退，潇洒转身退出历史舞台；淡出两岸纷争，保留超越于意识形态、政治色彩的"中间状态"；同时，由于台湾当局的精神打压，对于台独分子李登辉的过于轻信等因素的客观影响。如此周详细腻的解析，就像走进了传主的内心世界般体贴入微，触及了张学良隐秘的意识领域，超出了简单的政治评说。"政治生活并不就是公共人类存在的惟一形式，早在人发现国家这种社会组织形式之前，人就已经作过其他一些尝试去组织他的情感、愿望和思想。"① 王充闾进入了一种人生的思考与理解，没有为他辩解但却饱含辩诉的能量，诠释了张学良将军另一种思念故土的情怀与方式。我们能够对张学良的历史遗留问题有所了解，是作家在自身深刻理解的基础上，进行全方位诠释、对话与交流的结果。

第三节　命运凝思

"宿命论"映射了古希腊先哲对命运的哲学深思，给人无以挣脱的命运束缚。虽然带有不合理的精神内核，却也在一定程度上折射出命运的残酷性和不可预知性。人，作为历史阶段性的产物，以个体性的存在在历史锁链中抗争，历史由此在挣扎与反挣扎中螺旋式的上升。人与历史的对话，本质上就是命运的凝思。王充闾笔下的历史人物，犹如一个个人性的宝藏，等待他的开掘与塑造，也正是在这种追问寻觅的流程之中，作家从百态的人生际遇中领悟到命运带来的哲学运思和精神悸动。《张学良人格图谱》这部雄浑精妙的历史散文，除了蕴含着文学的审美特性，史学的深入考证之外，还将文本的视域定位于对人性的观照与书写，对命运展开历史与美学的反思，并在命运叩问中表达对现世的期待与愿景。

事物的发展过程势必存在必然性与偶然性，两者具有同一性与斗争性，并且在一定条件下可以相互转化。王充闾恪守如此历史理性，在对历史不间断叩问与反思中凝神命运，倚重历史散文表达出对命运的感悟，以求对被塑者精神空间的可能性开拓。在《成功的失败者》一文中，作者就用这种客观理性的方法为我们剖析了张学良复杂、曲折的一生。张汉卿的生命里充满了戏剧和偶然，谜团与悖论：他自认为自己是和平主义者，要悬壶济世，治病救人，却成了率领雄兵百万、征战沙场的将军；他对鸦片毒品深恶痛绝，却也曾吸毒成瘾；他向往自由，渴望"鹰击长空，鱼翔浅底"，但却身陷囹圄，被囚禁了半个世纪之久；他热爱祖国、胸怀壮志，渴望落叶归根，但返乡之梦未能成行，最终埋骨他乡；他痛恨军国主义，却对希特勒、墨索里尼推崇备至。种种矛盾悖论看似偶然，却也在一定程度上孕育着必然。作者认为，人是社会的产物，环境对个人有着极其

---

① ［德］卡西尔：《人论》，甘阳译，西苑出版社 2003 年版，第 112 页。

重要的影响。张学良个人生存环境包含四个方面：身为"东北王"张作霖之子，与蒋介石毕生微妙的关系，集弑父与民族仇恨的日本侵略者，"化敌为友"一生的朋友共产党。王充闾找到了生命个体与其赖以生存的环境之间存在的必然性，归纳环境是决定个人命运的客观原因，错综复杂的环境也交织构成张学良复杂矛盾的心态，造成个体性的局限，命运的多舛自然成为表征。同时，作者并不止步于此，继而按照心理学家达维多娃的理论，竭力寻求隐藏在神秘莫测事物身后"看不见的手"，终于在无常的命运里找到了足以转化人生偶然和必然的那张王牌——个性，这就是影响个人命运的主观因素。

> 我从来不像人家，考虑将来这个事情怎么地，我不考虑，我就认为这个事我当做，我就做！……孔老夫子的"三思而后行"，对我一点用处也没有，我是"要干就干"，我是个莽撞的军人，从来就不用"考虑"这个字眼。

> 我可以把天捅个大窟窿。你叫我捅一个，我非得捅两个不可。
> 我对于中国的传统礼教，接受得不大多。自幼就具有反抗的性格，反抗我的父母，反抗我的老师，甚至反抗我的长官……凡不得于心者，自以为是，辄一意孤行，不顾一切。

一切神秘莫测的事物，背后总是有它的规律可循，命运同样如此。鲜明的个性直接影响了张学良传奇性的一生，个性的主导因素包含了气质和性格，两者合力是影响张学良性格的主导因素。气质代表着一个人的情感活动的趋向、态势等心理特征，属于先天因素；而性格则是受一定思想、意识、信仰、世界观等后天因素的影响，由个人在认识和实践活动中形成、发展起来。创作者一鼓作气以张学良的人生经历为范例，找出了家庭环境、文化环境、人生阅历等影响个性的因子，道出张学良一意孤行、敢作敢为的性格特征。由此，自然有了张学良改旗易帜，华清兵谏，送蒋回宁等行为，这与他多姿多彩、不同凡响的个性密切相关。而个性的形成又与他生长在传奇的军阀家庭，接受着维护正统的儒家、看破人生的道家、侠肝义胆绿林豪侠的精神以及崇尚个性解放西方文明的文化熏陶密不可分。当然，深沉博大的赤子之情，才是他思想的主旋律。

王充闾大费周章地为我们解开世纪老人传奇人生中的历史谜团和人生吊诡，在对命运的凝思中为我们开拓了张学良精神世界中的困惑与无奈，道破了影响命运的情愫，为主人公的命运增添了几分苍凉与雄浑。也许，王充闾的目的并不止于此，在生存焦躁和精神困惑的消费社会中，在杂陈的价值观风起云涌的环境里，他更加关注环境对个体尤其是青少年一代的成长，这既是源于一位忧国忧民的长者责任，也是一位具有人本色彩、时刻关注命运的传统文人对现实的拷问。作者在该书的附录《历史文化散文的现实关怀》中谈到写作中时刻记怀着歌德对曼佐尼的批评："如果诗人只是复述历史家的记载，那还要诗人干什么呢？诗人必须比历史家走得更远些，写得更好些。"① 克罗齐也曾说过："一切历史都是当代史"，历史属于精神的活动，精神活动永远都是当前的、现在的，决不是死掉了的过去。

《张学良人格图谱》交融了文学的诗意、历史的张力与哲思的澄明，传递了美学的超脱情怀。作者怀着对历史的敏感和迷恋，凭借诗人般的敏锐想象力去感受历史和解释历史，并不断地生发出独特的生命体验与人生感悟。所以说，王充闾的历史散文不在于单向度的史料的丰厚及独特，而在于在诗意的书写过程中，饱含哲学思辨的寄寓与旷达，以美学与历史的对话方式寻找人性的答案。

---

① 王充闾：《张学良人格图谱》，东方出版中心 2009 年版，第 230 页。

第 十 章

事是风云人是月

《事是风云人是月》这本于 2011 年出版的散文集，可以说是王充闾后期历史散文的荟萃之作，题材的广域程度可与史书比肩，洋洋 70 余万字，从中古到晚清，从文人墨客到皇族贵胄，从政治江山到儿女情怀，一切尽收笔底。王充闾数十年笔耕不辍，创作成果丰硕喜人，影响巨大，一时有"南有余秋雨，北有王充闾"的说法。在此暂且不去比较余秋雨和王充闾两位作家的散文成就，但是王充闾的影响力可见一斑。此书收录的文章以时间流程为纬线，以人物交织为经线，按时间的流程去书写和观照历史人物，以此寄望拓宽人物的精神空间。王充闾追求"诗史思"三者的交融互汇，《事是风云人是月》这本散文集也正是他的创作主张的成功实践。

第一节　史与诗

新时期的历史散文自上个世纪末在国内兴起之后，很长一段时间里饱受争议，引发争议的焦点多集中于文体症候。使用带有鲜明主观性色彩的散文体书写，是否会有碍历史的纯粹性？文学与历史之间究竟寓意着何种关系？这两个问题一直是学者争论的逻辑起点。

历史题材一直都是小说创作视野中不可或缺的成分，或借古讽今影射现实，或在雄浑的历史中追溯文化之根，或者将历史当作精神慰藉在回眸之时抚慰疲惫的心灵。但是，无论小说如何诠释历史、看待历史，历史学家们对小说的虚构性表征给予了很大程度的宽容。然而，散文却没有如此幸运。有学者在评价王充闾历史散文的时候就明确指出："诚然，智慧的叙述可以引发人们对历史的新理解，但历史毕竟是历史，其庄严性与非诗性，不是情感的抒写所能充分把握的，因而，散文家虽有灵光闪现，但基于历史的文化散文，不许创作者过度诠释与发挥，只能就历史本身进行深度发掘。"① 这在很大程度上代表了质疑者的态度：现存的历史事实不可改变，拒绝文学性的过度诠释和发挥。

有关史与诗在本质上的差异和关联早在古希腊时期就已有论述，但是两者之间能否打破传统非此即彼二元对立的格局，关键在于需要突破长期以来陷入形式研究斡旋的文学批评，重新考虑"社会中心"的文学研究，"把注意力扩展为形式主义所忽略的、产生文学文本的历史语境，即将一部作品从孤零零的文本分析中解放出来，将其置于与同时代的社会惯例和非话语实践的关系之中"②。从这种意义上来说，这样就可能为文学和历史之间搭建了一个可以相互影响、相互探究的平台。此时期崛起的新历史主义者们就是在这个平台上开始了对文学文本做出新一轮的解读。

在新历史主义看来，文学是不可能独立存在于社会文化之外的，而历史正是已逝时间里的社会文化的记录，文学不可避免地要面对历史语境中的文化力量以及面对此在的"文化场域"对人的作用力。王充闾在《事是风云人是月》一书的《作者自序》中说："我在读人、读心过程中，并不仅仅限定在作为客体对象的历史人物身上，同时也包括做史者——注意研索、体察其做史的心迹。"他的这个见解，也契合了新历史主义者的某些主张和做法。新历史主义的领袖人物斯蒂芬·格林布拉特致力于文艺复兴的研究，他通过对当时一些创作者所处历史环境的评估来考量他们的自我意识塑造过程，进而发掘他们创作期间的某些心灵变化，以达到对作品、文学以及文化更深层次的把握："我们依赖这些作者生涯与较大社会场景的透视点，便可阐释它们之间象征结构的交互作用，并把它们看成是构成了一个完整而又复杂的自我造型过程。通过这种阐释，我们才会抵达有关文学与社会特征在文化中形成的那种理解。"③ 王充闾和新历史主义

---

① 李咏吟：《寻求那飘逝的文化诗魂——王充闾散文的一种解释》，载《当代作家评论》2004年第2期。

② 朱立元：《当代西方文艺理论》，华东师范大学出版社2005年版，第396页

③ 同上书，第401页。

者一样，重新回归历史发生的社会场景中，结合当时的社会文化背景去感悟那些历史人物的命运波折和灵魂内涵，用文学去复活历史中不为史学家们所注意的细节，赋予其新的生命力。正因为如此，王充闾笔下的那些历史人物才如此鲜活灵动，有血有肉。

王充闾曾说自己的散文创作追求诗、思、史的交融互汇。[①] 思，寓意着作家自身的感悟，代表着作家创作中的自我；史，则孕育着恪守历史理性的信条，象征着历史的逻辑和客观；诗，则表征着诗性思维，隐喻着主体不断探寻的审美运思。如此而已，创作者不仅规避了文体风险，而且使得历史散文萌生了新的活力。即对历史不做考据式的考证，而是把诗性注入历史的述说中，增强叙述的张力，在历史演绎中架构起一座人性的花园。

王充闾笔端下的历史，不仅仅是事件的罗列，人物的描述，而是性格迥异的人物在命运面前的灵魂剖露，通贯整个人类历史的精神共性。所以，从某种意义上来说，文学就是历史，文学是人类的心灵史，用文本传递历代厚重的精神感悟，用文学记录历史发生时的所有元素，继而寻得对历史与人性的解密钥匙。"历史是精神的活动，精神活动永远是当下的，决不是死掉了的过去。"[②] 散文作为一种非虚构性的文学体裁，可以真实地记录历史，甚至具备一种比史料更真实记录社会文化语境的能力，同时，可以包括历史记录中的人文情怀。在这个层面上来讲，历史散文可以做到艺术真实和历史真实的统一、诗的叙述和史的再现相一致。诗史交融在《事是风云人是月》散文集中表现得尤为明显。

《事是风云人是月》共收录王充闾的散文合计百篇，每一篇立意不同，或人生百态，或众生万象，行文手法和叙述策略也各有千秋。差异的根源在于作者对文章结构的严苛要求以及对审美艺术的高度追求。然而，作者并没有陷入浮夸的形式炫技，也没有刻意追逐结构新奇，每一篇散文的构思都流露出作者的匠心独运，或者以一个意象为主线统观一朝历史，或者别开生面点出藏匿于历史之下的玄机，处处透出王充闾洞察世事的智慧。我们可以从《叔侄"捉迷藏"》篇稍探究竟。

---

① 王充闾：《沧桑无语》，东方出版中心 1999 年版。
② 王充闾：《秋灯史影》山东文艺出版社 2010 年版。

《叔侄"捉迷藏"》，作者以谑而不虐的天性与纯真浪漫的诗性，用"捉迷藏"为名透视"靖难之役"的本质，即朱棣和朱允炆叔侄之间你追我逃，你寻我躲，作者以独到的审视和游戏的调侃进行写作活动，忍俊不禁。难能可贵的是，文章跨度从朱元璋打江山到后世历代对建文帝的考证，前后历时近千年，史料繁杂，真相扑朔迷离。但是，作者始终没有困顿于天渊之别的史料记载，也没有局限于众说纷纭的权威史书，而是回归历史语境，以文化为渊源，着力观照与书写历史上的胜利者与失败者之间力量消长背后的启示。文章依旧是王充间访寻古迹探求世事的模式，从位于滇中北部的狮子山正续禅寺说起逃亡在外多年的建文帝，用寺内的对联连接古今：

> 僧为帝，帝亦为僧，数十载衣钵相传，正觉依然皇觉旧；
> 叔负侄，侄不负叔，八千里芒鞋徒步，狮山更比燕山高。

一副对联隐喻着历史的偶然和现实的无奈，楹联诗词皆为文学，寥寥数语就概括了历史的发展进程，王充间则从这些楹联诗词中窥得了那场旷日持久的较量中的精神精髓。作者文中引用鲁迅说过的一句话"过去的历史向来都是胜利者的历史，失败者如果不遭到痛骂，也要淹没无闻"[①]以此佐证建文帝这个失败者的独特之处：他非但没有被历史淹没，亦没有遭到痛骂。这其中的缘由印证了"历史，就是耐心等待被虐待者获救的福音"[②] 的西哲名言，由此也体现出作者对待历史的态度：不以胜负定成败。作者不惜泼墨于明成祖朱棣为寻找建文帝所费的苦心，悠然古意的语气述说被失败者疑踪搅扰难安二十二年的皇帝，褪去胜者为王的历史定论，明成祖的天子生涯尽显啼笑皆非。相反，郁郁不得志的朱允炆反而遁迹禅林之后修得了"山云水月傍闲吟"[③] 的自在和"不受人间物色侵"[④]的超脱，胜利者自我困顿于惶恐的囚笼与失败者超然自得于空灵世外的对

---

① 王充间：《叔侄"捉迷藏"》，载《事是风云人事月》，春风文艺出版社 2011 年版。
② 同上。
③ 同上。
④ 同上。

比，让作者的情感关怀一一表露。

在王充闾另一部历史散文集《沧桑无语》中，我们同样觅得这段历史的踪迹，捕捉到叔侄的身影。《狮山史影》就是对这段历史的再现，创作者放弃了比兴手法，省略了对明太祖的记述，将笔尖聚焦于叔父和侄子之间"捉迷藏"的政治游戏，凝神于场域中的政治力量比较。相比于《叔侄"捉迷藏"》，《狮山史影》更富于史的意味。文中同样不乏精妙绝伦的语句，对狮子山风景的描写，让人读后身临其境，尤为精彩。相比之下，《叔侄"捉迷藏"》观照的中心和着笔的重心转向了解构历史关于成败的传统定论，尽显人世的苍凉与无奈，也透露出禅性机锋和隐世情怀。

王充闾始终恪守历史理性，对历史人物的评定坚守"可能性大于现实性"，在史料原型的基础上塑造人物性格。作者的历史视域并非完全执着于宏大叙事，除了血雨腥风的王朝更替，也将目光偏转向个体性的叙述，诸如品味诗仙——李白。《沧桑无语》中藏有《青山魂》一文，笔走偏锋，不落窠臼，复活了人物性格饱满的李白。《事是风云人是月》中《两个李白》消磨了之前对李白的线性回顾，斩钉截铁地直铺人物性格，"历史很会开玩笑，生生把一个完整的李白劈成两半：一半是，志不在于为诗为文，最后竟以诗仙、文豪名垂万古，攀上荣誉的巅峰；而另一半是，醒里梦里时时想着登龙入仕，却坎坷一世，落拓穷途，不断地跌入谷底。"① 事实上，两个"原型"李白合成了现实中的"圆形"，强烈的反差隐喻着试图超越终被禁锢的悲剧性命运。作者在文墨点滴、取舍分离中蕴积着诗性智慧。

"古人说，'圣人立象以尽意'。作家、诗人通过形象的选择、提炼与重新组合来表现自己的内心世界。它是主观意念与外界物象猝然撞击的产物。它往往表现为一种瞬间出现的情结。"② 意念的萌芽源自内心强烈的情感冲动，外物则是内心情感外化的凝聚之所。意象就此沟通精神与物质双重场域，成为精神化的符号象征，蕴藉着多种可能。作家极其重视散文创作中的意象，《事是风云人是月》中的《陆游的梦》有着非凡的意象。

---

① 王充闾：《两个李白》，载《事是风云人是月》，春风文艺出版社2011年版。
② 王向峰、王充闾：《探讨散文的文学性——王充闾与王向峰的一次对话》。

自由飞翔的愿望和现实的种种羁绊之间，仿佛永远有一道无形的穿不透的墙。古人喜欢用"心游万仞"、"神骛八极"之类的话语来状写人的心志的放纵无羁。可是，实际上却是，或则被弃置在灵魂的废墟上，徒唤奈何；或者被拘禁在自己设置的各种世俗陈规的藩篱里，不能任情驰骋，像一只笼鸟那样，即使开笼放飞，也不敢振翮云天。

倒是酣然坠入了黑甜乡之后，神魂在梦境中可以凭借大脑壳里的方寸之地，展开它那重重叠叠的屏幕，放映出光怪陆离、千奇百怪的画面。既不受外界的约束，自己也无法按照计划加以规范，完全处于一种自在自如的状态。而由于任何人在梦中都会撤下包装、去掉涂饰，从而显露出各自的本来面目，因此，梦境中的那个自我，往往比清醒状态下的更真实、更本色。梦境是一部映射心灵底片的透视机，可以随时揭示出人们灵魂深处的秘密。①

意象的捏造，有着视觉化的效果，将虚无缥缈的描述物化为眼前的事物，将无以穷尽的思想凝神在思维的感知，将云游八极的意旨落华成身旁的形象。"墙"，绵延万里，长戟高门，将纯粹的梦幻与冰冷的现实分割异地，永无延续。"梦"光怪陆离，交相辉映，短暂性地无拘无束，畅快淋漓地奔驰，宣泄着掩埋已久的压抑，揭示着灵魂深处的秘密。陆游是"梦"的主体，他"最懂得在梦境里讨生活"，梦中之景成为陆游灵感的酝酿起点。如果进一步挖掘"梦"与陆游的关系，"梦"不仅象征着陆游一生的愿望与现实之间无法达成统一的无奈，同时，隐喻着陆游人生抱负一场空，爱情佳人终离首的惨淡一生。

路近城南已怕行，沈家园里倍伤情。
香穿客袖梅花在，绿蘸寺桥春水生。

城南小陌又逢春，只见梅花不见人。

---

① 王充闾：《事是风云人是月》《陆游的梦》，春风文艺出版社 2011 年版。

玉骨久成泉下土，墨痕犹锁壁间尘。①

意象依附着创作者无以言状的心结，凝练着回嗔作喜的欢乐，凝聚着痛彻心扉的悲伤。两首七绝创作于陆游八十一岁梦游沈氏园亭后，诗作都是在写诗翁梦中场景，溢满的情愫与无限的思念充盈着他的整个生命。"梦"为古今之间打通了一条时空隧道，将陆游内心不甘凄苦的撕扯之痛隔空传物一般置于读者的心灵之上。"好梦难寻，韶光不再"，蜜意缠绵的情感编织成陆游新的梦幻。梦幻与现实割裂的鸿沟间贮藏着深深的遗憾与无奈。行文思忖，如刀如沙，感慨万千，催人泪下。"梦"象征着世间美好情缘，奈何美好的事物总易碎，美好的梦境总易醒，最后空留陆游在生命剩下的岁月里重温那个美梦，感叹那段美满生活"幽梦匆匆"。

《何曾春梦了无痕》是《事是风云人是月》中另一篇以梦为意象的散文。有别于《陆游的梦》，"梦"的营构颇具隐秘。只是在苏轼被流放期间借"春梦婆"之口道出"世事如春梦"，"梦"的意象才就此显现。因此，"梦"携眷着王充闾独具匠心的智慧。作者倾心于东坡先生短暂却意义颇丰的谪居生涯，其间，"春梦婆"无心插柳的碎语惊醒苏轼："先生当年身在朝廷，官至翰林学士，也可以说是历尽了荣华富贵；今天回过头看，不就像一场春梦嘛？"② 曾经的荣华富贵都已然成梦，梦醒之后超脱于凡俗获得灵魂的归宿。"梦"不仅是作者在行文架构时铺设的转折之处，更是苏轼一生精神境界升华的隐喻：沉陷在名利的泥淖里仿佛如临深渊，如履薄冰，梦醒之后才能真正摆脱世俗的羁绊，获得精神的解脱。正如文中所引用的东坡书院中的一副对联：

北宋负孤忠，春梦一场，忘却翰林真富贵；
南荒留雅化，清风百世，辟开瘴海大文章。

沧海桑田，终古如斯，何谓存在？作者以"梦"为意，梦里虚空，梦醒后心灵才能走向诗性之地，超然于污秽的现实，抵用诗意的世界慰藉

---

① 王充闾：《陆游的梦》，载《事是风云人是月》，春风文艺出版社2011年版。
② 王充闾：《何曾春梦了无痕》，载《事是风云人是月》，春风文艺出版社2011年版。

痛苦的灵魂，最终寻得心灵的归宿。无论苏轼还是陆游，皆将情愫遥寄于梦。苏轼参透了世事如梦的玄机而终获超脱，陆游却始终沉醉于梦中说梦梦劳魂想。弗洛伊德曾说："艺术家本来就是背离现实的人，因为他不能满足其与生俱来的本能要求，于是他就在幻想的生活中放纵其情欲和野心勃勃的愿望。"① 韦勒克阐述道："诗人是一个社会所认可的或推崇的白日梦者，他们不必去改变自己耽于幻想的性格，而是要坚持不断地幻想下去，并公开发表自己的幻想。"② 弗洛伊德和韦勒克虽然语出偏锋，但在强调幻想和梦幻皆具有承载作者真实情愫的论述中有着合理性的内核。陆游和苏轼超越现实不能反被现实禁锢，"梦"自然衍生为理想之地："他找到了从幻想世界返回现实的途径；借助原来特殊的天赋，他把自己的幻想塑造成一种崭新的现实。"③

　　作为一个追求诗史融合的散文家，王充闾对语言的诗性之美拥有着很强的自觉意识，他说："诗性是散文作品中最能牵魂摄魄的内容，它是氛围、情怀、韵味的结合体。"但是"诗性、意象，实际上最后都得靠语言来完成，若没有好的语言，诗性和意象也不容易出来"。王充闾将语言推至文学第一要素，关联着文学性的表现。"文学语言的表现性，作为文学作品不可忽视的审美因素之一，是言的诗意所在，它与语言符号性质有着千丝万缕的联系。表现性的文学语言所关注的是语言的形式自身，它的情感性、体验性，消解了再现性语言的客观性、真实性，从而调动了读者参与对语言符号想象与创造的积极性。"《事是风云人是月》就秉承了王充闾的古典雅致、充满诗意的语言风格。这与王充闾自幼秉受传统文化熏染不无关系。六岁开始接触古书，从"三、百、千"的启蒙，到四书五经、诗古文辞，举凡左史庄骚、汉魏文章、唐宋诗词、明清杂俎都综搜博览，沉潜涵泳。历史文化的丰厚积淀赠予了王充闾扎实的古文学功底。古典诗词咏赋成为他语言词库中最丰富的营养。王向峰在《探讨散文的文学性》中评价王充闾的散文语言："介于古文和现代汉语之间，把这两种不同

---

① ［美］韦勒克、［美］沃伦：《文学理论》，刘象愚译，北京文化艺术出版社 2010 年版，第 80 页。

② 同上。

③ 同上。

时代语言的遣词造句，把这两者化了以后变成自己的语言，所以既不是文言，又不是一般的口语。"如果没有深厚的古典诗词的积累，作者是无法达到"言泉流于唇齿"的自然效果的。"要有古文修养，熟悉和精通古代诗文，还要能借鉴五四之后的现代化语言"，而不是仅仅将现代汉语生硬地加上"之乎者也"以达到对古典语言的追求。在《事是风云人是月》中，王充闾古典语言的修养更多地体现在他能够随文咏词作赋，擅于用古诗词入文甚至能够自创古体诗文。比如在《忍把浮名换钓丝》一文中，参观完钓台和祠堂等古迹之后，作者内心感慨万分，即兴题写两首七绝：

> 忍把浮名换钓丝，逃名翻被世人知。
> 云台麟阁今何在？渔隐无为却有祠！
>
> 江风谡谡钓丝扬，泊淡无心事帝王。
> 多少往来名利客，筋枯血尽慕严光！

绝句不仅传达了作者内心的感悟，更给散文增添了审美意蕴，让文章在优美典雅之外多了几份神韵。神韵正是中国古典美学中的精髓所在，王充闾在凭古吊怀的同时，借用古诗词的意境来丰富、延展自己的散文意境，在达到思想维度上的古今融合的同时，也达到了审美层面上的高度统一。正如王必胜所评价的那样："王充闾散文的博识典雅，体现在他行文时的叙述风度，既活化古代诗文名句佳辞，又从容地引述经典，旧典翻新，浸润着古典文化意蕴。他几乎每篇作品都能够相对应地撷取古诗文增加其内涵分量，开拓文章的叙述视角，营造出古雅的文化意味。"① 精妙的构思，凝神的意象和古韵的语言，皆是王充闾对"人诗意地栖居在大地上"的审美实践，也是他将史与诗无缝融合的创作实践。

---

① 王必胜：《深挚博雅自风流——〈清风白水〉的美学意味》，载《文艺报》1992年7月11日。

第二节　人性的书写

王充闾在《自序》说："一部二十四史不知从何说起。当然，要说简单也很简单，无非一个是人，一个是事。"① "历史的张力、魅力与生命力，主要是来源于人物。"② 历史与文学就是倚凭人物为轴心完成两者的通联。人如文学之机枢，历史之纹理。傅雷认为："艺术的最高目标并不是艺术本身，而是表现或心灵的意境，或伟大的思想，或人类热情的使命。"③ 人作为审美活动的主体，其精神世界是艺术家们着力开垦的最具吸引力的领地，只有在这里，无论世事如何流变，人类能够寻求到本真的灵魂。"文学的卫护者们相信，文学不是古代东西的延续，而是一种永存的东西。"④ 韦勒克提到的"永存的东西"就是整个人类的思想，人类共通的人性。人性是艺术创作永存的主题。

《事是风云人是月》延续与拓展着人性的主题。它抛弃以往的历史定论，转而复现人物鲜为人知的真实性格，揭橥在当时的文化语境中所遭际的生存困境和精神困惑，展现人物身陷逆境时的姿态和人性。诸如《叔侄"捉迷藏"》中的朱棣和朱允炆叔侄二人，一人君临天下，睥睨万物；一人丢盔弃甲，落荒而逃。但是，作者惜墨赞扬朱棣在位时的丰功伟业。无论是郑和远洋、营建京城还是修纂典籍，作者不仅没有浓墨重彩反而一笔略过。因为在作者眼中，朱棣终日诚惶诚恐，殚精竭虑，寝食难安。相反，流露民间的朱允炆却在禅林之中悟得真谛，禅性机锋。忐忑惶恐与悠然超脱建构在同一平面，营造"捕者肆意捕，逃者顾自逃"的画面。人性就是在悖论与矛盾中完成的救赎。兵败自刎曾经成为建文帝朱允炆最后的意念，见到随从取出和尚用品欷歔悲叹"运数已尽"，即使归隐寺庙，遁入空门，侍奉佛祖，建文帝依旧不能"对于往日的凤辇龙袍、早朝陛见"完全释怀，从一首建文帝所作的七律可见端倪。

---

① 王充闾：《作者自序》，载《事是风云人是月》，春风文艺出版社 2011 年版。
② 同上。
③ 傅雷：《世界美术名作二十讲》，生活·读书·新知三联书店 1985 年版，第 51 页。
④ ［美］韦勒克、［美］沃伦：《文学理论》，刘象愚译，北京文化艺术出版社 2010 年版，第 22 页。

阅罢楞严磬懒敲，笑看黄屋寄云标。

南来瘴岭千层迥，北望天门万里遥。

款段久忘金凤辇，袈裟新换衮龙袍。

百官此日知何处，惟有群乌早晚朝。

初入佛门的建文帝依然移情于"群臣朝拜"，人性的贪婪成为转变的最初阶段。王充闾细致地捕捉到人物的心路历程，字里行间透露着诗性智慧：

忽忽几十年过去了，松风吹白了鬓发，山溪涤荡着尘襟。"绝顶楼台人倦后，满堂袍笏戏阑时"，旧梦如烟，岂堪回首？风光不再，漏尽灯残，漫步山野间，这位白头老衲不禁慨然低吟：

杖锡来游岁月深，山云水月傍闲吟。

尘心消尽无些子，不受人间物色侵。

这里与其说杂有某些颓唐之气，毋宁说是翻过筋斗、参透机锋之后的一种智慧与超拔，是经过大起大落的一种高扬的澄静。

从至高无上的一国之君到边陲小庙的出家僧人，适应角色的转变并非易事，无论后人对其隐于山林的行状有多高的褒奖，依然不能忽视建文帝从悲叹欷歔到"不受人间物色侵"之间所经历的困顿，也正是在困顿中完成自我救赎。这也正是王充闾对人性洞察的独到之处。

在《用破一生心》中，作者直抒胸臆，直析曾国藩从年少狂放不羁倜傥风流的性格到中年执求于官场攀爬的命运流转，锤探程朱理学潜移默化的性格改造，目睹"中兴第一名臣"光鲜亮丽的声名幕后缺乏生命活力和灵魂光彩的可怜形象，同时，也推断出曾国藩对性格难以超越的无奈和悲剧。相比于曾国藩饱满富有张力的性格，作者从提笔之时就直指李鸿章的小人之心。从李鸿章形象中剥离六种维度：身处权力斡旋中心仰仗老练的官宦之术夹缝中生存；迂回依偎在权力拥有者身旁求宠乞荣；依仗掌权之人消灾解难以获声望；深陷名利之场不惜卖国求荣弃置民众唾骂；热衷派系争斗为求荣华不择手段，像仓鼠一样寻求靠山，"挟洋以自重"。

如果说作者对曾国藩的人生仍然给予人文关怀的同情，那么对李鸿章则是十足的讽刺和抨挞。作者对两者的为官之道做了周密的对照："曾国藩看重伦理道德，期望着超凡入圣；李鸿章却坚持实用，不想做那些'中看不中吃'的佛前点心。""对于一些于义有亏的事，曾国藩往往是做而不说，而李鸿章却是又做又说。其差别就在于：一个是伪君子，一个是真小人。"① 两人固然皆为封建昏庸之臣，但是，曾国藩"内圣外王"，既要建立非凡的功业，又做天地之间的完人，从内在到外界实现全面的超越，② 时代与现实的矛盾是他一生痛苦的源泉，所以他在精神上有忍辱包羞、屈心抑志的一面。李鸿章完全丢失圣人之道，奉行实用主义和功利主义的哲学，唯利是图，急功近利，所以，李鸿章沦为不分是非曲直、缺失法度的官宦形象。在王充闾看来，历史本身"由于诸多条件的制约，历代失记和被遗忘的，无论从数量或质量上看，可能大大超出已记的部分。就已记的部分来说，人类本身有外在与内在之别，历史所记载的，或者说后人所面对的，多数属于外在的东西；而内在的东西已随当事者的消逝而永远不可能再现。后人只有凭借外在的东西传递的信号，试图为历史'黑箱'中的一个个疑团解密"③。论述中的"内在"是精神结构的内在指向。是历史无以言说与记载的成分，精神会随着主体的消逝而陷于隐形，因此，遵循人性中的共性一步步摸索体悟，最终复活历史人物的精神维度，完成对历史人物的审美建构，实现文学审美的终极目标。

"人"在王充闾的创作中盘踞着举足轻重的地位，这不仅体现在他对历史人物的观照，更表现在创作过程中高扬的自我意识。作家自身对历史的主观判断决定其在历史散文创作时是否具有敏锐的洞察力，能否洞察被他人所湮没的事物。"历史散文中对象的描绘，在很大程度上体现着作家的自我期待和价值判断，折射着作家自我需求的一种满足。"④ 王充闾认为，创作历史文化散文，首要忌讳的就是沦丧于自我的俘虏，"把'自我'凌驾于历史的头颅之上，以主观独断论作为历史的代言人和立法者，

---

① 王充闾：《李鸿章的六个形象》，载《事是风云人是月》，春风文艺出版社 2011 年版。
② 同上。
③ 王充闾：《沧桑无语》，载《一位散文作家的历史情怀——答某报记者丁宗皓问》。
④ 同上。

为历史人物设立政治或道德的仲裁法庭，以预设的理念表明写作主体比历史高明和比历史人物富于智慧"。王充闾用自己的生命热情和对历史的感悟去求解人性的秘密，站在平等的位置上和历史人物寻求跨越时空的对话。"即穿行于枝叶扶疏的史实丛林，又能随时随地抽身而出，借助生命体验与人性反思，去沟通幽眇的时空"，"通过生命的体悟，去默默地同一个个飞逝的灵魂作跨越时空的对话，进行人的命运的思考，人性与生命价值的考量"。① 我们在《情死》一文中可以强烈感受到作家自我意识的存在。

比兴手法引出对"情死"现象的关注，继而以自己的脚步带动读者的思维，无论是对纳西族历史的翻阅，还是对"情死"圣地的实地考察，都以作者的一系列的思考为线索："纳西人为什么会把自己的理想之国建立在这个冰雪世界之中？是一些什么因素使它获得了灵山圣境的光环？一对对相爱的人们，为了爱情宁愿将生命抛向这晶莹的世界，这么巨大的魅力从何而来？面对这座图腾式的庞然大物，这个古老而充满活力的族群，感到的是轻松抑或沉重呢？"② 对于纳西族在历史上独特的殉情现象，作者没有直入式的揣测，更没有武断式的评价，而是在纳西族文化的发展轨迹中寻找蛛丝马迹："古老、神秘的'情死'本身，原是一种爱情遭受摧残后的感情变形，终究属于过去制度下的一道风景。"③ 基于此，"情死"现象隐匿的缘由已经找到，但是，作者对历史感悟的追求使命性地赋予他继续追寻的动力，充闾先生亲身造访玉龙雪山这个"情死"的圣地。

　　那天，我们穿林越谷，向雪山脚下的云杉坪进发。那是一个神秘的所在，据说，《鲁般鲁饶》中描绘的"山国乐园"——"十二欢乐坡"就在那里。眼前，山路弯弯，若隐若现，伸入了莽莽的丛林。我想，纳西族那些痴迷倾倒的世世代代的殉情者，走的该都是这条路吧。应该说，人们所见的只是一条世俗之路，而殉情者真正踏上的不归之路却是无形的，那是一条除了自己、其他人谁也看不见的心灵

---

① 王充闾：《情死》，载《事是风云人是月》，春风文艺出版社 2011 年版。
② 同上。
③ 同上。

之路。

在穿过云杉林时，我忽然产生了一种错觉，仿佛置身于一座庄严肃穆的大教堂。一颗颗光滑笔直、高耸天际的云杉宛如支撑堂奥的排排支柱，而透过林梢倾洒下来的光束，不就是从哥特式的窗子照射进来的吗？……

我从踏上这块草地伊始，便经历着心灵之海的激浪潮涌，感受着感情的风雨的飒飒、潇潇。我觉得，这里的一花一草一木一石都具有鲜活的生命，都潜伏着一个个"情死"者的柔弱的凄婉的幽魂。不要说在草坪上狼奔豕突、肆意践踏，哪怕是采撷一株青草、一朵野花，也不忍心、也下不得手。①

作者带着自己的思考走在弯弯山路上，将自我意识注入其所看到的所有景致，他的每一步都是走在历史的隧道里，用自己的灵魂去感受已逝时空的生命诉说，甚至将中国西南这座自然雪山和西方教堂进行时空转换，这种转换是作者自身情感经验的折射，也从侧面传递出这样一个观念：神圣自由的爱情是不分种族信仰的全人类的共同追求。作者以一个朝圣者的姿态去追溯历史，追溯人类最原始最真挚的灵魂，聆听历史深处最隐蔽的声音。对于文本中一系列的疑问，作者采用"悬置"的态度不予定论，而是带动欣赏者审美思维的参与。在王充闾的观念中，历史不是僵死不变的过去，而是包含着无数未知与可能性的动态存在，这种动态依靠后世的作者、读者们不断注入自己的思索得以维持，所以从这个意义上来说，王充闾创作中所追求的史与诗的融合不仅仅是靠着诗性的注入，还仰赖于作家自我意识的高扬。自我意识不仅仅是写作过程中自我期待和自我价值的存在感即个人的思想，也包括自我的能动体现，作家本人根据自我的生命经验主动对历史事件、历史现象以及历史人物的生命轨迹做进一步的探究。

作家表示他一直都在反思自己的散文创作，不断调整创作关怀的重点，认为应该强化心灵的自觉和精神的敏感度，提高对叙述对象的穿透能

---

① 王充闾：《自序："这里就是罗陀思"》，载《王充闾散文选集》，天津百花文艺出版社2012年版。

力、感悟能力、反诘能力，力求将富于个性、富于新的发现的感知贯注到作品中去；感情应该更浓烈一些，要带着心灵的颤响，呼应着一种苍凉旷远的旋律，从更广阔的背景打通抵达人性深处的路径；要从密集的史实丛林中抽身而出，善于碰撞思想的火花，让知识变成生命的一部分；进一步增强可读性。① 因此，不管是被贬南荒之地的苏轼、丢了江山逃亡天迹的建文帝、不理朝政昏庸误国的南唐后主还是被朋友出卖沦为奴隶的清朝学者陈梦雷，我们在 2011 年出版的《事是风云人是月》这本新的散文集中处处都可以看到作者对人性和命运这个大命题的思索。

第三节　历史与主体的辩证反思

　　王充闾的文学创作始终将"诗·史·思"的完美融合作为自我的美学追求。"思"既包括作者自我期待、自我价值的存在，也蕴含着作家根据自身生命经验主动去思考历史的追寻过程。王充闾自幼深受古典文化的熏陶，六岁接触古书掀开了文化感染的序幕，从"三、百、千"的启蒙到四书五经、诗古文辞，继而转至后期的左史庄骚、汉魏文章、唐宋诗词、明清杂俎，无一不读。深厚的古文化修养不仅使他锤炼成古朴别致的语言风格，也滋养他高节迈俗的品质。这些都影响着他的散文创作。

　　在《事是风云人是月》历史散文集中，始终筑基着作者超尘脱俗的自我价值，从这种"思"性之维中也窥测到庄子情怀。《事是风云人是月》中收录的《吾爱庄子》直抒胸臆、开诚布公地宣告着对庄子的敬仰之情。由对"庄惠临流处"的找寻抒发对庄子精神的追寻和思考，肯定庄子自由及浪漫的艺术气息。作家对庄子的喜爱不仅体现在对庄子的研究兴趣上，更体现在作者本人对庄子思想自觉地接受中。自由澄明构成庄子哲学思想的内核，他主张摒弃外界物质名利的束缚追求精神的空灵澄明状态。庄子的精神自由在王充闾的散文中转喻为诗意的生存。诸如《忍把浮名换钓丝》中频频婉拒光武帝共治天下盛邀的隐士严光，《叔侄"捉迷藏"》中败兵归隐遁入空门的建文帝朱允炆，《何曾春梦了无痕》中贬谪南荒之地怡然自得的苏轼。他们对身外功名的淡然和对内心平静的追求不

---

　　① 《庄子》，《刻意》。

同程度地得到庄子的哲学精髓，散文的审美意象则受惠于作家的"思"性之维的灌输。但是，作者并未完全承继庄子的思想，具体的阐述有着独特的思考与感悟。如庄子对归隐提倡一种"小隐隐于野大隐隐于朝"的隐逸之念："……若夫不刻意而高，无仁义而修，无功名而治，无江海而闲，不道引而寿，无不忘也，无不有也。淡然无极而众美从之。此天地之道，圣人之德也。"① 王充闾强调庄子忽视隐居之所，看重归隐者淡然恬静的心态。《隐身容易隐心难》一文对"隐心"和"隐身"同样做了非常透彻的阐释，认为隐身只需要物质层面的折磨，但是隐心则需要精神层次的磨练，后者相比于前者来说更加困苦，不仅需要隐士寻得灵魂的安顿之处，更需要隐士"战胜富贵的诱惑"，超脱于物质之外获得精神自由。纵然不偏颇于庄子思想，但是，作者更提倡隐士多是从隐身到隐心的一种超越。也就是说，王充闾笔下的隐士大多都要符合"隐身"的首要条件，无论是主动归隐还是被逼无奈，身处何地同样是散文关心的问题，高山、寺庙、荒岛、大漠……从空间的意义来看，拓宽了作品雄浑古朴的视域。同时，作者不放弃持续洞察隐士转化的心理姿态，严肃记录他们在转变途中忍受的艰苦与困顿。比如，建文帝那首"款段久忘金凤辇，裂裳新换衮龙袍。百官此日知何处，惟有群乌早晚朝"② 到后来的"杖锡来游岁月深，山云水月傍闲吟。尘心消尽无些子，不受人间物色侵"③ 之间的转变；苏轼从"并鬼门而东骛浮瘴海以南迁。生无还期，死有余责"④ 到"春牛春杖，无限春光来海上""春幡春胜，一阵春风吹酒醒"⑤ 的觉悟。

> 我本落拓人，无为自拘束。倜傥寄天地，樊笼非所欲。
> 嗟哉华亭鹤，荣名反以辱！

洞悉归隐之人的心路历程能够窥测本质意图，晚晴词人纳兰性德就是典型之一。《纳兰心事》一文以曹寅"家家争唱《饮水词》，纳兰心事几

---

① 王充闾：《叔侄"捉迷藏"》，载《事是风云人是月》，春风文艺出版社 2011 年版。
② 王充闾：《何曾春梦了无痕》，载《事是风云人是月》，春风文艺出版社 2011 年版。
③ 同上。
④ 王充闾：《纳兰心事》，载《事是风云人是月》，春风文艺出版社 2011 年版。
⑤ 同上。

曾知"的诗句作为切入点，先后论述了家世地位和词学成就。充满浪漫主义诗人情怀的晚清词人出生在高官贵族之家，深受掌权者的赏识和重用，庶民梦寐以求的仕途却成了纳兰公子痛苦的源泉。他胸怀理想和抱负却无法挣脱现实对命运的操纵，渴望无拘无束的生活却不得不唯皇命马首是瞻，纳兰对朝中各派势力斗争的明见以及对统治者的人性洞察让他为家族命运深感担忧，这些都促成了纳兰性德对自由生活的无限向往。纳兰"深悔自己出生在富贵之家，借着咏雪，他高吟：'冷处偏佳，别有根芽，不是人间富贵花'；他酷爱身心自由，渴望摆脱宦海的羁绊，避开险恶的现实，去过清净的生活，身在高门广厦，常有山泽鱼鸟之思"。然而，纳兰性德终究没有如愿，只能任世事主宰。

　　"思"性之维不仅具化为崇仰绝对的空灵自由，还融于对生存选择困境的思考。在《事是风云人是月》中，存在此类的悲剧性人物，一生都处在现实和理想撕扯的抉择中郁郁寡欢。《好一个书画院长》论证的是生不逢时，无法超越命运的注定，做自身并不擅长的使命。文章对宋徽宗和南唐后主悲惨下场的推断中同样带有几分命运悲剧的色彩：

　　　　他们同样都是悲剧角色，人不能尽其才，才不能尽其用，硬是"赶鸭子上架"，不情不愿地被按在龙墩之上，以致消极怠工，荒废政事，纵情声色，误国误民。

　　　　……

　　　　他们同样遭到无情的命运的捉弄，先是不得其宜地登上帝王宝座，使他们阅尽"人间春色"，也出尽奇乖大丑，然后手掌一翻，啪的一下，再把他们从荣耀的巅峰打翻到灾难的谷底，让他们在惨酷无比的炼狱里，饱遭心灵的折磨，充分体验人世间的大悲大苦、大劫大难。

　　赵佶和李煜的悲剧在于他们无力更改命中之定，秉性中不具备君王的才华却偏偏被拥上"九五之尊"，到最后落得祸国殃民的千秋罪名，自己也同样逃脱不了命丧九泉的下场，这其中颇有几分西方"弑父娶母"式的命运悲剧意识。王充闾笔下并不缺少对自己命运抗争之人，例如《泉路何人说断肠》中追求自由的爱情最终郁郁而终的朱淑真，再如《情死》

中历代以身殉情的青年男女。但是，历史本身就是历史人物命运的交织，他们无法更改命运。他们的命运是身处的时代语境决定了他们无论是反抗还是顺从都无法避免悲剧的结果。"唯一能够获得解脱的，只有死之一途"，历史造成的悲剧无法改变，王充闾对此透出深深的无力感，纵使可以从历史中提炼不同的现世意义，但是，对于身处特定时代的人物的悲剧终究是无法求得有效的挣脱之法。

王充闾的"思"性之维预示着现世积极进取。这与他身为现代知识分子所具有的使命感密切相关。他的作品中非常多的篇章都谈及人才的使用、官员的作风等与当下社会现状密切相关的问题。比如《大禹原来是苦工》篇指出人们对于职务的贪恋程度取决于职权中可图利益的厚薄，《庄王之量》篇中指出领导者应具有宽容下属之过的胸怀，《未必人间无好汉》篇指出要有合乎潮流比较宽容的人才政策才能发现真人才，《自荐与要官》篇批判了现今社会中专注于个人权欲缺乏社会责任的为官之道，《清风一枕南窗卧》篇更是对反腐倡廉问题的直接阐释，甚至《何曾春梦了无痕》中看透功名利禄的苏轼最后也"在关心民瘼、敷扬文教、化育才人的实践中，拓开实现自我、积极用世的渠道"①。这类的文章在《事是风云人是月》中有很多，除此之外笔者更想指出的是作者能够从历史事件和历史人物的身上寻得具有现实意义的体悟，他自己也曾说过："历史是一个传承的过程，一个民族的现在与未来都是历史的延伸；尤其是在具有一定超越性的人性问题上，更是古今相通的。将历史人物人性方面的弱点和种种疑难、困惑表现出来，用过去鉴戒当下，寻找精神出路。——这是我写作这类散文的一个出发点。"②

王充闾谈及的精神出路也是他的历史散文的现实意义，这个现实意义不在于"修治齐平"而在于自我内心世界的管理。庄子是反对积极入世反对个人介入国家政治介入社会管理活动的，但是庄子并不主张归隐山林刻意隐居，庄子追求的是不逃避人的基本职责不违背命运的安排在凡俗生活基础之上主导自我的内心世界，超脱出外界物质的束缚和羁绊，实现精

---

① 贺绍俊：《逍遥游拟学蒙庄——读王充闾〈逍遥游：庄子传〉》，载《当代作家评论》2014年第2期。

② 王充闾：《文学创新与深度追求》，载《沈阳师范大学学报》2003年第4期。

神的绝对自由。庄子这种"用高贵的灵魂处理凡俗事物"的精神追求实际上也是王充闾所提倡的"精神出路"的主要内涵，他认为庄子的思想基调"应该属于入世情怀，但他却以出世的冷眼观之"。如此说来，王充闾散文中所体现出来的现实关怀不仅有对当今社会发展的诸多问题的思考，还有对当下人们精神困境的思考。除此之外作者追求创作中的哲学深度，他曾说过："没有艺术感觉，自然写不出好东西来；但是只是停留在感觉上，而缺乏深刻的哲学感悟，我想也会流于肤浅……我们应该做到的，是要能够超越情感与激情，抵达一种智性与深邃。在似乎抽象的分析和演绎中，激活读者为习惯所钝化了的认知与感受，把形而上的哲思文学化，以诗性的语言表达自己的生命意识；或以独特的感悟、生命的体验咀嚼人生问题，思考生命超越的可能。"这也正是其历史散文创作中的"思"体现。

自此，我们可以对王充闾先生历史散文创作中的诗、史、思三者之间的关系做一个梳理和总结：对于文学和历史中共同的主体"人"，王充闾不停地思考和探索其内在的精神结构，深入人物灵魂深处探究人性的秘密，用诗性的结构、意象和语言打通文学和历史之间的沟堑，寻得人类发展的现实意义。人是历史和文学共同的主体，人性、精神、命运等关怀是文学对历史的介入点，同时"人性最深层的东西就是诗性"，诗性又"是散文作品中最能牵魂摄魄的内容"，通过诗性的注入，用文学去记录最真实的人类精神的历史，实现历史和文学的融合。而这整个过程都离不开作者本人思想介入和思考活动，因为文学的创作无法完全独立于创作者本人的价值观念和思想期待，也无法摒弃其对创作内容的探求和思索，就此，王充闾的创作真正实现了"诗、史、思"三者的交融互汇。

第 十 一 章

重构与共生

　　王充闾的《逍遥游·庄子传》（以下简称《庄子传》）是作家出版社推出的《中国历史文化名人传》丛书之一。庄子毋庸置疑是中华民族历史文化星空中最为闪烁的恒星之一。传记以翔实可靠的史学材料、审慎精深的学术视野、宽广博大的文化胸襟和周全缜密的结构设计，对庄子的人物行迹、文学价值和哲性思考等予以全方位的观照，使庄子的性格图谱与文化地位得以进一步展现，这是一个让接受者深入与感性地把握的可信与可爱的文本。

第一节　传记学考察

　　王充闾的《庄子传》是一个传记形态的文本。因此，我们从传记学视野，对文本予以总体性把握。

　　众所周知，为治庄学者所广泛征引的司马迁《史记·老子韩非列传》，并不能消解对庄子生卒、国属和故里等问题的众说纷纭。因此，对庄子人物行迹更为具体的还原，仍然需要借助于《庄子》文本的记述。但《庄子》"以寓言为广"（《庄子·天下》），如不细加甄别，传记就易流俗于《庄子》所载事迹的推演敷成，沦为书中寓言故事的编排整理。刘笑敢认为："《庄子》内篇基本上是战国中期的作品，《庄子》外、杂篇基本上是庄子后学的作品。庄子后学大体上包括述庄派、黄老派和无君派三个支派。"[①] 对《庄子》内、外、杂篇的体例区分，可以理解为庄子及

---

　　① 刘笑敢：《庄子哲学及其演变》（修订版），中国人民大学出版社 2010 年版，第 103 页。

其后学在思想维度上的一种区分，但如若舍弃外、杂篇的记叙，单就内篇呈现出的庄子形象则有所缺损和模糊。所以，对庄子的生平事迹的钩沉，不仅要关注内七篇，而且要以外、杂篇所载所言为参照补充。冯友兰认为："应该打破郭象内、外篇的分别，以《逍遥游》和《齐物论》为主要线索，参考其他各篇，以期对庄周的主观唯心主义哲学思想有全面的认识，作正确的批判。"[①] 颜世安主张："分析庄子思想，同分析先秦所有思想家一样，最可靠的办法是从《庄子》书中保留的原始文献出发，梳理其思想展开的内在逻辑。对庄子生平主要特点的把握，可以为这种梳理提供一些背景参照。"[②] 王充闾的《庄子传》以《庄子》以及释庄文献为依据，以个人阅读经验为基础，在苏轼"八面受敌"读书法的启迪下，与传主在精神世界里相逢，与庄子以心会心。因此，这本传记是嗜庄者带着虔诚朝圣之旅的心路记录，将个人体悟到的先哲带回现世人间，是充满想象力的对庄子审美复活。

　　《庄子传》在人物形象的重塑和人格思想的建构两个方向同时着力，融合了形象性和实证性相交互的美学品格。美国学者罗伯特·肖尔斯（Robert Sholes）说："传记常常亲身反驳同一个事件和人物的其他改写本，指出其真实性和确凿性的问题，并且运用生动具体的细节材料去论证它自己的主张才是真理。"[③] 从这个角度来说，传记写作与历史记述的相通处在于真实性。然而，关于庄子传记的写作却非易事。历史文献中对于庄子的记述不够完整丰富，庄子传记作者大都依本于《老子韩非列传》中二百多字的记载，若要据此完全真实地复原一个哲学的、美学的、文学的文化巨人的全貌存在较大难度。

　　无论传者为何，传记材料的作用都是为传记写作提供证据，增强人物传记真实性带来的说服力，同样是对真实性的承诺。叶舒宪针对"文学人类学"的研究特性，提出了"四重证据法"：传世文献、出土文献、人类学的口传与非物质文化遗产、图像和实物等。[④] 因此，传记写作准备过

　　① 《冯友兰论庄子》，载胡道静主编《十家论庄》，上海人民出版社2008年版，第41页。
　　② 颜世安：《庄子评传》，南京大学出版社1999年版，第9页。
　　③ ［美］罗伯特·肖尔斯：《结构主义与文学》，孙秋秋、高雁魁、王焱译，春风文艺出版社1988年版，第71页。
　　④ 叶舒宪：《文学人类学教程》，中国社会科学出版社2010年版，第67页。

程，在第一种证据较为缺乏的情况下，后三种证据的"发现"理应作为合法性与合理性的补充。并且非文字资料的发现反而形成了另一种形式的确认。对于庄子基本问题的争议，王充间的《庄子传》在尊重传统考证方法有效性的同时，给出了新形式的实证性回答，如关于庄子生活的时间和空间界定，传记中的《乡关何处》和《遥想战国当年》两个章节集中反映了传者在文献资料整理和实地田野调查两个方面的努力，对庄子的国别、故里和生卒年等问题提供了切实可信的叙述。

首先，传者尤为重视文献资料搜集整理，形成了认知的基本坐标。其一，在庄子国别问题上，传记以《庄子·列御寇》篇记述的国属信息为起点，参照刘向《别录》、高诱注《吕氏春秋》《淮南子》及其他著述，对楚、梁、齐、鲁等各种说法一一辨析后，最终得出了庄子为"宋国，蒙人"的基本推论。其二，针对庄子出生地的争议，传者以《左传》《战国策》《史记》和《汉书·地理志》等文献为依据，结合社会政治的变迁、生产实践的提升和黄河的洪水泛滥等方面的原因，对既往认知进行纠偏。其三，关于庄子故里的归属，传者结合学术著作《先秦学术概论》（吕思勉）《中国通史简编》（范文澜），一边查阅地方性文献，比如方志（《山东通志》《濮州志》《曹州志》等），一边注意碑碣出土的情况，结合地方学人的成果加以印证、比对，多方借鉴、几经校验。

其次，以《中国历史地图集·春秋战国卷》和《庄子》为指引，针对庄子出生地的五种说法，①传者分别于19世纪末和20世纪初先后三次前往河南、山东、安徽等地展开实地调查，参考新近研究成果并与当地治庄学人积极探讨，亲身行走在庄子可能游吟的先秦故地上，寻觅着庄老夫子的故里。传者在总结庄子文献记载方面的缺失、历史上行政地域划分的变迁、自然地理环境的变化以及人为认同因素作祟等主客观原因基础后，更是以实地所见的考古成果为证，确认了蒙"在商丘东北"，由此给出判定：庄子生前活动范围在今豫、鲁、冀、皖四省范围内，国属为宋，世居蒙地，故里在宋国都城商丘东北部蒙县城北、汴水南十五六里的地方。②

① 王充间概括为"河南商丘说""河南民权（考城）说""山东曹州说""山东东明说"和"安徽蒙城说"等五种。《逍遥游：庄子传》，作家出版社2014年版，第31页。

② 王充间：《逍遥游：庄子传》，作家出版社2014年版，第45—46页。

对于历史人物传记写作而言，亲临传主生活生存过的自然地理环境所获得的心理体验，即使时隔千年，也存在审美亲近感，对于传主人物的把握将更添亲缘与实在，也正是这种"了解之同情"为沁入一个人物的内里增添了可能，然后也在字里行间传达出一种别样的真实。

最后，关于庄子的生卒、国属、故里等方面的问题，或已沉入茫茫史海、无法有不刊之论。然而，在这些"死"问题的归属上，传者仍不遗余力、孜孜以求，在容易为一般学者所疏忽的另外一些"活"现象上，也得到了传者的重视。针对庄子思想精神浸入中华文化内质的事实，这种文化积淀的深厚，即使在庄子逝世后的千百年来仍然存在——以"民俗"的形态留存于现实生活之中，对于这些实地访查所发现的"民间文化积淀"，传者充分利用鲁西南、豫东、皖北等三个区域的史志记载、口头传承、说唱艺术、图画故事等形式的丰富蕴含，① 得到了前人所未见的材料，印证了相应地区关于庄子问题的争议。换言之，这是"礼失求诸野"的一种实践，即文化人类学常用的"大传统"向"小传统"求证的方法，换从媒介角度看，也可以说是文字材料向口头材料的取证。《庄子传》在综合诸种证据的基础上，加以比较张松辉、杨义和崔大华等治庄学者的考证，并依从马叙伦先生划定的庄子生卒年限，主张庄子的活动时间约在公元前 369 年至公元前 286 年，并对庄子八十余年的生命历程大致划分出：青少年时代的读书访学、中年时期的社交游历和老年阶段的著书授学等三段经历。②

通过文献考证和实地调研占有了可观的第一手资料，材料的裁剪又依据于恰切的观念和有效的方法，这些都体现着对传记叙述真实性的诉求。然而，诚如杨正润所论："传记真实是丰富的史料和科学的史实的结合，传记作品中出现的历史事实，已经不是简单的史料的堆砌和罗列，它是被观念所研究、选择和建构起来的，其背后是作者对历史的认知和解释。"③传记材料虽为传记的真实性提供了前提条件，但是传记毕竟是对材料的分析与综合，是在传者"前理解"的作用下建构的过程，形成某种程度上

① 王充闾：《逍遥游：庄子传》，作家出版社 2014 年版，第 347 页。
② 同上书，第 50—53 页。
③ 杨正润：《现代传记学》，南京大学出版社 2009 年版，第 29 页。

的总体认知，在时间坐标上，这种整体性的理解也会随着主客体情状的变化而发生改变，故此，每一种传记都只是撰写者其时其地对传主认知的一种凝定。

对人物传记这座大厦来说，客观的实证材料是基石，这也是对《左传》《史记》以来"实录"精神的秉承，传记由此合乎历史"求真"一脉。然而，新历史主义者们却对传统史观所秉持的"历史真实"发起了挑战，他们认为历史一方面是无数客观事实的累积，另一方面是藏匿在文本之中的意义符号加上主观的阐释活动，"文本的历史"是两者之总和。具体而言，历史文本由语言来组织，对于"历史客体"的"真实"叙述，难免受语言背后固有的话语结构和叙事者主观意念的双重影响。既然在学理上历史和传记的真实性都并非牢不可破，那么在文本形成过程中的主观因素理应得到重视，对生平史料残缺情况如庄子者尤其是。

在西方的学科分类中，传记属于文学，当下学界也常用"传记文学"命名，文体独立性不甚显著。具体到传记写作过程中，为了细节勾勒和形象刻画，传者坚持"出言有据、想象合理"的原则，以合乎情理的想象弥补主人公具体生活场景的缺失，进而达到性格饱满的目的。或许饱受散文创作的影响，王充闾的《庄子传》的写作过程在一定程度上混杂着文学创作的意识，并直言因顾及"文学作品特点"，对注释作了简化处理。①从行文来看，文本确实具备文学性，用语生动活泼。对惠施和庄子的生命活动的描写即是一例。惠施在庄子的哲学思考中扮演着举足轻重的角色，确切地说是铸成庄子思想的原动力，于是乎才有"吾无以为质矣"的嗟叹。《庄子》文本中虽有庄、惠论辩的故事记载，但不够连贯，并且内容多具名辩色彩，而在《庄子传》的《失去对手的悲凉》一章中，传者将庄子、惠子间的交往以"八番论辩"的线索连接起来，使之成为情节连贯的讨论，形成了一定的叙事脉络，将"和而不同"、针锋相对的两种力量汇聚一起，从而使惠子相梁、不龟手之药、无何有之乡、濠梁之辩、鼓盆而歌等略偏抽象的辩对呈现在较为可感的故事线索之中，特别是对于论辩时惠子的出场、言语和神情等细节进行合理地想象加工，平添几分趣味。

---

① 王充闾：《逍遥游：庄子传》，作家出版社 2014 年版，第 3 页。

其实在撰写传记前，散文理论的自觉就体现着传者在人物构造上主观的克制，并且一以贯之地强调"历史文化散文"写作①。他借用《中国现当代散文的诗学建构》的提法——主张"有限制虚构"，"在尊重'真实'和散文的文体特征的基础上，对真人真事或'基本的事件'进行经验性的整合和合理的艺术想象；同时，又要尽量避免小说化的'无限虚构'或'自由虚构'。"② 故落实到传记撰写时，传者明确了写作原则："大前提是复原，而不是再造。就是说，它的想象余地是有限的。"并且，对庄子选择寓言作为叙事策略所引起真实性的问题也有较为清醒的认识。③

胡经之认为："真正优秀的传记，不仅可以提供这个人的生平经历的真实情形，而且可以捕住他在社会生活中的存在位置、他的命运的焦点、他的独特价值，从而让他真正'活'起来。因此，传记可能具有双重价值：提供人的真实情形，这是史料价值；提供人的活的存在历程，抓取这种存在的深层意蕴，这是艺术价值。"④ 正是实证取材和形象叙述恰如其分的融合，使得《逍遥游·庄子传》兼具史料价值和艺术价值，并在关于庄子的传记写作中别具一格。王新民版《庄子传》（海南出版社 2011 年版）颇具才情，其特点在于故事的趣味讲述，将《庄子》中记载的人物故事以小说样式娓娓道来，文风晓畅、浅显易懂，适合年幼读者接受，但阙如理据的深刻性。张远山的《庄子传·战国纵横百年记》（江苏文艺出版社 2013 年版）则着重于战国时代史料的铺陈，虽将庄子的个人活动纳入宽博阔大的历史背景中呈现，然而史事的浓墨重彩让传主的身影显得形单影只，必须大量参阅作者前期著述才可领略庄生情貌。包兆会所著《庄子》，为简明传记，以《中国思想家评传系列》深厚学理为依，融入文献史实、生活细节以及民间俗语等，将庄周宋蒙之地生活得到多维度展

---

① 如《散文激活历史——关于历史文化散文的创作》（《当代作家评论》2001 年第 6 期）、《历史文化散文的现实关怀》（《当代作家评论》2009 年第 5 期）、《我写历史文化散文》（《文化学刊》2010 年第 2 期）、《历史文化散文的历史真实与艺术真实问题》（《文化学刊》2011 年第 4 期）。

② 王充闾：《想象：散文的一个诗性特征》，载《文艺争鸣》2006 年第 6 期，第 153 页。

③ 王充闾：《逍遥游：庄子传》，作家出版社 2014 年版，第 48—49 页。

④ 胡经之、王岳川：《文艺学美学方法论》，北京大学出版社 1994 年版，第 62 页。

现，可把握人物个性的主要特征，但篇幅所限，未能完全铺展开来。除却这类普及性的读本以外，颜世安的《庄子评传》侧重于庄子的思想史价值，描摹出"书生的认真"①形象，适合于专业型读者研读。至于全方位地"还原"庄老夫子的可亲、可敬、可爱形象的传记，《逍遥游：庄子传》正是这样一个文本，传神地描绘出了这位影响千古的先秦哲人风貌。

清人赵翼《廿二史劄记》中有言："古书凡记事、立论及解经者，皆谓之传，非专记一人事迹也。"②反观传记的文类属性，"传"包含多种含义，并非仅是"专记一人事迹"，更何况对于庄子这样的"诗人哲学家"，在文学、哲学、美学和思想史上都占据重要地位的传主而言，其传记撰写不能停留在史料的整理，惟有发掘出充分可信的人物内在精神图谱才能捕捉到传主的总体情貌。正如杨正润所言："传记的真实不同于历史学的真实，历史学记述的是事件的真实，传记书写着在复杂的变化中人和人性的真实；传记的真实又不同于小说的真实，小说的真实是可能存在过的人性，传记所揭示的是世界上实际存在过的人性。"③作为一种文类或者知识形态，传记似乎处于历史和文学两大门类之间，其所追求的既是实证性的历史真实，又是与文学相关的人性真实，是在历史与文学中穿行，既同两者相关，又护持着难能可贵的独立性。

《庄子传》的篇章架构层次就很大程度上体现了传者文史熔融的尝试：第1章为总述，开端即廓清庄子身份的总体特征——"诗人哲学家"，高度总结了庄子一生的行为活动特点，其后，无论是说到庄子因缘际会所创设的"艺术精神"——以文学写哲学、以诗入思、以艺进道的方式，将自己的哲学观念进行了极为巧妙的文学转化，从而使其突破了哲学的界限，而跨入了文学的殿堂，还是庄子身上"前古典"与"后现代"④的矛盾集合，论及其怀疑精神、相对主义和超前眼光，他的哲人而兼诗人的气质，多向度、多元化的思维方式⑤，还是对其"千古奇文"

---

① 颜世安：《庄子评传》，南京大学出版社1999年版，第27页。

② 转引自杨正润《现代传记学》，南京大学出版社2009年版，第19页。

③ 杨正润：《现代传记学》，南京大学出版社2009年版，第56页。

④ 叶舒宪：《庄子的文化解析》，副标题即为"前古典与后现代的视界融合"，传记中对庄子特征的认知抑或与此相通。

⑤ 王充闾：《逍遥游：庄子传》，作家出版社2014年版，第275—276页。

《庄子》的散文评价，传记都紧紧围绕着这一主体特征进行阐发，为精准刻画出庄子的形象确立了标杆。

"行万里路"的"身之所历"为庄子精神世界的进入和深掘提供了感性基础，《庄子传》叙述了一般人物传记所有的——生平事迹。第2、3章《乡关何处》和《遥想战国当年》分别从时、空角度圈画庄子的活动范围，对庄学基本问题作出回答，为叙述人物一生行迹划定界点，第4章《不做牺牛》、第5章《困踬乡园一布衣》、第10章《出国访问》和第12章《讲道授徒》主要讲述了庄子一生的主要行为活动：不仕、贫困、游历和讲学——构成人物传记的常规叙述内容。需要说明的是，传记第17章《哲人其萎》，记叙了庄子的逝世，并由此引申出了关于"死亡"的话题，从庄子"以天地为棺椁"传达其反对厚葬的风气；次以"庄生梦蝶"推出"浮生如梦"的人生隐喻；又列有王羲之、列子、杨朱、老子、苏格拉底等古今中外贤哲谈论生死；末言"方生方死，方死方生"的死生一体观。

其余各章虽有人生经历的描述，但主要从不同角度窥探庄子的内在精神世界，可以归为三类：其一，传述庄子的人生智慧及相关哲学思想，如第6、7、13章——《善用减法》《要将宇宙看稊米》和《道的五张面孔》分别从消解世俗桎梏、宏阔的宇宙视角和天道与人之关系等切入庄子智慧的内核。其二，庄子著作及其文学上的价值和影响，如第8、15、19、20章——《故事大王》《千古奇文》《文脉传薪有后人》《诗人咏庄》，都围绕着《庄子》的文学价值来说。其三，发掘庄子在思想文化方面的重要性，则主要见于第9、11、14、16、18章——《拉圣人做"演员"》《失去对手的悲凉》《十大谜团》《文化渊源》《身后哀荣》，写成了极简略的庄学提要。

传者对于这位文化巨人的传记布局可谓匠心独运，体现着多维度的人物重构，在流传的原始传记材料不够充足的情况下，以庄子著述的内在逻辑线索为凭据，趟入其精神世界以立传的路径初现成效，丰富立体的庄子形象触手可及。从传记的整体构架看，传者以时间阈限和生活空间为基本叙述框架，依靠宏阔的视野凸显出庄子所处时代的特征，进而俯瞰其具体生活情境和生存状态。此外，凭借苏轼所倡"八面受敌法"窥探庄子精神形态，一次次选取不同的角度，发现了庄子的讲故事能力

（第八章《故事大王》）、传道授业的庄子（第十二章《讲道授徒》），发现其"人生哲学、生命关怀、精神境界、价值取向、思维方式、文化心理、生活态度，充满了相互纠结的矛盾"①，丰富敏感却又冷静睿智的庄子由此跃然纸上。总体而言，《庄子传》是一种"复合结构"模式的传记：既以时间结构和场面结构为基础，又辅之以"对传主在某一领域内的作为的叙述或评论"②的"专题"为结构形式，兼顾了史料价值与艺术价值。

如果说"诗人哲学家"是庄子身份的固态标签，那么"逍遥游"则是庄子痛苦而又丰盈生命的灵动注解。

传记名称的选定在很大程度上体现着传记写作的重心，王充闾所作庄子传记以"逍遥游"为名，以"逍遥以游"的存世方式为特征勾勒出人物的形神。传者梳理了《人间世》和《山木》两篇的齐国曲辕栎树、南伯子綦所观商丘大树以及遇主人杀不能鸣之雁等三个故事，指出生逢乱世的读书士子以摆脱人际关系达到全身免祸的目的，并作为寻求个体价值的策略性选择，只好置身于"材与不材之间，似之而非也，故未免乎累"③。其实，逍遥游作为一种生存方式的选择自有其时代语境的影响、个人生命意识的作用乃至哲学观念上的考量。

"乱世"作为庄子生活时代背景的一种标示已成为共识。关于庄子生卒年限的考察，确定其生活在公元前3世纪中期至公元前2世纪后期④，这期间的历史恰处于战国之世（公元前480年至公元前223年），吕思勉先生有言："春秋之世，诸侯只想争霸，即争得二三等国的服从，一等国之间，直接的兵争较少，有之亦不过疆场细故，不甚剧烈。至战国时：则（一）北方诸侯，亦不复将周天子放在眼里，而先后称王。（二）二三等国，已全然无足轻重，日益削弱，而终至于夷灭，诸一等国间，遂无复缓

---

① 王充闾：《逍遥游：庄子传》，作家出版社 2014 年版，第 258 页。
② 杨正润：《现代传记学》，南京大学出版社 2009 年版，第 582 页。
③ 王充闾：《逍遥游：庄子传》，作家出版社 2014 年版，第 221 页。
④ 通行的五种说法分别为——马叙伦说：公元前 369 年—公元前 286 年；吕振羽说：公元前 355 年—公元前 275 年；范文澜说：公元前 328—公元前 286 年；杨荣国说：公元前 365 年—公元前 290 年；闻一多说：公元前 375 年—公元前 295 年。其余不赘。

冲之国。（三）而其土地又日广，人民又日多，兵甲亦益盛，战争遂更烈。"① 尔后，楚、魏、齐、秦诸国继起，根本无视周王朝的皇权统治，肆意发起大大小小的兼并战争以谋取各自利益，百姓生存境况堪忧。钱穆直言不讳："《庄子》，衰世之书也。""世益衰益乱，私所会于漆园之微旨者益深。"② 是否"世益衰益乱"更得庄意另当别论，然而庄子生活所遭遇的定非盛世、升平之世。洋洋洒洒万言之书，源于对世俗生存世界的深切体察，有所感、有所思、有所悟才得以有恣意汪洋的诡谲之言。面对这样"仅免刑焉"的"无道""人间世"，庄子选取了"游"（或曰"游世"）的方式与"世界"周旋、游戏，不即不离、若即若离。

首先，这种"游"截然异于"入世"。若儒家所号召提倡的"济世"情怀，对庄子而言是不具吸引力的。无论是对楚国千金聘相的拒斥还是对惠子相梁的不屑，诸如此类的投身政权、救民于水火的抱负在庄子看来是不可行的，前有"桀杀关龙逢、纣杀王子比干"，现有"螳螂捕蝉"的寓象，权力/利益的链条中处处暗藏危机，稍有不慎即有性命之忧，"全身/保生"都做不到又何以拯救黎民于万世？庄子对于世事的清醒让他并不积极地介入世俗权力圈套之中，并极力否定投身政权的做法，用"颜回请行"的故事，借孔子之口说："古之至人，先存诸己，而后存诸人。所存于己者未定，何暇至于暴人之所行！"③ 直言此类为名者之所为乃"以火救火、以水救水"，丝毫无所济于天下。

其次，"游"也与"出世"不同。颜世安认为："游世思想的核心意识是'不认真'或者叫做'放弃认真'。这个核心意识源于隐者几百年间形成的精神传统。……隐者传统孕育了一种基本的文化精神，就是蔑视主流社会的制度与观念，不认真地看待现实社会的一切，以此把个人从社会生活的黑暗压力中解救出来。"④ 虽然隐者传统与游世思想具有一定的相通性，然而二者的区别在于，前者是通过隐居山林等方式将自我抛弃在惯常的世俗生活之外、行为突兀于人群，而后者则有"大隐隐于市"的味

① 吕思勉：《中国通史》，上海古籍出版社 2009 年版，第 321 页。
② 钱穆：《庄子纂笺》，生活·读书·新知三联书店 2010 年版，第 7—8 页。
③ 同上书，第 34 页。
④ 颜世安：《庄子评传》，南京大学出版社 1999 年版，第 94 页。

道，生活在人们之中，并不故作高傲不俗姿态。《山木篇》"杀不能鸣之雁"的故事即显示着隐者畏缩自保的可行性受到质疑。当然，庄子也确实属于"隐者"行列，只不过是采取了一种新的方式——"心隐"。王博先生指明："庄子就把自己对于隐的追求，主要放在心上面了，庄子希望可以通过一种心的自己的独立的存在，一种心的自主，来显示出自己作为一个隐者和这个社会的区别。"① 因此，这种经过改造的隐者生活，就可以"虚与委蛇"地将身形与心灵分开，更加注重心灵的自由，而不过多强调形体的拘缚。要想最大限度获得心魂的自由度，则身形的欲望就必须得到很好的处理与调节，这就涉及具体的生活观念了，庄子有其自己的智慧。

再次，选择"游"并不等同于"油滑"。庄子之"游"，并非放弃人世的一切责任与道义，或者说对于生命的不负责，这里边更是命运降临时前在预设的无奈，是一种没有其他退路的自守。混乱不堪的世道给个人生存设置了许多无可奈何，这些是不可逃避的，如何在这样"失衡"的状态里调适内心的不安，庄子认为只有"不认真"（或曰游戏）——对儒、墨诸家学说的合法性存疑，将人从先前给予的观念牢笼中解救下来，消解既存的一切桎梏人们心灵的意识（名、利、仁、义、礼、智、忠、孝、哀、乐等），解构传统的意识形态力量，以获得人心的自由。似乎将这些"人之常情"② 摒弃就成了一种"无情"的"不认真"生活之徒，其实，庄子的"无情"是指"人之不以好恶内伤其身，常因自然而不益生也"③。并非对世事都不放在心上，而是抛弃了固执地"为名而名"的"虚情"和损伤本真心性的"执情"，庄子的"无情"是"不认真"这表层现象背后是深层的"认真"，是"不以好恶内伤其身，常因自然而不益生"——不因情绪萦乱身心，更是"安时而处顺，哀乐不能入也"——置生死于度外，是对生命最大程度的持守。庄子是一个对生命万象充满同情和仁爱之心的诗性主体，是最富有感情的哲学家和诗人。然而，他反对

---

① 王博：《隐士的哲学》，转引自《庄子哲学》第 2 版，北京大学出版社 2013 年版，第 246 页。

② 王夫之将《庄子·齐物论》划分的十二种情感断为八种：喜、怒、哀、乐、虑、叹、变、慤，注曰"八者情动而百态出矣"。

③ 曹础基：《庄子浅注》（修订重排本），中华书局 2007 年版，第 68—69 页。

和蔑视夸饰的情感表演和矫揉造作的虚假情感而仰慕平实、素朴、澹然、深邃的情感，认为这种情感才是符合自然本性、通于命的至情。《庄子传》中对庄子的情与无情做了较为全面的总结，分别为三个层次：一是为保全天性和颐养身心控制"一般人心目中的情感"，即包括七情六欲的"世俗之情"；二是分析、辨别有情无情，并不否定"自然之情"；三是"以理驭情，以理化情"，如生死一如等观点。①

因此，"鲲鹏"翱翔于九万里之上，是"逍遥游"作为一种生命认知的象喻——用形象化的语言文字阐明玄妙深奥的道理②。"举世而誉之而不加劝，举世而非之而不加沮，定乎内外之分，辩乎荣辱之境。"③ 如宋荣子式的漠视道德是非、从容自持，虽非"至人无己"，但也是"无功"、"无名"，在生活现象背后蕴涵着深沉的生活选择和生命哲学。正是庄子的如是选择，才得以在政治、生活和人格上保持自我精神的独立性，维护精神层次的"洒脱、超拔，营造一种从容、宁静、宽松、淡定的心态，以超群的智慧化解现实中的种种矛盾，祛除一切形器之累"④。传记中这一对庄子"不做牺牛"形象的塑造是如此真确，圈画出一个不愿劳形于案牍、不愿枷锁于名利，沉心于下层庶民之间，安身形之贫、乐自然天道的自适者形象。传者更意识到："逍遥游"才能"映现传主的精神境界"、"概括其具有全息性质的不凭借外物、无任何拘缚的自由意志的内在蕴涵于本质特征。"⑤ 然而，仍然需要指明的是，庄子的这种"逍遥游"式的选择具有被动意味，是面对当时所处社会环境的一种回应。

这种看似逍遥的行为举止是无可奈何而为之，"福轻乎羽，莫之知载，祸重乎地，莫之知避"的世道不具备"兼济天下"的土壤，儒士墨者的奔走事功处处碰壁，圣明之主早已在"无道"的当世成为一种空想和惦念，放在首位的则是个人如何保身、全生——实现个人生命"小我"的价值。传者多次强调庄子这种人生选择或者说精神姿态背后的社会成因：

---

① 王充闾：《逍遥游：庄子传》，作家出版社 2014 年版，第 264 页。
② 陈引驰：《庄子一百句》，台北龙图腾文化 2012 年版，第 101 页。
③ 曹础基：《庄子浅注·德充符》（修订重排本），中华书局 2007 年版，第 5 页。
④ 王充闾：《逍遥游：庄子传》，作家出版社 2014 年版，第 69 页。
⑤ 同上书，第 2 页。

在弥漫于战国时期的文明异化、人性扭曲、心为物异、"世与道交相丧也"的生存环境中，如何从精神上、心灵上寻找出路，获取自由，追寻个体意识觉醒，实现对自身局限性的超越，体现个人精神意志的自由选择，这是庄子的人生鹄的和终极追求。①

面对世界的荒谬、社会的黑暗、民生的疾苦，庄子并非高踞上游，迥隔尘凡，脱略世事，也不是"丧己于物，失性于俗"，同流合污，而是在与众生同游共处之中，坚持自我的价值取向，"游于世而不避，顺人而不失己"，实现精神对现实的超越。②

因此，庄子看似空灵飘逸的"逍遥"是在荒诞黑暗世界里对于个人品格的一种坚守，通过对惯常生活的超脱而实现更广阔时空范围的自由自在，其中夹杂着宿命的悲剧性：对生活状态的痛苦情状的逃离，继而获得精神的超拔，身形苦役和心灵解放是"逍遥游"的题中应有之义，而并非简单理解为高踞云端的惬意和随性。人生的选择基于对生命和生活的理解，如前文所述，庄子"游"于世间，其实是相别于当时世人，开辟了一种新的活法。

随时世沉浮，积极投入政治场域或追逐功名利禄，是儒士兼济天下的昂扬抱负，此其一也。隐士避乱自保，躬耕山林，退避官场纷争，远离世俗享乐，只求自我身心安稳，此其二也；对生命没有足够的自觉，碌碌无为、空耗生命地混世，此其三也。既不入世热心于庙堂华丽，也不相信隐者避世即可自安，又异于混世者毫无底线地苟且，庄老夫子在追求心灵安宁的道路上茕茕追索，游于世却又有坚实的理性操守——信守自然天道，抛弃时空、物质、是非、道德、等级和效用之类的阈限，在无人世知识遮蔽的本然世界里寻找个体生命秩序，在自然的规律里重新安放心魂，以抗争不合理而又残暴的世俗法则。

"无待"，方可自在逍遥。这种作为生命选择的"游"的内核潜藏着深沉的悲情，并非单纯地追求精神自由。陈鼓应即在《老庄新论》中指明：古希腊的悲剧精神与庄子的悲剧意识的相同处在于"面对苦难的世

---

① 王充闾：《逍遥游：庄子传》，作家出版社 2014 年版，第 2 页。
② 同上书，第 10 页。

界"，"以审美心胸来提升人的精神世界"。① 而这种"审美心胸"转义为庄子文本中的哲学话语则是"无待之游"——既是对人世间生存法则的消解和摒弃，也是对生命最本然的生死局限的超越，"独与天地精神相往来"，以无限的时空之"大"弃绝常规生活世界里的阈限，实现个体生命无所负累的自然存在——"无己""无功""无名"，人世间的法则褪去、失效，通通为生命的自洽让路。

闻一多先生注意将道家思想与作为原始宗教的道教结合起来考察，由此发现作为庄子文本中的"逍遥游"与道家哲学思想的核心范畴"道"所具有的关联：

> 庄子哲学的最高概念是道，道至高无上，化生一切；其生存的最高境界是体道的逍遥游。而庄子逍遥游告诉我们，逍遥游的前提是无待，只有达到藐姑射之山神人那般自然而然的无待的状态，才会有至人无己，神人无功，圣人无名的境界。那么至人、神人、圣人无待的漫游，实际是体道的心灵的自由状态而已，所以庄子自己也在化蝶的梦境（也许是白日梦）中体验到悟道的美妙。②

逍遥寻求精神的绝对自由，超越知识、功利、欲望、道德、概念等意识形态的感性或理性的束缚，进入一个智慧洞明、心灵宁静、唯美快乐的无遮蔽的诗性生存状态。最完美的逍遥方式是无待于任何物质工具，也无待于先验观念和意识形态，只能是凭借于心灵的想象。王充闾的《庄子传》深刻而生动地传达了庄子的这一美学精神。

第二节　建构智者形象

王充闾的《庄子传》以"诗人哲学家"这一身份标识为轴心，辐散

---

① 转引自刘绍瑾、侣同壮《二十世纪庄子文艺思想研究回顾》，载《暨南学报》（哲学社会科学版）2003 年第 6 期，第 72 页。

② 马奔腾：《闻一多的〈庄子〉研究》，载《北京大学学报》（哲学社会科学版）1999 年第 6 期，第 98 页。

出三种庄子形象：文学家、哲学家和思想家，对庄子在中华文化圈乃至世界范围内的声音传播进行收纳，对《庄子》这一文本所塑造的庄子的智者形象多维重塑，对各式各样关于庄子声音重谱，多声部的共响合奏成了一曲恢弘的乐章。

在这个收纳合成的过程中，对于庄子的了解仍需以《庄子》文本的解读为基础，依靠一个"寓言十九"的文本去捕捉丰盈而不凝固的智者形象。《庄子》行文恣肆汪洋、奇伟诡谲，同时也是一个生动、丰富而深刻的故事集，不仅内容多元、驳杂、充斥着相反相成的声音，而且言说方式也是采用"谬悠之说、荒唐之言、无端崖之辞"，给解庄、注庄者带来疑惑。诸如对庄子是否"反文艺"的问题，治庄者就纷争不已。

因此，对于庄子的人生行迹及其思想主张的把握都应该有整体思维，抓住总体特征，而非因小失大、顾此失彼。首先需要奠定的前提是，"解庄"都是带着先在于个人的"前理解"在解读庄子，阐释《庄子》要义的过程受到接受主体的知识结构、审美习惯和具体情境等方面因素的影响，阐释者所发见的"庄子"是从文本出发由接受者建构而成的。特别是在现代/后现代语境下，20世纪的庄学研究明显受到西方学科思维的影响，概念、范畴频频用于对庄子的比附，这时，只有充分重视"历史与逻辑"的关系，才不致于使庄子沦为作注的附庸地位，才不致于损伤庄文的诗性言说。胡适拈出"不同形"（Variation）现象——天下万物没有两个完全同样的——作为"庄子进化论"的起点，又将《逍遥游》中的"小大之辨"解作"不同形"，更把"骐骥骅骝一日而驰千里，捕鼠不如狸狌，言殊技也；鸱鸺夜撮蚤，察毫末，昼出瞋目而不见丘山，言殊性也"（《秋水》）作为"适者生存"之说的类比①，恐怕有违庄意，并非以"进化论"等"新学"的解庄之路不可通，也不否认西学东渐初期学人解庄筚路蓝缕的贡献，也不抹杀"以庄注我"的创造性，而是强调新时期的庄学研究需要更加尊重元典的精神，并且在叙述过程中力求审慎、精准和妥帖。况且，清代学人刘熙载早就主张从大处着眼："庄子文看似胡说乱说，骨里却尽有分数。彼固自谓猖狂妄行而蹈乎大方也，学者何不从蹈

①　《庄子的进化论》，载胡道静主编的《十家论庄》，上海人民出版社2008年版，第6—7页。

乎大方处求之?"①

　　读庄、解庄应当着力于庄子内在逻辑理路的总体特征，以此为总览，然后再细处辨明，此外，对于东西方语言深层的思维差异，具体叙述过程中也应得当。刘绍瑾在对庄子的美学思想进行勘察时就对文本保持了很大程度的尊重，注意到《庄子》成书的历史语境，并认真对待庄子思想文化生成的特殊性，他在《庄子与中国美学》中说："必须从庄子本身的特点，从哲学与美学、人生与艺术相通的整体上去把握庄子美学的意义，而不能执泥于西方美学、文论的概念系统。"② 其实不仅仅是关于庄子美学思想的研究，所有对于庄子的阐释必须注意到其学说思想发生时的境况，保持"同情之了解"。此外，对于《庄子》的解读也应该放在足够宏阔的视野中处理，将细节末端放在庄子整体风貌乃至整个庄学领域来理解。在对徐复观"道"是"彻头彻尾的艺术精神"和李泽厚"庄子哲学是美学"的观点辨明后，他更加笃信："庄子一书的美学意义，不是以美和艺术作为对象进行理论总结，而是在谈到其'道'的问题时，其对'道'的体验和境界与艺术的审美体验和境界不谋而合。由于这种相合，后世很自然地把这些带有审美色彩的哲学问题移植到对艺术的审美特征的理解中，从而使庄子的哲学命题获得了新的意义。"③

　　传记首章开宗明义地宣称庄子是"诗人哲学家""时代巨人"，赞颂其思想的包容性、高远境界和开阔胸襟，将其喻为终古如斯、照临遥夜的恒星，无论是巨人、恒星，其亘古影响、熠熠光辉都来源于这位大彻大悟的智者及其言说，传记认为："庄子哲学显现诗性特征，是充分个性化的，有些方面近于艺术；它重精神、重境界、重感悟；超越政治、现实。超越物质、功利，围绕着把握生命、张扬个性、崇尚自由而生发智慧，启动灵思。"④ 对庄子哲学的整体特征进行了极具针对性的概括。历来治庄学者对庄子哲学、文学禀赋仰慕称奇，新月派诗人、学者闻一多认为，

---

①　（清）刘熙载：《艺概·文概》。

②　刘绍瑾、侣同壮：《二十世纪庄子文艺思想研究回顾》，载《暨南学报》（哲学社会科学版）2003 年第 6 期，第 73 页。

③　包兆会：《二十世纪〈庄子〉研究的回顾与反思》，载《文艺理论研究》2003 年第 2 期，第 35 页。

④　王充闾：《逍遥游：庄子传》，作家出版社 2014 年版，第 8 页。

《庄子》一书具有极强的思想性，正因如此，《庄子》才是真正的文学作品，同时又是真正的哲学著作，二者相得益彰，融为一个和谐的整体。在他看来，那种"矜严的，峻刻的，料峭的一味皱眉头，绞脑子的东西"是算不上高明的哲学的，高明的哲学应像庄子的哲学那样是"一首绝妙的诗"。他说："向来一切伟大的文学和伟大的哲学是不分彼此的。"①

庄子"诗人哲学家"桂冠的由来在于《庄子》文本中所呈现出来的哲思和诗性，具体来说就是"他善于运用离奇的形象、夸张的言辞、荒诞的情节，来绘制五彩缤纷、光怪陆离的言'道'画卷，里面散发着浓郁的诗性、诗情，闪烁着缜密的理性光彩，产生了常读常新的艺术感染力"②。在随性洒脱的文字间寄意幽远兴味，于自然、朴质的话语里生发出余韵悠扬的哲思。王充闾的《庄子传》，对庄子的人格塑造极为传神，这一总体的人物特征在较高的位置上统摄了传主的行为与思想，使得读者对于庄子的认识也就获得了较为可靠的路向。

叶舒宪认为："诗性智慧是《庄子》一书的最大特色，单从哲学的或文学的角度去观照都无法有效地把握。汪洋恣肆也好，行云流水也好，都不仅仅是《庄子》文体风格的体现，也是表达庄子哲学，启发诗性智慧的内在需要使然。如果不能洞悉庄书汪洋恣肆和行云流水背后的凝结着独特思想的深层结构，那么此种纯文学的欣赏就不免有买椟还珠之嫌。"③睿智，通常是给庄子贴上"哲学家"标签的缘由，而庄子生命智慧的特异性之一，在于超越物质限定、打破世俗规则的束缚的勇气与方式，"物物而不物于物"，并因此获得个人生命的自由，成为东方智慧中最为瑰丽的一种存在。利益、声名、权力、物质、生死和时空等人世存在所要遭遇的可能成为个人生命负累的一切，都在庄子的精神世界里得以化解，自然与自由是这位哲人所精心呵护的生命信仰。

传记中以简明易了的"减法"来说明庄子的"至乐"。并不以世俗的快乐、幸福观念（如物质的充盈、欲望的满足、官能的感受等）的过度

① 马奔腾：《闻一多的〈庄子〉研究》，载《北京大学学报》（哲学社会科学版）1999 年第 6 期，第 97 页。

② 王充闾：《逍遥游：庄子传》，作家出版社 2014 年版，第 281 页。

③ 叶舒宪：《庄子的文化解析》，陕西人民出版社 2005 年版，第 35 页。

追求为宗，并不反对人世安乐，但绝不主张不择手段地求取以至于困苦、焦虑，"知其不可奈何而安之若命"的超然其实本源于对生命的自觉，是内心境界旷达的流露。《善用减法》总结为：自甘清苦、超越"人为物役"、内在精神本体的超越、知足知止等若干条准则，并以"忘"为结点，引出《大宗师》篇所述的"三外"（天下、物、生死）和《逍遥游》的"三无"（无己、无功、无名），最终"丧我""忘己"，"摒弃为名缰利锁所束缚的小我，让自己的精神穿透形骸，实现与天地精神往来。"①

对有碍于个人本然生命的事物消解、剔除可以说是庄子生命哲学（或生命观）的体现，王充闾的《庄子传》对庄子关于宇宙的认知则以"化"和"齐物"作为指称。这种认识主要来源于《秋水》和《齐物论》两篇的内容，得到的具体论断为："化是庄子之道的本质性的特征"和"相对意义绝对化"。认知上的彼此、大小、是非和善恶等受所处的位置影响，而认知水平的变化则由于认知经验的积累引起，庄子的大智慧是以无始无终、无边无际的宇宙视野为前提的，是大宇宙顶端升扬起来的，因此庄老夫子眼里没有绝对稳固不变的是非善恶，一切都是变化的：位置的不同、视角的差异和时间的变化，正是这些让"小是小非"无可遁形的原因，抑或，正是在这种思维框架里，庄子才有发现"窃国者诸侯"之类的慧眼。张恒寿在阐释庄子哲学"认识论的相对主义"时也说："常人的真理观，总是绝对的，越是偏居一隅的人，越认为自己和本地区的一切名物标准是普通的绝对的；人能逐渐接触到相当大的范围后，就能逐渐接受相对的看法。所以在认识的总历程上，相对主义的提出，是发现辩证法的一个关键，是一大进步。"②

庄子的智慧不单是对迷茫于世俗者的超越，在很大程度上也是对先师老子的逾越，最为显著的是从"道"的形而上意味生发出丰富精深的蕴涵。孔丘《论语》言道仅指"人事"，与道家所言不类，而《道德经》载曰："道生一，一生二，二生三，三生万物。万物负阴而抱阳，冲气以为和。"在道家学说中，"道乃万有之始"，是天地万物的本原，但是老、庄对于道认识的差异在于：其一，老子认为"道"是"物"，庄子则判定

① 王充闾：《逍遥游：庄子传》，作家出版社 2014 年版，第 116 页。
② 胡道静：《十家论庄》，上海人民出版社 2008 年版，第 384 页。

道为"未始有物者"、非"始"或"无、有";其二,前者认为道提供的
是一种秩序,而后者则将之与个人生存相关。①《庄子传》则描摹了"道
的五张面孔":生活化、自然性、游世的心态、心性化和审美化与诗性化
等,换言之,道的存在形态既玄远莫测又随处可见,没有起点没有终点永
恒存在,体现为对内心外部世界无所挂碍,追寻美和自由。

王充闾的《庄子传》,对庄子身上流淌的文学血液给予了极高关注,
也由此反观庄子的文学成就及影响。传记中对庄子的文学的关注集中体现
在《故事大王》和《千古奇文》两章,前者是对讲述故事呈现出超凡脱
俗、鲜活灵动和血肉丰满的庄子形象进行评介,后者则是针对庄文的思维
方式、"三言"和修辞策略等进行评价。

具体看来,庄子是其可亲、可爱的,在他的文学描述中,将动物、植
物、仙人、怪人、贤人和凡人通通收入故事之中,仿佛个个都具有灵魂,
可以与庄子直接对话,或者庄子能够听懂领会他/它们的语言,成为寓言
传说中的主角从而自由自在地言说。针对庄子所营构文学世界的万物有
灵,传者对其行文方式的特色做了鞭辟入里的剖析,总结起来可以提炼为
三种:第一,虚构,以"汪洋辟阖"的想象将自然万物自然地展现,并
极具哲学意蕴;第二,诙谐,以如椽妙笔点画各种形象,意趣百出;第
三,讽喻和讽刺,充满妙趣的语言并不径直为了阅读体验的美感,其意力
在批判,或借事嘲讽、挖苦,更甚为批判。

在《千古奇文》一章,引鲁迅确评"晚周诸子之作,莫能先也"为
庄子的文学价值确立了公允的评判基调。《庄子》作为中华民族的文化元
典无疑是弥足珍贵的哲学与诗的真正合作,思想的文字和幻想的文字的和
谐结合,传者用美学化散文的笔触将庄子的双重特征形容为:

> 哲学与诗的联姻,使文学的青春笑靥给冷峻、庄严的哲思老人插
> 上飞翔的翅膀,带来欢愉、生机与美感,灌注想象力与激情。而穿透
> 时空、阅尽沧桑的哲学慧眼,又能使文学倩女获取晨钟暮鼓般的启
> 示,在美学价值之上平添一种巨大的心灵撞击力,引发人们把对世事

----

① 关于老庄对于"道"认识的差异,可参考钱穆《庄老通辨》和王博《庄子哲学》的相
关辨析。

的流连变成深沉的追寻，通过凝重而略带几许沧凉的反思与叩问，加深对人生的认识和理解。①

深得庄文言说主题特性之余，传者依凭多年的文学创作经验，累积了对语言与文学关联的敏锐性，对诗性言说深层的原因——"如何言说、如何表述"展开了追问。最为精彩的是对语言与思维方式之关系的甄别。正如德国语言学家洪堡特所发现的：语言与世界观相对应。"语言是一种文化，一种传统；是一个民族的历史和文化的积淀，是前人经验和心理的储蓄。"② 如果与主分析的西方理性思维相较而言，中华文化是一种主综合的东方感性思维，思考方式类似于中国画式的散点透视，传记中以"直觉思维"名之，强调其感知的直接性，"心灵不经中介环节而对认知客体的直接把握"，"以静默之心去体悟"，进而从"整体上去把握认知对象"。因此，语言的思维习惯和相对主义哲学观点、文学表意的灵动性形成融合。

第三节　直接·间接·域外

传者对历代庄子的接受情况有较锐利的洞察力，从文学史事实出发，分别从直接、间接和域外等三条线索对庄子给后世文学的影响予以总括。

首先，以文学发展脉络为序，将深得庄子文学精神并取得较高文学成就的文学巨匠分节表述，梳理出一条具有粗略却有代表性的庄子文脉，如嵇康、陶渊明、李白、苏轼和曹雪芹。这些古代文学领域声名卓著者，共通特点都是择取了庄子的某个侧面构成其人其文的内核因素。如庄子与苏轼，苏东坡曾自述其得力于庄周，曾读《庄子》并感叹："吾昔有见，口未能言。今见是书，得吾心矣。"③ 对于苏子人之超拔与词之清旷，传者结合其《临江仙》所云："长恨此生非我有，何时忘却营营？夜阑风静縠纹平，小舟从此逝，江海寄余生。"将其以庄子为依获得身心自由的人生兴味连接起来，寥寥数语即点画出相似心魂的关联，从后世文人的余音中

①　王充闾：《逍遥游：庄子传》，作家出版社 2014 年版，第 281 页。
②　王先霈、孙文宪：《文学理论导引》，高等教育出版社 2005 年版，第 39 页。
③　郎擎霄：《庄子学案》，上海书店 1992 年版，第 235 页。

寻出庄子精魂。

其次，庄子的卓著影响不尽径直成为后世文人的精神成分，而是往往成为文学描述中的话题，成为文学作品的常客。从历代文人骚客的咏庄诗文中可以看见庄子幻化的身影，或赞颂其境界高远，或借庄抒怀寄慨，或凭庄迹即兴慨叹，或以庄文自铸伟词，庄子形象由此在学林流芳千古。

再次，庄子的东方智慧是超越时空的，对域外文学界也产生了深广影响。传者简析了梭罗、布莱希特、博尔赫斯和帕斯等①外国文学家对庄子文学的借鉴，使读者意识到这位文化传统中大人物的精神能量之大。不过，这种跨民族、跨国家、跨文化、跨时代的"影响"属于比较文学研究中的"平行研究"，并非作家间的直接实在的作用，而是文化空间里的可能接触。

"诗人哲学家"形象的塑成反映了庄子在哲学和文学两个领域的价值与影响，同样，思想文化史流脉上的庄子也是不容小觑的，特别是其异于诸子的批评精神、历史理性和超越意识等，在文化传统中尤为难能可贵。在结构设计和具体形态上，这些思想文化命题以专题形式穿插在人物形象的建构之间，呈现了夹叙夹议的灵活性和深刻性。

王充闾的《庄子传》关切《庄子》中存在诸多"吊诡"的命题，认为庄子的生命呈现为一个矛盾综合体的存在。传记中注意到庄子"眼冷心热"②的处世特点，呈现为陈鼓应所说的"寄沉痛于悠闲"情貌，并将此归结为庄子"游世"的人生态度是颇为恰切的。面对浊世的乱象纷叠，庄子自然是不愿投身其间的，故从外在看来是一副冷眼旁观、事不关己的样子，仿佛一切事情都入不了他的法眼，这是有着冷峻历史理性和罕见超越意识的智者才能具备的，既然对于缓解世人的痛苦无可奈何，那就不加入历史浩劫的洪流、保持自我的独立与高洁为好。但是，庄子并非鄙陋冷漠之辈，其悲悯情怀在内心翻腾着、激动着，正若传记所言，这是对生命的"热心"和"深情"。恰若颜世安所言："一方面，对人世间黑暗和痛

---

① 传者在《庄子在西方》（《文化学刊》2013 年第 3 期）一文中又将王尔德列入其中。

② 清人胡文英《庄子论略》所言"庄子眼极冷，心肠极热。眼冷，故是非不管；心肠热，故感慨无端。虽知无用，而未能忘情，到底是肠热挂住；虽不能忘情，而终下不了手，到底是冷眼看穿"。转引自《庄学史略》，巴蜀书社 2008 年版，第 554 页。

苦的体认是庄子思想的一个组成部分，全面分析庄子思想不应将这一部分遗漏，否则即容易误以为庄学主旨是追逐一种无心肠的快乐。另一方面，在庄子的痛苦意识中，体现了庄子为人的一个基本品格，就是太过认真乃至书生气地看世界。"[①] 此处，恰好为"庄子之为庄子"的"诗人哲学家"身份提供了人生思想层次的根由，内里为诗人的敏感细腻，强烈地接收着来自外在世界的讯息，认真感触时世苍生的喜乐哀愁，外在则是低调持守着生命的自然状态并追寻生命的清新之策，内心与混浊世道保持若即若离的距离，独具不焦不躁、不逆不迎的哲人姿态。

《十大谜团》中所述《庄子》中的"有情/无情"、"不失己/忘己"、"保身全生尽年/死生一如"等悖论性言说，单从语义上说是彼此矛盾的，而这样的"吊诡"就在于艰难时世生存情境下敏感智者的反应。此外，深谙"道"不可言说性的道家祖师老、庄都有著述行世，并且《庄子》中还有《齐物论》和《秋水》之类的论辩名篇，针对这种现象，似乎这又造成了对庄子理解的"迷雾"。传记辨析了"否定统一标准"、"偏见"和"中止判断"等观点，指出庄子论辩时针对异于自身的"他人"发出议论，是"不得不辩"。

王充闾的《庄子传》这些由"问题意识"引起的思考是嗜庄者智慧的结晶，也是传记独具价值的有机组成。张恒寿说："庄子思想中包含着许多消极、后退的因素，这是众所周知的糟粕部分，但他提出许多有关本体论、知识论的根本性的大问题，推进了人们的思辨能力，提出了追求人生意义的高远理想，促进人们对人生价值的进一步探讨。他揭露社会黑暗，抨击、藐视统治者的不屈精神，给予后世不同当权派合作的人士以鼓舞力量。"[②] 从这个角度来说，庄子在文化传统中的作用正是与被绑架的儒家思想相对应，成为读书人独立与自由人格形成的渊薮。为了获得并维护自我主张的存在位置，庄子自然不可绕过为世人所尊崇的儒家学说，而绝妙的办法就是以儒学先师孔子为靶心，由此引出的就是《庄子》中的孔子形象问题。

---

① 颜世安：《庄子评传》，南京大学出版社1999年版，第52页。
② 胡道静：《十家论庄》，上海人民出版社2008年版，第369页。

据统计,《庄子》是除《论语》外孔子出现次数最多的先秦典籍①,足见庄子及其后学对这位圣人的重视。《庄子传》将孔子形象化为庄子招募的"演员"。"与其说,意在重现历史上真实的孔子,毋宁说,他是作者根据自己的需要创作出来的艺术形象,或者说,是一个备用的'演员',到时候就粉墨登场,成为一副随叫随到、百依百顺的'活的道具'。"② 也就是说传者将这个人物是代人立言的"道具",降至为"工具"属性,并无独立存在的作用,由此消解了"诋孔"、"助孔"争论必要。但传者并没有因此对孔子形象简单化处理,而是牢牢根据"唯物史观关于社会思想、社会理论所由产生的来源要到社会存在中去寻找的原理"的原则③,从儒道墨鼎足的思想史事实入手,结合立言者所属位置指出:"正是'想折衷各派的学说而成一家之言',实际上,也是出于'弘道'的需要,庄子搬出重量级人物,劳动孔夫子的大驾,为自己树旗、代言、壮声色、增分量。"④ 超越庄、孔互动关系个人层面的纠葛,还原到学派分立的历史情境中,指出这类的人物言说未必针对"孔子本人"。

对于孔子形象的考察并未就此止步,传者引用诸多治庄学者的研究成果,如:方勇区分的儒家面貌、由儒入道和道家面貌三种差别;叶国庆划分为庄子化孔子、学"庄学"的孔子和道外内儒的孔子;胡孟杰对孔子形象不同着眼点和落脚点的分析。然后细化分析了孔子形象的具体作用,分别参与谈论了:道术修养、至人境界、无为之道和守性保真等方面的论题。但无论孔子的形象是道是儒、非道非儒,其实都无关紧要,如上文所言,《庄子》里的"孔子"不再是那个历史上存在过的孔子,也不是孟子荀子们所说的"孔子",而是一面"镜子",这镜子既带有儒家圣人的标识,又折射着庄子及其道家学派的影子,沾染了道家色彩。正如崔大华所说,儒学构成了庄子思想的学术观念背景,"学说或思想体系间的学术背景关系和渊源关系是有区别的",背景关系"是指一种在先学说思想所产生的理论环境、社会后果,构成一种激起新的学说思想形成的契机、

---

① 《庄子》中孔子出现次数总计 51 次,其中内篇 10 次、外篇 26 次、杂篇 15 次。
② 王充闾:《逍遥游:庄子传》,作家出版社 2014 年版,第 164 页。
③ 同上书,第 55 页。
④ 同上书,第 167 页。

条件"。① 所以，"孔子"在《庄子》文本语境中是背景性描述，更为值得把握的是透过"孔子"看"庄子"。

庄子是丰富的，但庄子的丰富从何而来？"文化渊源"一章即力图从庄子形成的文化背景中发掘出庄子之所以为庄子的成因。

文化人类学研究通常用"文化结构"的划分，用以考察不同范围内的文化差异。如"文化模式（cultrue pattern），通常指的是一个社会中各文化特质或文化丛之间彼此交错而形成的一种稳定的系统的文化结构。它反映的是一种文化特质或文化丛相互结合时的特殊形式，这种特殊的形式也反过来反映着文化的结构性特征，使之与不同社会中的不同文化区别开来"②。从这个角度看来，庄子所受影响的"文化模式"是多元的。其一，宋国承继的殷商崇信鬼神的超现实气息，以及由重商风气养成的手工艺风气，并且因为地处顾颉刚先生所划分的"昆仑—蓬莱"两大神话系统之间的缘故，为其储备足够丰富的"原始思维"增加了可能。其二，作为楚国公族后裔的庄子，"南国"荆楚文化的浪漫主义气质也较为容易储备。其三，传者又采纳了"齐文化背景说"，具体从《齐谐》、"齐东野语"以及齐国神话传说等看出东夷文化的因子。

此外，传者虽高扬庄子"天才"的不可复制性，但就所师承的学说而言，他将之流派所处作用界定为"对于道家学派的批评式继承与创造性发展"。力主老子在庄子思想文化渊源中的关键性地位，然后分别从"道"、"体道"和"无为"等角度将二者比对，引用了徐复观的观点："老子的人生态度，实在由祸福计较而来的计较之心太多，故尔后的流弊，流变成阴柔权变之术；而庄子正是要超越这种计较。谋算之心，以归于'游'的艺术性生活。所以，后世山林隐逸之士，必多少含有庄学的血液。"③ 此一评点为是，庄子的人生是自洽的，直指心性以持守自我的本然天道，其人生思想并无图谋指向外部的权力世界，而老子主虚静，却有由弱渐强、由虚到实的"蓄"力待"变"，非纯粹的陶然忘我于本然状态，仍是汲汲以求，所以说老子的"道"其实是"道术"，"无为"是

---

① 王充闾：《逍遥游：庄子传》，作家出版社 2014 年版，第 309 页。
② 孙秋云：《文化人类学教程》，民族出版社 2004 年版，第 32—33 页。
③ 王充闾：《逍遥游：庄子传》，作家出版社 2014 年版，第 314—315 页。

"无为之为"。对老、庄的差异，传记中品评为："老子机警，庄子豁达；老子是冷静的、抽象的、思辨的，其中文本有玄奥的哲学底蕴；庄子则是活泼的、灵动的。"正是这样同中有异的对比更见出传主庄子的卓绝风骨。

王充闾的《庄子传》对庄子形象和价值的重构可谓是多维度的，在注重传记材料实证性的基础上形象还原，建构了一个从学科理性视角上反观的文学家、哲学家和思想家多重身份合一的文化先贤，并分别从外在身份的"诗人哲学家"和内在精神的"逍遥游"两个可以把握的角度确立了庄子的主要特征。而这种多维的重构是凭借治庄群体智慧合力得以形成的，不论切入角度的差异、不论发掘程度的深浅，只要对庄子形神的复归有助，皆以某种方式撷而采之，恰是这种开放的襟怀和广阔的视界，让多元的声音得以均衡共响，最终成为庄子传记中不可多得的佳作。

然而，对于经典文本的阐释是无穷无尽的。"对于伽达默尔来说，一部文学作品的意义从未被其作者的意图所穷尽；当一部作品从一个文化和历史语境传到另一文化历史语境时，人们可能会从作品中抽出新的意义，而这些意义也许未被其同时代的读者预见到。"①　这里揭示了的作者"立言之本意"只是文本阐释所得的一部分而并非全部，并且读者所获得的文本意义也不可能涵盖其全部意蕴，所以，总有作者未觉读者未知的"不可知"之意，也许，这就是"得意忘言"的由来，也是常常所说"言不尽意"的所在。对于庄子理解的最佳途径就在于主体的真切阅读。

---

① 〔英〕特雷·伊格尔顿：《二十世纪西方文学理论》，伍晓明译，北京大学出版社2007年版，第69页。

第十二章

王充闾与中国当今历史文化散文

第一节　森林之子与茅舍私塾

　　成为一个文学家，必须经历双重文明的洗礼：一是乡村"文明"，那就是"大自然"，因为它能够开启智慧和灵性，萌发灵感和激情，也刺激与熏染一个人对道德良知、生命意义的内心体验；二是都市"文明"，人必须受到良好的知识教育，和现代文化产生对应性。如果说第一种"文明"往往开端于童蒙时期，而第二种"文明"则多起始于青年时代。作为散文作家的王充闾，正是以如此的生命轨迹，呈现了一位艺术心灵的本真面目。

　　飞舞的雪花应和着朔风的呼唤，飘飘洒洒地降落在茂密的森林和广袤的原野上。在东北的冬季里，这是大自然的舞台所经常上演的剧目之一。1935 年 2 月 5 日，辽宁省医巫闾山脚下的盘山县大荒乡，一个叫后狐狸岗子的偏僻荒凉的村落，伴随着絮絮翩飞的瑞雪，一个小生命在王德润和王金氏的家庭里降生了。也许出于对医巫闾山的感激与崇敬，父亲便将这个排行第四的男孩命名为——王充闾。

　　王德润的祖籍为河北省大名府，祖父在世时家境还较殷实，少年时读过几年私塾，知书识礼，接受了儒家的仁爱宽厚的处世立身的哲学，为人口碑甚佳。后因父亲早故，家道中落，王德润依依告别了世代居住的故里，离乡背井"闯关东"，漂泊到这里安居劳作，开始新的生存。王金氏，满族人，出生于一个名门望族，祖上几代都是清朝的文武官员，家里收藏有皇帝赏赐的黄马褂，还有雕弓和八股试帖，经史子集、戏文唱本、"子弟书"等书籍。民国后，家道逐渐衰微，但仍是大家闺秀，嫁于王德润后，经历困苦的生涯，不仅没有丝毫的怨言，而且迅速适应了艰难的环境。几十年后，王充闾在一篇追忆的散文里写道："母亲是典型的贤妻良母型的东方女性，像孔老夫子说的，素富贵行乎富贵，素贫贱行乎贫贱。相夫教子，安贫乐道，全家上下、街坊邻里都交口称赞。"

王充闾落生时，王德润已四十五岁，王金氏四十三岁。虽然清贫但充满温馨之情的王德润家，对这个略显孱弱但眉目清秀的孩子疼爱有加。王充闾的前面，有一个姐姐和两个哥哥，姐姐长他二十二岁，大哥长他二十岁，二哥长他十六岁。对于这个迟迟来到人世的小弟弟，姐姐和哥哥，也都疼爱不已。王德润一家弥漫着祥和欢乐的气氛。然而，在那个乖戾的历史时间，命运之神似乎总是不垂青善良朴实的人们，悲剧接连地降临到王家。

王充闾两岁那年，大姐一病不起，丢下一个两岁的女儿。悲痛欲绝的姐夫，只好将女儿交给岳母，然后长跪在地，接连叩了几个头，呜咽地说："妈妈，原谅我这个不肖的儿男吧！"尔后，在一个风雨凄凉之夜，鸿飞冥冥，一去便无踪影。王充闾在《母亲的心思》一文中回忆道："屋漏偏遭连夜雨。正在这令人肠断的日子里，我的二哥又病倒了。二哥大我十六岁，他还在读书时，就写得一手潇洒、俊秀的赵体字，三间屋里每面墙上，都有他的墨迹。不幸的是，在我三岁时，结核菌就夺去了他的年轻的生命。妈妈望着墙上的字迹，想起来就痛哭一场。为了免去见景伤情，父亲伤心地用了一整天时间，把墙上的字一个个铲掉，然后用抹泥板抹平。时间老人也是一把抹泥板，父母亲心上的伤痕刚刚被它抹平，谁知，灾难又降临了。二哥死后二年，我的当瓦工的大哥患了疟疾，被庸医误诊为伤寒，下了反药，猝然去世。真是'衰门忍见死丧多'！这场重大的打击，母亲瘦弱的身躯再也难以承受了，足足病倒了三个月，终朝以眼泪洗面。但从此以后，纵然遇到伤情的事，她也只是呜咽几声，欲哭无泪，人们都说她已经把眼泪哭干了。"

稚嫩的童心经历了如此残酷的死亡悲剧，对于生命与幻灭的体验，远远超出了常人。亲眼目睹几位亲人的亡故，王充闾幼小的心灵承载了沉重的创伤性经验，痛苦成为人生初期的品味得最多的滋味。弗洛伊德关于童年的创伤性经验对艺术家的日后创作起重要作用的论点，的确是切中艺术经脉的精妙推断。许多艺术家在童年时期目睹了自己家庭的不幸，尤其是亲人的亡故。川端康成的童年时代，经历双亲、祖母、姐姐、外祖父的相继死亡，心理深层沉积了张力巨大的死亡意识，而这极大地影响了他以后的文学生涯和现实生活。挪威艺术家爱德华·蒙克，他是著名戏剧大师易卜生的同乡与挚友。蒙克在幼年即蒙受丧母的不幸，母亲的逝世给他幼小的心灵以深刻的印象，无意识心理结构中的死亡冲动自此占据了他的精神空间。蒙克成年不久，父亲、姐姐、弟弟又相继辞别人间，唯一的妹妹则是精神病患者。不幸的家庭经历对他的生活与创作产生了极大影响。他说："我的家庭是疾病与死亡的家庭。的确，我未能战胜这种厄运。这对我的艺术起着决定性的影响。"① 王充闾童年时期，目睹几位亲人的相继亡故，使其滋生了深刻的痛苦体验和悲剧意识。这种痛苦体验和悲剧意识，沉积为重要的生命经验，并转换为艺术创造的心理张力。我们可以从其历史文化散文中，窥见到悲剧化的历史意识、一颗富于同情和慈悲的心灵，以及对于生命尊严的信念和对涂炭生灵的行径的谴责。在王充闾的散文里，对于生命的眷注与关切、热爱与吟唱，对于山水碧树的沉迷，无不浸润着他童年时代就滋生的生命意识和人生感怀。

大自然是慰藉忧伤童年的一剂良药。王充闾的家居住的大荒乡后狐狸岗子，森林茂盛，沼泽密布，还有一个名副其实的浓荫蔽日、杂草丛生、狐狸出没的大沙岗子。在未入私塾开蒙之前，王充闾一直是一个"自然之子"，整天与森林、河流为伴，沉迷在观望鸬鹚叼鱼，蚂蚁搬家，狐狸跳跃的动物游戏中。在《童年的风景》一文里，他写道："小时候，我经常去的地方，是大沙岗子前面那片沼泽地。清明一过，芦苇、水草和香蒲都冒出了绿锥锥儿。蜻蜓在草上飞，青蛙往水里跳，鸬鹚悠然站在水边剔着洁白的羽毛，或者像老翁那样一步一步地闲踱着，冷不防把脑袋扎进水里，叼出来一只筷子长的白鱼。五、六月间，蒲草棵子一人多高，水鸟在上面结巢、孵卵，'嘎嘎叽'，'嘎嘎叽'，里里外外叫个不停。秋风吹过，芦花像雪片一般飘飞着，于黄叶凋零之外又点缀出一片银妆世界。春、夏、秋三个季节，各种水禽野雀转换着栖迟，任是再博学的人也叫不全它们的名字。"

王充闾幼小的心灵，从大自然的生命律动中，感悟到美的存在和诞生

---

① 朱伯雄主编：《世界美术名作鉴赏辞典》，浙江文艺出版社 1991 年版，第 811 页。

朦胧的诗意，寻觅到人生最初的意义与快乐。大自然的美与自由，澄明与寂静，抚慰着遭受重创的童心，也开启了内在精神的悟觉和敏感，丰富了感官的经验和最直接的物候知识。森林草原的绵延广袤，孕育了一颗宽阔博爱的文学心灵，对于大自然的近乎直觉的爱恋和珍惜之情，渗透到他后来的众多散文之中，保护环境和珍视自然成为王充闾散文的执著话语和喃喃心声。他的散文《清风白水》《生命的承诺》《寂寞濠梁》《读三峡》《三江恋》《晓来谁染霜林醉》等篇目，都灌注着如此的爱护自然与珍爱生命的深沉情愫。

王充闾的童年时光里，还有一位十分重要的"老师"，这就是"魔怔"叔叔。这位性情古怪而喜爱孤独，熟读诗书，满腹经纶的乡间硕儒，不但开蒙王充闾的知识心性，更重要的是，他以大自然为教科书，教侄子这位"忘年交"，体察春夏秋冬的季候变化，区分草木虫鱼的形神差别，感受山水碧树的萧疏清雅……童年的王充闾能够"多识于虫鱼草木之名"，和这位"魔怔"叔叔的指教有直接关系。

中国传统文化的"仁者乐山，智者乐水"的精妙之论，也应验到幼小的王充闾身上。作者后来多年从政的清廉勤恳，克仁克俭，以及著文的空灵洒落，飘逸清逸，无不和童年时对大自然山水的体察感悟有着潜在而微妙的联系。而道家的所谓"天人合一"、"物我交融"哲学精神，也近乎无意识地渗透到王充闾的心里，他将自我的生命投射到自然的生命，将情感和想象置放到大自然的优美背景里，从而获得不断的滋润和恒久的活力。因此，"景情合一"的古典美学观，也自然而然地内化为王充闾生命境界和艺术境界的本体性结构之一。

王充闾，这个医巫闾山脚下狐狸岗子的自然之子，偎依茅屋，穿越森林，跋涉沼泽，爬滚沙原，渐渐地长大、结实，成为一个淘气十足的顽童，也滋养了对自然、对生命、对艺术的灵气和热情。

中国文化里有两个互为依存的核心构成：私塾与科举。它们在漫长的历史长河里对传统的人文精神、文化教育、心理结构、人才制度等方面产生了深刻而积极的影响。尽管由于无法避免的历史局限性，它们存在着自身的先天缺憾和功利惰性，有着一定的负面因素，然而它们毕竟为传统文化的承传发挥过无可替代的功用。

在大自然中无拘无束地发展着童心天性的王充闾，在六岁那一年的仲春（1941 年），在合欢树缀满绿叶、孕育粉红色花蕾的时候，和"魔怔"叔叔的儿子，从小在一块淘气、顽皮的"嘎子哥"，一起入"私塾"，"束发"开蒙。"私塾"就设在"魔怔"叔家的东厢房，三间宽敞干净的茅舍。王充闾在《青灯有味忆儿时》散文里追忆：

> "魔怔"叔引我洗净了脸盘，便开始了"拜师仪式"。程序很简单，首先向北墙上至圣先师像行三鞠躬礼，然后拜见先生，把"魔怔"叔事先为我们准备好的礼物（《红楼梦》里称"贽见礼"）双手奉上，最后两个门生拱手互拜，便算了事。接着，是先生给我们"开笔"。听说我们在家都曾练习过字，他点了点头，随手在一张纸上工工整整地写下了"文章得失不由天"七个大字，然后，两个学生各自在一张纸上摹写一遍。这样做的意义，我想，是为了掌握学生写字的基础情况，便于以后"按头制帽"，有的放矢。
>
> 先生见我们每人都认得许多字，而且，在家都背诵过《三字经》、《百家姓》，便从《千字文》开讲。他说，《三字经》中"宋齐继，梁承陈"，讲了南朝的四个朝代，《千字文》就是这个梁朝的周兴嗣作的。梁武帝找人从晋代"书圣"王羲之的字帖中选出一千个不重样的字，然后，让文学侍从周兴嗣把它们组合起来，四字一韵，合辙押韵，构成一篇完整的文章。一个通宵过去，《千字文》出来了，周兴嗣却累得须发皆白。他说，可不要小看这一千个字，它从天文、地理讲到人情世事，读懂了它，会对中国传统文化有个基本的概念。
>
> 当时，外面的学堂都要诵读伪满康德皇帝的《即位诏书》、《回銮训民诏书》和《国民训》，刘老先生却不理会这一套。两个月过后，接着给我们讲授"四书"。书都是线装的，文中没有标点符号。先生事前用蘸了朱砂的毛笔，在我们两人的书上圈点一遍，每一断句都画了句号。先生告诉我们，这种在经书上断句的工作，古人叫"离经"，是一件不简单的事。

教授王充闾的塾师，即是有"关东才子"之称的刘璧亭先生。他是王充闾的"魔怔"叔的故交，国学功底深厚，饱览经史子集，诗词文章俱佳。曾经担任过府里的督学和县志的总纂，因为不愿仰承日本人的鼻息，便借故还乡。刘璧亭先生管束严厉，王充闾新规渐磨，加之悟性极高，天赋聪颖，学业日益长进。王充闾充满感激之情追忆道：

> 在"四书"结业后，讲授《诗经》、《左传》、《庄子》、《纲鉴易知录》之前，首先讲授了《古文观止》和《古唐诗合解》，强调要把其中的名篇一一背诵下来，尔后就练习作文和写诗。他很重视对句，说对句最能显示中国诗文的特点，有助于分别平仄声、虚实字，丰富语藏，扩展思路，这是诗文写作的基本功。他找出来明末清初李渔的《笠翁对韵》和康熙年间车万育的《声律启蒙》，反复进行比较，最后确定讲授李氏的《对韵》。这样，书窗里不时地传出"天对地，雨对风，大陆对长空……"的诵读声。

在刘璧亭先生的调教下，王充闾潜心求知，竭诚问学。面对私塾茅舍窗前的马缨花，聆听着风铃的叮叮咚咚的清脆音响，他临帖学书，对句著诗。秋初，先生带领几位弟子去草场野游，师心自然，领悟造化，回来后，嘱以《巧云》为题，写一篇五百字的短文。王充闾挥洒成文，先生阅后，朱笔批后，圈圈复圈圈，赞赏不已。王充闾回忆，"读书生活十分紧张，不仅白天上课，晚上还要安排自习，温习当天的课业。以增强理解，巩固记忆。那时家里都点豆油灯，'魔怔'叔特意买来一盏汽灯挂在课室，十分明亮。没有时钟，便燃香作记。一般复习三排香的功课，大约等于两个小时。散学后，家家都已熄了灯火，繁星在天，万籁俱寂，偶尔有一两声犬吠，显得格外瘆人，我大气都不敢出，一溜烟地往回跑，直到看到母亲的身影，才大叫一声'妈妈'，然后扑在她的温暖的怀里。任是路上的惊恐，深夜的寒凉，连同攻书的倦怠，都一股脑地消失净尽。"

从六岁至十三岁，王充闾在私塾里度过了八个春秋，从启蒙读本研修至春秋三传、诗经、楚辞、先秦诸子，从正史野传涉猎到历代诗文词赋。传统文化的儒道释的哲学精神和美学情怀，深深地浸润了王充闾的心灵，打上了鲜明的人格烙印。八年的私塾生涯，奠定了王充闾的传统文化的坚实根基，传统的哲学、史学、美学、文学等方面的素养业已定型，这对他后来的散文创作有着决定性的意义和影响。

　　首先，王充闾散文创作里的哲学意识与美学精神，在一定程度上综合了儒家与道家的具有生命活力的构成，而这无不与王充闾受业于私塾有关。刘璧亭先生作为关东硕儒，对其言传身教，开启灵性，将传统儒道的道德人格和审美情怀悉数传授于众位弟子。王充闾受业门下，耳濡目染，受益匪浅。其次，精湛的史学学养和深厚的文学功力，也得益于八载私塾的熏陶。对经史子集的初步涉猎，激发了王充闾的文史兴趣和创作冲动，为其以后的写作经历，积累了势能和储存了经验。再次，私塾的诗文"诵读"，培养儿童心灵深处对汉语言文字的语感，从而萌生对字词意象的水乳交融的亲和力。由于汉语言文字本身存在着象征和寓意的特性，所以，具有着高度的意象性和诗性，属于一种诗意化的语言，传统的私塾教育，也许更适合培养一种具有文学才能或诗意色彩的人才。最后，更重要的也许是，八年私塾，受业于刘璧亭先生，造就了王充闾谦谦君子、儒雅敦厚的品性，这对他日后为人与为文，均有极大的意义与作用。为人，温良恭俭，宽容仁厚，坦荡有信；为文，思理辩证，持论公允，循循善诱。

　　从一个具体的技术层面来看，王充闾散文与诗词的语言表达及其修辞，在一定程度上也与私塾所受的语言熏染有关。他在《青灯有味忆儿时》中回忆说：

　　　　有一句古语，叫"熟读成诵"。说的是，一句一句、一遍一遍地把诗文吞进口腔里，然后再拖着一种腔调大声地背诵出来。拙笨的方法常能带来神奇的效果，渐渐领悟，终身受用。不过，这一关并不好过。到时候，先生端坐在炕上，学生背对着他站在地下，听到一声"起诵"，便左右摇晃着身子，朗声地背诵起来。遇有错讹，先生就用手拍一下桌面，简要地提示两个字，意思是从这里开始重背。背过一遍之后，还要打乱书中的次序，随意挑出几段来背。若是做不到烂熟于心，这种场合是难以应付的。

　　　　我很喜欢背诵《诗经》，重章叠句，反复吟唱，朗朗上口，颇富节奏感和音乐感。诵读本身就是一种欣赏，一种享受。

　　八年私塾的苦读，培养了王充闾对汉语言的语感，一种对母语的迷恋情结，对字词章句的敏锐领悟力。王充闾散文拥有的典雅流畅、飞扬流动、空灵华美、率真明丽的语言风格，和他在塾师的精心指教下的语言文字的训练与游戏，也存在着潜在的联系。笔者鉴赏王充闾的诗文，发现作者近乎直觉地喜爱运用双声、叠韵、对仗、对偶、互文等汉语言特有的修辞手段，这显然和他早年的私塾熏陶密切相关。

荒村茅舍，临窗前一棵冠盖蔽日的合欢树，它那绿色而透明的叶片，留给王充闾永恒的幻想和美感，蕴藏为内心的文学梦境和艺术激情；屋檐下轻盈而清脆的风铃声，幻化为心底里永恒的追忆音乐和逝水流年……绿叶与铃声，叠现出恩师刘璧亭先生的身影，飘飞着线装古籍的淡淡清香，还有沼泽水影里的游鱼与鸬鹚、沙岗荒原上的狐狸跳跃、茂密森林里的悠悠白云、浓浓彩霞……一切的一切，都化为王充闾散文世界里的充满美感的生命意象。

经历了大自然和私塾的文明洗礼之后，王充闾渴望窥视山野之外的世界，希冀接受新式文明和新式教育。1948 年 8 月，这位来自荒村茅舍的孩子，以优异的成绩考取了盘山县的"最高学府"——盘山中学。

年仅十四岁的少年，将独自去一个完全陌生的地方，求学的激情伴随着对山外世界的迷惘和兴趣，使他难以入睡。而慈爱的双亲更是彻夜未眠。王充闾在《母亲的心思》里回忆道：

> 这是我第一次离家出远门。行前整个晚上，父亲母亲都没有合眼。我一觉醒来，就发现两位老人面对面地抽烟、叹气。用过了早饭，素常寡言少语的母亲，一面帮我穿上新做的外衣，一面说："往后靠你自己照看自己了。"我的回答只是一串串泪珠。出了门，父亲走在前面伴送，我跟在后头一步一回头，走出很远很远，还见母亲站在门前的高高的沙岗子上望着我。后来，我每次离家返校，母亲总是这样登高目送。在我心目中，这座沙岗就是熊岳城的望儿山。一路走着，一路默诵着清代诗人黄景仁的《别老母》诗："搴帏拜母河梁去，白发愁看泪眼枯。惨惨柴门风雪夜，此时有子不如无。"我走后，母亲把我平素喜欢吃的东西，从春节时腌在酱缸里的咸肉，端午节的粽子，到七八月的酸杏、甜瓜，都细心保留下来。有一年，园子里结了个特大的香瓜，母亲说要留给我，一天到晚看守着，不许任何人动，直到熟透了，落了蒂，最后烂得拿不起来。

带着双亲的慈爱和求知的渴望，王充闾第一次走出故里，来到了盘山县城。

当时的盘山中学，还没有电灯，也没有会堂、剧场，教室陈旧，阴暗的宿舍里挤满了床位，饭菜的质与量和当今学生的餐饮水准相比，真是天壤之别。这些，对于王充闾这个一心求知的乡村娃娃来说，都无关轻重。他只是遗憾学校的图书室的藏书寥寥，在不长的时间里，他几乎浏览了一遍学校的全部文学类藏书。

尽管小县城有着荒村里无法比拟的繁华与热闹，然而，王充闾很少花费时间去街上闲逛。私塾里练就的攻书问学心如止水、寻章摘句目似电火的禀性，一直为其珍惜与保留。读书与思考，成为这位十多岁少年的最大快乐与享受。与此相比，诸如破旧的衣衫，粗劣的饭菜，羞涩的囊中，还有陈旧的教室，拥挤的寝室，等等，在王充闾看来，都是没有实质性意义的外在性结构，而内心的愉悦远远抵消了它们给自己偶尔带来的淡淡袭扰。

由于刘璧亭先生的多年启教与熏染，也得力于童年时对大自然的感受与体验，诚如刘勰云"抑亦江山之助乎"①，悟性灵气得以萌发，王充闾的写作天分在盘山中学里获得了进一步拓展的空间。多次作文竞赛，获奖者的名单里，总会有王充闾的名字。勤奋加上与聪颖，兼之他的尊师与谦和，素朴与坦诚，对同窗学友，同情关爱，小小年纪，却禀赋了儒家的道德心性、格物良知，王充闾赢得了师长和同学的普遍青睐和好感。因此，王充闾经常被选举为班级和校级的干部。曾担任过校学习部长、学生会副主席等学生干部。这段经历，对他日后从政、长期担任党政高级官员有所裨益。

除了痴迷读书写作，偶尔纵情山水外，王充闾没有其他的嗜好。一个偶然的原因，他喜欢上了排球，然而兴趣不够浓烈，尚且水准有限。1952年5月，居然作为校排球队一员，去辽西省出席全省运动会，算是大开了眼界。晚上在剧场看节目，不懂得把立起的折椅放平再坐，结果无奈地坐在竖起的木板上，看了一场至今回味寡淡的戏剧，埋怨这种椅子太古怪，

---

① （六朝）刘勰：《文许雕龙·物色》。

硌人屁股，使体育老师哭笑不得，也使大家获得一个意料之外的开怀大笑。

由于成绩优异，表现出众，1954 年 7 月，王充闾提前从盘山中学高中部毕业。同年 8 月，考取了沈阳师范学院中文系。在大学读书期间，王充闾更是如饥似渴地汲取文学养分，珍惜宝贵的求学机会。然而，因当时的盘山中学急需教师，王充闾等一批优秀学生便提前毕业，走上工作岗位。其后，他仍然坚持在职学习，徜徉在迷醉不醒、风光旖旎的文学世界里。

不久，短暂的执教生涯结束，王充闾调到县城的小报当编辑。然而，由于 20 世纪 50 年代特殊的历史境遇，以及个别人的嫉贤妒能的心理作祟，王充闾在县委宣传部编辑县报的一段经历，给他带来了人生初尝的苦涩滋味。他在《鸬鹚的苦境》散文里，隐约着透露了对这段生活的感受：

> 一次，我们去高家湾采访，见到渔人驾着舢板在河中撒网，同时带上两只鸬鹚捕鱼。它们不时地在水中钻进钻出，每次必叼出一条大鱼放进舱里。我是头一次见到这种场景，便好奇地问这问那。编辑室老主任告诉我，不能放任鸬鹚随意吞食，否则，吃饱了就不再干活了，所以必须带上脖套。但隔一会，也要喂它一点小鱼，以示奖赏。又让它叼鱼，又不让吃饱，就是驾驭鸬鹚的学问。
>
> 接着，他说，我们的总编辑从小就玩这个鸟儿，处事也深得此中奥秘，但他只做不说，只有一次喝得醺醺大醉，才志得意满地泄露了天机。听到这里，我当即打了个寒噤，原来，我正处于鸬鹚的苦境啊。

尽管处于一个不太宽松和谐的环境里，然而，并未妨碍王充闾对文学的创作的倾心。这一期间，他以极大热情，创作了短篇小说《搬家》，发表于《辽宁日报》文艺副刊，短篇小说《沸腾的春夜》，载《辽河文艺》创刊号。写作了散文《慈母心肠》，载《营口日报》副刊。1961 年春，散文《绿了沙原》载《营口日报》副刊。1961 年秋，散文《金风书简》载 11 月 26 日《中国青年报》。

1962 年 3 月，春节后的雪融冰消之际，王充闾奉调到《营口日报》

社工作，担任副刊编辑。

从进入《营口日报》至"文革"开始，这段时间，为王充闾散文创作的第一个丰收阶段。《营口日报》洋溢着一种鼓励青年成材、上进的氛围，总编辑在大会上公开地号召，要立志当名家，要勤于动笔，敢于冒尖。他说，不想当名记者、名编辑的，肯定算不上一个合格的报人。这番话，对当时的王充闾来说，不啻于空谷足音，晴天炸雷，旱地甘霖。在编辑副刊的四年，是他青年时代豁朗愉悦的时间，除了完满地完成编辑任务外，王充闾在散文创作上，也收获颇丰，在报刊上陆续发表散文、随笔、杂文有三十余篇。

1965 年 9 月，王充闾被调到营口县一个偏远的乡村，参加"社会主义教育"运动。"社教队员"们和贫下中农同吃、同住、同劳动，是为"三同"。春天里深翻土地，冬天踩着冰雪挑淤泥，三伏天里锄草清墒，秋季里忙于收割……王充闾干遍了农家的每一种农活，使身心获得了双重的磨练。同时，也亲身体验到农民生活状态和内心需求，进一步滋生了对农民的同情与理解。在这期间，市委的一位领导交给王充闾一个额外的任务，帮助一同参加"四清"的著名评书老艺人袁阔成，写点"书段"。尽管王充闾的"书段"写作，自我感觉不甚理想，倒是听了上百个评书"段子"，对通俗艺术有所理解，受益匪浅。"社教"结束后，王充闾调入市委机关工作。

1966 年之夏，"史无前例的无产阶级文化大革命"爆发，风暴迅速波及全国。《营口日报》的总编被打成"三家村"在营口的代理人，而王充闾和另外三位同仁，则又被打成总编辑的"四大金刚"。王充闾被从市委机关揪回报社接受批判。往后的一年半时间，一边在纺织厂劳动，接受改造、锻炼，一边进行反思、接受批判。这成了王充闾那段时间包容全部意义的主题词。

然而，王充闾生命意义并未被它们完全限定和包含，儒家"穷则独善其身"的古训被他铭记于心。十年"文革"，客观上迫使王充闾潜心静气地读了十年书。无论在"游行示威"的口号声里，还是在"造反有理"的喧嚣尘上的日子里，也无论是"文攻武卫""反修防修"的怒号呐喊声，王充闾竟然能心如止水，超然于外，这和他童年时代经历了八年私塾的磨心砺性有关，也许是刘璧亭先生所培养出的静心于圣贤之道、潜神于先哲之书的精神内质，使他能够抵御外界的袭扰，静心敛气地读书思考，蓄志养气。"文革"期间，王充闾将进城后若干年节衣缩食买来的各种书籍，浏览精读，摘录抄写。陋屋斗室，青灯黄卷，遥望满天星斗，似乎在与古人对话，在聆听外国作家倾谈他的创作经验……十年"文革"，竟然转换为王充闾读书的黄金时间。在这个时间，王充闾系统地阅读与重温了一大批中国传统的经史子集的典籍，阅读了丰富的外国作家的文学作品，尤其是阅读了许多俄罗斯文学的经典名作，还阅读了一些西方的哲学与历史的学术著作，培养了逻辑思辨的能力和习惯。

如果说荒村茅舍的八年私塾为王充闾人生第一个系统求学的时间，盘山与沈阳的学生生涯，为其第二个系统求学的时间，那么，十年"文革"则为其第三个系统求学的时间。与前面略有差异的是，第三个求学时间，有着历史的"偶然性"，从主观意愿上讲，也存在着一定程度上的被动性和无奈性，然而，客观上使王充闾获得了生命历程里难得的知识积累和学术积累，也获得了心性的磨练和人格的超越。因此，这段时间对王充闾而言，它不是生命河流的空白流逝，而是精神田园的碧草萌芽和绿树抽枝。

第二节　为学·为文·为人·为政

"文革"梦魇过后，王充闾尘封十余年的散文之笔又开始濡润华彩，1978年春节，追溯往昔的散文《高跷忆》与《故垒情思》，发表于《营口日报》。文章文笔清新，结构灵巧，富有独特的审美意趣，引起不少读者的好评。这年春季，去烟台、蓬莱、威海等地考察，王充闾于海轮上构思了散文《海上述怀》，刊于《辽宁日报》。该文景情交融，意境优美，联想丰富，已初步萌生了散文创作的个人特色。

进入20世纪80年代，王充闾更是焕发了艺术激情。1980年，创作散文《老窑工的喜悦》《东风染绿三千顷》，分别刊载于《散文》杂志和《辽宁日报》，还写作了旧体诗词《故乡杂咏》（七首）、《村望》和《菩萨蛮》等。当年10月，王充闾奉调省委机关工作。

由于自幼受儒家精神的熏染，王充闾一向克勤自律，竭心尽瘁，从事政务均能够呈现一定的业绩或良好状态。除此之外，他就将余下的时间与精力，呈交给书卷和散文写作了。20世纪80年代初期，颇有点"文化复兴"的意味，历代古籍纷纷重印，中外文学名著鱼贯而至，东西方文史哲方面的学术著作接踵涌来，令人目不暇接，十年"文革"的书荒就此隐遁。它们在很大程度上，推动了"思想解放"的社会潮流。这一期间，王充闾贪婪而过瘾地购买了许多古籍和东西方的文史哲学术著作，累积了满满几大书橱。他所有的闲暇时光，几乎都是拥坐在四壁书墙之间，清茗一杯，心神与纸笔共舞，情思与圣贤同飞。在这一期间，王充闾读得较多的是哲学、历史、美学等方面的学术著作，在知识结构和文化底蕴上，更多学者型文人的色彩。20 世纪 80 年代之前的王充闾，偏重于"为文"；20 世纪 80 年代之后的王充闾，则倾心于"为学"。他转向于探究哲学与美学的问题，热衷于逻辑思辨和直觉领悟，沉醉于对历史的史料考证、人物评价、事件剖析等学术兴趣。而 20 世纪 80 年代中期以后，王充闾则将"为文"与"为学"密切地结合起来，将艺术的灵感和哲学的思辨、历史的分析和美学的领悟水乳交融地结合在自我的散文世界里，使其风光奇异，内蕴精深。

从 1982 年秋开始，王充闾陆续在《散文》《鸭绿江》等杂志上发表了十余篇以"人才"为话题的随笔，这为其后来的"历史文化散文"的写作进行了逻辑铺垫。这些文章，活脱灵巧而思理深邃，文笔精妙而结构潇洒，初步形成了王充闾散文的部分风格。这一年，他还写作了散文《古洞泛舟》《仙阁遐思》《送穷》，分别刊载于《鸭绿江》和《人民日报》。《捕蟹者说》一文，还被入选成年人高等语文教材。

1983 年 5 月，王充闾调营口市委任常委、宣传部长，后任市委副书记，兼任市政协主席。从政后的王充闾，在本色上，仍然是一位文人，除了处理日常事务外，他依旧沉醉在散文世界，沉醉在读书与思考的苦乐之中。

1984—1986 年，这三年为王充闾散文创作的"丰收期"。1984 年他写作了《淹城记闻》《茶余漫谈》《神话与现实》《柳荫絮语》《金牛山上古今情》《小楼一夜听春雨》等反映当地风土人情和人生感悟的散文在《散文》《鸭绿江》等刊物上刊载，在读者中产生了一定的影响，受到广泛的好评。1985 年 6 月，王充闾访问东瀛日本，去了东京、大阪、京都和关西地区的冰见、金泽，北海道的札幌、留萌等地。归来后，写作了异域游记的系列散文《东瀛观剧》《野酌》《花环》《北陆之旅》。同年 9

月，辽宁省作家协会组织去黄山采风，取水道抵上海，经杭州去黄山，归途经扬州、南京，再由北京返回。王充闾饱览了自然风光和历史古迹，以极大的审美兴趣和艺术冲动，创作了散文《梦雨潇潇沈氏园》《美的探索》《溪韵》《因蜜寻花》《历史的抉择》《黄昏》等。其中，不乏精品与佳作，已显露出"历史文化散文"的端倪。

从1986年开始，王充闾在《人民日报·海外版》"望海楼随笔"专栏，陆续刊载散文、随笔40余篇，篇目有《镜子上面有文章》《绿净不可唾》《莫教苍蝇惑曙鸡》《皮格玛利翁效应》《以貌取人的教训》《法布尔的忠告》等，其中《换个角度看问题》，入选上海教育出版社1993年版高中语文第5册。这些散文，在不同的读者群体中均产生了积极的影响，尤其是不少的评论家、学者给予了积极的评价。此时的王充闾，非但没有沉湎在自我陶醉之中，而是对以往的散文写作予以冷静的反思。对于美学的沉迷也许使他寻找出一个创作突破和艺术超越的契机。王充闾对美学向来抱有浓厚的兴趣，阅读过不少美学与艺术理论方面的学术著作，然而系统而集中地研读这方面的专著，起于1986年夏秋之交。他潜心静气地阅读了黑格尔《美学》、康德《判断力批判》、朱光潜《文艺心理学》《西方美学史》、宗白华《美学散步》等中外的大量美学论著，写下厚厚几本读书札记。从这个时候开始，王充闾的散文创作逐渐向美学化的境界演进，他有意识与无意识地寻求历史与美学的对话方式来构思散文与表达情思。王充闾散文的艺术风格也基本形成和渐趋成熟。

1986年9月，散文集《柳荫絮语》由春风文艺出版社出版，标志着王充闾散文创作的一个阶段的收获。此集收入文章七十篇。题材丰富，视野宽阔，将诗情、哲理、美感融为一体，散文的结构多变，技巧娴熟，语言典雅传神又不乏幽默深沉，呈现了独特的艺术风格和个人的文学话语。是年末，由辽宁省作家协会和春风文艺出版社联合组织了"王充闾散文作品研讨会"，众多作家、学者、教授、评论家以及读者参加了会议，其中有十六位同志作了发言，从意蕴、语言、学养、风格、结构、技巧等方面对作品予以充分而热诚的艺术肯定，认为是新时期散文创作的重要收获之一。同时，有的学者指出某些散文存在着"征引过多，致伤文气"的不足。1986年下半年，王充闾还为《光明日报》的文艺副刊写了几篇散文、随笔，如《事在人为》《三个唐僧》《刻意创新》等。文章切中时弊，或褒扬上进，文笔洒脱而说理新颖，颇受读者的青睐。

1987 年 10 月，王充闾远游乌鲁木齐、吐鲁番、天山等地，西北边塞的奇异景象、历史文化、风土人情激发内心的创作欲望，他写下境界宏阔、气象庄严的散文《南疆写意》和组诗《新疆杂咏》。11 月，随笔集《人才诗话》出版。王充闾两年来，从古代诗歌总集、别集中精心遴选出三百余首与人才有关的诗词，同时搜集、研读了大量的人才学方面的专著以及古今中外关于人才问题的轶闻、故实、佳话。在此基础上，兼顾人才诗词的内容和人才现象、人才思想、成才规律、选才制度等诸方面的题目，拟定许多题目，边构思，边准备，边创作，以文学的形式、史论的笔法，把情与理、诗与史、叙与议熔为一炉，写成随笔七十篇，结集为《人才诗话》。由春风文艺出版社出版。其中的绝大多数篇幅均已在《人民日报》《光明日报》等报刊上刊载过，产生过积极的反响。

1988 年 5 月，王充闾调任辽宁省委常委、省委宣传部长。从营口来到青年时代曾经求学生活过的沈阳，开始新的从政经历。

认识王充闾的人们，尤其是知识分子或文化人，往往都有如此的印象：他有平易人格，而这平易之中，弥散着一种淡淡的儒雅之气，一种平民化的精神姿态。书卷气与笔墨气始终是他的本色，坦诚与真情，智慧与通脱构成了他的生命存在的基调。儒家文化的长期浸润，使其禀赋了当今某些官员所欠缺的仁义礼智信和温良恭俭让的道德修炼，依笔者之见，这或许是提升人格品位的必要素质，也是抵御当今官员"腐败"之风的一根精神梁柱。儒家的文化人格，是构成王充闾多年从政清廉而有口皆碑的原因之一，他笃诚奉事，竭心尽力，举重若轻，敏于应对，对儒家的积极进取、为民请命的传统理念有所继承。王充闾从政不谋个人私利，他喜爱和知识分子、文化人广交朋友，乐于为知识分子或文化人士排忧解难，和他们进行文艺、学术上的倾心交流。王充闾也和不少平民百姓成为知心良友。在他看来，为人平易，既是一种人格修养，也是一个生命境界。每一个生命存在，在人格意义上，都有相同的价值、意义与尊严。人与人之间，应该互信与兼爱。在这种哲学意义上，看待交往与友谊，就不会陷入功利与世俗的思维怪圈。这源于庄子哲学给王充闾的心灵启迪。在儒家与道家的人生哲学的影响下，王充闾的"为人"与"为政"均达到了相对完善的境界。在当今官员之中，像王充闾这样超然于功利与权势之外的，亦是难能可贵了。

笔者将王充闾的"为学与为文",喻为"清风白水";而"为人与为政",比为"沧浪之水"。前者深湛澄明,空灵超然;后者清澈无为,濯缨濯心。

第三节　山水交融的人文心理

童年的王充闾就是一位荒村茅舍里的"自然之子",随着年龄的增长与阅历的丰富,那一份审美的与诗意的山水情怀愈加浓烈与深沉。中国传统文化的登临观览,畅神林泉的人文精神,以及"仁者乐山,智者乐水"审美意识,都深深根植于王充闾的心理结构之中。在自我的生命轨迹里,王充闾自始至终守望着这份"山水情怀",视为精神存在的终极家园。

王充闾对于"山水情怀"的执著守望,还存在着一个深层的心理缘由,那就是他凭借登山临水,观望林泉,回溯历史之河的沧桑浪花,追忆精神之树的落叶无语。试图复现历史表象之后的心灵隐秘和客观规律,重新诠释英雄豪杰、墨客雅士的荒诞行为和悲剧命运,寻索对历史与生命、历史与文化、历史与艺术、历史与现实等等的必然或偶然的联系,探求对历史之谜与艺术之谜的解答。所以,王充闾的"走向大自然",既是一种诗意的追寻,审美的体验,心灵瞬间的惊鸿一瞥;也是依赖于山水空间的存在意象,追忆感伤的逝水年华,展现历史时间与历史事件的延续与承传……王充闾以他称之为"因蜜寻花"的审美体验方式,去游历山水风光,凭吊古迹废墟,抒发黍离麦秀,铜驼荆棘之感慨,寄托千古兴废,江山异代之幽思。王充闾以自我的生命与情思和山水进行无声的心灵对话,去叩问沧桑,追询历史,以审美体验与诗意感悟和历史人物、先贤圣哲展开超越语言的访谈,聆听他们的大美无言的心语……在大自然的山水美景里,王充闾的心神也展开自我的独白与沉思,呈现一个摈弃浮华与伪饰的本真存在,将一颗童心幻化为至情至真的笔墨留痕……正是这种山水情怀的美学境界,使王充闾的散文创作,履足登临到了新的山巅。

步入 20 世纪 90 年代,王充闾的散文呈现了大匠之气,文章境界宏阔,格调清逸,而技法的纯熟和思理的绵密已经接近化境,尤其是语言的潇洒和文风的雅致令无数读者倾倒折服。1990 年 8 月,王充闾观瞻萧红故居，写出了别致优美的散文《青天一缕霞》。构思奇妙，结构精巧，全篇以"云"作为象征意象，以对"云"的不同想象与幻觉，以主体飘逸的意识流动，传神感伤地勾画出才情浪漫、命运坎坷、自我流浪的当代女作家萧红的人生踪迹。该文可谓是精品妙笔，奇思佳构。后来，被中央电视台改编为"电视散文"，多次播出，受到诸多读者与观众的交口赞誉。1990年9月，出访朝鲜，王充闾归来后创作《访朝诗抄》27首，散文《金刚山诗话》，刊载于《辽宁日报》。10月，去湖北沙市开会，乘舟游览了三峡、白帝城，归来写了散文《读三峡》，载《人民文学》。该文将山水与哲理、历史与情思、叙事与议论，熔为一炉。以空间的景物流动与时间追忆构筑出气韵生动的审美意象，将鲜活的人物和睿智的思考交织于历史的烽烟和江水的苍茫之中。文章将一个"读"字写活用神，它既作为散文的"文眼"，又演变为串联结构的线索，具有了转轴全文的功能。该文见出了王充闾散文构思的出类拔萃之处。

1991年10月"五彩城"全国散文大赛中，王充闾散文《长岛诗踪》荣获一等奖。此次评奖，冰心老人为顾问，著名前辈散文作家秦牧为评委会主任。评奖过程中，有的评委有所顾虑，担心评王充闾散文获奖会难免有"文以人重"之嫌。秦牧说，我们对参评文章取舍、轩轾的唯一标准，是其质量与水准，质量第一，质量唯一。只要标准达到了，就可以评，不管他是干部还是平民。评委经过严谨、认真的讨论评选，《长岛诗踪》获得一等奖。10月金秋，王充闾游了白洋淀，得七绝十四首《秋游白洋淀》，刊载于《光明日报》。11月，作家出版社出版了王充闾的第三本散文集《清风白水》，著名散文家郭风作序《自觉的文体意识》，后《人民日报》转载该文时，作者又写了《补充的话》。12月，访问苏联，恰值其解体。访问了俄罗斯的莫斯科、列宁格勒、伊尔库茨克，白俄罗斯的明斯克，乌克兰的基辅、雅尔塔，游览了贝加尔湖。由于地域的接近和历史的原因，王充闾对俄罗斯文艺有着特殊的亲近感，青年时代阅读过大量的俄罗斯批判现实主义的文学作品，对19世纪群星闪耀的俄罗斯作家心仪与倾倒。到了一个看似陌生却又熟悉的国度，王充闾抑制不住自己的对俄罗斯文学的回忆与联想，心神开启，收视旁听，积累了丰富的创作素材。回国后，他写出一组启迪情思，优美灵巧的散文佳作：《泪泉》《涅瓦大街》《樱桃园与黎明鸟》《湖问》以及组诗《域外行吟》。

1992 年春天，王充闾去云南参加艺术节，漫游了昆明、大理、西双版纳。创作散文《三道茶》与《西双版纳访书》，分别刊载于《解放日报》与《北京日报》，写作了组诗《滇行杂咏》。山水交融的人文心理和历史与美学对话的写作方式，使王充闾的散文足迹不断延伸，艺术上也逐渐获得评论界的认可与好评。《文艺报》先后刊登了著名评论家雷达、王必胜评论《清风白水》的文章。著名评论家、学者谢冕、阎钢、胡河清、丁亚平又先后在《当代作家评论》1992 年第 2 期、第 4 期和 1993 年第 4 期，载文评论《清风白水》，均从不同学理层面、审美角度，肯定了王充闾散文创作的艺术成就。由于《清风白水》产生了广泛的影响，王充闾也由一个东北地域的作家而赢得了全国许多读者的青睐。

1992 年 8 月王充闾在大西北留下了漫游的足迹，到了河西走廊、青海湖、塔尔寺和延安、西安等地，创作了散文《祁连雪》，刊载于《文艺报》。历史的厚重和地域的风情收揽于尺幅之中，史家的眼界和诗人的想象和谐地统一，一种历史文化散文的恢弘气度和奇思缅想的笔触语感喷薄而出。面对着历史的苍茫和浩瀚的大漠，王充闾诗兴大发，即兴吟咏《西北行》10 首。10 月 8 日，老一辈著名文艺理论家徐中玉先生在《人民日报》发表题为《如江上清风山间明月——读〈清风白水〉》的文章，对王充闾的散文给予极高的学术评价。

1993 年 1 月，王充闾有机会观赏异域南洋的山水风光。访问了新加坡、马来西亚、泰国，归途顺访香港。王充闾写作了异域风光散文《日近长安远》《马六甲纪游》《芭堤雅哀歌》《鳄鱼的悲喜剧》《湄南河上》等。分别载于《文艺报》《友报》等报刊。同年 2 月，辽宁大学出版社出版了王充闾的诗词集《鸿爪春泥》，诗坛耆宿臧克家题签、诗人吴欢章教授作序。5 月，王充闾游览菊花岛，兴致盎然，写了《情满菊花岛》一文，载 5 月 21 日《人民日报》，获"中国匹克"杯精短散文征文一等奖。5 月，沈阳出版社编辑出版一部当代散文大系，其中有《王充闾散文随笔选集》。鉴于王充闾在散文创作以及文化学术上的广泛影响，辽宁大学中文系、沈阳师范学院中文系聘其为客座教授。中国作家协会副主席冯牧以《书生本色 诗人襟怀》为题，著文评价《清风白水》，载《文学自由谈》1993 年第 2 期。此后，全国各地的众多学者、教授，如王向峰、张毓茂、蓝棣之、栾俊林、彭安定、王春容、颜翔林、章亚若等人，作家曾镇南、石英、李下、甘以雯、阿红等人，纷纷著文，对王充闾的散文予以高度的评价和肯定。

正当王充闾的散文之舟在风光旖旎的河流里乘兴漫游的时候，一块险恶的暗礁突然猛烈地撞击了它的肢体。1993 年 8 月，盛夏酷暑里，沉浸在写作愉悦里的王充闾经医院检查，诊断为初期肺癌。年轻时他曾经患过肺结核，想不到四十年后，病魔再一次光临自己的肺部。几乎将他一掌击倒。

王充闾在《疗疴心史》一文中追忆道：

过往几十年，朝朝暮暮，绷紧生命之弦，"拼命三郎"似的，奋斗、拼搏、磨练、积累，对于自己，总觉得不满足，总认为应该作出更多的贡献，取得更大的成功。而今，在毫无思想准备的情况下，突然遭遇致命的挫折、灭顶的风涛，面对着时时高悬的达摩克利斯之剑，蓦然感到一切希望与抱负都失去了可靠的依托，顿时由原来的壮怀激烈变成意冷心灰。一时间，困惑、忧郁、浮躁、压抑、焦虑、恐惧、失望、悲伤，铺天盖地般地涌来。大概偶然的东西一多，人们就容易陷入精神的误区，难免在科学与迷妄、必然与偶然、存在与虚无之间茫然却顾了。

然而，此时的王充闾并没有被病魔扼住命运的喉咙，在手术后的病房里，不顾医生、护士的劝阻，依然读书、思考。在夜深人静的病房里，朦胧的幻觉里，他梦见童年时早逝的姐姐、大哥、二哥，以及前些年辞世的慈爱双亲，还有孤傲的"魔怔"叔叔、一袭黑色的刘璧亭先生，私塾的茅舍窗前的合欢树的绿叶与粉红色的花朵，清脆和谐的风铃声响，沼泽里白鸟优游……他更多地参悟了"生与死"这一最高的哲学命题与美学命题：

佛教与禅宗常说，生死事大。宋儒批评说，"生死"放在一起论说，重点在"生"；连带说"死"是舍不得死。实际上，在重生、乐生方面，儒道释三家是大同小异的。庄子虽然讲了"死生惊惧不入乎其胸中"，但他也引述过古人畏死、讳死的故事：郑国有个神巫名叫季咸，能预知人的死生、存亡、祸福、寿夭，说的年月旬日非常准确，郑人见之，都远远避开。死亡意味着生命的终止，逃避死亡，这是人类永远解决不了的课题。七百多年前，成吉思汗西征凯旋归来，踌躇满志地说："直到如今我还没有遇到一个不能击败的敌手。我现在只希望征服死亡。"但是，这话出口不久，他就在清水县行营病死了。近代著名民主革命家黄兴，累建奇功，横绝一世，曾发出过"大丈夫当不为情死，不为病死，当手杀国仇以死"的豪迈誓言，可是，最后还是被病魔夺去了生命，年仅四十二岁。人类永远征服不了死亡，当然，死亡也同样战胜不了正义与真理。正如培根说的，死亡征服不了伟大的灵魂。人类心中有许多感情，其强度足以战胜死亡——敌忾压倒死亡，爱情蔑视死亡，荣誉感使人献身死亡，巨大的哀痛使人扑向死亡。唯有怯懦、自私，使人在还未死亡之前就先死了。

正是对于死亡深切的哲学领悟，尤其是儒家与道家的死亡观，使王充闾汲取了战胜病魔的勇气，获得了抗衡死亡的坚韧力量。正如日本当今哲学家今道友信所言："对于人来说，没有像死亡那样使人思考虚无的场所了。对自我来说，死是虚无最强烈的现象。正如虚无曾经使柏拉图和德谟克利特所惊惧的那样，死在他们那里，不，自古以来，就是一般哲学最正统的课题。思索存在的人，而且思索人的人，不能不思索死。"① 王充闾对于生与死的哲学了悟，使他从最初的心理压抑中解脱出来。在他的心灵深处，生命存在与山水同一的情感信仰，也帮助自己从疾病的痛苦之中超越出来。精神上的解脱，加之医治的对症及时，手术之后的王充闾竟然奇迹般地恢复了健康。也许是慈爱双亲的冥冥庇护，也许是过早夭折的姐姐、大哥、二哥为可爱的弟弟承载了上帝不公的厄运，也许塾师刘璧亭先生还有殷殷期待于这位衣钵弟子，也许是艺术之神体恤这位如此痴情于自我的散文高手，病魔悄然无声地隐遁了。医护人员迷惘于这个生命的奇迹，至今还难有一个确切的合理解释。生命在王充闾这位文学游子身上上

----

① ［日］今道友信等：《存在主义美学》，崔相录、王生平译，辽宁人民出版社 1987 年版，第 70 页。

演了一场奇幻的戏剧，也许是对于山水的热恋和对文学的倾心，帮助他跨越了人生的一个黑色台阶，从而步入一个柳暗花明的新天地。

大自然开悟与点化了王充闾的诗心与诗性，八年私塾的受业磨练使其踱入了汉语言的神秘玄奥的宫殿，观瞻它精致优美的结构形式和气象神韵，生命行状与情感体验又充盈了自我的心理积累。王充闾养就了作为一位诗人的"才胆识力"。从创作心理上考察，王充闾始终弥散着诗人的心性和气质，守护着诗意化的审美情趣与艺术冲动。首先，他总是以一种非功利化、非实证化的眼光看待世界与人生，往往超越现实语境、凭借一定的审美距离的视界来看待万象与自我。其次，他禀赋一颗对自然与人生敏感清澈的童心，始终以本真澄明的心性将自我生命融入自然，以同情关爱的目光体察人事物理。再次，他具有超人的梦幻激情和直觉思维，有一种穿透时空的想象力和领悟力，还有对艺术的狂热痴情和对美的永恒迷醉。最后，他有秋水游鱼、落花无言般的生命境界，一种返朴归真、天然去雕饰的人格气韵。正是这些要素，构成了王充闾的诗人气质和诗意人生。正像他沉迷于写诗填词一样，他的为人与为文也是诗意化的：本真淳厚而美善交融，既有青山碧野的凝重深邃，又有清风白水的空灵智慧。

王国维曾经将世界划分为"可信"之世界与"可爱"之世界，并提出"可信"与"可爱"的二律背反。在哲学上，他始终徘徊于两者之间。而笔者则以为，王充闾的为文与为人则消解了"可信"与"可爱"的矛盾，将这两个极难统一的世界，统一到自我的生命境界和诗文境界之中。就王充闾的散文而言，它无疑有诗意化的一面，属于"可爱"的范畴；另外，王充闾散文充满了哲理性的思辨和分析，又具有"可信"的因素。王充闾私塾开蒙，刘璧亭先生即注重对弟子的思与悟的启教，培养了王充闾爱好哲学的心性。几十年经久不衰，王充闾对哲学持有浓厚的兴趣，除了直觉的感悟与想象之外，就是喜好逻辑思辨。20世纪80年代后，王充闾又研读了众多的美学著述，进一步丰富了自己的理论储藏。在此基础上，他创作散文希冀将诗意与思辨达到融合。

作为一个有机整体的艺术文本，王充闾散文自始至终都将诗意与思辨、"可爱"与"可信"和谐完美地统一起来。而达到这两者的统一，绝非轻而易举，它需要才力与灵感、技巧与工具。王充闾将诗意与思辨在散文里糅合，一是依赖"结构"的帮助，他常常凭借精巧独到的剪裁构思，将理性与感性的不同构件、将抽象理念与情感符号，水乳交融地缝合在华彩纷呈的羽衫之中。二是选择"景物"的衬映，由于传统美学的"景情合一"的观念渗透于王充闾的内心，散文的义理、论说，无不在山水景物的烘托下展开，作者的主体思理往往也借助景物的隐喻与象征获得呈现。三是靠着"意象"的嫁接，王充闾散文素来重视"意象"的营造，它构成王充闾散文的一个特征。诗意与思辨的交融，其黏合剂就是散文中的审美意象，或者说，在意象的符号形式里，寄居了两者的存在。四是借助"修辞"的技法，王充闾散文讲究修辞与技巧，也正是凭借这些修辞与技巧，使诗性与逻辑、感觉与分析，不再表现出天然的间离，而是浑然一体。五是贯穿于"意识流动"与"情感逻辑"的气势张力。王充闾散文自由潇洒，甚得庄子散文的遗韵，充盈意识流的技巧，然而合乎情感与义理，存在一种气势和丝丝入扣的逻辑力量。因此，它使读者没有诗意与思辨相互分离、泾渭分明的感觉，而是感到两者之间很难有一条明显的界线。清人叶燮云："大凡人无才则心思不出，无胆则笔墨畏缩，无识则不能取舍，无力则不能自成一家。"① 正是诗意与思辨的两者素养与交融，为王充闾的"才胆识力"的艺术品质奠定了坚实的基石。

　　诗意与思辨相交融的人文心理结构，又使王充闾具有豁达超然的生命智慧与生存幽默，而这种智慧与幽默进而融会于散文创作之中。王充闾的生命智慧与生存幽默，首先体现于他能够超越知识形式与日常经验去领悟物象，和机械的逻辑判断保持一个适度的距离。如他的《青天一缕霞》《读三峡》《桐江波上一丝风》等文，粉碎了一般的经验和知识，给人以耳目一新之感觉。其次，追求情感与理趣的过程与间离，拒绝常见的真伪逻辑而走入一个亦幻亦真的"悬搁"境界。智慧往往不关注事物的结果和功利的目的，也无意过问"真"与"假"的区分。王充闾的诸多散文，即是如此。《梦雨潇潇沈氏园》的幻觉朦胧，《涅瓦大街》的疏离现实，《濠濮间想》的审美距离，《青山魂梦》的古今对话……使人们觉得，散文竟然可以这样写，竟然有如此醉人的魅力。最后，笔者认为，智慧醉心于"提问"，而知识沉迷于"回答"。王充闾艺术创作的精妙处之一，也在于眷注"提问"而省略"回答"，因此，他的散文可以称得上是"智慧

---

① （清）叶燮：《原诗·内篇》。

化散文"。

如散文《问世间，情为何物》，作者借用元好问的诗歌思路，以感人的故事悬念和奇异的审美意象去探求这个问题，步步深入，去追问"情为何物"，在最后，似乎可以解答这个问题的时候，作者出于意料地掉转笔锋，引录泰戈尔的话，仍然将这一问题，留下给读者以继续"提问"与"回答"的情感空间。王充闾众多散文，都潜心于提问而省略于回答。而"问"，其一是指向山水景物，考问"夕阳流水"；其二是指向历史存在，"叩问沧桑"；其三是追问圣哲先贤，"叩问诗仙"；其四是王充闾也在追问自我与读者，这种虚拟化的追问对象，放弃回答而只是将问题延伸得更为深刻与丰富。最后，智慧体现一定的幽默性和自我超越性。笔者认为，正是在散文境界里，王充闾的生命智慧与生存幽默得以获得沟通。王充闾的散文，呈现了哲学化的幽默，就是它的反思色彩和否定特性。《青山魂梦》揭示了一个深刻的矛盾、心理危机的李白，使人在会心的微笑中感悟到诗人生命中悲剧与喜剧相互交织的事实。《疗疴心史》，写自己病魔缠身，仍然保持一种旷达情绪："年轻时得过结核病，当时本已治愈，想不到三四十年后在原发病灶上又出了事。可怕的病魔竟然'江东子弟'卷土重来，结果，肺部挨了一刀。此后，我便由'五花教主'变成了'四叶亭侯'。"自我的超越精神，体现了积极的人生哲学态度。《忻州说艳》《细语邯郸》《春梦留痕》《濠濮间想》等篇，以对日常经验和世俗理念的否定姿态，揭示了深刻的生存哲学和旷达的生命态度，复现出历史人物的幽默情怀。王充闾的散文不是单向度的理性的沉重，而是在理性化的逻辑思辨的过程中，寄寓了丰富的哲学智慧和幽默，在一种轻松会心的微笑里，感悟到某种道理和禅机。

在当今散文作家中，王充闾无疑是将诗意、思辨、智慧和谐地综合于文学创作的代表者之一。由于哲学的底蕴，使他具有一种超越旷达的审美态度，一种否定性、疏离化的思维方式，善于发现事物的矛盾与现象的荒谬，揭示出内在的精神隐秘，因而使散文的思理往往具有独到的发现，能够洞鉴幽微之中的实质与真相，有时令读者滋生由衷的快感与笑意。笔者在研读王充闾散文的过程中，常常为之哲理的阐发所倾倒，更为幽默的态度所感染，在会心一笑中感受不可言喻的对话快乐。王充闾散文中所呈现出的幽默感使文本增添了理趣与机锋，美感与魅力，使阅读者也增加了欣赏的趣味和轻松。

1993 年末，王充闾病愈出院。经历了生命的一场劫难，他依然读书写作，以散文支撑着自我的生命存在。从病魔炼狱走出之后的王充闾，他的散文创作进入到了新的艺术境界。

1994 年文化艺术出版社将近年散见于各地报刊上的评论王充闾散文创作的文章收汇成集，编辑出版了《王充闾散文创作论集》。1994 年 6—7 月，王充闾出访美国。游览了旧金山、纽约、华盛顿、费城、洛杉矶等地，归来后，写作了异域题材的散文《旧金山掠影》《我漫步在纽约街头》《马背上的水手》《潘多拉的匣子》《从迪斯尼到好莱坞》《靓女新妆出镜心》《曼哈顿的西洋景》等，先后刊载于香港《大公报》与《鸭绿江》等刊物。8 月，王充闾赴呼和浩特访察、研讨晚清蒙古族作家尹湛纳希生平事迹。又赴抚顺、新宾考察了清代前期的几个都城，写出学术论文《努尔哈赤迁都探赜》，在 9 月举行的国际清史学术讨论会上做了报告，文载香港《大公报》，并收入《第七届中国暨国际清史讨论会论文集》。

10 月金秋，由中国作家协会会同辽宁省作家协会、春风文艺出版社，在北京召开"王充闾作品研讨会"。有三十余位知名评论家、学者、作家与会发言，对王充闾的散文创作给予充分的肯定与评价。住院医病的陈荒煤，专门写了长信，对《清风白水》予以热情的赞誉。新华社、《人民日报》、中央电视台、《文艺报》等新闻媒体均发布消息予以报道。11 月辽宁省作家协会与锦州师范学院在葫芦岛举行"王充闾创作道路研讨会"。会上，王充闾应聘为锦州师范学院中文系客座教授。

1995 年 1 月，春风文艺出版社出版了王充闾的散文集《春宽梦窄》，列为"布老虎丛书"之一。7 月又重印，共印行三万余册，深受读者喜爱。4 月，由辽宁大学、辽宁省作家协会、辽宁省诗词学会联合举办"王充闾诗词创作研讨会"，著名学者、美学家王向峰先生，以及诸多学者、教授、评论家，作了发言。会后，王向峰先生将与会者的发言文稿以及近年发表于各地报刊的评论文章汇编一册，题为《王充闾诗词创作论集》，由辽宁人民出版社于 1996 年 4 月出版。

1995 年 5 月 10 日，香港《大公报》"华夏俊彦"专栏，刊载长文《文蹊政径两驰名》，介绍了王充闾的创作和工作实绩，对其为文与为人均给予甚高的评价。这一年，也是王充闾的历史文化散文创作硕果累累的一年。《陈桥崖海须臾事》《赋到沧桑句便工》《人来燕赵易悲歌》三文，均陆续刊载于香港《大公报》，在海外产生了一定的反响。1996 年第 3 期《人民文学》转载了《陈桥崖海须臾事》。《土襄吟》《文明的征服》《狮山更比燕山高》《三江恋》等文，分别发表于《人民日报》、《散文》、香港《大公报》等报刊，在全国乃至海外，均产生了较大的影响。10 月金秋，在辽宁省第五次作家代表大会上，王充闾当选为辽宁省作家协会主席。省党代会后，他由省委转入省人大常委会工作，任省人大副主任、党组副书记。与以往相比，王充闾有了相对宽裕的时间，潜心于自己的散文世界。

第四节　清风白水的美学散文

20 世纪 90 年代的后几年，为王充闾散文创作的第四时期。这一时期的王充闾散文，形成了自我的艺术风格和独特的美学追求。尤其是历史文化散文的写作，在全国产生了极大的反响，赢得众多读者与批评家的高度评价。由于经常在香港《大公报》发表作品，该报也曾数次刊登介绍王充闾及其散文写作的文章，不少海外的华人读者也对王充闾的散文产生了浓厚的阅读兴趣。纵览这一阶段的王充闾散文，可谓是气象庄严，境界开阔，显露出大家风韵。创作技巧更为纯熟圆润，语言典雅冲淡，风格稳中求变。毫无疑问，王充闾已成为当今中国最优秀的散文作家之一。笔者有理由预测，王充闾的代表性的散文作品，必将成为 20 世纪或 21 世纪的中国散文的经典文本，从而在新中国的文学史上占据应有的一席之地。

进入 1996 年，王充闾散文创作成果丰硕，写出了不少佳作精品。1 月，香港三联书店出版了他的散文集《沧浪之水》。春节期间，应上海《作家报》约请，写了《诗意的居住》一文。为《名人和母亲的故事》一书，写了《母亲的心思》。1996 年第 4 期，《读书》杂志刊登了王充闾的《走向大自然》一文，在知识界产生了一定的影响。4 月，赴湖南张家界参加笔会。写了《生命的承诺》，载于《人民日报》，并被《散文选刊》1996 年第 12 期以头题转载。其间，写了对话体散文《面对历史的苍茫》，刊于 1996 年第 10 期《鸭绿江》。

1996 年之夏，王充闾游历山西，深厚的历史文化累积叩击其艺术心

扉，他创作了《战地子遗》《从太原城引出的话题》《忻州说艳》等系列
散文。长篇随笔《疗疴心史》于香港《大公报》6 月 26 日、27 日、28 日
分别连载。8 月，写了追忆往事的散文《天涯寻觅》。秋高气爽之际，去
宽甸天桥沟观赏枫叶，写《晓来谁染霜林醉》，刊于 12 月 3 日《人民日
报》。

金秋之际，由于王充闾在文学创作上的丰硕成果和艺术成就，被评为
国家一级作家。王充闾对于仕宦进退一向超然平淡，然而，对"一级作
家"的荣誉却心怀欣慰。因为，从潜意识的深层结构来看，他更属于一
位本色的文人，对于文艺与学术，他持有终生不渝的热恋情结。

精心结撰的长篇随笔《千古兴亡　百年悲笑　一时登览》，在 1997
年的香港《大公报》5 月 21 日、22 日、23 日连载。10 月末至 11 月，王
充闾赴海南开会，归途经安徽等地，写了《青山魂梦》《采石江边》《濠
濮间想》《八公山下吃豆腐》《说重道轻》等几篇精妙之作。分别刊载于
《文艺报》、《散文》（海外版）等报刊。年末，王充闾在京出席了第五次
中国作家代表大会，当选为大会主席团成员，并被选为中国作家协会全国
委员会委员、主席团委员。从北京归来不久，他被辽宁师范大学中文系聘
为客座教授。

1997 年 3 月初春，王充闾散文集《面对历史的苍茫》由辽宁教育出
版社出版，列为"书趣文丛"之一。该书出版后，在全国反响较大。许
多读者、评论家、学者，对其称道不已。

除了散文创作之外，王充闾还经常应邀参加一些学术活动，为大学的
本科生、研究生举行文史讲座。3 月，他应著名美学家王向峰先生之邀，
去辽宁大学中文系为研究生作了关于李白的学术报告，反映甚佳，赢得了
他们的普遍青睐。4 月，赴大连，为辽宁师范大学中文系、历史系研究生
作了题为《解读李白——兼谈中国"士"的命运》的学术讲座，使众多
莘莘学子刮目相看。他们钦佩这位散文作家所禀赋的敏锐精湛的学术眼
界、深厚扎实的文史功底以及飞扬流动的艺术才情，还有平易和蔼、淡泊
超然的生命襟怀。作为深孚众望的文化活动家、散文家，王充闾还经常应
邀为文朋诗友写序题诗，每逢有求，他均是热诚相待，尽量给别人一个满
意。他把对他人的关爱与帮助，引申为自我的内心愉悦。

1997 年之夏，由东北三省作家协会联合举办的每三年一度的"东北

文学奖"，评选王充闾散文集《春宽梦窄》为一等奖。此奖为东北地区权威的文学奖项，此次评奖集中检阅了 1992—1997 年散文与诗歌的创作成果。6 月 27 日，应《大连晚报》"下午茶"专栏之约，写了"命题"作文《下午茶》。虽说是"命题"，然而王充闾依然写得意趣横生，气韵飘然。7 月初，在"天心杯"全国诗词大赛中，王充闾的七绝《读书纪感》，获优秀作品奖。7 月中旬参加作家采风活动，赴盘锦访问，写散文《请君细问西流水》，反映盘锦的百年变化，刊载于 10 月 24 日香港《大公报》。8 月 7—10 日应邀出席在北京举行的由中国红楼梦学会、中国艺术研究院联合主办的"97'国际红楼梦学术研讨会"。返沈阳后，接受沈阳电视台采访，漫谈了散文创作的感受。8 月 16 日，参加了签名售书活动，为一百几十位读者签名了《清风白水》《春宽梦窄》两个集子。读者的真诚与热情，深深地感染了王充闾。他暗自思索，读者对于自己散文的喜爱，无疑使自己承担了一份写作责任，那就是不能辜负读者的期待，竭力写出更多更好的散文作品以回报读者。

　　初秋，由王充闾担任团长的中国作家协会南疆采风团一行九人，沿古丝绸之路漫游，此行，王充闾记日记、随笔甚多，积累了散文创作的素材。9 月 5 日，香港《大公报》刊载了王充闾《从容品味》一文，次日的《光明日报》副刊也转载了此文。不久，《散文》（海外版）刊载了长篇散文《青山魂梦》。该文为王充闾散文力作之一，才情横溢，诗意盎然，尤其是意识流技巧的时空转换，以幻觉为线索的叙事策略，使读者的欣赏心理获得了新颖的审美冲击。国庆节这天，香港《大公报》"文学版"刊载了王充闾散文《战地子遗》。10 月 14 日，王充闾以出版社顾问与作者的身份，参加辽宁人民出版社赴欧洲访问团，考察了德国、比利时、卢森堡、荷兰、法国、意大利等国，参观了许多历史文化的名胜古迹及其博物馆、美术馆、纪念馆等，记了大量的笔记随感。

　　11 月，中央电视台与沈阳电视台合作，围绕着王充闾的散文创作拍摄了三部专题文学片。其一：《云水胸襟与书生本色》，主要反映王充闾散文创作的思想与艺术成果。另外就《青天一缕霞》和《晓来谁染霜林醉》两篇散文，分别拍摄两部艺术欣赏短片。电视台主创人员邀请了著名作家郭风、著名学者徐中玉先生和王向峰先生，对王充闾散文的创作成果和美学价值进行评说。三部电视片分别于 1998 年春节前后，在中央电视台和沈阳电视台播出。后两部文学欣赏短片，在全国电视评比中，分别获得金奖与银奖。深圳的《特区文学》第 6 期，刊载了王充闾散文专辑，《爱的悲歌》《战地孑遗》《千古兴亡　百年悲笑　一时登览》三篇文章。《山西文学》刊登了《忻州说艳》一文。

1998 年之春，散文集《春宽梦窄》荣获中国作家协会"鲁迅文学奖"1995—1996 年度优秀散文奖。这一奖项，标志着文学界对王充闾散文的价值评判，获奖本身对于王充闾并不重要，然而，它毕竟是对作者几十年辛勤笔耕的情感慰藉。2 月，《散文选刊》约请"鲁迅文学奖"得主各提供一篇散文和一篇谈创作体会的文章，王充闾选了《土囊吟》与《生命还乡的欣慰》。3 月初春，王充闾沉浸在追忆往事的情感湖泊里，以整整一周的时间，写出了《青灯有味忆儿时》《鹧鸪的苦境》《人过中年》三篇散文。3 月 2 日，由王充闾编写的《诗性智慧——中国古代哲理诗选注》脱稿，共 15 万余字。辽宁师范大学张晶教授作序。

1998—1999 年，王充闾写作了不少散文精品。后来收入《沧桑无语》的多篇文章，均为这一时期的创作。1999 年 7 月，王充闾散文集《沧桑无语》在上海东方出版中心出版。"全书以雄浑沉着的绘景笔致，开拓山水之间的历史意蕴，将零编片简、断瓦残碑装订成新的史册；在敏锐的思辨之中，以冷隽深邃的史家目光审视存在的价值，诠释人生哲理意趣，体验审美情境。""注重诗性、理趣与历史感的有机结合，充溢着作者对人类命运的社会文明进步的感喟与关切，思想性与学术性兼备。"① 这一评介颇为中肯切实。

21 世纪以来的十余年，步入老年的王充闾，创作活力旺盛，老树新花，散文创作进入新的境界。陆续出版了《龙墩上的悖论》、《事是风云人是月》（上下册）、《逍遥游：庄子传》、《张学良人格图谱》、《域外集》等散文集，集中地代表了作家的新的创作历程，标志着王充闾的散文步入到思想与艺术卓荦超越的成熟晚年境界。

1. 历史与美学的对话

"历史与美学的对话"是我们对王充闾散文的总体界定，也为本人最一般性质的看法。王充闾散文为美学化的散文，诗意化的散文。因为他的

---

① 参见《沧桑无语》"内容提要"，东方出版中心 1999 年版。

散文，交融美学的理趣，闪烁美学的机智，贯穿美学的情怀，流连美学的眼光，审美成为作者的偶像崇拜和不解情结，他把审美追求看作近乎宗教化的精神活动，引申生命存在的最高境界。同时，他把对于历史的追忆和想象，交融到自我的审美活动过程，并以美学的眼界去审视历史和品评人物。这样美学与历史在他的艺术世界里就获得了精神的关联。在此种基础上，王充闾的散文，既有空灵飘逸的思理、冷静超脱的情感，又有精巧潇洒的结构、典雅隽永的叙述，承袭中国古代散文的众多优良传统，尤其是领悟到了庄子散文的某些真谛，而又能自创一格，脱胎换骨，使散文具备了思想与形式双重的美感，最终诞生自我的艺术风格。《面对历史的苍茫》《沧桑无语》《事是风云人是月》《龙墩上的悖论》《庄子传》《张学良人格图谱》《域外集》等，将历史与美学的对话艺术特征提升到当今文化散文的新境界。

2. 诗意与思辨的交融

王充闾的散文空灵飘逸，以诗意思维和审美思维洞鉴历史，诗意地思，诗意地言，并且能够超越情感之累，以空灵冷静的历史理性领悟历史人物和历史事物，从而获得对历史的新的文化语境的阐释。文本弥散着诗人的气质和情怀，充溢着哲学心灵的独白与叩问，交织着诗与思的对话。《清风白水》《春宽梦窄》《庄子传》这几个集子里的诸多篇目，可以看作是诗意与思辨的典型之作。从具体层面看，王充闾在个人的学养上，自幼熟读古典诗词曲赋，造诣深湛。从小在大自然中长大，对山水景观抱有深厚的依恋情怀。他酷爱哲学、美学、历史，喜好思辨，长于想象。此种心灵结构潜心于散文创作，诗意与思辨水乳交融，和谐地呈现在艺术文本之中。

3. 智慧与幽默的辉映

王充闾散文的哲学与美学的底蕴，使其禀赋了深邃的生命智慧，而这种生命智慧熔铸到对历史、对人物、对山水、对事变的体悟、描摹、诠释之中，诞生一种超越旷达、冷隽幽默的审美趣味。王充闾的散文，超越了一般的知识形式和日常经验，而以直观的领悟和超常的悟觉，对人生与历史进行富有想象力的理解和运思，常常有独到的发现，往往给人以正觉智慧的开启。作者对于儒道释乃至西方哲学、美学等思潮的借鉴，更使散文具有一种疏离功利、超脱世俗的人生体验，令字里行间、笔墨文气充溢着纵览万象、不拘琐屑的哲学智慧。与此相关，文本诞生出幽默的情味，使人从拈花微笑的散文意境中，获得思的启迪与诗的感奋。所以，阅读王充闾的散文，读者心理上绝不是单纯的理性痛苦和精神负重，而是精神的超脱和压抑的释放，在情感的通达中获得生命智慧的生成，在会心微笑中得到哲学意味的心灵升华。《寂寞濠梁》《青山魂梦》《邯郸道上》《春梦留痕》《桐江波上一丝风》等篇目，可谓是智慧与幽默的经典之作。

4. 联想与梦幻的编织

王充闾散文一个独特的美学风景即是，他将自由联想和意识流动巧妙地结合起来，将庄子散文的"汪洋辟阖，仪态万方"[1] 遗韵进一步发扬振荡，以主体的直觉体验展现物象与事理。娴熟地采用白日梦幻的技法，进一步将联想空间拓展，使某些文本产生朦胧空灵的美感。著名美学家王向峰先生认为，王充闾散文存在着"梦幻情结"，可谓慧目所见。以具体的例证来说，如果《青天一缕霞》可以看作是联想的杰作，那么《梦雨潇潇沈氏园》则可以认为是梦幻的精品。前者以奇特的自由联想，极巧妙地将云霞与萧红联系起来，以云的变幻勾勒出天才女作家的悲剧人生；后者凭借自我的梦幻走入陆游诗歌的梦幻世界里，实行超越古今的梦幻对接，从而写出伤情千古的爱情悲剧。此类的文本在王充闾的散文里可谓是俯拾即是。联想与梦幻构成其散文的一个显著特征。

5. 空间写时间的技法

时间与空间的自由潇洒的切换，有如电影的"蒙太奇"或当今的电视制作的某些方法。这也是王充闾散文的一道风景。笔者感觉到，这主要归因王充闾以空间写时间的技法。尤其是他的历史文化散文，他擅长于以地域写历史，以景物写心理，依赖着主体的独特敏锐的想象力和领悟力，摹写地域空间的位移而呈现历史时间的变迁，从而揭橥历史表象之下的鲜活生命。典型的空间写时间的篇目，诸如《狮山史影》《桐江波上一丝风》《存在与虚无》《陈桥涯海须臾事》《采石江边》《忻州说艳》等，洒脱巧妙的时空切换使读者犹如观赏一部现代的电影佳作，蒙太奇手法令人赏心悦目，不禁破案叫绝。尤其是作者以地域展开想象，从而牵引漫长的

---

① 鲁迅：《汉文学史纲要》。

历史时间和人物故事，其间又贯穿以思理的逻辑和情感的判断，形成有机的艺术整体，丝毫没有破碎与切割的痕迹。

6. 故事与假设的穿插

"讲故事"是庄子散文的"美学商标"或"艺术专利"之一，作为庄子哲学的渴慕者与景仰者，王充闾在有意无意之间借鉴这位圣哲"讲故事"的高超本事。王充闾散文常常穿插着悲剧或喜剧、真实或虚拟的故事，以叙述故事寄寓哲理和情感。尤其是某些"假设"的故事，无疑是借鉴了庄子"寓言"策略，它重在提问与启思，而不留心于解答与说教。王充闾的讲故事，还有一个特点，那就是以客观叙事为主，主观叙事为辅。他往往不动声色地讲故事，寓褒贬于叙事之中。其次，叙事过程中，作者往往处于隐蔽的地位，一般不出场，和故事本身保留一定的情感距离。有时候保留一些故事元素，留给读者以想象的天地。有时候，在讲故事过程中，作者和人物情感共鸣，但又有所节制，以冷静的理性态度对历史进行客观评价。

7. 有情与无情的差异

笔者曾从怀疑论美学的视界对"艺术表情说"推出"存疑"与"悬搁"，认为超一流的艺术作品应该徘徊于"有情"与"无情"之间，[①] 只有超越情感遮蔽的艺术家才有可能成为优秀的艺术家。如前所论，王充闾散文既能抒发情感，又能节制情感，更多将内在的情感寄寓到山水景物之中，使传统美学的"景情合一"理论进一步渗透到自我的艺术实践。王充闾散文的情感处理，暗合庄子哲学的心灵境界，那就是以审美的态度，与情感保持适度的距离。王充闾的散文，既不以理性或概念淹没情感，也不以情感的宣泄或煽动赢得读者，而始终将情感寄寓于叙事与写景的过程中，以一种客观冷静的情感从事艺术构思。所谓无情处便是至情，用于王充闾的散文甚为契合。另外，王充闾的情感处理，往往不以自我的情绪作为叙事焦点，他将个人化的情感尽量降低，而追求具有人类普遍意义的情感，也就是将"小我"之情融入"大我"之情，使艺术文本中的情感更具有普遍性和超越意义。

---

① 颜翔林：《论美非情感》，《美学》1999 年第 1 期。

8. 典雅与冲淡的语言

判定一个作家是否达到美学与艺术的较高境界，标准之一就是看其艺术文本的语言是否具有自我的风格，是否形成自我的独特"话语"。在当今中国的文学园地里，王充闾散文以其典雅醇厚与冲淡空灵和谐糅合的语言独树一帜。一方面，由于受的传统文化的长期熏陶，王充闾散文语言汲取了古典文学的语言影响，借鉴了古典文学的修辞技巧，诸如双声叠韵、对仗对偶、象征隐喻等，具有了深邃敏锐的汉语语感，擅长于语言的意象格调的建构。也由于创作主体的文化心理结构的深沉睿智，使其文体的语言表述具有了醇厚绵密的风味。另一方面，充盈着诗人的气质和灵感，也由于对大自然亲和的审美体验，王充闾对于语言的感悟是灵敏与鲜活的，尤其是 20 世纪 90 年代后期的散文语言，自然无雕，清水芙蓉，冲淡而空灵的语言风格成为其艺术魅力的一部分。另外，由于对哲学与美学酷爱，擅长思辨，王充闾的散文文本的语言也带有浓烈的哲思色彩，充盈着哲理散文的风格。然而，这种哲理化的语言，由于和故事的叙述和景物的描摹结合在一起，因而没有概念化和抽象化的弊端，令人读者易于接受。

9. 古典与现代的感怀

"王充闾现象"像一块古典的化石，出现在当今后现代的语境中，他的精神人格、人文心理的脚迹还留存在古典的门槛里，历史情结主宰了他的思维方式和话语内容。他的艺术文本与他的主体心性，同样浸润在古典情怀的诗意之中。王充闾散文因此弥散着浓烈的古典情怀。因此，对历史的追忆与感怀，对消逝了文明和衰微了的人文精神的渴慕，成为王充闾文本舞台的主角。与此相关，怀旧情结和回忆童心，诞生了王充闾散文的审美意境之一。然而，王充闾毕竟生存在现代历史文化的语境里，他的意识形态、思维方式、心理结构，打上了现代文化的烙印，他也接纳了克罗齐"一切历史均是当代史"的观点，因此，王充闾散文渗透了当代语境里的思维与观念，但是，这种思维与观念，具有个体存在的自主性与创造性。在这个理论意义上，笔者以为，王充闾散文是古典与现代两种心性相统一的审美感怀。

10. 守望与超越的文心

童年时代的王充闾养成了对文学的痴迷情怀，在生命历程里，他与文艺结下了不解的情缘，仕宦的履历也没有冲淡他对于文学的兴趣，本能的诱惑无法抵御对散文的痴情。退居二线后，更是"华发回头认本根"，老骥伏枥，志在千里。在当今功利主义成为主流话语的历史时间，像王充闾这样固守着文学这块逐渐荒芜的精神家园的存在者日渐稀少。因此，王充闾现象具有悲剧化抗争的意义。王充闾将写作散文看作自我生命的最高存在方式，对于散文的热恋，构成他生命的最高意义与最高价值，一种信仰的灼热和宗教般的虔诚升腾在他童心依旧的襟怀里……对于散文的爱，使他失去了很多很多的生命中应有的欢乐和享受，然而他丝毫不后悔今生的选择。散文，成为王充闾生命的根基，一个梦幻般的精神家园，一个审美的终极地带，一个神话的不朽世界，一个永恒的爱慕女神，一个无限幸福的感受……王充闾是将所有的生命之爱都奉献给了散文，正因为此，深深地感动了笔者，在潜心研究美学、文艺学的同时，断续二十余年细心研读王充闾的散文，在《文学评论》《当代作家评论》《中国文学研究》等刊物发表文章，对王充闾的散文予以评论。以断续十余年的时间，写作这本专著。

　　王充闾对于散文的守望，还带有一种积极的姿态，那就是他不间断地挑战自我和超越自我的艺术精神。许多读者和评论家都发现，王充闾散文创作的踪迹逐步攀升，创作水准不断提高，延伸到新的审美境界，时至今日，王充闾已步入了散文名家的行列。然而，王充闾在保留原有艺术风格的基础上，不断变法求新，散文意境与笔墨常常出现新的审美追求，令读者不断有新颖的阅读享受，尽量不重复自我，构成了王充闾散文的美学理念之一。从《沧桑无语》到《何处是归程》，再到《龙墩上的悖论》《庄子传》《域外集》《事是风云人是月》，标志着自我超越的显著成功。王充闾散文的步履依然充满着生命的活力和激情，我们期待它栖居在"清风白水"澄明境界，走向一个个新的春梦……

　　柳荫絮语，鸿爪春泥，春宽梦窄，清风白水，历史苍茫，沧桑无语，流光系缆……它们是清空而敏感的文学心灵的惊鸿一瞥，是寻求古典遗梦的艺术目光的瞬间而永恒的审美印象，也是来自大自然的森林之子的澄明童心的踪迹……它们回荡着私塾茅舍的屋檐下的风铃声响和闪映着合欢树朦胧的碧影，追忆着历史和现实的诗意与美感、梦想与渴望……这就是王充闾散文世界给我们的印象……

第 十 三 章

美学解读

王充闾的散文从题材上划分，一是历史文化散文，二是追忆往事散文，三是域外游记散文。他的散文在全国乃至海外产生广泛的社会影响，受到许多文艺理论家和评论家的高度赞誉，尤其是广大读者的青睐。王充闾先生的散文，在审美风格、题材选择和艺术表现上具有独特的趣味，充分呈现作家深邃旷达的哲思与智慧，飘逸空灵的诗意与才情。创作主体的童心和机趣，率真和良知，以及超越世俗和意识形态的人本主义精神，特别是作家的古典主义情怀和审美趣味，给予文本以丰富多样的结构之美。

第一节　美在结构之中

语言泡沫和思想碎片已经成为当今散文写作的流俗景观，议论压倒了美感，概念或理念已经取代技巧和叙事，矫情的虚构和拜占庭式的夸张占据了散文的中心位置，还有材料堆砌和旁征博引的知识炫耀成为一部分知识分子散文写作的传染病。一个关键的问题是，当今散文写作，许多散文家已经不在瞩目或者没有能力眷注结构的美感和技巧，他们更推崇语言游戏和发泄过剩的情感。值得庆幸的是，还有少部分散文家在潜心文本意义的表达和哲理探索的同时，孜孜不倦地寻求写作的唯美性，醉心于文本美感呈现追求，结构和技巧的修辞方法。这种看似追求形式化的写作策略，却隐藏着一个关键性的美学问题：文学的价值不仅仅取决于文本的主体意识和心理情绪的象征性表达，也不仅仅决定于审美符号的隐喻和意识形态的阐述，一个重要的因素在于，判断文学性文本的美学价值的根本性依据之一，它的结构巧妙和形式化的美感如何。其实，从亚里士多德的《诗学》就论述悲剧结构的完整、统一和有机感，许多西方美学史上的重要理论，一直至结构主义都从不同视角强调文本结构的优先地位。

王充闾的散文写作被关注和评论是一个值得庆幸的事件，多年沉醉散文世界的作家终于被批评家和众多读者认同和喜爱，这是一个有意味的象征，一方面文学还固执而顽强地坚守着自己的领域；另一方面，理论和阅读这两个领域都还关注那些寂寞的审美边缘和孤独的心灵世界。王充闾先生的写作人生证明，他在本性上，是一个散文家，换言之，这是一个为散文写作而生的生命个体，他的散文是美学的散文，而注重结构之美感构成了他写作生涯的不懈渴求。王充闾的散文不以吉光片羽的碎片写作见长，也不依赖矫揉造作的语言夸张和哗众取宠与耸人听闻的过激议论笼络接受者，文本中寄寓的宁静如水的思，柔和如晨风夕月的情愫，典雅自然而从容洒脱的话语表达，平等自由的对话方式，如淅沥春雨和清澈秋水渐渐地渗透到阅读者的心灵田园，一种自然而然的心会神往，令人在不知不觉之中感受到作者和文本的亲切睿智和澄明通透，还有他童心犹在的纯真和年长者的生命智慧，以及追忆年华的感伤和对于荒谬历史的吊诡与独到之评判，都令作家的散文弥散一种摄取人心的魅力和气味。一言以蔽之，美在结构之中。王充闾散文的魅力之一，在于文本精巧独到的结构，取决机心和智慧、文思和才情相互交融的美妙布局。

"结构的眼睛"构成王充闾散文第一个的审美意象。"结构的眼睛"在这里是一个隐喻性的表达，它意在言说，王充闾散文文本的结构，服从一个构思与立意、叙述和表达的策略、方法、技巧的目的性，它体现一种智慧性的写作机心，藏匿着作家的艺术独创性和审美选择。

《桐江波上一丝风》显露了恢弘的气度和深邃的思理，娴熟地运用空间写时间和时空交错的手法，截取富春江"夹岸高山，皆生寒树；负势竞上，互相轩邈，争高直指，千百成峰"的奇丽景致，然后从地域切入历史与文化，将著名隐士严子陵作为焦点人物，由此牵引出历史上诸多隐士，以戏剧主角为中心和群像展览相辅助的方式，深入探索了中国历史上的隐逸现象，揭示了隐逸文化的独特魅力和深刻内蕴。对于隐士和隐逸文化的专门探讨文章大多乏善可陈，而该文的独到之处在于，注重对于隐逸现象的社会历史原因的整体探索，尤其是对于隐士的人格分析和深层心理的细致探询，在同类散文中可谓出类拔萃。作者借鉴了传统戏曲和绘画的技巧，写了性格与环境的冲突，悬念与突转的精巧处理，泼墨写意和白描勾勒的交替使用，光线色调和山水景物的相映烘托，等等。散文犹如古典戏曲一样扣人心弦，又像水墨长卷一般引人注目。尤其对于隐士心灵隐秘的剖析，令人击节称道。

《春梦留痕》，以楹联与诗词巧妙地串联起文章，使文中见诗，诗扣文意，凭借这些楹联与诗词所勾画的心灵踪迹，再以富有想象力的散文笔触重现一代文豪的风采，令当今读者似乎追寻到苏轼流放海南儋州的往昔画卷。诸如："图成石壁奇观，戴雨笠，披烟蓑，在当年缓步田间，只行吾素；塑出庐山真面，偕佳儿，对良友，至今日端拱座上，弥系人思。""烟景迷离，无搅梦钟声，尽许先生美睡；风流跌荡，有恋头笠影，且招多士酣游。""北宋负孤忠，春梦一场，忘却翰林真富贵；南荒留雅化，清风百世，辟开瘴海大文章。""公来三载居儋，辟开海外文明，从此秋鸿留有爪；我拜千年遗像，仿佛翰林富贵，何曾春梦了无痕？"作者运用了"小说笔法"，以同一人物的矛盾对照和不同人物的风范类比，虚实相间，腾挪转移，写活了前后产生巨大情感反差的苏轼，还原了一个流放荒蛮之地"完全与黎民百姓融为一体，换黎装，说黎语，甘愿'化为黎母民'，既不居高临下，也不做生活的旁观者，而是像他自己所说的：'我本儋耳民，流落西蜀间'，索性以本地群众一员的身份出现"的诗人。作者以"春梦留痕"的笔法，虚实相生的散文技法，凭借自我的诗性领悟复现了一个早已消逝但又鲜活存在的文化巨匠，揭示他由"临民""恩赐"的心态转变为与民一体的心灵轨迹，使原本悲剧性的情致转换为一种超脱宁静的审美意境，写出了一个诗人的诗意化的人生。诗人流放儋州的生活，既是戏剧性的，又是诗意盎然的，以悲剧开场，却以喜剧化的方式结尾。王充闾散文写活了为一般读者所陌生的苏轼，因为具有极富想象力的诗人情怀，以诗意体悟呈现了一个充满激情和智慧的生命空间，在这个空间，栖居着一个永恒的诗人。

文学创作难题之一，是如何将耳熟能详的题材写出新的境界和新的意象，激发接受者的审美知觉和心理体验，当然，这也考量作家才情和灵性的一个尺规。王充闾先生以少帅张学良为主角的散文《人生几度秋凉》，能够独辟蹊径，慧眼穿尘。一是在写法上以夏威夷的威基基海滩三个串联的画面，勾勒出周身沾染历史尘埃的世纪老人张学良的一生沧桑，借用类似蒙太奇的镜头，以三个美丽而感伤的夏威夷海滩的黄昏为背景作底色，作家妙笔生花，轻盈腾挪地勾画出将军闪烁传奇色彩的刚正、悲剧的生命轨迹，点染其忠义倔强、率真仁爱的秉性。文本犹如传统的泼墨写意，回肠荡气，笔墨淋漓，读之令人手不忍释卷，感慨不已。二是文思上也独行理路，以一连串命意奇特的假设，提出对于历史和人物的双重疑问，暗藏着多种可能性的历史吊诡和命运玄机。这一节文字，哲理和禅机俱现，颇有些古典怀疑论者的遗风。三是对于人物的心理分析也有一己之见："他同一般政治家的显著区别，是率真、粗犷，人情味浓；情可见心，不假雕饰，无遮拦、无保留的坦诚。这些都源于天性，反映出一种人生境界。大概只有心地光明、自信自足的智者、仁人，才能修炼到这种地步。"整篇文章一气呵成，结构上巧妙编织和思理的不落言筌，的确令人钦佩，因此，该篇散文 2010 年获得全国的散文大奖也是实至名归。《人生几度秋凉》的结构方式，可谓是类似现象学的"看"的方法：一方面是以视觉的眼睛进行"还原直观"，以三个秋凉的黄昏为审美媒介，纵览少帅的百年人生，体察历史的神秘和偶然。另一方面，是以心灵的慧眼去"本质直观"，领悟生命主体的强力意志、爱的激情、仁的力量、智的空灵和信念的轮回。该文叙事结构的活脱精巧和运思结构的飞扬飘逸形成美妙的双峰对峙。这也许是迄今为止写少帅散文中最为传神和最见美感的篇目。

李白更是一个被后世文本和话语写得太多和说得太多的天才诗人，而王充闾的《青山魂梦》以"两个李白"的对比性结构，给我们摹写出两个各自个性鲜明、存在精神差异的李白：一个是生性浪漫、诗意存在的李白，一个是刻意从政、现实存在的李白："历史很会开玩笑，生生把一个完整的李白劈成了两半：一半是，志不在于为诗为文，最后竟以诗仙、文豪名垂万古，攀上荣誉的巅峰；而另一半是，醒里梦里，时时想着登龙入仕，却坎坷一世，落拓穷途，不断跌入谷底。"文本紧紧扣住精神存在鲜明反差却又融为一体的李白，以两种差异性的心理结构作为文本结构的逻辑起点和审美理由，让我们感受和审视到和以往阐释迥然不同的李白，给读者一个接受的陌生化和审美惊异的体验。这不能不归结为作家富有创造力的构思和可贵的结构篇章的才智。诸如此类的篇目，如《春宽梦窄》《回头几度风花》《清风白水》《寂寞濠梁》《碗花糕》《存在与虚无》《雪域情缘》《陈桥涯海须臾事》等，都以精巧的结构方式呈现给阅读者纯净透明的美感。

"结构的肌理"是王充闾散文文本的另一个美学特色。翁方纲诗法论云:"法之立也,有立乎其先,立乎其中者,此法之正本探原也。有立乎其节目,立乎其肌理界缝者,此法之穷形尽变也。"[①] 他这里的"肌理"强调文学写作,"从立意到结构、造句、用字、辨音,从分宾主、分虚实到蓄势、突出重点、前后照应等都要讲究。"[②] 我们此处的"肌理"概念,显然要宽泛于翁氏的界定,它趋向于文本结构的和谐和匀称,匠心独运又自然天成,呈现有机统一性。之所以将王充闾的散文言说为"美学化的散文",结构的肌理性是一个重要的缘由。

域外散文的代表作之一《涅瓦大街》,以意识流的自由联想巧妙地在文本中出场一个个已经成为历史晶体的天才作家:

> 正是这种浓重的艺术氛围,使我漫步在涅瓦大街时忽然产生一种幻觉:仿佛十九世纪上半叶活跃在这里的俄国作家群,今天又陆续复现在大街上。看,那位体态发胖、步履蹒跚的老人,不正是大作家克雷洛夫吗?他是从华西里岛上走过来的,他喜欢花岗岩铺就的涅瓦河岸,喜欢笔直的涅瓦大街和开阔的皇官广场。在他后面,著名的浪漫主义茹柯夫斯基不紧不慢地踱着方步,仿佛正在吟咏着他那把感情和心绪加以人格化的诗章:"这里,有着忧郁的回忆;/这里,向尘埃低垂着沉思的头颅。/回忆带着永不改变的幻想,/谈论着业已不复存在的往事。"那个匆匆走过来的穿着军装的青年,该是优秀的年轻诗人莱蒙托夫吧?是的,正是。他出身贵族,担任军职,自幼受过良好的教育,经常出入于上流社会的沙龙和舞场,但他同沙皇、贵族却始终格格不入……别林斯基也是涅瓦大街上常客。他个头不高,背显微驼,略带羞涩的面孔上闪着一双浅蓝色的美丽的眼睛,瞳孔深处迸发出金色的光芒。他是君主、教会、农奴制的无情的轰击者,他激情澎湃地为反对社会不平等而奋争。当然,最了解"彼得堡角落"里下层民众疾苦的,能够用"阁楼和地下室居住者"的眼睛、用饥饿者

---

① (清)翁方纲:《复初斋文集》之八。
② 周振甫:《诗词例话》,中国青年出版社 1979 年版,第 409 页。

的眼睛来观察涅瓦大街的，还要首推革命民主主义诗人涅克拉索夫。他亲身经历过城市贫民的悲惨生活，在寒风凛冽的涅瓦大街上，他穿不上大衣，只在上衣外面围了一条旧围巾；为了不致饿死，他在街头干过各种小工、杂活。1847 年，他写了一首描写城市生活的著名诗篇——《夜里，我奔驰在黑暗的大街上》……

在涅瓦大街旁，矗立着一列庞大的建筑，背后却是一个个拥挤不堪的小院落、小客栈。清晨，小公务员、小手艺人、小商贩们鱼贯而出，向涅瓦大街走来。就中有一个二十岁开外的青年，脸刮得净光，头发剪得很齐，穿着一件短短的燕尾服，看去颇像一只翘着尾巴的小公鸡。这就是果戈理……他浏览着涅瓦大街的繁华市面，仔细观察过往的行人，情绪在不断地变化着，时而兴奋，时而消沉，时而忧伤，而最令他欢愉的莫过于在涅瓦大街上邂逅普希金了。他们谈得十分投机，有时竟忘了饥肠辘辘。他比普希金整整小了十岁，自 1831 年相识之后，二人便成了莫逆之交。他常说："我的一切优良的东西都应该归功于普希金。是他帮助我驱散了晦暗，迎来了光明。"

散文的结构方式精妙绝伦，充盈激情与灵感，颇有点契合柏拉图所声称的艺术创作是神灵附体、从而令诗人获得灵感和迷狂的理论。[①] 柏拉图的这一说法，固然在实证意义上不免存在荒谬的成分。然而，它毕竟揭示了艺术创作过程中的主体的心理体验所释放的积极功能。《涅瓦大街》无疑隐含着灵感和迷狂的心理体验，这就是作者的"幻想的白日梦"所产生的意识流动和情感漫游，而且毫无做作和矫情的因素，一切显得既合理又自然，使读者明白地知道这是"虚拟的想象"和"幻觉的假设"，然而又不得不沉醉在由作家所虚构的情境中，随着作者的意识流动走入遥远而亲切、熟悉而陌生的异域世界和人物内心。这个虚拟的"白日梦"，包含着作者对俄罗斯文化的亲近感，闪烁着作者对逝去的文学巨匠的怀念与追忆，以及对历史与文明的哲学思考。因此，这种"幻想的白日梦"不单纯是非理性性质的，也不是纯粹无意识的感性结果，而是将幻想与理性、直觉与逻辑、梦境与现实、虚拟与历史有机和谐地统一于艺术文本之中。

---

① ［古希腊］柏拉图：《文艺对话集》，朱光潜译，人民文学出版社 1963 年版，第 8 页。

这种散文笔法和结构策略，无疑代表了王充闾散文创作的新的走向。

历史文化的名篇之一《叩问沧桑》，笔墨跳跃伴随着意识的节律运动，时间流逝隐喻着历史变迁，作者将地域和历史交织在散文的文本之中，以联想与对比的艺术笔法，将古罗马与洛阳城进行了相似和差异的双重对比，借用北宋大政治家、著名史学家司马光的"若问古今兴废事，请君只看洛阳城"的诗句，作为"旧时月色"的隐喻和文笔的线索，同时内化为文本的肌理和有机结构。作者以简练的线条勾勒出与洛阳地域有关的历史沧桑，以《麦秀》《黍离》的古诗和"铜驼荆棘"的预言，寄托着抚今追昔、凭吊兴亡的情感。借用元人宋无诗句"不信铜驼荆棘里，百年前是五侯家"，隐喻历史的沧桑变化。文章一方面以散点透视的方式，粗线条地概括了历史全景，给人以整体感和全面感；另一方面，又以特写聚焦的技法，浓墨重彩、工笔细刻，侧重于魏晋时期的历史文化的现象探索，凸显了局部的历史和个别的人物，点彩于"八王之乱"和"魏晋风度"这两个具有特殊历史意义和美学价值的现象。完好地将面与点、全景与局部结合起来，显现了作者善于结构的艺术才能。

文章巧妙采用了传统散文的"登临四望"的方法，展开对历史兴废之道的探究。吴质云："然观地形，察土宜。西带恒山，连冈平代。北邻柏人，乃高帝之所忌也；重以泜水，渐渍疆宇，喟然叹息，思淮阴之奇谲，亮成安之失策。南望邯郸，想廉蔺之风；东接巨鹿，存李齐之流。"[1]《全晋文》卷一三四习凿齿《与桓秘书》云："西望隆中，想卧龙之吟；东眺白沙，思凤雏之声；北临樊墟，存邓老之高；南眷城邑，怀羊公之风；纵目檀溪，念崔徐之友；肆眺鱼梁，追二德之远。"枚乘《七发》已有"南望荆山，北望汝海，左江右湖，其乐无穷"之言。时间和空间的自然交错方法，成为文本的基本结构方式，构成散文的充满弹性和柔韧感的肌理。

"结构的色彩"是王充闾散文文本的第三个美学特征。在一般意义上，结构可以采取空间和时间、物质和心理、数学和化学等逻辑形式进行分类与描述。在文学领域，结构涉及语言、文法、修辞、篇章、内容、形式、情感、叙事等方面。就王充闾散文的结构而言，体现时间和空间及其

---

[1] （魏）吴质：《在元城与魏太子笺》。

相统一的结构技法，内容和形式相交融的结构策略，呈现结构的丰富性和斑斓色彩。这里，笔者主要凸显王充闾散文文本闪耀的心理或情感的结构色彩。

倘若说文本的客观结构只是作家才能闪现的一个窗口，那么，衡量写作主体的艺术成就和美学魅力的方法之一，就是观察和分析凝练于文本之中的心理结构或情感结构，它才是作家灵感闪烁和才情聚集的精彩风景。王充闾散文的结构，挥洒着主体的斑斓色彩，创造性的情思时时令人目不暇接和启人心扉，一方面充分展现了散文家的主体性和精神内蕴；另一方面，则以公共空间的自由、平等的对话心态和读者交流，以充溢同情心和悲悯情怀言说的境界和接受者达到以心会心的交往境界。

王充闾散文"结构的色彩"在《梦雨潇潇沈氏园》这一文本得以充分显现。"沈园"作为特定的审美空间寄寓着写作对象（陆游）的诗意体验，而它又附丽着延绵的情感时间，凝聚千古词人的爱情守望和绝望的美感，作者以时间和空间的渗透和转换，描叙了感伤千古的爱情故事。写作主体的"结构色彩"又借助于梦的符号和意象获得充分的富有想象力的泼洒。《梦雨潇潇沈氏园》正是着眼于"沈园、诗人、爱情、悲剧、诗歌、梦幻"这一系列存在的相互交叉点，将陆游诗歌的梦境，以时间和情感的双重逻辑呈现出来，给接受者以梦幻美的感受。汤显祖以为："世总为情，情生诗歌，而行于神。"[1] 又提出"因情成梦，因梦成戏"[2] 的美学主张，将情感·梦幻·艺术视为一体化的精神构成，并在自己的戏剧创作中实践了这一理论。王充闾散文的不少篇目，表现出梦幻之美，它也佐证了弗洛伊德的这一看法："一篇创造性的作品像一场白日梦一样，是童年时代曾做过的游戏的继续的代替品。"[3]

和"沈园"纪实性的故事不同，《两个爱情神话》记叙完全弥漫梦幻色彩的神话故事，一是有关"牛郎织女"的神话和诗歌，二是以宋玉《高唐赋》为核心的"巫山云雨"的爱情传说。作者记叙这两个空幻的爱

---

[1] （明）汤显祖：《汤显祖集·玉茗堂文之四·耳伯麻姑游诗序》。

[2] （明）汤显祖：《汤显祖集·玉茗堂尺牍之四·复甘义麓》。

[3] ［奥地利］弗洛伊德：《弗洛伊德论美文选》，张唤民、陈伟奇译，知识出版社1987年版，第36页。

情神话，凸显两种"虚与实"的爱情观，一种沉湎于虚幻如梦的"柏拉图的精神恋爱"的空灵过程，另一种则期待"但愿暂成人缱绻，不妨长任月朦胧"的现实满足。其实，作者不过是借助于两个远古的爱情神话，表达自我理解的爱情哲学。散文记叙如梦如幻的爱情境界，这种境界又鲜活地存在于古典与现代的诗歌之中，令人玩赏而沉醉。文本的结构性闪烁着作家的主体色彩和情感命意，可以说作家的情感灵性和感性意象赋予文本以气韵和灵魂，一个个人物、故事、场景、话语等审美符号，绽放出鲜活的色彩和醉人芳香。《情在不能醒》记叙了清代才子纳兰性德的痴心爱恋，散文贯穿一个"痴"字，以绝望和凄凉的氛围作为文本的情感结构，而通篇又以诗与词作为文章的叙事结构，卓荦香艳的诗词与浓烈凄婉的情爱像两条溪流交汇在文本的田野里，滋润着鲜花艳丽，碧草如茵，水流如练，浓烈地渲染古典主义许诺永恒的爱情信仰。

《问世间，情是何物》，开门见山，以元好问的词句"问世间，情是何物"破题，统掣全局。然后，以此为引，回忆和这句词相关的往事与故人。回忆的情感线索既串联起四十多年前的尊敬师长的不幸旧事，又连带出纳西族的《鲁般鲁饶》的叙事长诗。由于后者作为文章关切的焦点，因此，文章实际上运用的是曲折转承的技巧。所以，作者将"直"与"曲"的不同作法糅合于一文之中。诚如古人所论："笔尚变化，似无成法可拘。然阴阳开合，造化之机，为文之道，亦岂外是。……笔之所以妙者，惟在熟于开合，使断续纵擒无不如志而已。盖有断与纵者，以离而远之；有续与擒者，以收而近之，此之谓善于用笔。"① 该文即是"善于用笔"，卷首直契文题，用的是"粘连"之法；而后面有意断开题旨，用的是"疏离"之法。转而再切入主题，使"断续擒纵无不如志"，文章开合自如，而收尾借用泰戈尔的话语，更留有不尽之意。文章以对"情"的追问展开结构与脉络，围绕着"殉情"这个主旨而延伸故事。散文将情景与意境，叙述与议论，神话与现实，时间与空间，按照自我的艺术经验重新编排组合，构成了一幅凄婉苍凉而又奇异优美的画卷。"情"寄寓于其中，但又不失浮华与矫饰，一切自然天成，浑然动人。文章的最后片断，采用"回溯"的手法，重新回到开头的那首元好问词，以形成首尾

---

① （清）王葆心：《古文辞通义·文之作法十三》。

的对照与呼应。然而，作者又使用"层递"之法，对"问世间，情为何物"一词，进行细致的诠释，似乎非探得"情"的底蕴不罢休。其间，又插入另一则殉情故事，牵进了元好问的为殉情的男女而作的另一首词，再予以分析。层层递进的笔法，将读者的情绪引向探询"情为何物"的纵深境界。就在似乎能解开悬念之际，作者写道："两首词都寄寓了对世间美好事物（包括坚贞爱情）的由衷赞颂和对殉情儿女的深沉的悼惜之情。可是，我仍然觉得似乎还没有说清楚究竟'情为何物'——这个'斯芬克斯之谜'似的问题。看来，还是泰戈尔说得巧妙：'爱情是个无穷无尽的奥秘，就连它自己也说不明白。"文章仍然把悬念留给了读者，这既是写作的高明之处，更是人生智慧的体现。心灵界的许多存在，是无法给予确切答案的，它只能依赖不同的个体经验，按照自我的心灵去体验和想象。散文的客观叙事和零度写作，显现了作者对情感的节制性和保留性，文本中的情感被形式化了和符号化了，同时也被奇异美丽的意象和景物所熏染与烘托，因此，它更具有艺术的和审美的价值。而作者纵横捭阖的笔法，曲折多变的境界营造，叙议结合的恰到好处，都令文章增色生辉。

　　王充闾的散文从题材上划分，大致构成三类：一是历史文化散文，二是追忆往事散文，三是域外游记散文。第一类散文，奠定了他在当代散文中的创作地位和产生广泛的社会影响。散文穿越历史的弥漫尘烟和隐秘帷幕，在尊重客观现实的前提下，和古人以心会心，以美学的理解和文学的想象活动，展开和历史的对话与追问，重新阐释历史和回答对历史的疑问。对于历史的无限可能性的思考，渗透当代的社会意识，以理性主义和诗意眼光双重性地运思历史，由此获得对历史的美学化体验。所以，他的历史文化散文，是历史和美学进行对话的文本。如果说王充闾的历史文化散文是对于遥远历史的想象地复活，那么，他的追忆往事的散文，则是在时间距离上对于相对接近的事物和人物展开审美记忆的文本。这些如梦如烟的往事和故人的追忆活动，既有呈现自然童心和青春梦幻的喜悦，也有中年成熟和老年沧桑的生命感喟，不同人生过程的回忆和体验，程度不同地沾染着强烈的唯美主义的感伤色彩。弗洛伊德用大量的例证试图说明，童年的创伤性记忆对于艺术家后来的艺术创作起到至关重要的作用。之所以强调感伤性追忆对于艺术创造的重要性，是因为感伤或惆怅的情绪寄寓着审美活动的丰富可能，它们无意识和共时性地存在于人类的文化心理结构之中，影响着每一个历史时间的生命主体，尤其影响着艺术主体从事他们的文本创造活动。斯蒂芬·欧文在《追忆》中感叹中国古典文学的往事再现的母题充满了感伤性的追忆氛围，一种浓厚的乡愁色彩掩映在如梦如烟的场景。浩如烟海的中国古典诗词，无以计数的篇目，在对于往事的追忆性书写过程，普遍地充盈感伤和惆怅的情怀，乡愁、情愁、忧愁成为变动不停的心灵钟摆。王充闾的追忆散文，以唯美主义的感伤追忆继承和丰富了中国散文的优秀传统。第三类散文，为王充闾先生游历海外的美感笔墨。显然，作家的创作不同于一般旅游者的浮光掠影和简单印象式的游历笔记，也不仅仅是依赖于厚实的文化积累和人生经验写一些感受性和教益性的文字，而是以空灵深邃和诗意审美的眼界，穿越历史烽烟和现实性的技术进步以及消费表象，深入理解和感悟西方文化的历史与艺术，以理性批判和审美体验相结合的方式，和那些早已逝去的伟大哲人和艺术家进行心灵沟通，试图理解和倾听他们的内心独白。作家借助于文字的符号形式，以气韵生动和飘逸才情的话语和精巧和谐的结构，建立充溢诗意和美感的文本，给予读者美妙的感受和多样化的启思。这三类散文从艺术价值考察，可谓等量齐观，审美风格上各有千秋，题材表现上也是清风白水相互掩映，充分呈现作家深邃旷达的哲思与智慧，飘逸空灵的诗意与才情，还有他的童心和机趣，率真和良知，以及超越世俗和意识形态的人本主义精神，特别是作家的古典主义情怀和审美趣味，这些显然要远远超越一般以文学作为谋生策略和攫取名利的游戏家或玩家。王充闾先生的散文，是当代文士的散文，唯美主义的散文，诗意而感伤的散文，充溢着同情心、爱心和悲悯情怀的散文……这些，同样构成他散文文本的精神结构，换言之，它们又成为散文结构的精神色彩，给散文增添语言之外的美感与魅力。从这个意义上说，王充闾散文的美在其文本的结构之中。

第二节 文体意识和主体间性

历史散文的步履在进入 21 世纪的门槛之后呈现出蹒跚不前、缺失自我创新的生命张力。究其原因之一，就是文体意识的遮蔽和主体间性的缺席。然而，令我们欣慰的是，散文作家王充闾，以其对于历史散文的审美乌托邦般的沉醉和对文学的话语形式的刻意探寻，诞生了对于历史散文的写作活动独到的审美理解和文体领悟。那就是，历史散文的写作，不能满足于简单地扮演辩证唯物主义和历史唯物主义、新历史主义等的思想鹦鹉的角色，因此，对于历史活动和历史人物，既不能进行客观"还原"式的理解，也不能以想象主体的想象活动的"过度诠释"（Over interpretation）来取代对于历史过程和历史人物的客观尊重。而必须以冷静从容的辩证理性和自我的生命体验，以审美的和诗意的艺术态度，以象征和隐喻的文本修辞，对历史本身和历史人物进行有适度情感距离的"叙事"和展开换位的"假设"与"提问"，以探究历史的必然性和可能性，从而呈现历史人物的心理结构和精神投影，凝神于历史与人物的逻辑相承的多重光芒，由此达到历史散文和历史对话、和读者对话的审美目的。同时，王充闾以有异于传统美学、文艺学所推崇的主体性（Subjectivity）的思维方式和意识形态集权，放弃以独断论和批判者的思维暴力和话语霸权的方式，不再以历史法官和道德裁判的角色出场，以自我主体为中心对历史和历史人物进行价值评判和逻辑否定，而是采取主体间性（Intersubjectivity）的思维方式和价值悬搁的策略，以平等、宁静的哲学姿态倾听历史本身的声音，以宽容圆润的美学趣味去体悟历史人物的精神隐秘，凭借和历史进程、历史人物进行平静、平等的对话心态，对历史展开富于诗意情怀和审美想象力的追问，以辩证理性和生命智慧向历史"提问"（Question），而不是单向度地沉沦于以今人的眼光去诠释历史、解答历史和批判历史。因此，在这种文体意识和主体间性的视界下写作的历史散文，合乎艺术逻辑地呈现出独特的美学场景和心灵轨迹，获得令人赞赏的写作趣味，启思于当下的文学活动。本著主要从上述的理论意义，分别从相互联系的两个方面探究王充闾的历史散文的美学特质。

在传统文学理论的思想投影里，文学主要是经济事实和意识形态之间逻辑联结的历史叙事和主体抒情，文本所承载的审美结构关键在于观念和价值的内涵方面。无疑，这属于主体预设的虚假概念，它构成了文学理论史的洞穴幻象。其实，文学不是单向度的意识形态变迁的历史，也是文体演变和丰富的历史。如果从纯粹的审美意义探究，文学的文体形式大于内容，形式不仅仅是形式，形式就是审美本身。西方马克思主义的代表人物之一的马尔库塞就曾认为，艺术和现实以及其他人类生活方式相区别的特征，不在内容，而恰恰取决于它的审美形式。他甚至提出，文学作品不是内容和形式的机械统一，也不是一方压倒另一方，而是内容向形式转换和生成，内容变化为形式，这样的艺术化的果实，就是"审美形式"。暂且悬搁马尔库塞的"审美形式"的具体的思维规定性，我们不得不认同文体形式在一定程度关涉审美形式，而文体形式则为作家的文体意识的感性果实。从如此的美学前提进行客观的逻辑推导，判断一位文学家、散文家的标准之一，就是看其文本自觉或不自觉地形成文体意识，是否诞生一种独特的文体风格。从这个理论视角来考察散文作家王充闾的历史散文，笔者认为它彰显着一种不同他者的文体意识，穿透着一种寻找自我的文体风格。

传统文学的文体形态是文史合璧或者说是文史联姻的文学，后来出现文史的分离。从文学的形态演变上考察，历史散文的文体的确在文学史上留有浓重而辉煌的遗迹，《文心雕龙·史传》篇就专章探索了历史散文的写作。王充闾的历史散文写作活动，在当今的历史文化语境之中，恢复了我们中断久远的对于历史的恋情，呼唤文学回归对于历史的直觉。正像现代的历史学是丧失了美感的历史学一样，现代的文学往往是丧失历史感的文学，两者形成一个有趣味的精神反差。王充闾的历史散文重新嫁接了历史与文学的命脉，醉心在历史的残垣断壁之中寻找出诗意和美感，在对历史人物的想象性的生命体验和交互性的心理分析过程中，获得审美的升华和情感的体悟。因此，笔者将王充闾的历史散文诠释美学化的散文，界定为"历史与美学的对话"。笔者将当下的历史散文大致划分为三类：第一类是鸵鸟散文，以沉重的理性脚步在大地上奔走呼号，它们尽管给阅读对象以思想启蒙和观念提升，然而，由于沉重的理念压抑了想象力和审美灵性，它们只能停留在充满逻辑和概念的尘埃之中；第二类是鹦鹉散文，在丛林之间费力地飞行，凭借戏剧化的表演和激情的道德批判获得读者的青睐，但是缺乏对历史的想象力和历史人物的审美关怀，因而失落了文学应有的灵性和美感；第三类是飞鸿散文，轻盈翱翔于蓝天和大地之间，以空灵的意象和诗性化的象征与隐喻，抚摸历史时间的烟云和倾听历史人物的心声，对历史保持自我的崇敬和冷静的智慧，寻求自我和历史的对话、读者和历史的对话。王充闾的历史散文无疑属于第三种文本。它在历史的尘烟之中发现美和领悟美，或者说以美学的眼光和诗意的领悟，依赖于审美意象和寓言象征的方式，呈现历史和历史人物所潜藏的美丽，即使历史的苍凉和历史人物的悲悼结局，也在散文中被赋予了感伤和苍凉的美丽。王充闾的历史散文，正是以和历史展开美学化对话的方式，达到了激活历史的艺术目的。

克罗齐这位最激进的"历史主义的斗士"，曾经认为，在人类的历史王国之上和之外，再没有任何其他的存在领域，也没有任何哲学思想的题材。卡西尔认为："历史学不可能描述过去的全部事实。它所研究的仅仅是那些'值得纪念的'的事实、'值得'回忆的事实。"① 卡氏还以赞赏的口吻说道："在历史哲学的近代奠基者之中，赫尔德最清晰地洞察到了历史过程的这一面。他的著作不只是对过去的回忆，而是使过去复活起来。"② 王充闾的历史散文，也许无意识地验证了上述对于历史的看法，首先，它回眸历史的所有动机，都在于追求人类存在的全部价值和意义，试图获得一种哲学和美学的双重诠释与说明，特别是之于历史的文化隐秘的探索，蕴含着一种深刻的期待视野和融合意识，那就是以一种理性和情感都可以接受的方式，沟通历史、现实和未来的三重世界，从而为筹建一种合理化的或理想的精神文化的发展模式开辟道路。其次，作者的散文世界里的"历史"，不仅仅是对历史事实的僵死描述，也不是沉湎于寻求历史之谜的解答快乐，从而获得一种理性思维的虚假承诺后的虚荣满足，而是力图判明一种价值世界的不同差异，为历史进一步寻求"公正性"和"审美性"合法的尺度和诗性的自由，更重要的意义在于：作者探究历史的"意义"何在？"意义"的明证性何在？其模糊性又何在？历史的这种明证性和模糊性相互交织，使散文的历史意义的蕴涵似乎大于历史著作本身的历史意义的蕴涵。而作者对于历史存在的无法求证性，作者给予存而不论的怀疑论的态度，将解答转换为"提问"，交给读者去思考和判断。这些都不同程度地构成了王充闾历史散文的美学魅力。最后，作者显然放弃了以回忆的和逻辑的方式去复现历史，而是选择在着重历史材料的基础上，以审美想象和生命体验的方式去诠释历史和构造历史，以诗意的和审美的态度去追溯历史、走入历史和走出历史，在苍茫的历史原野上漫步，

---

① ［德］卡西尔：《人论》，甘阳译，上海译文出版社 1985 年版，第 248 页。
② 同上。

渴慕复活历史的风姿神色，作者将历史以不是重复循环的"循环"呈现在当今读者的面前，它体现了文化的缓慢递进的意味和螺旋上升的法则。历史难免相似的"循环"，而其文化负载则是递进的；历史难逃"重复"的窠臼，而其意义变化却是增殖的。散文隐藏着这样的寓言：在无数的历史山峰之上，始终站立着正义的幽灵和飘荡着审美的云彩。正是奠基于如此的文体意识，王充闾的历史散文的文体形式在当今的文学写作活动中，禀赋了自我的文本形式和话语符号，以飞扬流动的射影给予读者以惊鸿一瞥的审美印象。

王充闾的历史散文守望着之于历史传统的审美信仰。"五四"，"文革"，20世纪末，这三个历史时间，人们丧失了太多的历史直觉和历史记忆，失落对于自我历史的蓦然回首的热情，中国人热衷于自我解构对于传统和历史的审美信仰，并且以旧形而上学的独断论开辟一条否定一切的危险的精神之路，消解了所有的精神"禁忌"，由此导致了悲剧性的历史和文化的双重断裂。如果说，"五四"担当了这种解构历史的审美信仰的开先河角色，那么，"文革"以思维暴力和无理性行为，延续和强化了这种"断根"的合法性和合理性，而20世纪末的暮鼓敲响了芸芸众生对于"历史·传统"挥手告别的音符，人们沉湎于现代化的技术享受和全球化的"经济·文化"诉求。这个不同历史时间的非理性的精神狂欢，都共同指向一个危险的目标：颠覆对于"历史·传统"的审美信仰和价值准则。而一个透明而简单的道理是，"历史·传统"是文化之根，人是记忆的动物，是为了历史记忆而"活"（存在）的动物，一个国家、一个民族在一定意义上，也是为了"历史·传统"而"活"（存在）着，因为"历史·传统"是超越时间向度的唯一永恒的价值形态，因此，它就必然性地具有了乌托邦的力量和审美信仰的性质。这样，我们就不难理解黑格尔、马克思、尼采、海德格尔等人的"希腊情结"所隐含的守护精神家园的顽强意志，也体悟出伽达默尔垂暮之年呼吁保持"德语的纯洁性"所寄居的哲学意义。其实，西方的大哲学家、大思想家，都对"历史·传统"保持敬畏与"禁忌"，坚守着"历史·传统"所赋予的审美信仰。从这个视界判断，"五四"是一个不缺才子而匮乏哲人的时代，那种绝对否定一切"历史·传统"的单线性思维狂欢，恰恰暴露出整个时代的哲思和哲人的缺席。王充闾的历史散文，是用审美信仰的力量恢复我们对于

"历史·传统"的恋情，使历史被激活了现实性的温暖，调动了现代性的激情和对未来的审美想象。因为在王充闾的文体意识之中，他的历史散文写作，始终维护着对于"历史·传统"的神话般信仰，守望于"历史·传统"的终极价值和恒定意义的审美寻找。当然，王充闾的历史散文对于"历史·传统"没有完全缺席思想批判和道德重估，然而，作者在自我的文本之中，更以辩证理性去倾听"历史·传统"的独白，而不是幼稚地模仿历史虚无论者所沉迷的对于"历史·传统"所习惯的非理性批判和情绪化否定。坚持对于"历史·传统"的审美信仰，这是王充闾的历史散文和新时期其他历史散文的一个鲜明的美学分水岭，也是作家在文本之中所贯穿的文体意识之一。

想象的历史不是历史，仅仅是虚构的历史和历史的神话。众多历史学家笔下的历史，是一种对于历史的求实考证，是历史而不是文学。文学家笔下的历史，应该是对历史本身和历史人物的审美想象。王充闾的历史散文，飘逸于历史的审美想象力，弥散于历史人物的诗意的生命体验，因此，在文体上呈现为美学化的散文。王充闾的历史散文，拒绝对于历史事件的展开实证性的追溯和抽象的道德批判，不甘心沉沦为纯粹的历史叙事而失落文学应该禀赋的艺术灵性和审美品格，也放弃对于历史事件和历史人物的过剩性想象和神话式虚构，一方面在历史与想象之间保持适度的审美距离，避免过度地诠释历史；另一方面重新缝补历史和文学之间为时已久的断裂，使历史在历史散文的文体形式之中焕发审美的魅力，获得诗意和灵感。这是王充闾的散文写作理念中一个鲜明的标记。

20世纪80年代的中国思想界普遍闪烁"主体性"（Subjetivity）的精神魔影，它一度成为役使整个意识形态的主题词和流行语，一种以自我意识为中心和价值标准的思维逻辑充斥到思想界，主体性变成为一个无所不包的万花筒。于是，高扬主体性旗帜成为思想舞台上时尚的表演和话语霸权的角逐。然而，那个历史时间的主体性隐藏着势能强大的思维暴力，一种以自我意识为基点的哲学独断论和垄断话语的文化传播，主宰了中国思想文化界的知识精英，使他们沉醉在知识权力所制造的精神鸦片之中，以思想教父和文化启蒙者自居。他们只有言说的快感而失落倾听和对话的诉求，仅仅沉迷了回答而遗忘了"提问"。所以，那个时代的哲学和美学，不是智慧之学，只能属于不完善的知识或可怕的主观独断。

　　有鉴于此，我们认为美学和文学非常需要以"主体间性"（Intersub-jectivity）的思维策略拯救"主体性"的独断论的思维暴力对于意识形态的破坏性压抑。因为"主体性"思维，它在建立个别主体的思想权力的同时，恰恰侵蚀整个公众的思维权力以及每一个生命个体的话语权力，因此使整个社会的公共交往成为被分割为有限中心的交往。在如此的理论视野之下，我们认为新时期历史散文的写作，普遍存在着"主体性"思维暴力的阴影，作者热衷于以自我意识为中心对历史和人物进行独断论的解说，以想象主体的想象活动进行任意的价值判断和意义阐释，以"回答"全盘代替了"提问"，只有"言说"，没有"倾听"，只知道以西方的意识形态和思维工具来否定"历史·传统"，遗忘了对于自我民族的历史记忆和对于传统文化的审美信仰，依然在上演知识的悲剧和知识分子的悲剧。

　　"主体间性"（Intersubjectivity）原本是胡塞尔现象学的一个术语，又译为"交互主体性"，它是胡塞尔对于主体性更为深刻的哲学理解和一种补救性的入思。毋庸讳言，无论是胡塞尔本人还是研究者对于"主体间性"这个寄寓了丰富复杂的思想内涵的现象学的最重要概念之一的阐释，存在着不同程度的意义差异。"'交互主体性'概念被用来标识多个先验自我或多个世间自我之间所具有的所有交互形式。任何一种交互的基础都在于一个由我的先验自我出发而形成的共体化，这个共体化的原形式就是陌生经验，亦即对一个自身是第一性的自我—陌生者或他人的构造。""'纯粹—心灵的交互主体性'是'生活世界'中人与人之间理解、互通、交往的前提。"① 胡塞尔的主体间性（交互主体性）无疑一定程度上消弭了传统形而上学的独断论和单线性思维的遮蔽性，厘清不同入思主体存在之间的意识关系，强调多个先验自我之间共体化的精神形式，而倾向在"生活世界"之中，主体间性是社会交往的前提。"'主体间性'是主体之间开放、平等和自由的新型关系。它意味着对立、统治等不平等的交往关系彻底失去了合法性：没有人可以凌驾在别人之上，自封为'主体'，自诩为预言家、立法者和拯救者。每个人都是宇宙中一个有限的个体，需要

---

① 倪梁康：《胡塞尔现象学概念通释》，生活·读书·新知三联书店 1999 年版，第 255—258 页。

向他人开放，需要在与他人的交往中不断丰富自己。一些人对另一些人行使'霸权'的不宽容行为在根本上就是僭妄的。从主体性到主体间性的转变蕴含着人的自我认识的一个重大突破。"①

因此，从主体性（subjectivity）和主体间性（Intersubjectivity）这个视域考量王充闾的历史散文写作就具有了非常的美学意义。

历史散文的写作如何对待历史？以自我意识对历史进行过度诠释，还是以流行的意识形态对历史人物进行政治、伦理的价值判断？以想象主体性的想象活动去"合理化"地虚构历史？或者把历史视为一种思辨哲学的心灵游戏？应该说，众多的历史散文写作，都是沿循主体性的思维路径，把"自我"凌驾于历史的头颅之上，以主观独断论作为历史的代言人和立法者，为历史人物设立政治或道德的仲裁法庭，以预设的理念表明写作主体比历史高明和比历史人物富于智慧。他们只知道对历史本身铺展自我陶醉的演说，而完全忽略了倾听历史深处的回声。写作者不屑选择和历史进行平等对话的精神姿态，而沉迷于对于历史的情绪化的否定性批判，似乎觉得只有"历史批判"才是历史散文写作的最有意义最富于快乐的游戏活动。与此形成鲜明对比，王充闾的历史散文创作，采取了悬搁主体性而走向主体间性的哲学态度，选择了和历史进行平等对话的美学方式，更多以怀疑论的悬置判断的方法对历史和历史人物坚持价值中立的立场，倾听历史的声音，做历史的学生和朋友，放弃做历史的主人和裁判者的虚假承诺，不再自信主体比历史明智和正确，不愿对历史说三道四和对历史人物指手画脚，而是以生命体验的方法求解历史表象之下被遮蔽的黑色精髓，以审美体验的策略来阅读历史人物隐秘的精神结构。纵览王充闾的历史散文，如《面对历史的苍茫》和《沧桑无语》这两本集子，众多的文本，均不同程度、不同视点、不同写法地体现出主体间性的写作意识，作家以放弃主体独断而采取超脱宁静的诗意智慧，观瞻历史和对历史人物进行换位式的思考，以不同存在主体的交互性思维寻求对历史和人物的新的领会和感悟，从而发掘历史存在的新的意义新的价值和新的美感。

正是基于主体间性的哲学背景和对话式的美学态度，王充闾的历史散文创作始终保持着冷静超脱的辩证的历史理性，不尚偏激情绪化的逻辑否

---

① 贺来：《宽容意识》，吉林教育出版社 2001 年版，第 117—118 页。

定和单纯抽象化的道德说教，以交互性的视点和换位式思维和历史与古人进行交往，以尊重和渴慕的姿态和历史交谈、对话，更多倾听而不是言说，更喜欢"悬置"或"提问"而放弃"解答"、"判断"与"评判"。因此，王充闾的历史散文，能够在主体间性的引领之下，虔诚地深入历史和潇洒地走出历史，无意给历史诊脉和开药方，不指责历史和臆断历史，决意不效仿自"五四"扩散传播的主体性主宰的"历史批判"的恶劣思维，因为那种凭借独断论和旧形而上学支配下的否定"历史·传统"的逻辑解构，沉沦了辩证理性和窒息了生命智慧，绝对地放逐了对于历史的诗意和审美的情怀，这种思维暴力在"文革·红卫兵"的历史语境中被张扬到巅峰，导致对于历史的悲剧性亵渎。所以，主体性支配下的"历史批判"已经转变为一种可怕的思想阴影，如果以这种思维方法从事历史散文写作，其最终的文本是可想而知的。

所以，王充闾的历史散文缺席了主体性的"历史批判"，而接纳主体间性的对于历史的交互性"倾听"，将历史散文写作中的延续已久的"回答"转换为"提问"（Question）。哲学中唯有"提问"（Question）之学方可算是"智慧"之学，而解答之学，只能算是"知识"之学。正是奠基于主体间性所规定的交互性的心灵交往，王充闾的历史散文的写作，心仪于对于历史的提问，以一个历史迷惘者的身份和历史守望人的姿态，向历史叩问，向历史人物寻求历史之谜的解答，而没有像其他的历史散文那样，乐意地充当历史裁判的角色，为历史制定理性法则、客观规律和道德律令，以全知全能的虚假自信去解答各式各样的历史问题，以表面上看似聪明而实际上愚蠢可笑的方式来回答历史的提问。在王充闾的历史散文之中，有一篇名为《叩问沧桑》，全篇以追问历史或向历史提问的方式，以交互性的生命体验和诗意的审美想象，呈现历史命运的悲凉和荒谬，冷静的辩证思考取代简单的历史批判，给读者以深刻的启思。

眷注"生活世界"的社会交往是主体间性的精神构成之一，正是这种交互性和换位式的心灵对话，使不同主体存在者能够获得对于他者的尊重、同情、宽容、悲悯等人性情怀。王充闾的历史散文之中，主体间性的体现也包含如此的精神内涵。作家的文本，消解了对于历史和人物的冷嘲热讽，而是以悲悯同情的姿态对历史和人物进行美学化的悼亡，以佛家的悲情来凝视历史的苍茫和荒诞，宽容历史人物的思想和举动，即使对于存在明显人格缺陷和道德污点的人物，作者也给予一定程度的宽容，以冷静之中渗透温暖的眼睛打量历史而不是以挑剔冰凉的目光苛求历史。当然，作者并没有完全抛弃共时性的道德准则和历史正义，在坚持这些价值准则的同时，以一种交互性的思想方法和悲悯情怀，静观历史和寄寓对于历史人物的审美同情，或者说，始终保持和历史之间适度的审美距离，在对历史的感伤的追忆笔墨之中，闪烁着悲凉的同情和关怀，从而使历史披上诗意和审美的色彩，达到以文学阐释历史的艺术目的。这是王充闾的历史散文给我们另一个深刻的印象和启思。

源于一种不间断的渴求自我超越和自我否定的创作张力，以及王充闾对于散文写作的审美乌托邦式的迷恋，也由于独特的文体意识和主体间性的领悟及其富于想象力的叙事技巧、圆融的话语修辞，使作者的散文创作不断诞生新的气象和获得不同凡响的审美魅力，王充闾成为中国当代散文的大家，越来越受到广大读者和评论家的青睐和认同。

第三节　历史与美学的对话

新时期历史文化散文场景，不能不关涉王充闾及其文本。作家以一系列富有审美个性的散文作品，以美学的方式和历史进行超越时空的心灵对话，重新阐释历史和追问历史，合理想象历史和寻找历史之谜的解答，对历史人物给以辩证理性的叩问和诗意的解读。换言之，作家寻求一种诗性的历史观和审美化的历史理性，期待一种既有价值判断又必要地悬置判断的哲学智慧融入自我的文本书写。王充闾的历史文化散文创作，追求富有美感的结构方式，以象征与隐喻交替的符号表现，自然和典雅相交融的话语修辞，给予阅读者唯美主义的享受，赢得批评家和大众读者的普遍赞誉。

历史与文学的本质性差异和同一性关联是一个古老的话题，亚里士多德在《诗学》中写道："两者的差别在于一叙述已发生的事，一描述可能发生的事。因此，写诗这种活动比写历史更富于哲学意味，更被严肃地对待；因为诗所描述的事带有普遍性，历史则叙述个别的事。"① 亚里士多

---

① ［古希腊］亚里士多德：《诗学》，罗念生译，人民文学出版社1962年版，第28—29页。

德区分了历史与文学的本质性差异。然而，不能忽视的另一个事实是，历史与文学存在着同一性的关联，中西都有文史融合的传统。王充闾的历史文化散文写作，一方面追求历史题材的间离作用和陌生化的艺术效果，和现实时空拉开距离，创造有利于审美观照的心理情境。充分发挥历史题材的多义性、不确定性和空白点丰富的特性，获得文体的张力，像黑格尔所说的那样，跳开现时的直接性，达到艺术所必要的对材料的概括。另一方面，始终遵循一个美学的前提：敬畏历史和倾听历史。作家不期许今人比古人高明，自我比历史高明，不刻意地修饰历史，不轻易地对历史人物断言"功过是非"。作家首先是谦卑地倾听历史的声音，和历史进行平等的言谈，其次是对历史事物和历史人物持以宁静平和的追问，最后才是对于历史的超越一般意识形态的审美评判和诗意地解答。作家尊重历史的"细节事实"，不越雷池，而这一点恰恰是新历史主义所推崇的理解历史的原则之一。王充闾的历史文化散文的几个重要集子：《沧桑无语》、《面对历史的苍茫》《何处是归程》《春宽梦窄》《千秋叩问》《龙墩上的悖论》《张学良人格图谱》《域外集》等都禀赋如此的美学理念。美学与历史的对话，贯穿着如此的艺术信念：以审美的姿态去理解历史和阐释历史，以诗意的方式去想象历史和书写历史。王充闾的历史文化散文不是机械地遵循某种历史观和方法论，也不是单一性地运用某种历史意识去理解历史事件和判断历史人物。因此，历史唯物主义和辩证理性只是作家对于历史观察的一种方式而不是唯一的方式。除此之外，佛学、儒学与道学的历史观以及新历史主义等观点与方法，都是王充闾的历史文化散文所借鉴的思想资源。王充闾的历史文化散文，密切地关联着历史事件、历史人物、历史之谜、历史品评、历史吊诡等内在结构。就历史事件而言，王充闾的书写本着一种实证主义的哲学信仰，表现对于历史细节和事实的客观尊重，秉承着敬畏历史的美学态度。在对历史事件的理解和阐释方面，则贯穿一种诗意的历史观。以一种"可能性高于现实性"的现象学哲学立场去重新诠释历史和假设历史，给予阅读者审美运思的多种可能性。对于历史人物，作家不是简单地复现"原型属性"，而醉心于勾勒"圆型人物"，力求揭示历史人物的多重心理和矛盾心态，呈现灵魂的多维结构。《青山魂梦》复活两个"李白"："一方面是现实存在的李白，一方面是诗意存在的李白，两者构成一个整体的'不朽的存在'。它们之间的巨大反差，形成了强烈的内在冲突，表现为试图超越却又无法超越，顽强地选择命运却又终归为命运所选择的无奈，展示着深刻的悲剧精神和人的自身的有限性。"《用破一生心》揭示理学立命和心许成圣的曾国藩，精神深处交织深刻矛盾和无限痛苦，画出一个处于历史的关节点而聚集着生命复杂性的人物肖像。《他这一辈子》在写出李鸿章的历史悲剧性同时，更描摹出一个性格悲剧和心理悲剧的侧影。《守护灵魂上路》以诗意的感悟，勾画一位知识分子的心路历程。瞿秋白的文学和革命的选择、信仰和命运的冲突，美与爱的分离，这些矛盾冲突被散文诗性化书写之后，重新阐释了一位被历史误解的文人革命家。

人类的理性存在一种追问的本能，对于历史而言，人总是执着于历史之谜的求解。王充闾的历史文化散文在对历史事物和历史人物书写过程，当然不放弃对于历史之谜的叩问。然而，与众多的历史文化散文存在明显的差异在于，前者喜爱破解历史和证明历史。王充闾的历史文化散文采用古典怀疑论者的方式，不是竭力求解历史之谜，而眷注于对历史之谜进行存疑和提问。《陈桥涯海须臾事》以叙事为经，品人为纬，以想象、直觉、体验的意识流方式，将被时间尘封和空间间离的历史画卷以亦幻亦真的意象重现在读者的眼帘。作者以前人何思齐"陈桥涯海须臾事，天淡云闲古今同"的诗句为叙事线索，描绘了三百余年宋王朝的悲喜交加的戏剧，对历史既有理性分析又有诗性随想，融入了通达的幽默与诙谐，以禅家拈花微笑式的生命体悟，借以慧能《坛经》"出语尽双，皆取对法，来去相因，究竟二法尽除，更无去处"的诗性智慧，呈现自我对历史的悲剧式循环的超然理解，辩证的机锋勘破兴衰存亡之物理。历史和人物的万象微尘，逃不脱正觉智慧的佛眼之光。宇宙万有，沧海桑田，都不过属于心识之动摇所产生之影像，内界外界，物质与非物质，无一非唯识所变。作者于是感喟：世界只不过是心灵的幻象式反映，历史像一个玄妙幽秘的无法勘破的谜语，它所能留下的只是存在于精神世界的永恒正义和审美情怀，还有幻觉之中的过眼烟云。散文对历史与人事照之以空幻，观之以虚无，又不乏逻辑公理和道德良知，文本以一种极具想象力的阐释学视界重估历史的价值与意义。历史的谜团变得不再重要，而主体对于这个谜团的诗意反思却凸显意义。王充闾的历史文化散文，还眷注于历史的吊诡与历史的悖论。《土囊吟》和《文明的征服》，异曲同工地揭示了历史的悖谬：武力征服了文明，最终征服者又被文明所征服。权术攫取了权力，最终又因权术丧失了权力，权力和权术的循环构成血缘政治的历史循环，权力法则最终服从于历史的法则。历史的因果循环体现了佛家的因果报应的理论，生命存在的所谓的"苦、集、灭、道""四圣谛"均被集聚在宋太宗和金太宗的王朝历史里。历史的悲剧性和合理性被体现在生命终结的黑色阴影里，一个缺乏慈悲心肠的生命个体，必然会得到历史的无情的惩罚，前世的罪孽很可能要得到后世的报应。这也体现了作者的道德逻辑和正义理念。文章既寻求历史之谜的答案，也悬置对于历史之谜的简单设问，渗透的是对善与恶、美与丑，武力与文明、历史与文化的辩证的理性和诗性相交融的思考。

王充闾的历史文化散文，以审美的方式和历史交谈，以诗意的领悟去心会古人。秉持的历史观念暗合和接近于西方新历史主义的某些看法。新历史主义的代表人物海登·怀特（Hayden White，1928—）提出"元历史理论"。他自负于所谓"元历史"（Metahistory）的创见，倾向对历史进行想象性的阐释和理解，历史成为叙述、语言、想象等综合活动的聚合物，被诠释者赋予审美和道德的成分。他在《作为文学虚构的历史本文》一文中认为："当我们正确对待历史时，历史就不应该是它所报导的事件的毫无暧昧的符号。相反，历史是象征结构、扩展了的隐喻，它把所报导的事件同我们在我们的文学和文化中已经很熟悉的模式串联起来。"[①] 王充闾认为散文创作应该容许适度的想象，历史是一次性的，它是所有一切存在中独一以"当下不再"为条件的存在。"不在场"的后人要想恢复原态，只能依据事件发展规律和人物性格逻辑，想象出某些能够突出人物形象的意象，进行必要的心理刻画以及环境气氛的渲染，其间必然存在着主观性的深度介入。作家关切"散文无文"的流弊，主张散文守护文学性和审美性这两个历史相传的要素，既要从政治理性漩涡中，从概念化、意识形态化的僵硬躯壳中挣脱出来，也要超越商业时代的消费主义、物质主义、娱乐至上的藩篱，保持作家内在的精神支撑和审美个性。他的历史文化散文写作，贯注着如此的美学理念。散文集《千秋叩问》《面对历史的苍茫》《沧浪之水》《张学良人格图谱》《龙墩上的悖论》《王充闾散文》

---

① 张京媛主编：《新历史主义与文学批评》，北京大学出版社1993年版，第171页。

等，无不融合历史与美学对话的艺术努力。历史事实与历史细节、历史规律与历史理性在被敬畏、尊重的逻辑前提下，进入到散文书写的层面，历史融合文学创造的想象力和审美领悟，渗透新的语境的价值判断和生命智慧。散文激活了历史，历史在当代语境焕发新的美感。王充闾的历史文化散文，闪现出以美学的视角和诗意的领悟，对于历史的探求与追问的艺术色彩。《桐江波上一丝风》显露恢弘的气度和深邃的思想，娴熟地运用空间写时间和时空交错的手法，从地域切入历史与文化，将著名隐士严子陵作为焦点人物，由此牵引出历史上隐士群像，以戏剧主角为中心和群像展览相辅助的方式，深入探索了中国历史上的隐逸现象，揭示了隐逸文化的独特魅力和深刻内蕴。《春梦留痕》采取虚实相生的梦幻笔法，凭借自我的诗性领悟复现了一个早已消逝但又鲜活存在的文化巨匠——苏轼，揭示他由“临民”“恩赐”的心态转变为与民一体的心灵轨迹，使原本悲剧性的情致转换为一种超脱宁静的审美意境，写出了一个灵魂的诗化人生。诗人流放儋州的生活，既是戏剧性的，又是诗意盎然的，散文以悲剧氛围开场，却以喜剧化的方式结尾。文本写活了为一般读者所陌生的苏轼，以诗人情怀和审美体悟呈现了一个充满激情和智慧的生命空间，在这个空间，栖居着一个永恒的苏轼。《叩问沧桑》以联想与对比的艺术笔法，将古罗马与洛阳城进行了相似和差异的双重对比，借用北宋大政治家、著名史学家司马光的“若问古今兴废事，请君只看洛阳城”的诗句，作为“旧时月色”的隐喻和文笔的线索，以简练的线条勾勒出与洛阳地域有关的历史沧桑，以《麦秀》《黍离》的古诗和“铜驼荆棘”的预言，寄托着抚今追昔、凭吊兴亡的情感。借用元人诗句“不信铜驼荆棘里，百年前是五侯家”，隐喻历史的沧桑变化。其他诸多篇目，无不寄寓着作家以美学的眼光凝视历史和以诗意的情怀阐释历史的不懈努力。

　　卓荦优异的散文除了富有精妙的哲思和深刻义理之外，还必须呈现一定的文学性和艺术美。王充闾的历史文化散文，紧扣美学与历史对话的脉络，文本以富于美感的结构方式，象征与隐喻的符号表现，自然和典雅相交融的话语修辞，给予阅读者唯美主义的形式享受。

　　他的新作《张学良人格图谱》，由十五篇系列文本结构而成，把“张学良作为现代史上一块人格‘界碑’进行凸显，完成了艰难的精神突围”。黑格尔说：“艺术家的独创性不仅见于他服从风格的规律，而且还要见于他在主体方面得到了灵感，因而不只是听命于个人的特殊的作风，而是能掌握住一种本身有理性的题材，受艺术家主体性的指导，把这题材表现出来，既符合所选艺术种类的本质和概念，又符合艺术理想的普遍概念。"① 文学创作难题之一，是如何将耳熟能详的题材写出新的境界和新的意象，激发接受者的审美知觉和心理体验，这也是考量作家才情和灵性的一个尺规。《张学良人格图谱》出版之后，赢得了评论界多位名家的美誉和广大读者好评，不能不说是近年来散文界不可多见的现象。

王充间历史文化散文一个重要的审美特性，注重于结构的营造，从构思与立意、叙述与表达的策略、方法、技巧的目的性，无不体现一种智慧性的写作机心，潜藏着作家的艺术独创性和审美形式的提炼。《青天一缕霞》，整个文章从"云"着笔，以象征性的笔法以云的形状、色彩、情态的变幻，以意识流的视角叙述天才女作家萧红才情卓荦、悲凉感伤的短暂人生。"云霞"构成散文结构的眼睛，成为凝视萧红诗意和唯美的生命路程的一串目光。"云"，既是艺术文本的机杼，又是散文意境的纹理，更是创作心理的张力，它成为整个文本的有机结构。伴随着"云"的意象的变幻和递进，文本的思理和情感的足迹也在向深层行走。作者扣住萧红挚友聂绀弩的诗句："何人绘得萧红影，望断青天一缕霞"。将文章做得空灵飘逸，才情并茂。"她像白云一样飘逝着，她的世界在天之涯、地之角……云，是萧红作品中的风景线，手稿没有，何不去读窗外的云？"如果说《青天一缕霞》在结构上是以空间写时间，《狮山史影》则以祖叔孙三代的皇权变更的历史时间，交错着散文结构上的空间变换，揭示出权力对于历史和人性的宰制和操纵。此文堪为绝佳妙文，以时间叙述交织着南北交错的空间，又以空间写行藏，写祖孙相继、叔侄争权的事件。尺牍之文写出明朝几代皇权更替的刀光剑影，以燕王与惠帝的叔侄相煎为主体，连带写涉了整个明史，理性中隐含诗性智慧，运思中潜隐禅意与佛理。该文的结构之目，就是一副楹联，或者说作者的立意和结构方式就围绕这一楹联延展，以它作为串联整个散文的线索和灵魂。一个熟知的历史事件由于精妙的叙事方式和文本结构形式，给予欣赏者的审美感受却是丰富而充满陌生感的。不能不折服于作家的匠心才智。

---

① ［德］黑格尔：《美学》第 1 卷，朱光潜译，商务印书馆 1979 年版，第 373 页。

象征和隐喻是文学性的标志之一，也是阅读者的美感来源之一。王充间的历史文化散文，对于这两种方法格外钟情。"象征的特征是在个性中半透明式地反映着特殊种类的特性，或者在特殊种类的特性中反映着一般种类的特性……最后，通过短暂，并在短暂中半透明地反映着永恒。"①《祁连雪》一文，以流动的线条摹写了"千山空皓雪"的审美意象，展开对于雪的象征和自由联想。神话与传说作为文本的联想线索，在空间上的不断流动，由此构成了叙事上的时间转移，寄寓丰富的历史内涵。文本灌注着阐释学的理念，力图达到一种新的文化语境下的"视野融合"和"效果历史"的解说，凭借新历史主义的意识，获得对以往历史的新的视界的想象和理解并由此进入到对历史的追问。王充间历史文化散文的众多篇目，擅长运用象征的技法对于历史事件、历史场景和历史人物的描摹和刻画，呈现鲜活灵动的美感。隐喻这一概念，"在文学理论上，这一术语较为确当的含义应该是：甲事物暗示了乙事物，但甲事物本身作为一种表现手段，也要求给予充分的注意。"隐喻的笔法在《梦雨潇潇沈氏园》这一文本得以充分显现。"沈园"作为特定的审美空间寄寓着写作对象（陆游）的诗意体验，附丽着延绵的情感时间，凝聚千古词人的爱情守望和绝望的美感，作者以时间空间的渗透和转换，描叙感伤千古的爱情故事。写作主体借助于梦的隐喻，获得充分的想象力和灵感。"梦"作为隐喻的符号，既将"沈园、诗人、爱情、悲剧、诗歌、梦幻"这一系列意象交织一体，又将陆游的诗和梦、爱和死的心路历程予以审美呈现，给接受者以梦幻美的感受。汤显祖认为："世总为情，情生诗歌，而行于神。"② 他提出"因情成梦，因梦成戏"③的美学主张，将情感·梦幻·艺术视为一体化的精神构成，并在自己的戏剧创作中实践了这一理论。王充间历史文化散文的不少篇目，借鉴古典美学的艺术理念，表现出梦幻式的隐喻之美。

判定一个作家是否达到美学与艺术的较高境界，标准之一就是看其艺

---

①　［美］韦勒克、［美］沃伦：《文学理论》，刘象愚等译，江苏教育出版社 2005 年版，第214 页。

②　（明）《汤显祖集·玉茗堂文之四·耳伯麻姑游诗序》。

③　（明）《汤显祖集·玉茗堂尺牍之四·复甘义麓》。

术文本的语言是否具有自我的风格，是否形成自我的独特"话语"。在当今中国的散文界，王充闾的历史文化散文以其典雅醇厚与冲淡空灵和谐糅合的语言独树一帜。究其原因，首先，受传统文化的熏陶，王充闾的散文语言汲取了古典文学的营养，借鉴古典文学的修辞技巧，诸如双声叠韵、对仗对偶、象征隐喻等。作家禀赋深邃敏锐的汉语语感，擅长于语言的意象格调的建构。创作主体心理结构的深沉睿智，使其文体的语言表述具有醇厚绵密的风味。其次，来源于作家对大自然的审美体验。文本语感的灵敏与鲜活，和王充闾挚爱山水、沉醉自然的生命态度密切关联。对大自然的审美感悟，令散文语言充盈着诗的气质和灵感。尤其近些年的散文创作，冲淡而空灵的语言风格成为其艺术魅力的一部分。最后，作家长期对哲学与美学酷爱，擅长思辨，文本语言也闪烁一定的哲思色彩，充盈着哲理散文的风格。然而，哲理化的语言由于和故事的叙述、景物的描摹结合在一起，没有概念化和抽象化的弊端，令读者易于接受。"语言也不出现于言语者的意识之中，因此语言的意义也远比某种主观行为要丰富得多。"① 王充闾的历史文化散文，众多的文本借助语言所隐匿的意义既是丰富的也是充满美感的。

王充闾历史文化散文的写作被关注和评论是一个值得庆幸的事件，多年沉醉散文世界的作家终于被众多批评家和读者所认同和喜爱，这是一个有意味的象征，说明文学还顽强地坚守着自己的领域，理论批评界和读者都共同关注那些寂寞的审美边缘和孤独的文学世界。王充闾的写作历程证明，创作主体是一个为散文写作而存在的生命个体，美学与历史对话是他数十年书写生涯的不懈渴求。王充闾的历史文化散文不以吉光片羽的碎片写作见长，也不依赖矫揉造作的语言夸张和哗众取宠与耸人听闻的过激议论笼络接受者，文本中寄寓着宁静的运思，典雅自然、从容洒脱的话语表达，平等自由的对话方式，期待与古人心会，与今人神往的审美境界，令阅读者在不知不觉之中感受到作者和文本的亲切睿智和澄明通透，感受到童心犹在的纯真和年长者的生命智慧，以及追忆似水年华的感伤和对于历史的诗性的评判，作家的历史文化散文弥散着一种摄取人心的魅力。

---

① ［德］加达默尔：《真理与方法》，洪汉鼎译，上海译文出版社 1999 年版，"第 2 版序言"，第 14 页。

后　记

　　渤海湾边的浩瀚沼泽地，一望无际的芦苇荡，面对夕阳，无语伫立，将心灵融化于舒卷飘逸的碧绿芦苇丛中。白鹭的悠然凝视和丹顶鹤的翩翩飞舞，使我们油然滋生会心对话的审美冲动……伴随充闾先生回到他梦萦魂绕三十七载的荒原故地，绿柳浓荫，碧水潋滟，绯红的合欢花和私塾茅屋里的风铃声，都化作逝水流年的陈年旧梦……驻足于宛如长虹的大桥上，注目辽河的悠悠清流，夹岸芳草，翔集沙鸥，恍然若回归昔日的岳麓湘水，抑或梦境里的江淮湖畔……水，是相通的，一如人心。

　　也许是水的缘定，中年时期一个春雨霏霏的日子，偶然读到王充闾先生的散文，倾慕其"清风白水"的审美滋味。也因其水的因缘，有幸与充闾先生相识相知，为其童心未泯，醉心林泉，儒道兼备的气韵所折服。于是，童心里原有的审美冲动，感动于落叶流云，牵魂于碧水天籁，拍树惊鸟，登临四望，染一身月色，饮几片流霞，近乎到对自然的迷醉……笔者于闲暇时光里，断续二十余载云游山水，亦断续二十余载阅读了充闾先生的散文，陆续写作对充闾先生散文的评论文章。凭借对水的感悟和灵性，以自我的心灵走入充闾先生的散文世界，也试图走入充闾先生的心灵世界，去领略其氤氲美妙的山水气象。感觉到充闾先生的散文，是美学的散文，充闾先生的人格，亦为美学之人格。

　　曾携初稿赴沈阳，聆听辽宁省有关专家、学者的意见。有幸拜会了学生多年心仪崇敬的美学前辈王向峰教授。先生为当代中国的美学名家，著述丰赡，成就斐然，于美学原理、文艺批评、古典美学、西方美学等领域均卓有建树，为众多后辈学子所仰慕。我曾向先生主编的王充闾散文评论集呈奉文章，蒙受先生的热情鼓励。先生奖掖后学的风范，留给晚辈学人以深刻印象。在辽宁省国际文化经济交流中心举行的小型讨论会上，先生给予学生的书稿以热忱鼓励和高度评价，对晚辈学子的殷殷关爱之情，令我感动不已。

余潜心于美学、文艺学三十余春秋，沉湎于理论思辨，以中西互证、参照古今、关切当下为学术宗旨，对王充闾的散文关注与研究二十余载，此本专著，力求使理论关切文本，以理论贯穿于对作家文本的阐释与解读，以达到以心会心、以文会文、以美学交融文学的写作目标。对王充闾散文细致与系统之探究，也弥补自己沉浸于抽象思辨而对当下文学作品关注不够的欠缺。多年阅读、沉思与写作的甘苦，乃是人生值得追忆与收藏的审美记忆。

春雨绵绵，流云匆匆。追忆岳麓绯月，千岛涟漪，碧树青山，寒梅冷香，收藏记忆与梦境里的山水林泉，珍惜与充闾散文的心缘，在这本小书里也收藏与充闾先生的山水之缘、美学之缘、知音之缘，让生命的落叶流水永久地追忆心灵间的惊鸿一瞥……

颜翔林

2016 年 3 月 18 日春雨潇潇之中修订完毕

2016 年 6 月 28 日绵绵夏雨之中再次修订